Prolog

Burg von Graf Wilhelm im Salzkammergut, 950

Die Stundenkerze war längst abgebrannt, der Rest des teuren Bienenwachses zu einem kleinen harten Klumpen getrocknet, dennoch konnte man die Gegenstände im Raum genau erkennen. Den Tisch mit dem Kerzenleuchter darauf, die Stühle rundherum und die Holztruhe an der Wand. Das lag am silbernen Vollmond, der sich in kurzen Abständen hinter rasch vorbeiziehenden Wolkenfetzen zeigte. Ein kühler Windstoß wehte durch das winzige Fenster in der dicken Steinmauer und kündigte ein Gewitter an. Mit ihm würden endlich die schwüle, schwere Frühsommerhitze und die Stechmückenplage für einige Stunden verschwinden. Dann wurden auch die fauligen Gerüche der Senkgruben erträglicher.

Wieder einmal war Graf Wilhelm von Chiemgau über seinen Aufzeichnungen der Einkünfte aus seinem Salzhandel eingeschlafen. Jetzt schmerzte seine Stirn. Auf der linken Seite seiner Schläfe, gleich neben einer alten Narbe eines Unfalls aus Kindertagen, hatte sein Federkiel einen unschönen Abdruck hinterlassen. Der Umgang mit Buchstaben und Zahlen gehörte nicht zu seinen Stärken. Jedes Mal fielen ihm die Augen über den endlosen Zahlenreihen zu. Die Arbeit langweilte ihn, und er war, wie viele Männer seines Ranges, auf die Fähigkeiten eines loyalen Sekretärs angewiesen.

Umständlich richtete der Graf sich auf und drehte vorsichtig den Kopf von einer zur anderen Seite, die Bewegung fiel ihm von Jahr zu Jahr schwerer. Es war, als riebe Kochen auf Knochen, doch er versuchte den Schmerz zu ignorieren. Dabei fiel sein Blick auf zwei leere Weinbecher und Essensreste auf einem Teller vor ihm am Tisch. Eine fette Fliege umkreiste die abgenagten Hühnerknochen. Der Geruch von kaltem Fett und gebratenem Geflügel drang in seine Nase und erinnerte ihn an den Besuch, der vor wenigen Stunden hier gewesen war. Johannes aus Gmunden, sein Sekretär, hatte ihm die Zahlen der letzten Salzlieferung aus Hallstatt gebracht und erklärt.

Das weiße Gold aus den Bergwerken sicherte seit Generationen den Reichtum der Chiemgauer. Die Erträge waren erfreulich, aber sie könnten noch besser sein, und dieses Wissen bohrte sich wie ein giftiger Stachel in seine Gedanken. Vor zwei Jahren hatte er sein herrliches Gut in der Nähe des Chiemsees verlassen, um hier auf der zugigen Burg in der Nähe des Traunsees zu leben. Er war umgezogen, damit er den Salzhandel besser kontrollieren konnte. Mittlerweile bereute er seine Entscheidung und sehnte sich jeden Tag zurück auf seinen komfortabel ausgestatteten Hof, der auch im Winter behaglich beheizt werden konnte. Im Gegensatz zu diesem Steinhaufen, in dem es im Sommer stickig heiß und im Winter unerträglich kalt war. Ab September pfiff ein eisig kalter Wind durch die Ritzen in den Wänden. Im Sommer dagegen schien die Luft an manchen Tagen in den Räumen zu stehen und wurde so dick, dass man sie am liebsten mit einem Schwert durchschneiden wollte.

Der Graf blinzelte. Er hatte eben geträumt, konnte sich aber nicht mehr an den Inhalt erinnern, was vielleicht auf den schweren Wein zurückzuführen war, den er zuvor mit Johannes getrunken hatte.

Er fühlte sich schläfrig. Schade, denn eigentlich hatte er vorgehabt, der hübschen, neuen Dienstmagd mit den prallen, rosigen Brüsten noch einen Besuch abzustatten. Seine Frau, Rotraut, bereitete ihm schon seit Jahren keine Freude mehr im Bett. Sie war fett und unansehnlich geworden. Ein träges, jammerndes Frauenzimmer, dem die Zähne im Mund verfaulten und deren einziges Interesse dem guten Essen galt. Ihr Verlangen nach Honig, getrockneten Früchten und Marzipan war schier unermesslich. Es war ganz natürlich, dass der Graf sich anderswo Vergnügen suchte, schließlich war er kein Priester, der ein Keuschheitsgelübde abgelegt hatte. Gott konnte ihm deshalb nicht gram sein. Ganz anders verhielt es sich mit den Kirchenvertretern auf Erden. Graf Wilhelm schnaufte verächtlich. Hier am Fuße des Traunsteins, am Ende der Welt, hielten die Priester nicht viel von der Enthaltsamkeit. Sie nahmen sich Frauen, lebten mit ihnen und zeugten Kinder. Die Diener Gottes beteiligten sich an den heidnischen Festen und tanzten gemeinsam mit dem einfachen Volk um das Sonnwendfeuer. War es da verwunderlich, dass die gottgewollte Ordnung in Frage gestellt wurde? In seiner alten Heimat hätte es das alles nicht gegeben. Pater Benedikt hätte die barbarischen Zustände mit eiserner Faust beendet. Er war ein Mann Gottes, der enthaltsam lebte. Er wusste, dass das Weib nur aus einem Grunde auf dieser Welt war, es hatte dem Manne untertan zu sein und zu dienen, schließlich war es für die Erbsünde verantwortlich. Leider war Pater Benedikt am Chiemsee geblieben. Wie sehr vermisste der Graf die erbaulichen Worte des Priesters. Der strenge Diener Gottes hätte ihm geholfen, den Sumpf der Unmoral trockenzulegen. Er hätte nicht akzeptiert, dass einfache Leute ohne adelige Herkunft wie Grafen auf Gutshöfen herrschten. Nicht ohne Grund hatte Gott Ordnung unter den Menschen geschaffen. Es war geradezu ketzerisch, dass die Bewohner in diesem Tal die Ordnung ignorierten. Die Herren von Orth duldeten und unterstützten Männer wie Reinhart, der seit Jahren einen riesigen Gutshof auf der Halbinsel unterhalb des Traunsteins bewirtschaftete, dort wo sich die engste Stelle des Sees befand. Aber das war noch nicht genug. Reinhart erdreistete sich, mit der Zustimmung der Herren von Orth, Zölle von den passierenden Salzschiffen einzunehmen. Als Gegenleistung hielt er die Salzpiraten, die in den Wäldern rund um den See hausten, in Schach. Wieder schnaufte der Graf missbilligend. Wenn es nach ihm ginge, würde er die Piraten selbst bekämpfen und dem Treiben Reinharts ein für alle Mal ein Ende bereiten.

Seine Gedanken wurden jäh unterbrochen. Hinter ihm raschelte es im Stroh. Eine der lästigen Mäuse, die genau wie die Stechmücken in diesem Sommer zur wahren Plage geworden waren. Der Nager lief frech über den dunklen Holzfußboden. Die Viecher machten sich nicht nur über die vollen Vorratskammern her und vernichteten die mühsam eingefahrene Ernte, sondern wagten sich bis in die Stube, ja sogar in die Schlafkammern vor.

Es schien, als wären selbst die Mäuse in dieser wilden, vom Wasser und den Bergen gezeichneten Gegend zügelloser als anderswo.

Mühevoll stand er auf, stemmte sich mit beiden Händen

vom Tisch ab und ließ das Gespräch mit seinem Sekretär noch einmal in Gedanken vorbeiziehen. Johannes hatte berichtet, dass Ata mit ihren Damen in Gmunden eingetroffen war und sich in wenigen Tagen zu ihm aufmachen wollte. Ata war Graf Wilhelms Cousine, die Tochter seines Onkels Ottokar, der nur wenige Jahre älter war als er. Seit Jahren reiste die Nonne, die kein Dach mehr über dem Kopf hatte, weil ungarische Reiter ihr Kloster abgebrannt hatten, von einem Verwandten zum anderen und weigerte sich beharrlich, ihre Ehe mit Gott aufzugeben und sich einen wohlhabenden Mann zu suchen, damit sie dem Rest der Familie nicht mehr auf der Tasche lag. Die Vorstellung, Ata und ihre Damen einige Wochen, im schlimmsten Fall den ganzen Winter lang durchfüttern zu müssen, missfiel dem Grafen. Es reichte ihm voll und ganz, seine maßlose Frau zufriedenzustellen. Aber drei weitere Frauen zu verköstigen, das war zu viel. Leider konnte er sich nicht weigern, die eigene Cousine bei sich aufzunehmen. Er musste eine andere Lösung finden.

Missgelaunt trat er zum Fenster. Er konnte den nahenden Regen bereits riechen. In der Ferne war leises Donnergrollen zu vernehmen. Die meisten Menschen, die er kannte, fürchteten sich vor Gewittern. Er selbst liebte den Donner und erwartete voller Ungeduld jeden Blitz. Dabei stellte er sich vor, wie Gott die hellen, zuckenden Lichter wie Pfeile vom Himmel schoss. Pater Benedikt hatte gesagt, dass Gott Gewitter schickte, um die Menschen zu ermahnen. Nur wer in Sünde lebte, musste sich vor ihnen fürchten. Es war kein Zufall, dass es ausgerechnet in dieser Gegend so viele Gewitter gab. Jedes dieser Unwetter hatte etwas Reinigendes. So wie die süßliche Schwüle verschwand, kehrten die Menschen zum wahren Glauben zurück. Die Furcht trieb sie direkt in die Arme Gottes. Während die Sünder sich ängstigten, beteten sie zu ihm und flehten ihn an, sie zu verschonen und ihnen zu vergeben.

Das Gesicht dem kühlenden Windhauch entgegengestreckt, atmete der Graf tief ein. Ein Prickeln durchströmte seinen Körper, es war die Vorfreude auf den ersten Blitzschlag. Wessen Haus würde es diesmal treffen? Das des unzüchtigen Priesters oder gar Reinharts Hof?

Ein weiterer frischer Windstoß blies ihm ins Gesicht, ließ die Hitze daraus weichen und seinen Kopf wieder klar werden.

Hinter dem Traunstein zuckte der erste Blitz auf. Er zog sich wie ein feines Spinnennetz über den nächtlichen Himmel und tauchte die dichten Wälder für einen Moment in bizarres Licht. Kurz darauf erschütterte ein tiefer Donnerschlag das Tal. Das Gewitter war näher, als es den Anschein gehabt hatte. Im nächsten Augenblick wurde seine Burg erhellt, und zeitgleich ertönte ein Krachen, das dem Grafen durch Mark und Bein fuhr und jeden Stein des Gebäudes erzittern ließ. Selbst die Holzbretter des Bodens erbebten.

Ein befriedigender Schauer lief ihm über den Rücken. Er stellte sich vor, wie Gott das Land säuberte. Im Stall wieherten die Pferde, die Kühe brüllten nervös. Ein Stallknecht lief über den Hof zu den hölzernen Stallungen, um die aufgebrachten Tiere zu beruhigen. Er hielt schützend seine Arme über seinem Kopf, so als könnte er sich auf diese Weise vor einem weiteren Blitz schützen. Schon folgte der nächste Lichtstrahl, diesmal in Eisblau. Für einen kurzen Moment sah die Hauskapelle aus wie ein riesiger Dom.

Aus der Küche drangen Stimmen hinauf in die Wohnstube. Die Dienerschaft war erwacht, sicherlich knieten sie am Boden und flehten zu Gott. Sie hatten allen Grund, sich zu fürchten. Er selbst hatte keine Angst, schließlich war er ein gottesfürchtiger Christ, der die Fastenzeiten einhielt, den Armen Almosen spendete und das Wort des Papstes akzeptierte. Es konnte ihm nichts passieren, er war sicher. Ein zufriedenes Lächeln breitete sich auf dem Gesicht des Grafen aus. Gerade als er sich ausmalte, wie Gott die unzüchtigen Priester im Fegefeuer bestrafen würde, wurde die Stalltür aufgestoßen. Holz splitterte, und eines der Pferde, der schwarze Hengst, den er erst vor ein paar Wochen teuer am Viehmarkt in Gmunden erstanden hatte, stürmte in den Hof. Der hilflose Stallknecht hetzte verzweifelt hinterher.

»Verdammt«, schimpfte der Graf. Warum hatte der Idiot das Tier nicht angebunden, so wie er es befohlen hatte? Sollte dem wertvollen Hengst etwas passieren, würde er den Jungen auspeitschen lassen, auf dass er nie wieder seine Anweisungen ignorierte.

Erneut zuckte ein Blitz über den Himmel, ließ die Nacht für einen Moment taghell erscheinen. Zeitgleich rollte ein tiefer Donnerschlag über den Hof. Flammen loderten auf. Der Blitz hatte direkt in den Turm der kleinen Kapelle eingeschlagen. Wie konnte das sein? Warum zerstörte Gott sein eigenes Haus? War es zu klein, zu erbärmlich? Oder galt dieser Schlag dem Priester, der mit einer Frau im Bett lag und vor Angst zitterte?

Einer der Knechte läutete die Glocke, die sich neben dem Brunnen befand. Das Feuer musste gelöscht werden, und kurz darauf liefen zwei weitere Knechte mit Eimern in den Hof. Im selben Moment stürzte sintflutartiger Regen vom Himmel.

Graf Wilhelm polterte die Stufen hinab in die Küche. Wegen der winzigen Fenster war es hier deutlich finsterer. Es roch nach kaltem Bratenfett und menschlichem Schweiß. Zwei Burschen aus dem Dorf, die alte Köchin und die hübsche neue Dienstmagd hockten in einer der Ecken neben der Kochstelle und jammerten.

»Habt ihr keine Ohren im Kopf? Die Kapelle brennt, und mein schwarzer Hengst ist aus dem Stall entkommen. Rasch, raus mit euch.«

Mit angstgeweiteten Augen starrten die zwei Burschen ihn an. Sie waren gerade dem Kindesalter entwachsen und arbeiteten erst seit einigen Wochen auf der Burg. Einer zitterte, seine Zähne klapperten laut.

»Wenn ihr euch nicht augenblicklich bewegt, seid ihr eure Stellung los und könnt morgen in die erbärmlichen Hütten im Dorf zurückkehren, wo ihr Gras zum Fressen kriegt, statt euch auf meine Kosten die Bäuche vollzuschlagen. Los jetzt!«

Die zwei Burschen erhoben sich, auch das Mädchen wollte aufstehen, aber die Köchin legte schützend den dicken Arm um seine Schultern und hielt es zurück.

»Mein Herr, es ist zu gefährlich. Wir müssen abwarten, bis das Gewitter …«

Die Alte erdreistete sich tatsächlich, ihm zu widersprechen! Sie war ein Weib und hatte den Mund zu halten. Hatte sie vor Angst den Verstand verloren?

Seine wütenden Schreie gingen im nächsten Donnerschlag unter. Der Kleinere der Burschen hielt sich aus Furcht vor dem Lärm die Hände an die Ohren. Ärgerlich stieß Graf Wilhelm den Jungen zur Tür und drängte ihn nach draußen, schließlich ging es um seinen Hengst. Trotz des Regens loderte das Feuer am Dach der Hauskapelle.

Drei Bedienstete versuchten es mit Eimern zu löschen, wo zum Teufel waren alle anderen? Am gegenüberliegenden Ende des Burghofs warf sich der Hengst mit voller Wucht gegen den hohen Holzzaun. Außer dem Stallknecht, der für dieses Unglück verantwortlich war, bemühte sich niemand um das wertvolle Tier.

Graf Wilhelm legte die Hände an den Mund und schrie gegen das Prasseln des Regens an, jedoch ohne Erfolg. Die Männer hörten ihn nicht. Er musste selbst Hand anlegen und seinen Hengst retten.

Gerade als er sich umdrehen wollte, zuckte erneut ein Blitz über den Himmel. Gleißendes Licht zwang ihn, die Augen zu schließen, und ein stechender Schmerz, gefolgt von einem höllischen Brennen, sausten durch seinen Körper. Es fühlte sich an, als würden Tausende Messer gleichzeitig auf ihn einstechen. Er schrie in einer Mischung aus Schmerz und Ekstase. Eine Axt schien seinen Körper in unzählige Teile zu spalten. Sie strebten auseinander, tobten im Sturm, um sich in einem wilden Tanz wieder zusammenzusetzen. Mit einem Mal konnte er fliegen. Er roch verkohltes Haar und angesengte Haut, aber das war nicht Teil von ihm. Er fühlte sich leicht und schmerzfrei. In der Ferne erkannte er ein helles, warmes Licht, das direkt vom Himmel zu kommen schien. Ein Bild tauchte vor seinem inneren Auge auf. Zuerst nur vage, aber dann immer konkreter. Er sah die grüne Halbinsel unterhalb des Traunsteins. Das Wasser des Sees glitzerte türkisblau in der Sonne, und der Gipfel des Berges spiegelte sich darin. An der Stelle, an der Reinharts Gutshof stand, befand sich ein stattliches Kloster mit einer herrlichen Kapelle. Eine Frau kniete vor einem prächtigen goldenen Altar. Ein wunderschönes Kruzifix mit dem gegeißelten

Heiland hing darüber. Die Dornenkrone des Herrn leuchtete. Er musste blinzeln, um zu erkennen, wer die Frau war. Sie trug die Tracht einer Äbtissin und hatte große Ähnlichkeit mit seiner Cousine. Es war Ata, und sie lächelte. Das Lächeln galt nicht Gott, sondern ihm. Ihre Lippen öffneten sich und formten Worte, die so hell und klar klangen, als kämen sie aus dem Mund eines Engels.

»Es ist Gottes Wille, und der Heilige Vater wird dich in deinem Vorhaben bestärken.«

Es dauerte einen Moment, bis der Graf begriff, was die Worte und die Bilder bedeuteten. Kaum hatte er den Inhalt erfasst, wusste er, dass er eben die Antwort auf all seine Probleme erhalten hatte.

Das Licht verblasste wieder, er schloss die Augen, und der Schmerz kehrte zurück. Als er sie wieder öffnete, lag er rücklings in der nassen Erde, das Gesicht immer noch in den prasselnden Regen gerichtet, doch das Gewitter war weitergezogen, die Blitze zuckten nur noch in weiter Ferne.

Jemand beugte sich über ihn. Er sah in das besorgte Gesicht seines Verwalters.

»Um Himmels willen«, flüsterte der Mann entsetzt. »Der Blitz hat Euren rechten Arm erwischt.« Noch bevor er schauen konnte, ob die Worte stimmten, umfasste ihn sanfte Dunkelheit wie ein weiches Tuch. Schade, denn er hätte gerne noch einmal den goldenen Altar gesehen.

Kapitel 1

Gutshof auf der Halbinsel
am Traunsee, 950

Während die handlichen, fein geflochtenen Weidekörbe der anderen Mädchen bereits bis zum Rand mit frischen Kräutern und farbenprächtigen Wiesenblumen gefüllt waren, lagen in Ursels Korb bloß eine Handvoll Johannisblüten, drei Margeriten und eine lila Glockenblume. Nie und nimmer würde sie mit dieser mageren Ausbeute einen ansehnlichen Haarkranz flechten können.

Sosehr sie sich auch bemühte, sie fand einfach keine Freude am Blumenpflücken. Auch wenn sie wusste, dass sie zum bevorstehenden Sonnwendfest heute Abend besonders hübsch aussehen sollte. Schließlich war sie im Frühling sechzehn Jahre alt geworden, ein Alter, in dem andere Mädchen schon verheiratet waren. Es war höchste Zeit, dass ihr Vater Reinhart, der Herr über den Gutshof auf der Halbinsel unterhalb des Traunsteins, sie endlich an einen Mann vergab. Aber bis jetzt hatte er damit keine Eile gehabt, und Ursel war ihm dankbar dafür. Noch verspürte sie kein Verlangen, Ehefrau und Mutter zu werden.

Wann immer Barbara, die neue Frau ihres Vaters, sich anschickte, sie in den weiblichen Tätigkeiten, die eine Tochter eines Gutsherrn beherrschen sollte, zu unterrichten, suchte Ursel das Weite. Statt ein Kaninchen mit frischen Wiesenkräutern und Zwiebeln zu füllen, legte sie sich lieber im Unterholz auf die Lauer, um es mit einem einzigen, gezielten Pfeilschuss ihres selbstgebauten Bogens zu erlegen.

»Da drüben ist ein ganzes Feld voll Kornblumen«, rief eines der Mädchen und lief voraus. Es war Margit, die Tochter des Hufschmieds. Sie war in etwa so alt wie Ursel und sollte gleich nach der Sonnwendfeier Bert, den Sohn des Bootsbauers, heiraten. Seit Wochen gab sie mit ihrer bevorstehenden Hochzeit an. Die anderen Mädchen beneideten sie um die gute Partie. Bert war ein hübscher Bursche mit kräftigen Armen und dichtem blonden Haar.

Ursel war die Einzige, die nicht schmachtend seufzte, wenn das Gespräch auf den großgewachsenen jungen Mann mit den überdimensionierten Oberarmen kam. Sie hielt ihn für einen Angeber, der mit dem Wohlstand seines Vaters prahlte. Außerdem war er in ihren Augen ein Feigling, der Reißaus nahm, sobald Gefahr drohte. Wie die meisten Männer am Hof konnte er nicht schwimmen. Dabei verdiente er sein Geld mit dem Bau von Schiffen.

Ursel hatte bereits mit fünf Jahren schwimmen gelernt. Wahrscheinlich war sie das einzige Mädchen auf der Halbinsel, das sich im Wasser bewegen konnte wie ein Fisch. Ihr Bruder Rainer hatte es ihr beigebracht.

»Ich will euch weder aus dem See rausholen müssen, wenn ihr auf einem der Felsblöcke ausrutscht, noch will ich schuld sein, wenn ihr absauft«, hatte er gesagt und sowohl sie als auch ihren nur um ein knappes Jahr älteren Bruder Hans ins klare, grüne Wasser des Traunsees gestoßen. Dann war er neben ihnen geblieben und hatte zugesehen, wie sie sich abmühten und strampelten, hatte sie aber erst wieder ans Ufer gelassen, als ihre Lippen dunkelblau gewesen waren und ihre Zähne so laut aufeinander geschlagen hatten, dass man hätte meinen können, drei Spechte schlügen gleichzeitig ein riesiges Loch in einen Baumstamm. Ursel und Hans hatten an diesem Nachmittag schwimmen gelernt.

»Komm schon, Ursel, die anderen sind bereits bei der Lichtung«, drängte Irmgard, die Tochter der Hafnerin, und holte Ursel aus ihren Gedanken. »Wenn wir uns nicht beeilen, pflücken Margit und die anderen die Himbeersträucher am Waldrand leer und uns bleibt nichts anderes übrig, als ins Unterholz zu kriechen, wo wir uns nicht nur die Röcke an den Dornen aufreißen, sondern auch die Gesichter zerkratzen.«

Jedes der Mädchen hatte neben dem Korb für die Blumen auch einen Eimer für Himbeeren dabei. Die Behälter mussten gefüllt werden, damit die Frauen die Früchte später zu süßem Mus verarbeiteten konnten, ein Teil davon würde am Abend zum Festessen gereicht werden, der Rest wanderte in Tontöpfen in die Vorratskeller, deren Regale in den nächsten warmen Sommerwochen aufgefüllt werden würden, bevor der strenge Winter wieder Einzug hielt und das Land für Monate unter einer Schneedecke begrub.

»Bei der Quelle, die direkt aus dem Felsen springt, gibt es auch Himbeerbüsche, lass uns lieber dorthin gehen«, schlug Ursel vor.

Entsetzt starrte Irmgard sie an. »Du meinst doch nicht die Quelle bei der Bärenhöhle.«

»Dort wohnt seit Jahren kein Bär mehr.« Ursel machte eine wegwerfende Handbewegung. Solange sie sich zurückerinnern konnte, war sie mit ihren Brüdern Rainer und Hans in den Wäldern unterwegs gewesen. Sie kannte jeden Schlupfwinkel wie ihre eigene Rocktasche und wusste, wo Gefahren lauerten. Die angebliche Bärenhöhle war mit Sicherheit unbewohnt.

Aber Irmgard schüttelte entschieden den Kopf: »Der Ort liegt viel zu tief im Wald. Der Weg ist für zwei Mädchen gefährlich. Stell dir nur vor, wir treffen auf die Salzpiraten. Wir wären den Männern hilflos ausgeliefert.«

Ursel verdrehte die Augen.

»Ach Irmgard«, seufzte sie. »Du weißt doch, dass mein Vater ein Abkommen mit Gerold getroffen hat. Solange er den Männern einen Teil vom Salz abgibt, das er einnimmt, greifen sie keine Schiffe an.«

»Das mag schon stimmen«, erwiderte Irmgard. »Aber jeder weiß, dass Gerold ein Gesetzloser ist und die Männer, die er um sich schart, ein Haufen Gesindel. Sie hausen wie die Wilden im Wald, und wenn dein Vater sich nicht mit ihnen arrangiert hätte, wäre keines der Salzschiffe vor ihnen sicher. Das Abkommen mag für die Schifffahrt gelten, aber nicht für hilflose, junge Mädchen.«

»Wer sagt denn, dass wir hilflos sind? Ich habe zwar weder Pfeil noch Bogen dabei, aber ...« Ursel grinste. Dann hob sie ihre Röcke und zeigte auf ein Jagdmesser, das in einer Lederschlaufe steckte und mit einem Riemen an ihrem nackten Bein befestigt war.

Irmgard unterdrückte einen Aufschrei und wich entsetzt zurück. »Um Himmels willen, Ursel, tu das Ding wieder weg! Hast du vergessen, dass du ein Mädchen bist? Es schickt sich nicht, mit derart gefährlichen Waffen rumzurennen. Es reicht, wenn du gemeinsam mit deinem Bruder Bogen schnitzt.«

Ursel zuckte mit den Schultern: »Es ist mir egal, was sich schickt. Das Messer schützt mich vor Angreifern, und ich »schnitze« keine Bogen, sondern baue die besten und präzisesten Kompositbogen, die es hier in der Gegend gibt.«

Sie verschwieg ihrer Freundin, dass sie erst gestern einen ihren Bogen gegen ein noch schärferes Schnitzmesser eingetauscht hatte, mit dem sie in Zukunft das Horn bearbeiten konnte, das sie mit Fischleim auf das Birkenholz klebte. Das Messer lag nun gut gehütet in einer Truhe in der Hütte am See, wo ihr Bruder Hans und sie abgeschieden von den anderen an den Bogen arbeiteten.

»Du weißt, dass ich dich mag«, sagte Irmgard. »Aber manchmal glaube ich, dass Margit und die anderen Mädchen recht haben mit dem, was sie über dich sagen.«

»Was sagen sie denn?«, wollte Ursel wissen.

Irmgard errötete und biss sich auf die Zunge. Offenbar hatte sie mehr verraten, als sie gewollt hatte. Verlegen griff sie nach einer ihrer strohblonden Locken und drehte sie um ihren Zeigefinger. Von der Arbeit auf der Töpferscheibe waren ihre Hände stets rau, rissig und unansehnlich. Dagegen konnte auch die Ringelblumensalbe der alten Ottilia nichts ausrichten. Sie presste die Lippen zusammen.

»Was sagen sie?«, drängte Ursel. Sie strich ihre Röcke wieder glatt und warf den dicken, dunkelblonden Zopf, den sie heute Morgen eilig geflochten hatte, zurück auf ihren Rücken. Einige vorwitzige Strähnen hatten sich gelockert. Ursel wartete auf eine Antwort.

Verlegen trat Irmgard von einem Fuß auf den anderen und führte ihren Daumen an die Lippen. Der ohnehin kurze Nagel musste dran glauben.

»Sie behaupten, dass du verrückt seist, weil du den ganzen Tag im Wald mit deinen Brüdern verbringst und Kaninchen und Rebhühner schießt.«

Ursel reagierte gelassen. Das war also der Grund, warum die Mädchen hinter vorgehaltener Hand kicherten, wenn sie an ihnen vorbeiging. Sie hatte gedacht, dass es an ihrem dunkelblauen Kleid lag, das seit Wochen einen Riss im Saum hatte und längst genäht werden sollte.

»Ich glaube ja, dass Margit böse redet, weil sie eifersüchtig ist. Jeder kann sehen, dass Bert bloß Augen für dich hat und dir hinterherstarrt, sobald du an ihm vorbeigehst«, fuhr Irmgard fort. Doch Ursel schenkte ihren Worten kaum Beachtung. Sollten die anderen sich den Mund zerreißen. Sie würde trotzdem keinen Gefallen am Nähen, Spinnen, Weben und Kochen finden und sich weiterhin der Jagd widmen.

Ihr Gleichmut stichelte Irmgard an: »Willst du wissen, was sie sonst noch sagen?«

Ursel zuckte gleichgültig mit den Schultern. Ihr Instinkt riet ihr, dass es besser wäre, wenn sie weiterhin unwissend bliebe. Aber ihre Neugier drängte sie zum nächsten Satz: »Sag schon.«

Irmgard blickte zu den anderen Mädchen, um sich zu versichern, dass niemand sie hören konnte. Aber Margit und die anderen hatten bereits damit angefangen, ihre leeren Eimer mit Himbeeren zu füllen. Eine von ihnen lachte hell auf. Eine andere stimmte ein Lied über einen verliebten Ritter an. Einzelne Wortfetzen drangen von der Lichtung herüber. Obwohl niemand ihnen Beachtung schenkte, hielt Irmgard ihre Hand dennoch schützend vor den Mund und flüsterte: »Sie behaupten, dass du nie gesunde Kinder kriegen kannst. Sie glauben, dass auf eurer Familie ein Fluch lastet. Du weißt schon, warum.« Sie machte eine bedeutungsvolle Pause. Ursel war klar, dass es ein Fehler gewesen war, nachzufragen. Ihr Herz setzte für einen Moment aus, um dann in besorgniserregender Geschwindigkeit weiterzurasen. Sie wusste, was jetzt kommen würde, und wollte die Worte nicht hören, aber dazu war es zu spät. Irmgard war nicht mehr zu bremsen.

»Sie behaupten, der Fluch ist der Grund dafür, dass dein Vater keinen Mann für dich finden kann.«

Auch wenn Ursel böses Getratsche geahnt hatte, so fühlte sie sich gerade wie betäubt ob der Sensationslust und Freude in den Worten der Freundin. Alles, was sie spürte, war Schmerz. Die anderen hielten das Schicksal ihrer Familie also für einen Fluch. Warum sprach niemand die Gedanken laut aus? Weil Reinhart der Herr des Gutshofes war?

Trotzig presste Ursel die Lippen zusammen und stemmte ihre Hände in die schmalen Hüften.

»Und wenn schon«, sagte sie. »Eigentlich ist es das Beste, was mir passieren kann. Ich will sowieso nicht heiraten. Schon gar nicht einen Idioten wie Bert, der mit seiner Muskelkraft prahlt und im Wasser untergeht wie ein Stein.«

Mitleidig schüttelte Irmgard den Kopf.

»Du glaubst mir nicht?«, fragte Ursel.

»Doch, natürlich glaube ich dir«, beschwichtigte Irmgard sie. Sie machte einen Schritt auf Ursel zu, um ihr den Arm um die Schultern zu legen, aber Ursel wich zurück.

»Ach, komm schon«, sagte Irmgard. »Vergiss, was die anderen sagen, und lass uns rüberlaufen, bevor alle Himbeeren weg sind.«

Aber Ursel war nun endgültig die Lust nach Gesellschaft vergangen.

»Ich pflücke die Himbeeren bei der Quelle!«, erklärte sie. Dann drehte sie sich um, raffte ihre Röcke und lief Richtung Wald. Einen kurzen Moment lang hoffte sie, die Freundin würde ihr folgen. Aber Irmgard blieb wie angewurzelt stehen. Ursel konnte ihre Blicke in ihrem Rücken förmlich spüren. Sobald sie den Wald erreicht hatte, wurden ihre Schritte wieder langsamer. Geschickt sprang sie über Wurzelstöcke und weiche, feuchte Moospolster. Tannennadeln bohrten sich in ihre nackten Fußsohlen. Aber sie nahm den Schmerz nicht wahr. Vom Tau noch feuchte Farnblätter streiften ihre Röcke, ihre Lungen brannten, und ihr Herz raste, sie hielt dennoch nicht an, sondern lief immer weiter. So lange, bis sie die Quelle und die Himbeerbüsche erreicht hatte. Erschöpft ließ sie sich auf einen der kühlen Felsbrocken sinken. Als ihr wilder Herzschlag sich wieder beruhigte, dachte sie erneut über die Worte nach.

Lag wirklich ein Fluch auf ihr? Tränen schlichen sich in ihre Augen. Sie schniefte. Warm und salzig kullerte die erste Träne über ihr schmales Gesicht, tropfte schwer auf den blauen Rock ihres einfachen Wollkleides. Sie entdeckte ein weiteres Loch, das sie sich eben gerissen hatte. Egal, wen kümmerte ihr Kleid?

Das letzte Mal hatte sie geweint, als Hektor, ihr Hund, von einem der Pferde getreten worden und nicht mehr aufgestanden war. Es war lächerlich, dass sie nun wegen Irmgards Worten heulte wie eines der Mädchen, die über sie herzogen. Aber eine innere Stimme verriet ihr, dass das Getratsche nicht der eigentliche Grund ihrer Traurigkeit war. Sie weinte, weil sie Gott an manchen Tagen zürnte.

Er hatte ihr einen Bruder geschenkt, den sie liebte, so wie er war. Doch manchmal, wenn sie schwach war und sich verletzt fühlte, wünschte sie, er wäre anders. In diesen seltenen Augenblicken verachtete sie sich selbst. Jetzt war so ein Moment.

Kapitel 2

Gutshof auf der Halbinsel
am Traunsee, 950

Schon von weitem konnte Ursel die Stimmen der Männer hören, die damit beschäftigt waren, Brennholz zu einem kunstvollen Haufen zu stapeln, schließlich sollte das Johannisfeuer die ganze Nacht über brennen. So lange, bis das gegrillte Spanferkel aufgegessen, die Fässer mit dem frischgebrauten Bier leer getrunken und die Menschen vom Tanzen und Feiern so müde waren, dass sie erschöpft nach Hause gingen oder sich einfach im Heu schlafen legten. Davor jedoch mussten die jungen, unverheirateten Burschen des Gutshofes über das niedergebrannte Feuer springen. Nicht selten passierte es, dass einer ausrutschte und sich jämmerlich die Fußsohlen verbrannte. Ursel hoffte, dass ihre Brüder den Sprung gut überstanden. Für Rainer war dieses Sonnwendfest das letzte, bei dem er die Flammen überwand, denn bereits beim nächsten Vollmond sollte er Hanna heiraten, die Tochter eines reichen Gewürzhändlers aus Reichenhall. Die beiden kannten einander kaum und hatten sich bloß ein einziges Mal gesehen. Rainer hoffte, dass sie während der Ehe nicht so still sein würde wie bei ihrer ersten Begegnung.

»Sie sieht aus wie eine graue Maus und ist ebenso still«,

hatte er gejammert. Aber Reinhart hatte ihm verärgert das Wort abgeschnitten und geantwortet: »Hanna Priegel ist so reich wie eine Herzogin. Mit ihrer Mitgift kannst du dir ein Haus aus Stein bauen lassen. Wichtig ist, dass sie dir einen Erben schenkt, danach kannst du dich nach lebendigeren Weibern umsehen.« Nach dem Gespräch hatte Rainer seine bevorstehende Heirat nicht mehr erwähnt.

Ursel wusste, dass ihr Vater neben Barbara immer wieder das Bett anderer Frauen aufsuchte. Niemand störte sich daran, auch Barbara nicht. Anders war es gewesen, als ihre Mutter, Anna, noch am Leben gewesen war. Sie hatte er innig geliebt und nicht im Entferntesten daran gedacht, sich nach anderen Partnerinnen umzusehen.

»He, Ursel. Steh nicht faul rum, sondern lauf zu den Frauen in die Küche und hilf mit. Das Brot ist noch nicht gebacken, und die Butter muss noch gestampft werden.«

Die scharfen Worte stammten von Ottilia. Sie war die Älteste am Hof und glaubte, dass die Jahre, die sie auf ihrem krummen Buckel hatte, ihr das Recht dazu gaben, alle, die jünger waren, und das waren bis auf den alten Sepp alle, herumzukommandieren. Aus irgendeinem Grund war sie zu Ursel noch unfreundlicher als zu den anderen Bewohnern. Dabei begegnete Ursel der Alten stets mit dem angebrachten Respekt. Jetzt hockte Ottilia auf einen Stock gestützt auf einem der Baumstümpfe und fixierte Ursel mit ihren grauen, stumpfen Augen. Angeblich waren sie früher grün gewesen. Auch ihr Kleid und ihre Haut waren grau, so als wäre beides untrennbar miteinander verbunden.

Ottilia half den Frauen beim Gebären und kannte sich mit Heilkräutern und Wurzeln aus. Ursel graute bei dem Gedanken, dass sie auch ihr einmal beistehen würde. Sie fürchtete sich vor der unfreundlichen Alten, die keine Zähne mehr im Mund hatte und deren Gesicht von tiefen Falten zerfurcht war wie frisch gepflügter Ackerboden. Angeblich war Ottilia nicht immer so verbittert gewesen. Einst hatte sie einen Mann und eine Tochter gehabt. Der Mann war im See ertrunken und die Tochter eines Nachts einfach davongelaufen. Ursel war der Frau nie begegnet. Seit sie sich zurückerinnern konnte, lebte Ottilia allein und war trotz ihres dürren, gebrechlichen Körpers furchteinflößend. Die paar Mal, an denen Ursel Ottilias Hilfe wegen eines hartnäckigen Hustens, einer Schnittwunde oder einer Verstauchung benötigt hatte, war sie heilfroh gewesen, dass einer ihrer Brüder oder Barbara sie in die Hütte der Alten begleitet hatte.

»Worauf wartest du? Hältst dich wohl für was Besseres. Glaubst, weil du die Tochter von Reinhart bist, kannst du dich vor der Arbeit drücken. Aber so geht das nicht. Los, los!«

Ottilias Stimme klang krächzend. Sie hob ihren Stock und stieß damit in Ursels Richtung. Dabei zitterten ihre Hände, die vom Alter und einer schmerzhaften Krankheit aussahen wie knorrige Äste eines verkrüppelten Baumes.

Ursel wich aus und sprang zurück. Dann lief sie rasch an der Alten vorbei zur großen Gutshofküche. Lieber stampfte sie stundenlang Butter, als sich weiter von Ottilia herumkommandieren zu lassen.

Hastig näherte sie sich dem Gebäude. Dieser Teil des Gutshofs war der einzige, der aus festen Steinen errichtet war. Während die Schlaf- und Wohnräume Wände aus Holz und Dächer aus Schilf besaßen, durch deren Ritzen im Winter die Kälte und im Sommer die Hitze drangen, herrschte in der Küche immer die gleiche Temperatur. Im

Hof hinter der Küche befanden sich der Brotbackofen und eine weitere Feuerstelle, über der seit den frühen Morgenstunden ein riesiger Topf hing, in dem ein Lammfleischeintopf kochte. Außerdem lagen dort die Vorratskammern. Ursel trat durch die offenstehende Tür. Augenblicklich schlug ihr der Geruch von frischem Schweineschmalz entgegen.

»Ursel, du bist schon wieder zurück?« Barbara sah überrascht von ihrer Arbeit auf. Sie stand an einem der drei winzigen Fenster, die einzigen Lichtquellen, und füllte noch flüssiges Schmalz und frische Grammeln in Tontöpfe. Ursels Magen begann zu brummen. Seit ihrem kargen Frühstück, einer Schale Hirsebrei, hatte sie nichts mehr gegessen. Im Moment war die Küche ein Ort des Überflusses. Alle waren mit den letzten Vorbereitungen für das Fest am Abend beschäftigt. Sicher fiel es nicht auf, wenn Ursel sich eine der frisch gefüllten Würste schnappte, die zum Trocknen an dunklen Eichenbalken von der Decke hingen. Sie schielte begehrlich danach, was Barbara lachend bemerkte.

»Auf dem Tisch hinter mir liegt ein Stück Brot mit Schmalz und Zwiebelringen. Ich habe es für deinen Vater gerichtet, aber er ist nicht gekommen. Greif zu.«

Reinharts zweite Frau war deutlich jünger als er. Sie hatte Ursel in ihr Herz geschlossen, als wäre sie ihre eigene Tochter. Leider war es Ursel nie gelungen, Barbara die gleichen Gefühle entgegenzubringen.

Ursels Stiefmutter hatte einen weiblichen, weichen Körper, glänzendes, dunkles Haar und einen sinnlichen Mund. Ganz anders als Ursel, die hellhäutig und blond war und deren Körper Ähnlichkeiten mit dem eines jungen, drahtigen Burschen hatte. Manchmal zogen ihre

Brüder sie damit auf. Dann stieß Rainer sie liebevoll in die Seite und raunte ihr ins Ohr: »Vorne wie hinten ein Brett! Ich bin sicher, Gott wollte eigentlich einen Jungen erschaffen, aber er wurde abgelenkt und etwas lief schief, und schließlich kamst du als Mädchen zur Welt.«

Ursel tröstete sich damit, dass ihre Mutter Anna angeblich genauso ausgesehen hatte. Es verging kein Tag, an dem ihr Vater sie nicht mit traurigem Blick betrachtete und dann nachdenklich meinte: »Du bist Annas Ebenbild.« Manchmal hatte Ursel großes Mitleid mit Barbara, die so schön war, sich so große Mühe gab und trotzdem immer nur die zweite Wahl bleiben würde. Sowohl bei Reinhart als auch bei seinen Kindern.

»Die anderen Mädchen sind noch nicht zurück. Hast du denn schon einen Kranz für heute Abend geflochten?«, fragte sie.

Ursel schüttelte den Kopf. Sie hatte sich das Schmalzbrot geschnappt und biss genüsslich hinein.

Geräuschvoll stellte Barbara den gefüllten Tontopf zur Seite, verzog ihre vollen Lippen zu einem hübschen Schmollmund und seufzte.

»Ach, Ursel. Wie sollen wir nur ein heiratsfähiges Mädchen aus dir machen?«

Ursel zuckte mit den Schultern. Für heute hatte sie genug vom Thema Ehe. Sie kaute und schluckte einen Teil des Schmalzbrotes gierig hinunter. Ihr Magen beruhigte sich.

»Wo ist Nikolaus?«, fragte sie mit immer noch vollem Mund.

Barbara deutete mit dem Kopf auf den kleinen, abgetrennten Raum hinter sich. Ursel blieb das Brot im Hals stecken. Sie konnte und wollte nicht glauben, dass Barbara und die andere Frauen ihren jüngeren Bruder schon wieder in die winzige, dunkle Vorratskammer verbannt hatten, in der bloß altes Gerümpel aufbewahrt wurde. Dort war es trotz des warmen Wetters kalt, feucht und finster. Niemand verbrachte freiwillig seine Zeit an diesem düsteren, unfreundlichen Ort. Niemand außer Nikolaus, der immer an das Gute im Menschen glaubte und nicht im Traum daran denken würde, dass er Barbara oder den anderen Frauen lästig sein könnte.

»Warum?«, fragte Ursel ungehalten und sprang von dem kleinen Holzschemel, auf dem sie eben erst Platz genommen hatte, wieder auf. Er geriet gefährlich ins Wanken.

»Er ist freiwillig gegangen«, erklärte Barbara, doch ihr Gesichtsausdruck verriet etwas anderes.

»Der Dummkopf hat die ganze Zeit unverständliches Zeug gebrabbelt, da haben wir ihn weggeschickt«, gestand eine der Mägde. Sie war selbst nicht die Schlauste und sah Ursel aus großen, stumpfsinnigen Augen an. Sie erinnerte Ursel an eines der Schafe auf der Weide hinter dem Hof.

Ringlotta, die Frau des Hufschmieds, nahm kein Blatt vor den Mund: »Der Junge sollte dankbar dafür sein, dass wir ihn durchfüttern. Andere Gemeinschaften hätten ihn schon längst sich selbst überlassen und in die Wälder geschickt. Wozu taugt er denn schon?«

Das Schmalzbrot in ihrem Magen fühlte sich plötzlich wie ein Klumpen unverdauliches Pech an. Ursel wurde übel. Sie nahm Barbaras warnenden Blick wahr. Ihre Stiefmutter schüttelte fast unmerklich den Kopf. In den letzten Wochen hatte Ursel sich wiederholt lautstark für Nikolaus eingesetzt und jedes Mal den Kürzeren gezogen. Es war, als hätten sich alle gegen ihren Bruder verschworen.

Statt auszusprechen, was ihr auf der Zunge lag, stand sie schweigend auf, ballte die Hände zu Fäusten und ging in die Vorratskammer.

Als sie ihren Bruder am festgestampften Lehmboden hocken sah und dabei beobachtete, wie er einen bereits alten Topf, den seit Jahren niemand mehr verwendete, mit einer Bürste sauberschrubbte, war es ihr, als schnürte ein Gurt ihre Brust zusammen und nähme ihr die Luft zum Atmen. Wie konnten diese bösen Weiber in der Küche Nikolaus einfach wegsperren! Ihr Bruder würde sich niemals wehren oder eine unsinnige Tätigkeit verweigern. Umso fieser war es, ihn dazu einzuteilen.

Sein feines, hellblondes Haar hing ihm in die schräg stehenden, bernsteinfarbenen Augen, sie hatten denselben Farbton wie Ursels. Als er sie erkannte, hellte sich sein rundes Gesicht auf. Er grinste von einem Ohr zum anderen.

»Urschl«, sagte er in einer verwaschenen Sprache, die nur jene verstanden, die ihn gut kannten und bereit waren, ihm zuzuhören. Die Zunge hing ihm ein Stückchen zu weit aus dem Mund. Es hatte den Anschein, als wäre sie zu breit. Aber er strahlte förmlich, und Ursel hätte ihn am liebsten auf der Stelle ganz fest in die Arme geschlossen. Sie wusste jedoch, dass Nikolaus Umarmungen nur mochte, wenn sie von ihm selbst ausgingen. Deshalb ließ sie es bleiben und fragte stattdessen: »Warum zum Teufel hockst du in diesem dunklen Loch und schrubbst einen alten, kaputten Topf sauber?«

Ihr Ärger richtete sich eigentlich gegen Barbara und die anderen Frauen, aber Nikolaus war es, der ihn jetzt zu spüren bekam. Fragend zog er die Mundwinkel nach unten.

Sofort wurde Ursels Stimme weicher, sie schalt sich eine Närrin, trat auf ihren Bruder zu und umarmte ihn nun doch. Er roch nach Erdkeller und ein bisschen nach Urin und ungewaschenem Mann, denn Nikolaus hielt es mit der Sauberkeit nicht so genau. Ursel störte sich nicht daran, sie war es gewohnt und hatte es aufgegeben, ihren Bruder zur Körperpflege zu zwingen. Andere Männer stanken viel schlimmer, der Hufschmied zum Beispiel, aber bei dem stieß sich niemand daran.

»Ich hab's nicht bös gemeint«, versicherte sie ihm schnell. »Es ist bloß – draußen scheint die Sonne, und ich fände es viel schöner, wenn du vor dem Haus sitzen würdest.«

»Ach so«, sagte Nikolaus und schob sie erleichtert von sich weg.

Er hob den Topf, der noch nie so sauber gewesen war, und hielt ihn Ursel fragend entgegen.

»Denkst du, er ist gut so?«

Am liebsten hätte Ursel den Topf genommen und einer der Frauen in der Küche an den Kopf geworfen, aber das hätte ihren friedfertigen Bruder noch mehr verstört. Zum einen, weil er Gewalt verabscheute, zum anderen, weil er es nicht verstehen würde, hatte er doch gerade einen Auftrag ausgeführt. Deshalb nahm Ursel ihm den Topf ab.

»Er ist wunderbar sauber«, sagte sie und wünschte, sie könnte ihn für etwas anderes loben. Warum gaben ihm die Frauen keine Tätigkeiten, die tatsächlich wichtig waren? Nikolaus war stark und ausdauernd, er könnte die Butter stampfen oder Obers rühren. Natürlich wusste Ursel, warum er nicht an Lebensmittel gelassen wurde.

Stolz über ihr Lob drückte Nikolaus ihr einen sehr feuchten Kuss auf die Wange. Dann wischte er sich mit dem Ärmel seines Hemdes über Nase und Mund. Eine dicke Schleimspur blieb zurück. Einer der Gründe, warum er keine Butter stampfen durfte.

Ringlottas Worte waren Ursel nur allzu deutlich im Gedächtnis geblieben: »Denkst du, irgendjemand will sich den Rotz eines Schwachkopfs aufs Brot streichen?«

»Komm, wir gehen nach draußen. Es ist ein herrlich warmer Sommertag. Die Sonne scheint, und niemand sollte seine Zeit in einem feuchten Erdkeller verbringen.«

Ursel zog ihren Bruder am Ärmel nach draußen.

»Aber ich muss noch einen Topf …«, stammelte er.

Ursel warf einen Blick auf zwei weitere kaputte Kochutensilien und schnaufte verächtlich. Sie wusste, dass nur eine Lüge ihren pflichtbewussten Bruder davon abhalten würde, die verbeulten, rostigen Töpfe zu schrubben.

»Barbara hat gesagt, dass die Töpfe warten können.« Ohne mit der Wimper zu zucken kam ihr die Unwahrheit über die Lippen. »Du kannst also ruhig mit mir kommen.«

»Wirklich? Was machen wir denn?«

Ursel überlegte. Worauf hatte sie wirklich Lust?

»Wir holen ein paar Riedlinge aus dem See. Gestern habe ich eine Stelle entdeckt, wo es besonders viele gibt.«

Nikolaus' Unentschlossenheit spiegelte sich auf seinem Gesicht wider. Er freute sich, seiner Schwester behilflich sein zu können, gleichzeitig graute ihm davor, Tiere zu töten, und seien es bloß Fische.

»Ich weiß nicht …«, zögerte er.

»Ach, komm schon«, drängte Ursel. Die Vorstellung, den Rest des herrlichen Sommernachmittags am flachen Ufer der kleinen Bucht unterhalb des Traunsteins zu verbringen und im kristallklaren Wasser nach Fischen Ausschau zu halten, statt sich mit Blumenkränzen und Himbeermus abzumühen, gefiel ihr. Sie war richtig stolz auf ihre Idee. Und was konnte schon passieren, wenn sie sich jetzt einfach davonmachten? Barbara und die anderen Frauen hatten ihr noch keine Arbeit zugeteilt. Wenn sie und Nikolaus geschickt vorgingen, konnten sie sich an Ottilia vorbeischleichen, ohne von der Alten bemerkt zu werden, und wenn sie schließlich mit einigen Fischen zurückkämen, die am Abend gegrillt werden konnten, würde sich niemand an ihrem unerlaubten Ausflug stören.

»Ich komm mit«, sagte Nikolaus. »Aber ich bring keinen Fisch um.«

»In Ordnung!« Ursel nahm Nikolaus an der Hand und zog ihn zum Hintereingang der Küche.

»Gehen wir nicht vorne raus?«

»Nein, da ist es im Moment ganz eng. Dort stehen schon Bänke und Tische, die die Männer zum Feuerplatz tragen müssen.«

Noch eine Lüge, und Ursel hatte nicht die geringste Spur eines schlechten Gewissens.

Leider liefen sie im Gemüsegarten hinter dem Hof direkt ihrem Vater in die Arme.

Reinhart war trotz seines Alters ein stattlicher Mann mit breiten Schultern und muskulösen Armen. Sein Bart und sein Haar waren mittlerweile vollständig ergraut, sein wettergegerbtes Gesicht von unzähligen Fältchen durchzogen. Er war gerade dabei, einen Kirschbaum mit zwei kräftigen Stecken zu stützen. Angeblich hatten Händler aus dem Süden die ersten Pflanzen über die Alpen gebracht und dafür gesorgt, dass die Früchte nun zu den süßesten und beliebtesten des Sommers zählten. Wer etwas auf sich hielt, hatte einen Kirschbaum im Garten. Auf Reinharts Gutshof gab es ein ganzes Dutzend. Rainer und Hans halfen ihrem Vater bei der Arbeit. Das letzte Unwetter hatte dem Baum gehörig zugesetzt, doch er trug heuer besonders viele saftige Früchte, so dass es jammerschade wäre, wenn man die Ernte verloren hätte.

Mit gerunzelter Stirn musterte er seine zwei jüngsten Kinder. Ganz egal, was die anderen am Hof über Nikolaus tratschten – Reinhart hatte nie ein Geheimnis daraus gemacht, dass er ihn ebenso liebte wie seine anderen Kinder.

»Wohin wollt ihr zwei?«, fragte er.

Ursel wog ab, ob es klug war, ihren Vater anzulügen, doch Nikolaus nahm ihr die Entscheidung ab.

»Zum Fischen«, sagte er stolz.

»Warum denn?«, wollte Reinhart wissen. »Die Vorratskammern gehen über. Gibt es denn keine Arbeiten für das Sonnwendfest zu erledigen?«

Ratlos blickte Nikolaus zu Ursel.

Rainer, der auf einer Leiter stand und seine Geschwister von dort aus beobachtete, meinte spöttisch: »Schwesterchen, kann es sein, dass du dich vor was drücken willst?« Er grinste schief.

Wie immer hatte er sie durchschaut. Rainer neigte dazu, mit seinem Alter und seinem Wissen anzugeben, was Ursel oft zur Weißglut brachte.

»Solltest du nicht bei den anderen Mädchen sein? Ich habe sie vorhin bei der Waldlichtung Blumen und Beeren pflücken sehen.«

Ärgerlich verzog Ursel ihren Mund.

»Ich brauche keinen Blumenkranz«, sagte sie trotzig.

Rainer stieg vorsichtig die Leiter hinunter und musterte Ursel amüsiert.

»Sag bloß, es hat schon wieder Streit zwischen dir und den anderen Mädchen gegeben.«

»Wie bitte? Wer streitet mit wem?«, wollte Reinhart wissen.

Verärgert boxte Ursel ihren Bruder gegen die Brust.

»Aua!«, rief er und lachte.

»Es geht dich überhaupt nichts an, mit wem ich mich anlege«, empörte sich Ursel.

Rainer zuckte mit den Schultern und rieb sich die Stelle, auf der Ursels Faust gelandet war.

»Wer immer dich zur Frau kriegt, tut mir jetzt schon leid.«

Nun mischte sich auch Hans ins Gespräch ein. Er hatte die Leiter festgehalten, auf der Rainer eben noch gestanden hatte. Er war nur ein Jahr älter als Ursel und glich ihr wie ein Ei dem anderen. So mancher Fremde hielt sie für Zwillinge. Auch Hans hatte blondes Haar. Zu seinem Leidwesen waren sein Körper und vor allem seine Schultern schmal. Er hatte bernsteinfarbene Augen, und seine Wangen waren von unzähligen Sommersprossen überzogen, genau wie Ursels.

»Rainer, lass Ursel in Ruhe«, verteidigte er seine Schwester. »Wenn sie sich mit den anderen Mädchen streitet, hat das sicher einen Grund.«

»Pah«, schnaufte Rainer. »Sie soll aufhören, sich wie ein Junge zu benehmen. Kein Wunder, dass die anderen tratschen, wenn sie am Tag des Sonnwendfestes fischen geht.«

Doch Reinhart beendete den Schlagabtausch. »Schluss jetzt«, sagte er bestimmt. »Wenn Ursel und Nikolaus unbedingt noch ein paar Fische holen wollen, dann sollen sie das tun.« Er wandte sich zu den beiden. »Aber schaut, dass ihr rechtzeitig wieder zurück seid. Ich will nicht, dass meine Kinder beim Sonnwendfest fehlen.«

»Danke, Vater!« Ursel drückte Reinhart einen Kuss auf die bärtige Wange. Dazu musste sie sich auf die Zehenspitzen stellen, weil er um einen ganzen Kopf größer war als sie selbst.

Über die Schulter warf sie Rainer einen triumphierenden Blick zu, Hans hingegen schickte sie eine Kusshand.

Der grinste, während Rainer missbilligend den Kopf schüttelte. Er brauchte nichts zu sagen. Ursel wusste auch so, was hinter seiner hohen Stirn vorging. Es war klar, dass er Reinharts Nachsicht nicht guthieß.

Bevor ihr Vater es sich anders überlegen konnte, nahm Ursel Nikolaus bei der Hand und zog ihn hinter sich her, durch den Obstgarten Richtung Seeufer. Sie wollte die verbleibenden Stunden bis zum Fest mit beiden Füßen im eiskalten, kristallklaren Seewasser verbringen, die glattpolierten Steine unter ihren Fußsohlen spüren, so lange bis die Zehen blau waren und sie sowohl Irmgard als auch Margit, Barbara und Ringlotta vergessen hatte.

Kapitel 3

Wälder rund um den Gutshof, 950

Eigentlich hatte Johannes Tuchhändler werden wollen, wie sein Vater. Da er aber der jüngste von vier Söhnen war und nur einer das Geschäft übernehmen konnte, war er Graf Wilhelms Sekretär geworden. Er kontrollierte die Salzlieferungen, die aus den Bergwerken in Hallstatt die Traun entlang bis nach Gmunden verschifft wurden, schloss Verträge mit Kaufleuten und Händlern ab und sorgte dafür, dass der Graf seine Einnahmen rechtzeitig bekam. Aber heute trug er keine Rechnungsbücher mit sich, in denen die Gewinne des Grafen verzeichnet waren, sondern ein Schwert, das wie ein Fremdkörper an seiner Hüfte hing und ihn mit jedem Schlag schmerzhaft daran erinnerte, was Graf Wilhelm vorhatte.

Es war einige Wochen her, dass er seinem Dienstgeber das letzte Mal begegnet war. An jenem Abend war eines der furchtbarsten Gewitter über sie hereingebrochen, die Johannes je erlebt hatte. Die ganze Nacht hatten er und seine Frau Katharina wach im Bett gesessen und ängstlich den hellerleuchteten Himmel beobachtet. Graf Wilhelm wäre bei dem Unwetter beinahe ums Leben gekommen. Aber wie durch ein Wunder hatte er den Blitzschlag überlebt und das Unglück bloß mit seinem rechten Arm bezahlt.

Seither behauptete der Graf, Gott wäre ihm während des Gewitters erschienen und hätte ihm einen Auftrag erteilt. Er, Graf Wilhelm, solle ein Kloster errichten. Leider hatte Gott ihm ausgerechnet die Halbinsel unterhalb des Traunsteins als Ort für die Grundsteinlegung genannt. Dort, wo sich die engste Stelle am See befand und die Herren von Orth seit Jahren ihren Gefolgsmann Reinhart dafür bezahlten, dass er den See kontrollierte und die Salzschiffe vor Überfällen der Piraten schützte.

Der ehemalige Gutshof war mittlerweile auf die Größe eines Dorfes herangewachsen. Es wohnten dort ein Schmied, ein Hafner, ein Tischler und ein Bootsbauer mit ihren Familien. Außerdem hatten sich Mägde, Knechte und andere Dienerschaft niedergelassen sowie ein Priester mit Frau und Kindern. Sie alle sollten heute nach dem Sonnwendfest, wenn sie von Bier und Tanz müde schliefen, hinterhältig abgeschlachtet werden. Graf Wilhelm hatte eigens für dieses grausame Vorgehen die Erlaubnis des Papstes in Rom eingeholt. Der Stellvertreter Gottes hatte sie ohne mit der Wimper zu zucken erteilt. Die Gründung eines Klosters war etwas Erhabenes, Großartiges und Gottgefälliges. Graf Wilhelm sicherte sich einen Platz im Himmelreich, ganz egal ob, oder gerade weil er heute unschuldige Menschen töten ließ. So wurde er die lästige Mautstelle los, und in Zukunft müsste er keine Abgaben mehr für einen sicheren Salztransport am See zahlen. Johannes stieß das Vorgehen des Chiemgauers, der erst vor ein paar Jahren in die Gegend gekommen war, sauer auf. Aber er war zu unbedeutend, als dass er sich gegen das Vorgehen seines Brotgebers wehren oder gar seinen Befehl hätte verweigern können.

»Dort drüben schlagen wir unser Lager auf. Wir warten so lange, bis alle so besoffen sind, dass sie nicht mehr mitbekommen, was um sie herum passiert. Dann greifen wir in Ruhe an!«

Der Mann an der Spitze des Trupps, Gunter, ein Söldner aus dem Norden, den Graf Ottokar für seinen Neffen Graf Wilhelm angeheuert hatte, hielt sein Schwert in die Luft, um der Gruppe zu bedeuten, anzuhalten. Der Kämpfer war um mehr als einen Kopf größer als alle anderen Männer. Seine Schultern waren so breit wie die eines Ochsen, und sein Gesicht war von mehreren Narben gezeichnet. Er richtete seine todbringende Waffe nach rechts auf eine kleine Lichtung. Eine Quelle sprudelte aus einem Fels, und daneben wuchsen dichte Himbeerbüsche. In der Felswand zeigte eine dunkle Stelle eine Höhle an. Hier also sollten sie warten, bis die Sonne untergegangen war.

Johannes ließ sich vom Rücken seines Pferdes gleiten und landete auf weichem Moosboden.

Noch nie hatte er schlafenden Menschen die Kehle durchgeschnitten. Er hatte überhaupt noch nie einen Menschen getötet. Das größte Lebewesen, dem er den Garaus gemacht hatte, war ein Kaninchen gewesen. Der blutverschmierte, zuckende Körper hatte ihm wochenlang den Schlaf geraubt. Wie würde es ihm wohl nach dieser Nacht ergehen? Johannes sah sich nach einem schattigen Platz neben den Himbeersträuchern um. Sein Blick fiel auf einen dunkelblauen Stofffetzen in einem der Büsche. Er ähnelte dem Kleid, das Katharina heute Morgen angehabt hatte, als sie sich von ihm mit einem Kuss verabschiedet hatte. In Gedanken versunken griff er nach dem Stückchen Stoff, es war weich und von feiner Qualität, genau wie das Kleidungsstück seiner Frau.

Johannes fragte sich, ob er Katharina morgen wieder in

die Arme schließen würde? Was, wenn die Männer vom Gutshof sich zur Wehr setzten und mit Waffen gegen ihre Angreifer vorgingen?

»Du hast keine Kampferfahrung«, hatte Gunter gesagt. »Am besten, du kümmerst dich um die Alten und die Kinder.«

Die Vorstellung, unschuldige Kinder niederzustrecken, fand Johannes noch schlimmer, als gegen einen kräftigen Mann zu kämpfen.

»He, du da. Steh nicht rum und starr Löcher in die Luft. Leg dich ins Gras und raste. Sobald die Sonne untergegangen ist, musst du ausgeschlafen sein.«

Einer der Männer, ein kleiner mit Glatze und einer dunkelroten Knollennase, die Johannes an einen Troll erinnerte, kam zu ihm und stieß ihn mit dem Ellbogen in die Seite. Johannes landete unsanft im Gras. Was als freundschaftliche Geste gedacht war, schmerzte. Empört rieb er sich die Seite.

Statt sich aufzurichten, streckte er sich rücklings im Gras aus. Der Troll ließ sich in einigem Abstand zu ihm auf den Boden fallen. Sein Schwert stieß klirrend gegen einen Stein. Johannes zuckte bei dem Geräusch zusammen. Kaum, dass der Mann sich hingelegt hatte, begann er laut zu schnarchen. Johannes konnte trotz seiner Müdigkeit, er hatte letzte Nacht kein Auge zugetan, nicht schlafen. Dabei lud der idyllische Platz regelrecht dazu ein. Eine leichte, warme Brise streifte durch die Blätter der Bäume und bildete mit dem Plätschern des Wassers eine angenehme Geräuschkulisse. Neben ihm blühte ein Busch Johanniskraut. Kleine, sternförmige Blüten in sattem Gelb. Die Heilpflanze vertrieb in getrocknetem Zustand trübe Gedanken und gab dem Sonnwendfest seinen

Namen. Johannes ahnte, dass er sich nach dieser Nacht nie wieder über die freundlichen Blüten freuen und seinen eigenen Namen hassen würde.

Kapitel 4

Bucht am Traunsee, 950

»Urschel, wir müssen zurück. Vater hat gesagt, dass wir nicht zu spät kommen dürfen.«

Besorgt blickte Nikolaus zum Traunstein empor, hinter dessen Gipfel die Sonne verschwand. Der schroffe Berg, dessen steile Wände direkt in den See abfielen, wirkte wie ein Felsbrocken in der Landschaft.

»Unsinn, wir haben genug Zeit. Es ist doch noch taghell. Das Fest beginnt erst, wenn es finster wird«, beruhigte Ursel ihn. Natürlich wusste sie genau, dass ihr Bruder recht hatte. Aber sie wollte noch einen letzten Fisch fangen. Den großen, fetten, der sich seit Stunden jeden ausgeworfenen Köder holte, um dann blitzschnell hinter einem der Steine zu verschwinden. Schade, dass sie keine Zeit gehabt hatte, ihren Bogen aus der Hütte zu holen. Pfeilspitzen hatte sie auch keine dabei, und so musste sie sich mit einfachen Stecken zufriedengeben, die sie mit ihrem Notfallmesser zurechtgeschnitzt hatte.

»Urschel, bitte komm!« Nikolaus faltete die Hände und flehte seine Schwester an. Er hasste es, ausgeschimpft zu werden. »Du hast schon zwei tote Fische, das reicht.«

Zwei große Riedlinge waren tatsächlich ein beachtlicher Fang, und Ursel hätte längst zufrieden sein können.

Aber sie wollte die wundervolle Zeit am See noch ein bisschen auskosten. Lieber verbrachte sie noch ein Weilchen hier am Wasser als mit Irmgard und den anderen Mädchen, die schlecht über sie redeten. Schlimm genug, dass sie später mit ihnen ums Sonnwendfeuer tanzen musste.

Gerade als Nikolaus erneut nach ihr rief, kam der riesige flache Fisch aus seiner Deckung. Seine stumpfen, reglosen Augen fixierten den ausgeworfenen Köder. Nur keine falsche Bewegung, dachte Ursel. Sie stand reglos im eiskalten Wasser. Ihre Füße waren seit Stunden blau und gefühllos. In ihrer Rechten hielt sie den angespitzten Stock, mit dem sie zustoßen würde, sobald der Fisch sich auch nur eine Schrittlänge näherte.

Ihr Atem ging flach, und sie presste die Augen zusammen, um besser sehen zu können. Alles war eine Frage des richtigen Zeitpunkts. Wenn sie ihren Stock auch nur einen Augenblick zu früh oder zu spät warf, war der Fisch wieder weg. Jede noch so kleine Bewegung konnte sie verraten. Leider waren ihre Füße von der Kälte betäubt, und sie spürte den flachen, von Algen bewachsenen Stein unter ihren Sohlen nicht mehr. Der Fisch schien sie nicht zu bemerken. Er schwamm arglos auf sie zu. Ursel konnte ihre Überraschung kaum fassen. Sie verlagerte ihr Gewicht nach vorn, ganz auf ihre Beute konzentriert. Nikolaus rief erneut, und Ursel war einen Moment nicht aufmerksam. Ihr rechter Fuß glitt nach links, und sie verlor das Gleichgewicht. Dabei ruderte sie mit beiden Armen in der Luft. Ihre Bewegungen wurden vom Wasser übertragen, und der Fisch schoss davon. Ursel sah ihm enttäuscht nach, stieß einen Fluch aus und rutschte noch weiter ab. Etwas schnitt in ihren betäubten Zeh. Sie blickte nach unten. Eine dünne dunkelrote Farbsäule stieg im Wasser auf.

Blut. Sie hatte sich eben an einem Stein oder einer Muschel geschnitten. Ein weiterer Fluch schoss ihr durch den Kopf. Sie trat fester auf und rammte sich dabei den spitzen Gegenstand noch tiefer in die Fußsohle.

»Der Fisch ist weg«, dachte sie und sah vorwurfsvoll zu ihrem Bruder. Schon wollte sie mit Nikolaus schimpfen, der am Ufer auf und ab sprang und ihr zuwinkte, als sie erneut ihre Beute erspähte. Der Fisch war aus seinem Versteck zurückgekehrt. Eine Spur zu schnell drehte sie sich um. Vielleicht würde sie ihn doch noch erwischen.

»Urschel, komm!«

»Gleich!«

Sie machte eine wegwerfende Handbewegung. Die brachte sie aus dem Gleichgewicht. Der Fuß mit dem verletzten Zeh gab unter ihr nach. Sie glitt ins eiskalte Wasser. Der Stock, mit dem sie bereits zwei Fische getötet hatte, rutschte ihr aus der Hand. Sie versuchte danach zu greifen und wandte sich nach rechts. Dabei stürzte sie kopfüber in den See. Sie spürte die Kälte nicht sofort. Das Wasser schlug über ihr zusammen, und ihr Kopf prallte auf einen der Steine. Erschrocken riss sie Augen und Mund auf. Das Wasser drang in ihre Kehle. Es war eiskalt. Sie sah eine weitere rote Blutsäule im türkisen Blau aufsteigen. Diesmal war sie deutlich breiter. Wie war das nur passiert? Sie war doch sonst eine umsichtige Jägerin. Ihr wurde übel, und mit einem Mal gab es keine Farben mehr, sondern nur noch Dunkelheit.

»Urschel, wach auf, bitte!«

Nikolaus' rundes Gesicht war nur eine Handbreit von ihrem entfernt. Seine kurzen Finger hielten die ihren umklammert. Er weinte.

Es dauerte einen Moment, bis Ursel sich wieder daran erinnern konnte, wie sie in diese Situation geraten war. Ihr Kleid war triefend nass. Obwohl es nicht kalt war, fror sie. Wie hatte sie bloß so ungeschickt sein können? Auf einem glatten Stein auszurutschen, das passierte doch nur Anfängern oder besonders plumpen Jägern, und sie war mit Sicherheit weder das eine noch das andere.

»Du blutest«, jammerte Nikolaus. Ursel wusste, dass ihr Bruder sich vor dem Wasser fürchtete und beim Anblick von Verletzungen die Nerven verlor. Umso höher rechnete sie ihm an, dass er sie aus dem See geholt hatte und jetzt bei ihr saß, statt weinend am Waldrand zu hocken.

»Deine Stirn«, jammerte Nikolaus und verzog sein Gesicht zu einer Grimasse.

Ursel wollte dorthin fassen, aber Nikolaus hielt ihre Hand fest.

»Nicht!«, rief er entsetzt. Wenn er wollte, verfügte er über ungewöhnlich viel Kraft. Es war Ursel unmöglich, seine Hand abzuschütteln.

»Sieht es schlimm aus?«, fragte sie.

Nikolaus antwortete nicht, doch seine Mundwinkel verzogen sich besorgt nach unten.

»Wenn wir nicht losgehen, kommen wir zu spät«, sagte er.

»Nur einen Augenblick«, bat Ursel. »Ich muss mich kurz ausruhen, dann gehen wir los.«

»Ach Urschel, Vater wird verärgert sein. Barbara wird sich Sorgen machen, und das alles nur wegen einem toten Fisch.«

»Habe ich ihn denn erwischt?«

Verblüfft setzte sie sich auf, bereute aber die ruckartige

Bewegung, denn der pochende Schmerz hinter ihren Schläfen wurde heftiger, und die Welt um sie begann sich erneut zu drehen. Deutlich vorsichtiger legte sie sich zurück ins Gras. Ihr war speiübel.

Nikolaus zeigte auf den Stock, der in einiger Entfernung lag. Ein prächtiger Riedling war leblos am Ende aufgespießt.

»Wenigstens hat sich der Sturz gelohnt«, grinste Ursel. Nikolaus konnte mit ihren Worten nichts anfangen.

»Wie sollen wir nur rechtzeitig zum Fest kommen?«

Ursel versuchte das Jammern ihres Bruders zu ignorieren. Ihr Kopf dröhnte, und auch ihr rechter Knöchel tat ihr weh. Offenbar hatte sie ihn sich beim Sturz verstaucht. Die einzige Person, der sie wegen des Unfalls gram sein konnte, war sie selbst.

»Verdammt!« Sie sprach den Fluch nur leise aus, aber das reichte, um ihren Bruder vollends aus der Fassung zu bringen.

»Urschel, der liebe Gott kann alles hören«, tadelte er.

Ursel schloss ihre Augen. Gottes unfehlbare Ohren waren im Moment ihr geringstes Problem.

»Nur einen Moment«, wiederholte sie. Doch sie wusste, dass sie länger brauchen würde, um wieder aufstehen zu können.

Es dauerte schier eine Ewigkeit, bis sie sich so weit erholt hatte, um zurückzuhumpeln. Mittlerweile stand der Mond rund und hell über den Baumwipfeln. Es war eine perfekte, laue Sommernacht, wie geschaffen für das Sonnwendfest. Nikolaus' Vorschlag, Hilfe zu holen, hatte Ursel strikt abgewiesen. Die Vorstellung, Männern wie Bert erklären zu müssen, dass sie beim Fischen ausgerutscht war, war ihr schier unerträglich. Stattdessen hatte sie ein

Weilchen geschlafen. Der Schmerz hinter ihren Schläfen hatte nachgelassen, dafür hatte sich ihr Knöchel dunkelblau verfärbt und war angeschwollen. Sie war dennoch wild entschlossen, ohne fremde Hilfe zurück zum Gutshof zu gehen. Nikolaus hatte ihr aus einer Astgabel eine Art Krücke gebastelt. Auf die stützte sie sich nun bei jedem Schritt, während sie sich mit dem anderen Arm an Nikolaus' Schulter festhielt.

Sicher war das Fest bereits seit Stunden im Gang. Vielleicht waren die ersten Feiernden vom starken Bier schon betrunken und hatten sich ins Heu zurückgezogen. Mit etwas Glück würde ihnen niemand Beachtung schenken, und sie konnten sich unauffällig in ihr Bett zurückziehen.

Wegen der Verletzung brauchten sie für die kurze Strecke länger als gewöhnlich. Endlich hatten sie die Abzweigung, die zum Gutshof führte, erreicht. Schon von weitem stieg ihnen der Geruch brennenden Holzes entgegen.

»Ich kann das Feuer riechen«, sagte Nikolaus vorwurfsvoll. Er streckte seine kurze, aber breite Nase himmelwärts.

»Ich auch«, sagte Ursel. Im Gegensatz zu ihrem Bruder fand sie diese Tatsache merkwürdig. Sie waren noch ein gutes Stück vom Gutshof entfernt. Natürlich war das Sonnwendfeuer jedes Jahr groß und beeindruckend, schließlich galt es den längsten Tag des Jahres zu feiern. Aber in einer sternenklaren, windstillen Nacht war es fast unmöglich, dass der Geruch so tief in die Wälder drang. Hatte man heute ein dreimal so großes Feuer entfacht?

»Kannst du ein bisschen schneller gehen? Ich will noch etwas vom süßen Honigkuchen abbekommen«, drängte Nikolaus und beschleunigte seine Schritte. Zum Glück waren seine Beine deutlich kürzer als die von Ursel, dennoch fiel es ihr schwer, mit dem Tempo des Bruders mitzuhalten. Bei jedem Schritt fühlte es sich an, als bohrte jemand mit einem spitzen Messer in ihren Knöchel. Mittlerweile war ihr Haar vollständig getrocknet, doch ihr Kleid war noch feucht, und sie fröstelte trotz der Anstrengung. Kalter Schweiß rann ihr über den Rücken. Ihr Herz schlug schneller als gewöhnlich, sie hatte Mühe mit dem Atmen. Ursel blieb stehen und hielt sich die Seite.

»Nur einen Augenblick!«, bat sie und ließ sich auf den Boden sinken.

Nikolaus hielt an und warf ihr einen besorgten Blick zu.

»Willst du warten? Ich kann Hilfe holen«, fragte er zum wiederholten Male.

Schon wollte Ursel den Kopf schütteln, als sie in der Ferne eine dunkle Rauchschwade aufsteigen sah. Sie war eindeutig zu groß für ein Sonnwendfeuer. Ihre Beunruhigung wuchs. Irgendetwas stimmte nicht.

»Nein, es geht schon«, log sie und stemmte sich wieder hoch, aber sie fühlte sich wackelig auf den Beinen. Der Schein des Feuers erleuchtete den Himmel.

»Nikolaus, das Feuer ist zu groß«, sagte sie.

Fasziniert schaute ihr Bruder in die Ferne. »Ja, das Feuer ist groß, und wir sind nicht dabei. Sicher sind alle Kuchen schon gegessen. Urschel, ich will zum Fest.« Er fasste sie mit beiden Händen an den Schultern. Eindringlich suchte er nach ihrem Blick.

»Bitte, Urschel, lass mich gehen und Hilfe holen. Zu zweit brauchen wir noch eine Ewigkeit zurück.«

Das helle Mondlicht spiegelte sich in den bernsteinfarbenen Augen ihres Bruders. Es lag so viel Dringlichkeit in seiner Bitte, dass es Ursel schwerfiel, sie weiterhin abzulehnen. Nikolaus liebte gutes Essen. Es war eine seiner größten Leidenschaften. Das Sonnwendfest gehörte für ihn zu den Höhepunkten des Jahres. Wie konnte Ursel ihm dieses Vergnügen vorenthalten?

»Ich mache mir Sorgen«, sagte sie ehrlich. »Das Feuer ist zu groß.«

»Natürlich ist es groß. Wir feiern ja ein Fest. Denk an all die Leckereien, die es gibt. Bitte, Urschel, ich hab mich so aufs Essen gefreut. Lass mich Hans holen, der nimmt dich Huckepack und trägt dich nach Hause. Ich würde es auch tun, ich bin stark, aber leider zu klein.«

Nikolaus war einen ganzen Kopf kleiner als Ursel. Hans hingegen war trotz seiner schmalen Schultern größer und muskulöser als Nikolaus. Ursel sah erneut zum Rauch und dem hellen Schein. Vielleicht spielte ihr Kopf ihr einen Streich. Sie hatte das Sonnwendfeuer noch nie aus der Entfernung gesehen. Möglich, dass die Rauchentwicklung ganz normal und sie bloß ängstlich war, weil sie fror und Schmerzen litt.

Sie schluckte hart, die nächsten Worte konnte sie nur unter größter Überwindung aussprechen: »In Ordnung, du kannst loslaufen und Hilfe holen.«

Schon sprang Nikolaus auf, aber Ursel hielt ihn am Unterarm fest.

»Versprich mir, dass du nur Hans holst und sonst niemanden.«

Nikolaus nickte ernst.

»Schwör es«, forderte Ursel.

Feierlich hob Nikolaus die rechte Hand und schwor.

Natürlich würde Hans sich über sie lustig machen, das wusste Ursel. Aber niemals würde er sie vor den anderen am Hof bloßstellen. Im Gegenteil, er würde ihr helfen, sich unbemerkt zurückzuziehen. Vielleicht würde er Vater eine Lüge erzählen, um sie zu schützen. Es wäre nicht die erste Unwahrheit, mit der er ihr aus der Klemme half. Wahrscheinlich hätte Ursel schon vor Stunden diese Entscheidung treffen sollen.

»In Ordnung, geh los«, sagte sie und schob Nikolaus energisch von sich weg. Etwas unbeholfen rappelte er sich auf, versicherte sich ein letztes Mal ihrer Zustimmung und lief dann los.

Er drehte sich noch einmal um. »Hans wird dich gleich holen«, versprach er, dann tapste er mit schweren Schritten durchs Unterholz und verschwand hinter einem Weißdornbusch.

Kaum war er außer Sichtweite, lehnte Ursel sich gegen einen Baumstamm einer dicken Eiche. Die Rinde war rau und unerwartet warm. Die Schmerzen hinter ihrer Stirn kehrten mit einer gnadenlosen Heftigkeit zurück. Es war, als hämmerte jemand im Takt ihres Pulses gegen die Schläfen. Tock, tock, tock …

Ursel versuchte den Schmerz wegzudenken. Manchmal, wenn hartnäckige Bauchkrämpfe sie während ihrer Monatsblutung quälten, gelang es ihr. Dann konzentrierte sie sich auf etwas Schönes, atmete regelmäßig und stellte sich vor, dass der Schmerz von einem sanften Windhauch weggeblasen würde. Warum funktionierte diese Taktik jetzt nicht? Statt schmerzfrei und ruhig zu werden, nahm das Pochen in ihrem Kopf zu, und ihr Herz raste, so als wollte es aus ihrer Brust hüpfen. Stimmen und Geräusche drangen durch das Dickicht des Waldes zu ihr. Es waren weder die Klänge von Instrumenten noch das Lachen von Menschen.

Mit einem Mal war Ursel klar, warum sie sich unwohl

fühlte. Sie hatte Angst. Zum ungewohnten Geruch nach verbranntem Holz mischte sich ein weiterer. Er war unangenehm, süßlich und weckte in ihr die Bilder des ewigen Fegefeuers.

Erst neulich hatte sie in der kleinen Kapelle ein Gemälde entdeckt, auf dem bunte Teufel um ein großes Feuer tanzten. Mit einem Ruck setzte sie sich auf. Die Erkenntnis traf sie wie ein weiterer Schlag an den Kopf. Plötzlich wusste sie, woher der Gestank rührte. Von Panik gepackt, sah sie sich nach ihrer Krücke um. Die krumme Astgabel lag neben ihr im Moos. Ursel bückte sich umständlich danach, ergriff sie und stützte sich darauf. Mit zusammengebissenen Zähnen wehrte sie sich gegen die Schmerzen. Sie musste los, denn der beißende Gestank stammte nicht vom verbrannten Festtagsbraten. Während sie über Wurzelstöcke stolperte, sah sie ein grausames Bild vor sich: brennende Menschenkörper.

Kapitel 5

Gutshof auf der Halbinsel am Traunsee, 950

In seinen schlimmsten Phantasien hatte Johannes sich nicht ausgemalt, zu welchen Gräueltaten Männer fähig waren. Gunter, der Anführer, hatte mit dem Angriff gewartet, bis die ersten Feiernden sich zurückzogen. Die Menschen hatten den ganzen Abend über getrunken, gelacht, ausgelassen getanzt und gefeiert, niemand am Gutshof rechnete mit einem Überfall. Sorglos, zufrieden und vom Alkohol berauscht saßen die Menschen am Feuer, dessen Flammen nur noch kniehoch Richtung Himmel züngelten. Die Waffen der Männer waren im Schuppen verstaut. Das Interesse der Burschen galt den Mädchen, die heute Abend freizügiger tanzten als gewöhnlich und schneller bereit für einen verbotenen Kuss waren als an allen anderen Abenden des Jahres.

Diese Sorglosigkeit nutzte Gunter für seinen Vorteil. Er rief zum Angriff, als auch die stärksten jungen Männer nicht mehr in der Lage waren, rechtzeitig zu reagieren. Der gekrächzte, einem Tier ähnelnde Schrei kam daher völlig unerwartet, und die Bewohner des Gutshofs hielten ihn zuerst für einen Teil der Musik. Ein neues Instrument oder der Auftakt zu einem unbekannten Tanz. Doch dann stürzten die Kämpfer aus dem Dickicht, blanker Stahl blitzte im hellen Mondlicht auf, und beim nächsten Schrei wussten alle, dass es sich um keine neue Musikeinlage handelte. Blut spritzte, und der erste Tote landete direkt im heruntergebrannten Sonnwendfeuer, dem Symbol für Leben und Kraft.

Augenblicklich brach die Musik ab, die Instrumente wurden auf den Boden geworfen, die aufgeregt Fliehenden trampelten achtlos darüber hinweg. Tonkrüge zerschellten, Bier versickerte im Boden, gemeinsam mit dem Blut der wehrlosen Opfer. Eine Fackel landete auf dem Dach der Scheune. Sofort fing das Stroh Feuer. Tiere und Menschen schrien in wildem Durcheinander.

»Es darf keine Überlebenden geben«, hatte Gunter vor dem Angriff gesagt. »Der Graf und der Heilige Vater in Rom wollen keine Zeugen haben, die hinterher die ruhmvolle Klostergründung beschmutzen könnten.«

Ein Kloster errichtet auf einem Acker voll Blut. Johannes stand im Schatten eines riesigen Nussbaums. Mit beiden Händen umklammerte er das Schwert, das ihm nicht gehörte. Die Waffe war Besitz von Graf Wilhelm. Johannes wünschte, der Graf hätte sie ihm nie gegeben. Seine Finger waren es gewohnt, mit Federkiel, Tinte und Pergament zu hantieren, sein Geist, Zahlen zusammenzuzählen.

»He, du da, knöpf dir die zwei Kinder dort drüben vor!«, rief der kleine Dicke mit der Knollennase ihm zu und deutete zum Hauptgebäude, das nun lichterloh brannte. Dunkle Rauchschwaden stiegen anklagend in den Himmel und verdunkelten die helle Mondscheibe. Zwei Kinder, keines älter als fünf, kauerten eng aneinandergeschmiegt am Boden, versuchten sich hinter einem Fass zu verstecken und zitterten. Mit vor Angst geweiteten Augen starrten sie auf die Flammen.

Johannes reagierte nicht. Er konnte sich nicht rühren, hörte den Befehl, fühlte sich aber außerstande, ihn auszuführen. Niemand durfte von ihm verlangen, zwei unschuldige Kinder zu töten. Jeden Monat hofften Katharina und er, dass Gott ihnen ein Kind schenken würde, und nun sollte er einem Ehepaar das Wertvollste nehmen? Statt sich auf die Kinder zu stürzen, blieb er wie angewurzelt stehen.

»Schläfst du?« Der kleine Dicke spuckte auf den Boden, trat auf ihn zu und rempelte ihn an. Johannes, der mit dem Stoß nicht gerechnet hatte, geriet ins Stolpern und fiel. Zum zweiten Mal an diesem Tag. Der Blick, mit dem der Soldat ihn bedachte, war voller Verachtung. Dann drehte der Dicke sich um und rannte auf die beiden Kinder zu. Er hielt den Knauf seines Schwertes mit beiden Händen, holte aus und hieb dem kleinen Jungen mit einem einzigen Schlag den Kopf ab. Er landete im Schoß des Mädchens, das reglos dahockte. Fassungslos hielt es den leblosen Überrest ihres Bruders umklammert, es schien nicht zu bemerken, was gerade passiert war. Der Dicke holte erneut aus und rammte sein Schwert nun in die schmale Brust des Mädchens. Es hatte strohblondes Haar, das im Schein der Flammen wie Gold leuchtete. Das Mädchen schrie nicht auf, sondern sackte leise nach vorn, über den Kopf seines Bruders. Es blieb reglos liegen. Johannes drehte sich weg und erbrach sein karges Mittagessen ins feuchte Gras. Er würgte immer wieder, bis nur noch saure Flüssigkeit kam. Als er den Kopf wieder hob, sah er den Dicken, der ihm etwas zurief. Er konnte seine Worte nicht verstehen, sie gingen in den Schreien der Sterbenden unter. Vermutlich waren es Schimpfworte, Verwünschungen und Flüche. Johannes rappelte sich hoch und taumelte zu einem Hollerbusch am Rand des Platzes. Der süßliche Duft der weißen, zarten Blüten, der am Tag Insekten anlockte, wurde jetzt völlig vom beißenden Gestank brennender Körper verdrängt. Alles hier stank nach Tod und Gewalt. Johannes wollte weg. Aber wenn er floh, würde Graf Wilhelm ihn im besten Fall vor die Tür setzen, im schlimmsten umbringen lassen. Wovon sollten Katharina und er leben, wenn er kein Einkommen mehr hatte? Er musste bleiben und dem grausamen Schauspiel weiter zusehen. Aber er konnte und wollte seine Waffe nicht gegen einen unschuldigen Menschen erheben, deshalb versteckte er sich. Der dichte Hollerbusch bot ihm Schutz. Seit jeher wurde die Pflanze verehrt und galt als besonders wertvoll. Angeblich ging von ihr ein Schutzzauber aus. Warum fiel ihm ausgerechnet jetzt das alte Wissen der Ahnen ein?

Johannes schielte zum Dicken, der hatte sein Interesse an ihm verloren und sich neue Opfer gesucht, die er mit seinem Schwert kaltblütig abschlachtete. Johannes kroch unter den Hollerbusch, machte sich winzig klein, schloss die Augen und versuchte die Schreie der Menschen nicht zu hören. Aber es gelang ihm nicht. Eiskalter Schweiß tropfte von der Stirn auf sein Hemd. In der Hölle konnte es nicht schlimmer sein. Er versuchte zu beten, aber keiner der Verse, die der Priester jeden Sonntag von der Kanzel sprach und die Johannes gemeinsam mit den anderen der Gemeinde wiederholte, wollten ihm einfallen. Der einzige Gedanke, der in seinem Kopf Platz hatte, war die Hoffnung, dass der Busch ihn beschützen würde. Trotz seiner geschlossenen Augen sah er die sterbenden Menschen, das Bild der beiden toten Kinder brannte sich in sein Gedächtnis ein. Er zählte in Gedanken bis tausend und wieder zurück. Er tat das immer und immer wieder. Zahlen beruhigten seinen Geist. Irgendwann wurden die Schreie leiser, und das laute Kreischen verwandelte sich in ein leises Jammern. Auch diese verzweifelten Laute wurden mit blutigen Klingen erstickt. Er hörte Stahl durch die Luft surren und auf berstendes Holz treffen.

Johannes begann erneut zu zählen, diesmal, bis sein Vorstellungsvermögen weit überschritten war. Bald musste er sein Versteck wieder verlassen und so tun, als hätte er bei dem Massaker mitgemacht. Widerwillig erhob er sich, als er dicht hinter sich ein Rascheln wahrnahm. Mit einem Ruck drehte er sich um. Nur eine Schrittlänge von ihm entfernt hockte ein Mädchen im Dickicht, oder war es schon eine junge Frau? Im Halbdunkel war das schwer zu erkennen. Sie hatte ihn und das Morden beobachtet. Wie lange mochte sie schon da sein? Ihr Gesicht war blass. Eine tiefe Wunde zog sich über ihre Stirn. Das Blut war bereits eingetrocknet. Mit bernsteinfarbenen Augen, die vor Zorn glühten, starrte sie ihn an. Wenn sie nicht verletzt gewesen wäre, hätte sie sich auf ihn gestürzt und ihn mit ihren bloßen Händen versucht zu erwürgen, davon war Johannes überzeugt. Aber sie war schwach und sah mitgenommen aus. Dunkle Ringe lagen unter ihren Augen, sie schlotterte, nicht vor Angst, aber vor Kälte, vielleicht hatte sie Fieber. Wenn der Dicke oder einer der anderen Männer sie entdeckte, würden sie sie mit einem einzigen Schwerthieb niederstrecken. Johannes wusste, was man von ihm erwartete. Seine eisigen Finger umklammerten den Schwertknauf.

Der hellrote Schein der lodernden Flammen hinter ihm fiel auf das Kleid des Mädchens, es war dunkelblau. Genau wie der kleine Stofffetzen, den er am Nachmittag gefunden hatte, die Farbe des Kleides seiner Frau Katharina. Der Stoff befand sich immer noch in seiner Tasche.

Johannes richtete sein Schwert auf die Brust des Mädchens. Seine Hand zitterte, die Klinge ebenfalls. Er musste zustechen. Jetzt.

»Worauf wartest du?«, zischte das Mädchen. Seine Stimme klang herausfordernd, provokant. Nicht ein Hauch von Angst war darin zu erkennen. Johannes holte tief Luft, stieß sein Schwert nach hinten und ließ es sinken.

»Lauf weg!«

Sie antwortete nicht.

»Lauf weg!«, wiederholte Johannes. »Schnell, bevor ich es mir anders überlege!« In Gedanken fügte er ein verzweifeltes »Bitte« hinzu. Er wusste, dass er sie nicht töten konnte.

Hinter ihm rief einer der Angreifer: »Im Namen Gottes! Hier wird ein Kloster errichtet!« Ein Schwert sauste durch die Luft, und eine Frau schrie auf.

Das Mädchen schien verwirrt und blinzelte kurz, dann angelte sie im Gras nach einem Stecken, der ihr als Krücke diente. Mit schmerzverzerrtem Gesicht richtete sie sich auf und stützte sich auf die Astgabel. Erstaunlich leise verschwand sie im Unterholz. Ängstlich starrte Johannes ihr nach, bis nur noch Blätter und Farne zu sehen waren und das Kleid vom Dunkel des Waldes verschluckt wurde. Dann drehte er sich wieder um. Hatte jemand gesehen, was er gerade getan hatte? Sein Herz raste, und er trat wieder auf den Platz, der vor Stunden noch ein Ort der Freude gewesen, jetzt aber eine Wüste des Todes war.

Benommen sah er sich um. Das Sonnwendfeuer war nur noch eine leise knisternde Glut, während das Gebäude lichterloh brannte. Wer sich darin befand, hatte keine Chance auf Überleben. Alle anderen Bewohner des Ortes lagen leblos am Boden. Brutal niedergestreckt, Frauen wie Männer, Kinder wie Greise. Genau wie Graf Wilhelm es befohlen hatte.

Gunter stand breitbeinig neben der Leiche eines Mannes, Johannes erkannte den dichten, grauen Haarschopf, es war Reinhart, der ehemalige Verwalter dieses Gutshofes, neben ihm die verstümmelten Körper seiner beiden Söhne. Von Gunters Schwert tropfte dunkle Flüssigkeit, es war Blut. Nach einer Weile ließ Gunter seine Waffe sinken und schließlich auf die Erde fallen. Der Rausch, der ihn gerade noch dazu getrieben hatte, kleine Kinder zu töten, schien mit einem Mal verflogen.

Sichtlich müde blickte er sich um. Der kurze, ungleiche Kampf hatte ein Ende, und auch die anderen Männer kehrten langsam aus ihrem Blutrausch zurück in die Gegenwart. Der kleine Dicke hockte auf einem Baumstumpf, ein anderer ging langsam über den Platz. Er kontrollierte, ob auch alle Menschen tot waren.

Schon öffnete Gunter den Mund, um seiner Truppe zum raschen Überfall zu gratulieren, als er eine Bewegung wahrnahm. Hinter einer umgefallenen Kiste lugte der Zipfel eines schmutzigen Hemdes hervor. Mit einem Satz sprang Gunter auf die Kiste zu und zog mit eiserner Faust einen kleinen, pummeligen Jungen hoch. Etwas stimmte nicht mit ihm. Seine Augen standen zu weit auseinander, seine Zunge hing ihm ein Stück weit aus dem Mund, und seine Gliedmaßen waren im Verhältnis zum Rumpf zu kurz. Noch vor wenigen Augenblicken hätte Gunter ohne zu zögern zugeschlagen, jetzt hielt er aus irgendeinem Grund inne. Er musterte sein Opfer mit zusammengekniffenem Blick. Johannes wurde erneut schlecht; wenn Gunter diesen Jungen tötete, würde Johannes für immer seinen Verstand verlieren, dessen war er sicher. Um sich selbst zu schützen, musste er diesen Jungen retten. Er konnte keinen einzigen weiteren Toten verkraften.

»Halt«, rief er. »Der Junge ist verrückt. Wir können ihn am Leben lassen.«

Für einen Moment war die Aufmerksamkeit der Truppe auf ihn gerichtet. Würden sie ihn auslachen oder vielleicht gar aus Spott aufspießen wie all die anderen, deren Körper noch warm waren und die leblos am Boden lagen?

Aber zu Johannes' großer Überraschung sah Gunter ihn an. Er stieß den Jungen von sich, so dass er auf dem Boden landete, ähnlich wie der Dicke es zuvor mit Johannes gemacht hatte.

»Wie heißt du?«, forderte Gunter.

»Ni … ni … ni …«, stotterte der Befragte, bevor er hemmungslos zu weinen begann.

»Er ist nicht klar im Kopf«, beeilte sich Johannes. Er trat zu Gunter und redete schnell. Wenn er das Leben des Jungen retten wollte, musste er Gunters Zögern nutzen. »Wir haben unseren Auftrag erfüllt. Der arme Irre wird niemandem etwas von dem Überfall erzählen. Er scheint kräftig zu sein und kann beim Bau des Klosters mithelfen.«

Gunter verzog den Mund zu einer Grimasse. Lachte er? Das Knistern des Feuers bildete eine gespenstische Geräuschkulisse. Eine Weile sagte er nichts, dann prustete er los. Seine Laute klangen tief und unnatürlich. Sie jagten Johannes einen weiteren Schauer über den Rücken. »Du setzt dich für das Leben eines Irren ein. Denkst du, wenn wir ihn verschonen, bekommen wir einen Platz im Himmel?«

Johannes zuckte mit den Schultern. Er war sicher, dass Gunter seinen Platz schon lange verspielt hatte, auch er selbst hatte heute Nacht den seinen verwirkt, aber das sagte er nicht. Stattdessen fuhr er fort: »Was wäre falsch daran? Graf Wilhelm lässt hier ein Kloster errichten, um sein Seelenheil zu retten. Es heißt, die Kranken und Irren seinen Gott näher als alle anderen. Wenn wir einen von ihnen verschonen, dann …«

Er kam nicht dazu, seinen Satz zu Ende zu sprechen. Gunter war zu ihm getreten und klopfte ihm mit seiner riesigen Hand auf die Schulter. Das Blut, das sich darauf befand, war nun auf Johannes' Hemd.

»Du gefällst mir«, bellte er mit tiefer Stimme. »Wir lassen den Jungen am Leben und sagen den Nonnen, sie sollen sich um ihn kümmern. So haben wir uns alle von der Sünde reingewaschen.«

Johannes wusste, dass er selbst sich nie wieder frei von Schuld fühlen würde.

Dann wandte Gunter sich an seine Männer: »Durchsucht den Hof auf Wertgegenstände. Was ihr findet, tragt zusammen, wir teilen die Beute auf. Das ist der Lohn, den Graf Wilhelm uns versprochen hat.«

Er drehte sich erneut zu Johannes.

»Und du«, er zeigte mit ausgestrecktem Zeigefinger auf ihn. »Du bringst den Irren zum Grafen und berichtest ihm von unserem raschen Erfolg.«

Johannes wusste, dass Graf Wilhelm wüten würde, denn von der Abmachung, dass alle erbeuteten Schätze den Angreifern gehörten, hatte er nichts gesagt. Dennoch nickte er rasch, nahm den Jungen an der Hand und zog ihn mit sich zur Lichtung am Rande des Waldes, dorthin, wo sie ihre Pferde versteckt hatten. Johannes wollte den Ort des Todes verlassen, bevor Gunter oder einem seiner Männer etwas anderes in den Sinn kam. Ganz egal, wie sehr der Graf toben würde.

Kapitel 6

Wälder rund um den Gutshof, 950

Ursel humpelte den dicht bewaldeten Hügel hinter dem Gutshof hinauf. Sie spürte ihren Knöchel nicht mehr, nahm die Wunde an der Stirn nicht wahr und ging so lange weiter, bis sie sicher war, dass die Angreifer ihr nicht folgen würden. Im Schutz eines Felsens machte sie halt und setzte sich ins weiche Moos. Ein dünnes Rinnsal glasklaren Wassers tropfte auf den Stein hinter ihr. Im Frühjahr, kurz nach der Schneeschmelze, war es ein breiter Bach und speiste, gemeinsam mit zahlreichen anderen Quellen den See.

Ursel legte sich flach auf den Rücken und starrte in den sternenübersäten Himmel. Vor ihr lag der Traunsee. Der Mond spiegelte sich auf der jetzt dunklen Wasseroberfläche. Auf der gegenüberliegenden Uferseite ragte der Traunstein in den Nachthimmel. Die Luft war klar, aber sie hatte immer noch den Gestank von brennendem Menschenfleisch in der Nase. Vielleicht würde sie ihn nie wieder loswerden.

Tot, alle, die sie je geliebt hatte, waren tot. Wenn sie nicht so eigensinnig, starrköpfig und heute Nachmittag ausnahmsweise ungeschickt gewesen wäre, wäre sie auch tot. Nikolaus, sie hätte ihn nicht gehen lassen dürfen. Für seinen Tod war ausschließlich sie verantwortlich. Sie hatte ihn ins Verderben laufen lassen. Dabei hätte sie es besser wissen müssen. Sie hätte den Gestank eher erkennen müssen.

Ursel schloss die Augen. Wie schön wäre es, wenn sie sie nie wieder öffnen müsste. Ihr Herz raste, das Blut in ihren Schläfen pulsierte. Neben ihr zirpten ein paar Grillen, ein Uhu schrie in weiter Ferne. Ihre Sinne waren geschärft, es war, als würde sie selbst die Bewegungen der Grashalme hören können. Ihre Gedanken rasten durch ihren Kopf, gemeinsam mit den grausamen Bildern, die sie eben gesehen hatte, und dem Schmerz, der erbarmungslos gegen ihre Schläfen klopfte. Ursel sollte traurig sein, sollte weinen. Sie wartete auf die Tränen. Aber sie saßen irgendwo in ihrer Kehle fest und fanden keinen Weg aus ihr heraus. Sie horchte in sich hinein. Statt Trauer verspürte sie eine unglaublich große Wut, die sie zu verzehren drohte, wie das Feuer, das den Hof zerstört hatte. Ihre Wut richtete sich gegen Gott, der angeblich die Menschen liebte und ihnen ihre Sünden vergab. Sie spuckte auf diesen Gott und wollte nichts mehr mit ihm zu tun haben.

Es musste eine Erklärung dafür geben, dass sie am Leben war. Eine, die mehr Sinn machte, als bloßer Zufall oder Gottes Strafe für ihr aufmüpfiges Verhalten.

Der Mann im Busch hatte sie verschont. Er war einer von den Angreifern gewesen, aber aus irgendeinem Grund hatte er sie nicht getötet, sondern ihr das Leben gerettet.

Ursel wusste, dass der Hollerbusch heilig war. Die alte Ottilia hatte es oft genug erzählt. Schon die Ahnen hatten von seiner magischen Kraft gewusst, nur die Priester hatten seine Heiligkeit abgestritten. Sie waren allesamt

Dummköpfe, die einen grausamen Gott anbeteten und keine Ahnung hatten. Der Busch war trotz seiner Unscheinbarkeit mächtig. Die Blüten dufteten süß im Frühsommer. Mit Honig vergoren konnte man daraus ein berauschendes Getränk zubereiten. Getrocknet halfen die Blüten im Winter gegen Fieber, und im Herbst kochten die Frauen die dunklen Früchte zu dickem Mus, das Kraft gab und Kranke heilte.

Ursel setzte sich wieder auf. Sie durfte sich jetzt nicht einfach hinlegen oder gar aufgeben. Die alten Gottheiten wollten, dass sie am Leben blieb, der Mann im Hollerbusch war der Beweis dafür. Der Gott, an den sie bis jetzt geglaubt hatte, war heute Nacht im Feuer gestorben. Die Worte »Im Namen Gottes! Hier wird ein Kloster errichtet!« kreisten um das Bild ihres toten Vaters und ihrer aufgespießten Brüder. Was sollte sie mit einem Gott anfangen, dem das Leben unschuldiger Menschen weniger wert war als die Errichtung eines Klosters, in dem er später seine Herrlichkeit preisen ließ? Ursel war schlecht. Sie musste weiterleben, so viel war klar. Aber wo sollte sie hingehen? Wer würde ihr Schutz bieten? Irgendwo in Regensburg gab es eine Tante. Sie hieß Notburga und war die Schwester ihrer Mutter. Aber Ursel wusste weder, wo Regensburg lag, noch, ob die Tante noch am Leben war, und wenn ja, ob sie bereit war, ihre Nichte aufzunehmen. Ursel war in ihrem Leben noch nie weiter als bis nach Gmunden gekommen. Wie sollte sie als mittellose junge Frau, ohne Familie und ohne vornehme Herkunft, nach Regensburg gelangen, zu einer Frau, von der sie bloß den Namen kannte? Sie musste froh sein, wenn sie auf einer Burg oder einem Gutshof als Küchenmagd unterkam. Was das bedeutete, war ihr nur allzu bitter bewusst. Sie würde ihren Körper jedem Mann, dem danach war, zur Verfügung stellen müssen. Erneut schlich sich der Wunsch in ihre Gedanken, hier im Gras liegen zu bleiben, nie wieder aufzustehen und einfach zu sterben. Aber sie verwarf ihn sofort wieder. Sie war es den Göttern schuldig, weiterzuleben.

Wäre sie ein Mann, würde sie zu den Salzpiraten gehen. Gerold, ihr Anführer, hatte mit ihrem Vater stets gute Geschäfte gemacht. Er würde einen seiner Söhne aufnehmen. Vor allem dann, wenn dieser ein geschickter Bogenbauer war, der sich auch darauf verstand, mit den Waffen, die er baute, umzugehen. Jemand, der schwimmen konnte und sich im Wald besser auskannte als so manch anderer.

Ja, wenn ... Ruckartig setzte sich Ursel auf. Das war die Lösung. Sie hatte das Leben als Mädchen ohnehin satt. Ihr Körper war sehnig und knabenhaft. Mit einem fest gewickelten Tuch um die Brust würde sie jeder für einen Jungen halten. Wenn sie ihr Haar kurz schnitt und sich in Beinlinge zwängte, dann wäre sie nicht mehr Ursel, sondern Hans, den Graf Wilhelm gerade auf grausame Weise hatte umbringen lassen. Gerold war ihrem Bruder nie begegnet. Er wusste also nicht, wie Hans aussah, und selbst wenn er ihm begegnet war, Ursel glich ihrem Bruder schließlich sehr. Vorsichtig stand sie auf und sah an sich herunter. Sie brauchte Männerkleidung. Der Hof war zerstört, doch die alte Fischerhütte, die Hans und sie nutzten, um ihre Bogen zu bauen, ohne von anderen gute Ratschläge oder gar Verbote auferlegt zu bekommen, die gab es noch. Hans hatte dort auch eine Truhe mit alter Kleidung untergebracht. Ursel hatte ihn deshalb stets ausgelacht. Es war ihr unverständlich, dass jemand alte Kleidung aufheben wollte, aber Hans hatte stets gemeint:

»Wäre doch schade, wenn man die Sachen einfach ins Feuer wirft. Sie sind noch gut.« Er hatte sich von nichts trennen können, selbst von einem Umhang nicht, der so viele Löcher hatte, dass sie nach der Zahl sechsundfünfzig aufgehört hatten zu zählen. Wenn die Götter ihr wohlgesonnen waren, und davon war sie überzeugt, dann würde sie unter all den alten, für andere Menschen unbrauchbaren Kleidungsstücken etwas finden, mit dem sie sich in einen jungen Mann verwandeln konnte.

Kapitel 7

Burg von Graf Wilhelm, 950

Schon nach wenigen Meilen durch den dichten Wald bereute Johannes seinen Entschluss, den einfältigen Jungen gerettet zu haben. Der Knabe, der hinter ihm auf dem Pferd saß und ihn mit beiden Armen umklammerte, weinte und jammerte in einer ihm unverständlichen Sprache. Dabei sabberte und schniefte er, so dass Johannes' Hemd bereits völlig durchnässt war. Mit jeder weiteren Meile, die sie zurücklegten, schmolz seine Zuversicht. Dafür wuchs sein Unbehagen. Wenn es ihm nicht gelang, dem Jungen die notwendige Geduld entgegenzubringen, wie würde der Graf reagieren, der alles andere als besonnen war? Vielleicht würde er den armen Irren in einem Tobsuchtsanfall erschlagen.

Noch konnte Johannes den Burschen einfach im Wald aussetzen und sich selbst überlassen. Vielleicht war das besser, als ihn auf die Burg zu Graf Wilhelm zu bringen. Aber würde der Junge allein überleben?

Während Johannes alle Für und Wider abwog, tauchte die Burg, das schmucklose viereckige Bauwerk, das

sich von der dicht bewaldeten Landschaft nur beim genauen Hinsehen abhob, vor ihm auf. Mit einem Mal waren seine Überlegungen hinfällig. Der Stallbursche, ein halbverhungerter, dürrer Knabe, der nicht älter als der Bursche war, der hinter Johannes saß, öffnete ihm trotz der späten Stunde die Tore und ließ ihn ein. Man erwartete ihn bereits. Johannes übergab die Zügel seines Pferdes dem Burschen, fasste den schwachsinnigen Jungen an der Hand und zog ihn mit sich zum Hauptgebäude. Dank des Vollmonds war der Innenhof erleuchtet. Johannes wich einem Eimer aus, der vor dem Brunnen stand. Der Eingang zum Wohnturm der Burg stand offen. Im Vergleich zum Hof herrschte hier Finsternis. Zum Glück kannte Johannes das Gebäude. Schon am Ende des Gangs lag die Empfangshalle. Durch den Türspalt am Boden drang Licht. Beherzt klopfte Johannes und drückte vorsichtig die schwere Tür auf. Der orange, flackernde Schein von Flammen empfing ihn. Trotz des warmen Wetters hatte man ein Feuer im Kamin entfacht, wohl mehr um den Raum zu erleuchten, als um Kälte zu vertreiben. Die sommerliche Wärme, die seit Wochen herrschte, hatte sich auch hier ausgebreitet. Der Geruch von Bratenfett hing in der Luft. Johannes' Magen rebellierte bei dem Gedanken an gebratenes Fleisch. Am langen, dunklen Holztisch, an dem gut und gerne zwanzig Gäste Platz nehmen konnten, standen Becher aus Zink. Graf Wilhelm und seine Cousine Ata saßen am Ende der Tafel. Zu ihren Füßen lagen zwei Jagdhunde. Einer schlief, der andere hob träge seinen Kopf, als er Johannes sah. Ganz anders Graf Wilhelm, der nervös mit den Fingern seiner unbeschadeten Hand auf die Tischplatte trommelte. Die verkrüppelte Kralle baumelte nutzlos und hässlich an der anderen Seite seines Körpers. Kaum hatte Johannes den Saal betreten, sprang der Graf auf. Die Frau in der Nonnentracht der Benediktinerinnen blieb sitzen. Sie hielt ihren Rücken kerzengerade und wirkte nicht wie eine demütige Dienerin Gottes. Hochmut und Stolz blitzten aus ihren Augen. Sie war die Tochter von Graf Ottokar, der seinen Neffen maßgeblich bei dem Überfall unterstützt hatte. Auf ihrer Brust hing eine schwere goldene Kette mit einem rubinbesetzten Kreuz. Das Schmuckstück war einer Königin würdig. Auch sie wirkte angespannt.

Johannes verließ der Mut. Ata sollte die Äbtissin des geplanten Klosters werden und auf diese Weise den Ruhm der ganzen Familie vergrößern. Nie und nimmer würde diese Frau den Schwachsinnigen, der heulend und schniefend neben ihm stand, aufnehmen.

»Was habt Ihr zu berichten?«, forderte Graf Wilhelm, ohne Johannes zu begrüßen. Er klang herrisch wie immer, aber Johannes hörte auch Nervosität in seiner Stimme.

»Alles verlief ganz nach Euren Wünschen. Graf Ottokars und Eure eigenen Männer haben den Gutshof zerstört und alle Bewohner getötet.« Bis auf ein junges Mädchen, ergänzte Johannes in Gedanken. Zum Glück konnte Graf Wilhelm diese nicht lesen. Auch wenn der Graf felsenfest behauptete, Gott hätte ihm eine Eingebung geschickt, so zweifelte Johannes an den übernatürlichen Fähigkeiten seines Dienstgebers.

Sichtlich erleichtert nahm der Graf wieder auf seinem breiten, mit aufwendiger Schnitzarbeit verzierten Stuhl Platz und lehnte sich zurück. Zufrieden schnalzte er mit der Zunge.

»Wo sind Gunter und seine Männer?«

»Sie sind noch vor Ort und durchsuchen den Hof nach Wertgegenständen.«

»Die sie dann zu mir bringen, damit wir den Erlös für den Bau des Klosters verwenden können.« Der Graf strich sich mit seiner gesunden Hand über den mächtigen Bart. Reste des Abendessens hingen noch darin.

»Nun, ich denke …«, unbehaglich trat Johannes von einem Fuß auf den anderen. Der Graf sah ihn eindringlich an.

»… es ist …«

»Stottert nicht herum wie eine einfältige Küchenmagd. Habt Ihr Eure Sprache verloren?«

»Gunter sieht die Beute als Teil seines Lohnes. Er behauptet, Graf Ottokar hätte es ihm so versprochen.«

»Wie bitte?« Das Gesicht des Grafen lief dunkelrot an. Er wandte sich an seine Cousine. »Hat Euer Vater den Verstand verloren?«

Der Gefühlsausbruch des Grafen ließ die zukünftige Äbtissin kalt. Sie zuckte nicht einmal mit der Wimper und antwortete mit stoischer Gelassenheit: »Mein Vater hat Euch seine Söldner geschickt, auf diese Weise habt Ihr Euch einen Haufen Geld gespart.« Ata hatte ebenmäßige Gesichtszüge, aber Johannes hätte sie niemals als schöne Frau bezeichnet. Ihre ganze Erscheinung strahlte eine Kälte aus, die er trotz des Feuers im Kamin spürte.

»Ottokar hat seine Männer nicht aus reiner Nächstenliebe geschickt«, sagte der Graf sauer. »Der Gewinn, der ihm dank meiner Gotteseingebung entsteht, wird unermesslich sein. Ihr werdet Äbtissin eines Klosters, das in wenigen Jahren zu den größten und schönsten des Landes gehören wird. Die strategische Lage des Gebäudes ist einzigartig. Euer Vater und die gesamte Familie werden an Einfluss und Macht gewinnen.«

»Ich weiß, liebster Cousin«, beschwichtigte Ata. »Wir alle werden profitieren. Vor allem aber, und das ist das Wichtigste, ist es ein Sieg des Herrn. Gott wird Euch und meinem Vater einen Platz an seiner Seite sichern.« Sie griff nach dem Kreuz an ihrer Brust und ließ das wertvolle Schmuckstück sachte hin und her baumeln. Einen Moment lang hatte es den Anschein, als wollte sie das Kreuz zum Mund führen. Aber sie ließ es wieder zurück auf ihre Brust gleiten.

Der Graf stieß die Luft hörbar aus. Er drückte sich noch fester in seinen Stuhl, so dass die Lehne bedenklich unter seiner Last knarrte.

»Ich habe Gunter, dem Halsabschneider, bereits drei wertvolle römische Münzen bezahlt. Das ist mehr, als die lästige Drecksarbeit, die er verrichtet hat, wert war«, jammerte er. Er richtete seine zornigen Augen auf Johannes, so als wäre er als Überbringer der Nachricht für Gunters Handeln verantwortlich.

Abermals griff Ata ein. Sie legte ihre schmale Hand auf die verstümmelte Kralle ihres Cousins, der zuckte unter der Berührung zurück.

»Vergesst den Soldaten, Vetter. Er ist unwichtig, ebenso die Gegenstände, die die Männer in dem heidnischen Nest gefunden haben. Die Brut ist ausgeräuchert und der Ort bereit für ein Haus Gottes. Denkt daran, dass Euer Name und der meines Vaters in alle Ewigkeit mit der ruhmvollen Gründung des Klosters in Verbindung gebracht werden und Ihr beide als Heilige in die Geschichte eingehen werdet.«

Nun beruhigte sich der Graf. Er grunzte ob der Vorstellung, sich ein Denkmal für die Ewigkeit geschaffen zu haben.

»Und wer ist das?«, fragte Ata. Sie richtete den ausgestreckten Zeigefinger ihrer rechten Hand, den ein zur Halskette passender Ring zierte, auf den Jungen. Die

Frau schien es mit der Bescheidenheit nicht so ernst zu nehmen.

Für einen Moment hatte Johannes den Jungen völlig vergessen. Dass Graf Wilhelm für die Nachwelt ein Heiliger sein würde, lähmte seine Gedanken. Doch das leise Summen des Irren erinnerte ihn wieder an sein eigentliches Anliegen. Die Augen des Jungen waren rot und verquollen, sein Gesicht von Schmutz und Tränen verschmiert. Er sah aus wie ein Häufchen Elend, und Johannes zweifelte einmal mehr an der Richtigkeit seiner Entscheidung. Vielleicht wäre der arme Geisteskranke im Wald glücklicher geworden. Er hätte sich von Beeren und Pilzen ernähren und in einer Höhle Unterschlupf finden können.

»Der einzig Überlebende«, sagte Johannes.

»Wie bitte, Ihr habt doch gesagt …« Weiter kam der Graf nicht, denn erneut legte Ata ihre Hand auf die seine.

»Sicher hat es einen Grund, dass die Männer diesem Jungen das Leben geschenkt haben.«

Johannes holte Luft und schöpfte Hoffnung. Er wählte seine Worte mit großer Sorgfalt: »Er kam aus einem Versteck, als alle anderen bereits tot waren. Es war ein Wunder. Gott und alle Engel haben ihre schützenden Hände über ihn gehalten, sonst hätte er nicht überlebt. Er besitzt keinen Verstand. Keiner der Männer konnte ihn wegen der großen Kraft des Wunders töten, und so bat mich Gunter, ihn zu Euch zu bringen, damit er Euch beim Bau des Klosters helfen kann.« Johannes nahm sich die Freiheit eines Chronisten und erzählte die Geschehnisse in einer etwas abgewandelten Form.

»Ein armer Irrer«, sagte Ata und schüttelte mitleidig den Kopf. In ihren Augen lag immer noch keine Wärme, sondern Berechnung.

»Ihr seid also der Meinung, dass Gott ihn mit einem Wunder geschützt hat?«, fragte sie.

»Ja, ganz sicher. So muss es gewesen sein«, bestätigte Johannes und fügte hinzu: »Er ist außerordentlich kräftig. Deshalb glauben die Männer, dass Gott ihn Euch zum Bau des Klosters schickt.« Noch nie zuvor in seinem Leben hatte Johannes die Wahrheit so verdreht wie eben jetzt. War er deshalb ein Lügner?

»Ihm Unterkunft und Essen zu geben, ist eine großzügige Tat, für die nicht nur die Menschen Euch über die Grenzen dieses Landes hinaus ehren werden, sondern auch Gott«, fuhr er fort.

Ata hob ihre rechte Augenbraue. Ihr Mundwinkel zuckte. Lachte sie?

»Ihr sorgt Euch um den Ruf und das Seelenheil der künftigen Äbtissin?«

Johannes errötete. »Das würde ich niemals wagen. Aber ich muss zugeben, dass ich nach dieser Nacht um mein eigenes bange.«

»Warum?«, fuhr Graf Wilhelm dazwischen. »Ihr habt den Willen Gottes befolgt. Seine Engel haben mir befohlen, ein Nest Ungläubiger auszuräuchern, damit brave Christen dort ein Kloster errichten können. Nichts Geringeres habt Ihr getan. Am Tag des Jüngsten Gerichts wird Gott Euch für diese Tat reichlich belohnen.«

Nur zu gerne hätte Johannes dem Grafen entgegengeschleudert, dass er die schrecklichen Bilder dieser Nacht sein ganzes Leben nicht mehr aus seinen Gedanken bekommen würde. Sie hatten nichts mit Gott oder dem Paradies zu tun, sondern ausschließlich mit dem Teufel und der Hölle.

Ata übernahm wieder das Wort: »Ihr meint also, dass

es Gott gefallen würde, wenn wir sein Geschöpf ohne Verstand bei uns aufnehmen.«

Rasch nickte Johannes.

»Nun, er sieht in der Tat kräftig aus.«

Ata erhob sich. Sie war schlank und deutlich größer, als Johannes angenommen hatte. Sie überragte nicht nur den Jungen, sondern auch ihn selbst. Mit langsamen Schritten trat sie auf den Jungen zu. Sie musterte ihn mit zusammengekniffenen Augen und ging dann um ihn herum. Johannes hoffte, dass der Schwachsinnige nicht mitbekam, wie erniedrigend dieses Vorgehen war, das an einen Viehmarkt erinnerte. Aber er schien sich mittlerweile in seine eigene Welt zurückgezogen zu haben. Er summte immer noch leise vor sich hin, während er seinen Oberkörper sachte vor und zurückbewegte. Speichel tropfte aus seinem Mund auf seine Brust. Hoffentlich würde Ata sich nicht daran stören.

Mit dem Zeigefinger und dem Daumen der rechten Hand kniff Ata in den Oberarm des Jungen. Dabei verzog sie angewidert den Mund zu einer Grimasse. Er ließ sie gewähren. Schenkte ihr nicht einmal einen Blick.

»Er hat zwar nicht viele Muskeln, aber ich bin sicher, dass er die bekommt, wenn er Steine schleppt«, stellte sie fest.

»Ihr wollt ihn behalten?«, mischte sich Graf Wilhelm ein.

»Ja, natürlich!« Die Nonne drehte sich zu ihrem Cousin. »Eine weitere großzügige Tat, die in die Geschichtsbücher eingehen und uns unsterblich machen wird. In dieser Nacht hat ein schreckliches Feuer alle Heiden auf der Halbinsel getötet, nur einer hat mit Gottes Hilfe überlebt. Jener, der rein von Schuld war, und die Nonnen von Traunkirchen haben ihn großzügig bei sich aufgenommen. Einen armen Irren, der Gott näher ist als alle anderen Sünder dieser Welt.«

Nun richtete sie ihre Worte an Johannes: »Wie Graf Wilhelm bereits gesagt hat: Gott wird uns alle für die Taten dieser Nacht belohnen.«

Ihre Augen durchbohrten ihn förmlich. Für einen Moment war es ihm, als machte sie sich über ihn lustig. Vorsichtig lenkte er seinen Blick zu dem Jungen. Der starrte auf den Boden, hatte aber zu weinen und auch zu summen aufgehört. Ob er verstanden hatte, was eben passierte?

»Nun, dann ist das entschieden«, mischte sich Graf Wilhelm ein. »Johannes, Ihr könnt hier übernachten. Eine der Mägde wird Euch im Gästeschlafsaal ein Bett richten. Der Junge soll im Stall bei den Schweinen schlafen.«

Trotz seiner Müdigkeit, er hätte im Stehen einschlafen können, wollte Johannes nach Hause zu Katharina.

»Vielen Dank für das großzügige Angebot, aber ich reite weiter. Meine Frau kann kein Auge zutun, solange ich nicht zurück bin.«

Graf Wilhelm zuckte mit den Schultern. »Wie Ihr meint, mir soll es recht sein.«

Johannes hatte es eilig, die Halle zu verlassen. Er fühlte sich noch elender als zuvor. Ohne sich ein weiteres Mal umzudrehen, wusste er, dass der Junge immer noch hilf- und schutzlos im Raum stand. Johannes hatte ihm zwar das Leben gerettet, aber war das, was ihn erwartete, lebenswert?

Johannes beschleunigte seine Schritte, bis er das letzte Stück zu seinem Pferd rannte. Sobald er irgendeine Möglichkeit sah, Graf Wilhelms Dienst zu verlassen, würde er es tun. Ganz egal, was Katharina dazu sagte.

Kapitel 8

Bucht am Traunsee, 950

Ursel hatte Glück, die Angreifer der letzten Nacht hatten der kleinen, windschiefen Fischerhütte, die von Weißdornbüschen und einer wilden Rose so dicht überwuchert war, dass nur Hans und sie erkannten, was sich dahinter verbarg, keine Beachtung geschenkt.

Wie immer war die Tür der Hütte bloß angelehnt. Hans und Ursel waren sich einig gewesen, dass ein Schloss bloß Verschwendung gewesen wäre. Wer in die Hütte eindringen wollte, der konnte das, mit oder ohne Schloss.

Letzten Winter hatte eine Siebenschläferfamilie ihr Winterquartier hier aufgeschlagen. Seither lag ein strenger Geruch in der Luft, der trotz kräftigem Lüften nicht wegging. Auch das Feuer, das Ursel in der Vorwoche entzündet hatte, um das Eibenholz für den neuen Bogen in der Hitze über der Flamme in eine halbrunde Form zu biegen, hatte daran nichts geändert. Hans hatte beim Saubermachen ein paar Überreste des Nestes übersehen. Sie lagen immer noch in einer Ecke des Raums. Unter einem Loch in der Wand, das ein Fenster sein sollte, stand die Truhe mit den Werkzeugen, die Hans und Ursel in den letzten Jahren angesammelt hatten: zwei scharfe Messer, ein Hobel, ein Pinsel zum Auftragen des Fischleims, ein weiterer für die Leimschicht aus den Auszügen von Birkenrinde, die den Bogen gegen Feuchtigkeit schützen sollte. Außerdem stabile, feste Seile, die zur Fixierung des gedehnten Holzes dienten. Ursel packte alle Gegenstände in einen Beutel aus dünnem Leder. Dann ging sie zur älteren Truhe, in der Hans die alten Kleidungsstücke aufbewahrte. Sie klappte den verbeulten Deckel hoch. Der Geruch nach Moder drang ihr entgegen. Aber der Inhalt war von den Nagern verschont geblieben. Genau, wie sie vermutet hatte: eine alte löchrige Tunika, Beinlinge und ein Hemd, das schon bessere Zeiten gesehen hatte. Barbara hätte alle Kleidungsstücke weggegeben und aus den Resten neue verarbeiten lassen. Außerdem gab es eine dünne Kordel und eine Decke. Ursel griff danach und drückte den klammen Stoff gegen ihre Brust. Sie dachte an Hans und daran, wie sie ihn immer ausgelacht hatte, weil er sich von den alten Fetzen nicht hatte trennen wollen. Jetzt durchströmte sie ein warmes Gefühl der Dankbarkeit und gleichzeitig große Trauer, wenn sie an ihren Bruder dachte. Aber die Tränen steckten immer noch in ihrer Kehle.

Ursel breitete die Kleidungsstücke auf dem festgetretenen Erdboden der Hütte aus. Obwohl ihr Bruder längst aus den Teilen herausgewachsen war, würde ihr alles viel zu groß sein. Dann trat sie wieder vor die Hütte, ins Sonnenlicht, holte das Messer unter ihren Röcken hervor und fasste sich beherzt ins Haar. Büschelweise schnitt sie ihre langen blonden Locken ab. Strähne für Strähne landete neben ihren Füßen. Ein ganzer Berg türmte sich auf. Als Ursel den Kopf schüttelte, fühlte sie sich nackt. Sie konnte den Wind im Nacken spüren. Nichts bedeckte mehr ihre Schultern oder ihren Rücken. Sie fühlte sich schutzlos und verletzlich. Mit zitternden Fingern fuhr sie sich durchs kurze Haar. Sie lief zum See, in der Hoffnung, in der klaren Wasseroberfläche ihr Spiegelbild zu erkennen, aber das Gesicht, das ihr entgegenblickte, hatte wenig Ähnlichkeit mit dem, das ihr vertraut war. Eingefallene Wangen, große Augen in dunklen Höhlen und eine hässliche Wunde, die quer über ihre Stirn verlief. Vorsichtig benetzte sie ihr Gesicht und wusch die Wunde notdürftig sauber. Rotbraune Schlieren zogen sich durchs Wasser und verflüchtigten sich. Als die kräuselnde Wasseroberfläche sich wieder beruhigte, blickte sich Ursel erneut entgegen. Ihr Haar war auf Kinnlänge gestutzt. Die Wunde würde eine Narbe hinterlassen und sie wenig weiblich aussehen lassen, das war gut. Aber würde sie bei Gerold und den Salzpiraten als junger Mann durchgehen?

Ursel kehrte zurück hinter die Hütte und holte die Kleidung; wieder im Freien, schlüpfte sie aus ihrem Kleid und ließ es neben den Haufen heller Haare fallen. Mit ihrem Messer schnitt sie den Rock in Streifen. Einen der Streifen wickelte sie so fest um ihre Brust, dass ihr für einen Moment die Luft wegblieb. Sie blickte an ihrem Körper hinunter. Mit dem Ergebnis war sie zufrieden, flacher war auch Hans' Brust nicht.

Dann schlüpfte sie in die Beinlinge, zog sich zuerst das Hemd und dann die Tunika über. Mit der Kordel band sie die beiden losen Kleidungsstücke fest. Der Stoff von den Beinlingen kratzte auf ihrer Haut. Das Hemd roch alt und nach dem Urin der Siebenschläfer. Einen weiteren Stoffstreifen wickelte sie um ihren Fuß. Ihr Knöchel war dunkelblau angelaufen und geschwollen. Aber sie konnte das Gelenk bewegen, wenn auch unter Schmerzen. Also war der Knochen nicht gebrochen. Mit dem Verband würde es ihr leichter fallen, den Weg ins Piratenlager zurückzulegen.

Es war ein geheimer Ort, tief in den Wäldern unterhalb des Traunsteins. Aber für jemanden wie Ursel war es ein Leichtes, das Versteck zu finden. Rainer hatte es ihr schon vor Jahren gezeigt.

Ein heftiger Windstoß wehte vom See her zu ihr. Er erfasste die hellen Haarsträhnen im Gras und verteilte sie über die Wiese. Einem Impuls folgend wollte Ursel sie wieder einfangen, aber dann schalt sie sich eine Närrin. Sie brauchte ihr Haar nicht mehr, es war Teil ihres alten Lebens. Ursel, Reinharts Tochter, war tot. Reinharts Sohn Hans lebte, und der würde sich den Piraten anschließen, um zu überleben und um Graf Wilhelm so viel Schaden zuzufügen, wie nur irgendwie möglich.

Ursel richtete sich auf und blinzelte gegen die Sonne, die bereits hoch am Himmel stand. Der Gipfel des Traunsteins spiegelte sich im klaren Wasser. Es war dasselbe friedliche Bild wie gestern, und doch war nichts mehr so, wie sie es bisher gekannt hatte. Die Menschen, die sie geliebt hatte, waren alle tot. Beim Gedanken an ihren Vater, an Barbara, Rainer, Hans und Nikolaus spürte sie einen Stich in der enggeschnürten Brust. Sie wollte endlich weinen, aber es ging nicht. Tief in ihrem Inneren ahnte sie, wenn sie einmal damit anfangen würde, könnte sie nicht mehr damit aufhören. In ihrem neuen Leben als Pirat hatten Tränen keinen Platz.

Den Blick weiter auf den See gerichtet, atmete sie tief ein und aus, schluckte erneut und fühlte, wie sie die Tränen noch weiter zurückdrängte, bis sie schließlich auch in ihrer Kehle nicht mehr zu spüren waren. Dann ergriff sie den Lederbeutel mit ihren Werkzeugen. Sie waren ihr

Schatz und vielleicht ihre Überlebensgrundlage bei den Piraten. Sobald der Sack auf ihrer Schulter lag, machte sie sich auf den Weg in ihr neues Leben.

Kapitel 9

Hallstatt, 952

Die Höhle, die sich am Ende des endlos langen Stollens ausbreitete, hatte die Größe einer Kathedrale. Rotbrauner Stein wölbte sich über Steffens Kopf und lief oben spitz zusammen. Im Schein der Laterne, die er auf Schulterhöhe hielt, um besser sehen zu können, funkelten die Salzkristalle wie Tausende winzige Edelsteine. Es war kaum vorstellbar, dass Menschenhände den Raum geschaffen hatten. Seit Generationen klopften Männer mit ihren eigens für diese Aufgabe entwickelten Spitzhacken Gesteinsklumpen aus den Wänden, warfen sie in die trichterförmigen aus Leder gefertigten Behälter, die sie auf dem Rücken trugen, und brachten den wertvollen Inhalt, aus dem später das kostbare Salz, das weiße Gold der Alpen, gewonnen wurde, zu einem der Holzkarren, auf denen man die Fracht ins Freie transportierte. Die Tragebehälter waren so klug geschnitten, dass man den schweren Inhalt ausleeren konnte, ohne dabei in die Knie gehen zu müssen. Es reichte, den Oberkörper seitlich zu halten, und schon purzelten die Steine aus dem Ledertrichter. Steffen beobachtete die Männer, die den Großteil ihres Lebens ohne Tageslicht im Berg verbrachten und mit ihrer Arbeit ihren Familien ein gesichertes Einkommen garantierten. Alles hier war bis ins kleineste Detail durchdacht. Dennoch wollte er keinen Moment länger als notwendig unter der Erde sein. Die Vorstellung, sich mehrere Hundert Meter unter der Erdoberfläche zu befinden, ließ ihn erschauern. Es war das erste Mal in seinem Leben, dass er in einem Bergwerk war, und wenn es nach ihm ginge, sollte es auch das letzte Mal sein. Er verspürte kein Verlagen, erneut durch die dunklen, nasskalten Gänge, die ihn an ein Labyrinth aus der griechischen Mythologie erinnerten, zu laufen. Schon brannten seine Augen. Die der Bergmänner waren rot und trieften. Dunkelheit und der ewige Ruß, den die Fackeln in den Einfassungen an den Wänden abgaben, waren dafür verantwortlich.

Das ständige Klopfen von Metall auf Gestein hallte von den Wänden wider und schien sich in den langen Gängen zu verdreifachen. Es war eisig kalt. Steffen fröstelte und bereute es, dass er zuvor den dicken Mantel abgelehnt hatte, den Karl ihm angeboten hatte. Nun ging der Bergmann mit dem kurzen, breiten Hals und den tellergroßen Händen vor ihm her. Aber wer hätte wissen können, dass im Inneren des Berges winterliche Temperaturen herrschten, während draußen die Sonne seit Tagen erbarmungslos auf die Felder brannte und die Ernte zu versengen drohte.

Vor ihnen zweigten erneut drei Gänge in unterschiedliche Richtungen ab. Steffen fragte sich, wie viele Männer sich hier schon verirrt hatten und jämmerlich im Berg verendet waren. Er selbst wäre allein höchst gefährdet gewesen, denn ein guter Orientierungssinn gehörte leider nicht zu seinen Stärken.

So als könne Karl seine Gedanken lesen, sagte er: »Letzten Sommer haben zwei meiner Männer dort hinten einen Toten gefunden.« Er zeigte in einen der Gänge. »Der muss schon ewig hier gelegen haben. Hat ganz merkwürdige Kleider angehabt, bloß Fell und Leder und Werkzeug aus Tierknochen. Aber das Salz hat den Burschen frisch gehalten, wie die Fische, die meine Frau darin einlegt.«

»Was passierte mit dem Fund?«, wollte Steffen wissen.

»Der Priester hat darauf bestanden, dass wir ihn außerhalb des Friedhofes beisetzen, weil wir ja nicht wussten, ob es ein Heide war oder ein Christ. Es wäre eine Sünde, einen Heiden in heiliger Erde zu begraben. Das hätte Unglück über die ganze Gemeinde gebracht«, erklärte Karl ihm.

Eine spitze Antwort lag auf Steffens Zunge, aber er unterließ es, sie auszusprechen. Aus eigener, leidlicher Erfahrung wusste er, wie es um die Moral einiger kirchlicher Würdenträger bestimmt war. In manchen Teilen des Landes waren die Priester immer noch der Meinung, dass das Zölibat eine freiwillige Angelegenheit war, andere predigten Nächstenliebe und meinten damit in erster Linie sich selbst. Steffen war in einem Kloster aufgewachsen und würde den Mönchen ewig dankbar sein für die umfangreiche Bildung, die sie ihm hatten angedeihen lassen, dennoch würde er den Tag nie bereuen, an dem er die dicken Klostermauern verlassen, sich auf Wanderschaft begeben und sein Leben selbst in die Hand genommen hatte. Auch wenn er nicht überall die besten Erfahrungen gesammelt hatte, so konnte er dennoch sagen, dass er jedes Mal dazugelernt hatte. Beim Wirt, dem er bei der Abrechnung geholfen, beim Tuchhändler, dem er die Kontobücher geführt, und beim Goldschmied, dem er Verträge aufgesetzt hatte. Sie alle hatten sein Wissen und sein ungewöhnliches Talent für Zahlen geschätzt. Steffen konnte riesige Zahlen im Kopf zusammenzählen und voneinander abziehen, ohne dabei die Hilfe eines Stiftes oder einer Tabelle zu benötigen. Er erkannte Rechenfehler auf einen Blick und besaß die Gabe, Briefe in geschliffenem Latein zu formulieren, die eines Landesfürsten würdig waren. All diese ungewöhnlichen Fähigkeiten hatten dazu geführt, dass er vor Weihnachten bei Graf Wilhelm gelandet war, dessen Sekretär völlig überraschend bei Nacht und Nebel mit seiner Frau und seinem kleinen Kind das Land verlassen hatte. Graf Wilhelm hatte getobt ob des plötzlichen Verlustes seines kompetenten Sekretärs und hatte den Mann verfolgen und zur Rückkehr zwingen wollen, doch dann war Steffen aufgetaucht, und er hatte das Interesse an Johannes verloren. Er hatte Steffen ein Angebot gemacht, das er nicht ausschlagen konnte, und obwohl Steffen seinen neuen Dienstgeber nicht sympathisch fand, war er geblieben. Bis zum nächsten Frühling würde er so viel verdient haben, dass er mit einer vollen Geldbörse weiterziehen konnte. Seit einem halben Jahr stand Steffen nun im Dienst des Grafen, kontrollierte die Salzlieferungen, verhandelte mit Kunden und Lieferanten und fand rasch heraus, dass die Zahl der Salzsäcke, die in Gmunden ankamen, nicht mit denen der ausgelieferten übereinstimmte.

»Reist in mein Bergwerk und findet heraus, wo die Salzsäcke geblieben sind.« Mit diesen Worten hatte Graf Wilhelm Steffen nach Hallstatt geschickt.

Und hier war er jetzt und wünschte, die Führung durch den Berg würde ein baldiges Ende finden. Nichts von dem, was er bisher gesehen hatte, brachte ihn auch nur einen Schritt weiter. Sofern er das beurteilen konnte, hatten die Arbeiter keine Möglichkeit, große Mengen der Gesteinsbrocken aus dem Bergwerk zu schmuggeln.

»Ich denke, ich habe mir einen Eindruck verschaffen können«, sagte Steffen. Er rieb sich die Hände, seine Finger waren klamm vor Kälte. »Habt vielen Dank für den aufschlussreichen Rundgang.«

»Aber Ihr habt den interessantesten Teil noch gar nicht gesehen«, sagte Karl enttäuscht. Er hatte sichtlich Freude daran, einen Gelehrten, der für gewöhnlich hinter dem Schreibtisch saß und mit Zahlen und Worten hantierte, durch seinen Berg zu führen. »Der Gang vor uns wird so eng, dass sich nur noch Kinder darin bewegen können.«

»Es arbeiten Kinder im Bergwerk?«

»Ja, natürlich. Was denkt Ihr denn?« Karl schüttelte verständnislos den Kopf und fuhr fort: »In dem Stollen wachsen steinerne Zapfen von der Decke, die so dick wie mein Bein sind.« Um zu veranschaulichen, wie mächtig die Zapfen waren, formte er mit beiden Händen einen riesigen Kreis, der um einiges breiter war als seine Oberschenkel.

»Das ist mit Sicherheit sehr beeindruckend, ich ziehe es dennoch vor, den Berg wieder zu verlassen«, sagte Steffen. Er verschränkte die Arme vor der Brust, in der Hoffnung, so das Zittern, das die Kälte in ihm auslöste, zu verbergen.

Der Bergmann zuckte enttäuscht mit den Schultern. »Aber beschwert Euch hinterher nicht, dass ich Euch den Zapfenstollen nicht gezeigt habe.«

Steffen ging das Bild arbeitender Kinder im Bergwerk nicht aus dem Kopf. Wieder einmal war ihm bewusst, wie privilegiert er gewesen war und wie unbeschwert seine Kindheit. Zwar waren die Unterrichtseinheiten in der eisig kalten Schreibstube besonders in den langen Wintermonaten oft langweilig gewesen, dafür hatte er nach den Lektionen mit den anderen Kindern ausgelassen hinter dem Klostergarten herumtollen dürfen.

Endlich kehrte Karl um und führte ihn zurück zum Ausgang. Der Weg erschien Steffen noch länger als zuvor, was wohl damit zu tun hatte, dass er mit jedem Schritt stärker unter der Kälte litt. Als er in der Ferne zaghaftes Licht wahrnahm, das nur langsam heller und kräftiger wurde, fühlte er sich erleichtert. Endlich wieder im Freien, atmete er tief durch. Er musste seine Hand schützend über die Augen legen und blinzelte. Die Sonne wärmte seine Haut rasch wieder auf, selten hatte er sich über ihre Strahlen so gefreut wie eben jetzt. Ein angenehmes Kribbeln lief über sein Gesicht, das Gefühl breitete sich auch über seine Hände aus.

»Könnt Ihr Euch das Verschwinden der Salzsäcke erklären?«, fragte er. Natürlich wusste Karl über den Grund von Steffens Besuch Bescheid, schließlich hatte er ihm gleich bei seiner Ankunft davon erzählt. Aber bis jetzt hatte sich der Bergmann hartnäckig geweigert, auch nur ein Wort darüber zu verlieren.

»Nein«, er nahm die lederne Kappe von seinem Kopf und kratzte sich den kahlen Schädel. »Meine Männer haben sich nichts zuschulden kommen lassen. Wir sind ehrliche, hart arbeitende Bergmänner.«

Steffen erwiderte nichts. Er hatte gesehen, wie das Salz aus dem Stein geklopft, wie es aus dem Bergwerk gebracht und in den riesigen Siedehäusern ausgewaschen wurde, wie es in Säcke gefüllt und in gut gesicherten Lagerräumen so lange aufbewahrt wurde, bis man es auf Schiffe lud und Richtung Osten transportierte. Alle Schritte wurden sorgfältig dokumentiert, und es war schier unmöglich, einen ganzen Sack verschwinden zu lassen. Die Bergmänner wurden beim Verlassen des Stollens genau kontrolliert. Sie konnten nicht einmal einen daumengroßen Salzstein aus dem Berg schmuggeln, ohne erwischt zu werden. Um an einen ganzen Salzsack zu gelangen, bedurfte es der Mithilfe eines der verantwortlichen Männer. Aber wer war das schwarze Schaf? Steffen wollte nicht glauben, dass Karl es war.

Wie um Steffens Gedanken zu bekräftigen, wiederholte Karl: »Meine Leute haben mit der Sache nichts zu tun.« Er fuhr mit der Zunge über seine spröden Lippen. »Es sind die Salzpiraten, die die Schiffe des Grafen überfallen.«

Diesen Satz hatte Steffen in den letzten Tagen immer wieder gehört. Er wusste von den Gesetzlosen, die irgendwo tief in den Wäldern gut versteckt lebten und regelmäßig Salzschiffe angriffen. Angeblich hatten die Überfälle mit dem Bau des Klosters am Fuße des Traunsteins an Häufigkeit zugenommen. Die Piraten nahmen stets die gesamte Ladung, weshalb der Verlust ganz genau auszumachen war. Wonach Steffen suchte, waren Salzsäcke, die offiziell auf Schiffe verladen, sicher über die Traun und den Traunsee transportiert wurden und dennoch nicht in Gmunden ankamen.

Es gab also nur die Möglichkeit, dass die kostbare Fracht bereits hier in Hallstatt verschwand, denn er nahm nicht an, dass sie während der Fahrt über Bord geworfen wurde.

Steffen ließ seinen Blick vom Hallstättersee unter sich zur darüber liegenden Ortschaft gleiten. In den letzten Jahren hatte er unterschiedlichste Städte und Dörfer gesehen, aber dieser Ort war einzigartig. Direkt in den Fels des Berges gebaut, mit steilen Gassen, Leitern und engen

Treppen, die die Häuser miteinander verbanden. Sicher war es im Winter schier unmöglich, dort entlangzugehen, ohne dabei auszurutschen. Wegen der Nähe zum See waren viele Wände der Häuser feucht. Die Gebäude standen dicht an dicht, so als könnten sie sich auf diese Weise gegenseitig wärmen. Ein unwirtlicher und zugleich faszinierender Ort, der auf der einen Seite unzugänglich wegen des Berges und auf der anderen geschützt vom See war. Einer uneinnehmbaren Festung gleich.

»Wie lange lebt Ihr schon hier?«, wollte Steffen wissen.

»Erst seit meiner Heirat. Meine Frau ist aus Hallstatt, sie lebt schon ihr ganzes Leben hier. Genau wie die anderen Menschen im Ort. Der Berg gibt uns reichlich Arbeit«, sagte Karl.

»Seit wann gibt es die Salzpiraten, und wer sind diese Männer?«, wollte Steffen wissen. Er kannte Geschichten von Seeräubern, aber die stammten allesamt aus Regionen, in denen Menschen zur See fuhren. Piraten, die in Wäldern hausten und einen Binnensee unsicher machten, waren ihm völlig fremd.

Der Bergmann knetete die Ledermütze in seinen Händen: »Salzschiffe wurden immer überfallen, aber die Gruppe rund um Gerold gibt es, seit ich ein junger Bursche war. Bis vor zwei Jahren haben Reinhart und seine Männer ihn unter Kontrolle gehalten, aber das ist jetzt vorbei, den Gutshof auf der Halbinsel unterhalb des Traunsteins gibt es nicht mehr, ein schreckliches Feuer hat die Menschen dort alle getötet. An seiner statt wird ein Kloster errichtet.«

Steffen hatte von dem schrecklichen Unglück gehört, das niemand überlebt hatte.

»Gerold«, wiederholte Steffen. »Ist das der Anführer?«

»Ja, er hat sich vor Jahren in die Wälder zurückgezogen und Gleichgesinnte um sich geschart. Männer, die jeder Graf oder Landesfürst auf der Stelle an der nächsten Straßenkreuzung an einen Baum knüpfen lassen würde. Das Problem ist bloß, dass niemand sie erwischt.«

Steffen blickte wieder auf den See. Kristallklar und verheißungsvoll glitzerte das Wasser. Die Sonne spiegelte sich in der glatten Oberfläche. Er wiederholte Karls Worte in seinen Gedanken. Irgendetwas störte ihn daran.

»Wie kann es sein, dass eine Gruppe Männer unentdeckt in diesen Wäldern lebt? Das Gebiet ist überschaubar, man hätte sie längst finden müssen.«

Eine Pause entstand, bevor Karl weitersprach. Die Frage war ihm sichtlich unangenehm.

»Gerold kennt sich in den Wäldern besser aus als alle anderen. Er lebt seit vielen Jahren dort.«

»Was könnt Ihr mir noch über ihn erzählen?«

»Nicht viel.«

Steffen spürte, dass der Mann log. Er wartete, doch das Gesicht des Bergmanns war nun verschlossen.

»Ich gebe mich auch mit wenig zufrieden«, sagte er und setzte sein gewinnendstes Lächeln auf. Der strenge Zug um Karls Mund wurde wieder weicher, dennoch wollte er nichts über den Anführer der Salzpiraten verraten. Stattdessen wechselte er das Thema.

»Meine Frau hat mich gebeten, Euch zum Abendessen einzuladen. Es gibt einen Rollgersteneintopf mit Speck.«

»Das ist sehr freundlich von Euch. Vielen Dank«, sagte Steffen überrascht. Er war in einer einfachen Herberge untergebracht, die Kaufleuten und Reisenden zum Übernachten diente. Eigentlich hatte er vorgehabt, dort zu essen.

»Wir wohnen in dem Haus mit den bunten Fensterläden hinter dem Hof, der schräg neben der Kirche liegt. Vor der Tür wachsen eine Hasel und eine Rose. Die Blüten sind der ganze Stolz meiner Frau.«

»Ich werde das Haus sicher finden«, sagte Steffen.

Den Nachmittag verbrachte er bei den Schiffsleuten, mit denen er morgen Richtung Traunsee fahren würde. Die Salzmengen, die sie transportierten, waren ein Vermögen wert. Eine Summe, die Steffen in seinem ganzen Leben, auch wenn er noch so viel arbeitete, nie verdienen konnte. Was der Ladung morgen früh besondere Brisanz verlieh, war die Geldschatulle, die mit am Schiff sein würde. Darin befanden sich eingetriebene Schulden und großzügige Geldspenden für das Kloster. Steffen hatte die heikle Aufgabe, die Schatulle wohlbehalten zu Graf Wilhelm zu bringen.

Nach dem Treffen machte er sich auf den Weg zu Karl. Als er das Haus endlich erreichte, war die Sonne bereits hinter den Berggipfeln verschwunden und der See lag dunkel zwischen den steilen Felswänden der Berge. Steffen hatte zweimal nachfragen müssen, denn er war dreimal vergeblich im Kreis gelaufen. Alle Häuser hatten bunte Fensterläden, und vor vielen Türen wuchs eine Rose, eine Hasel oder andere Pflanzen. Das war erstaunlich, wenn man bedachte, wie wenig Platz es zwischen den einzelnen Gebäuden gab.

Über eine schmale Holzleiter kletterte Steffen zum Eingang des Hauses, das für einen einfachen Bergarbeiter ungewöhnlich luxuriös erschien. Der Sockel war aus soliden Steinen errichtet. Aber auch die anderen Häuser in der Umgebung waren in ähnlicher Bauweise errichtet worden. Der Berg schien den Männern einen kleinen, bescheidenen Wohlstand zu sichern. Noch bevor er an die Tür klopfen konnte, wurde sie geöffnet. Steffen wurde bereits erwartet.

»Wir dachten schon, Ihr habt es Euch anders überlegt und kommt nicht mehr«, sagte Karl mit vorwurfsvoller Stimme.

»Bitte entschuldigt«, murmelte Steffen verlegen. Rasch nahm er seine Mütze ab. Er musste seinen Kopf einziehen, um das Haus zu betreten. Es roch nach gebratenem Speck und Gewürzen. Steffens Magen begann zu knurren, und das Wasser lief ihm im Mund zusammen.

»Kommt«, sagte Karl. Er führte Steffen durch einen dunklen, schmalen Gang, der Ähnlichkeit mit den Stollen im Bergwerk hatte. Steffen konnte sich nicht zu seiner vollen Größe aufrichten, denn die hölzerne Decke lag tief. In gebückter Haltung folgte er Karl in eine ebenfalls dunkle Stube. Eine kleine, rußende Öllampe erhellte den Raum nur notdürftig. Die ganze Familie saß wartend um einen quadratischen Holztisch und musterte den Gast mit unverhohlener Neugier.

»Das ist meine Frau Gertrud, und das sind meine Kinder«, stellte Karl vor. Er zeigte auf vier Mädchen und einen Jungen. Keines der Kinder war älter als zehn. Ihre Gesichter waren allesamt blass. Sie sahen ungesund aus und hatten dunkle Ringe unter den Augen. Steffen vermutete, dass sie alle im Bergwerk arbeiteten. Gertrud war die Einzige in der Familie, deren Haut von der Sonne gebräunt war. Aber auch sie wirkte müde und sah älter aus, als sie wahrscheinlich war. Harte Arbeit hatte sie früh altern lassen.

Steffen grüßte freundlich und setzte sich an den Platz,

der ihm zugewiesen wurde. Er bekam von Gertud einen Holzlöffel, während Karl einen riesigen, dampfenden Topf in die Mitte des Tisches stellte. Dann setzte auch er sich und fragte: »Ihr seid unser Gast, wollt Ihr für uns ein Tischgebet sprechen?«

Bereitwillig faltete Steffen die Hände und begann mit einem lateinischen Gebet, das ihn die Mönche gelehrt hatten. Tief beeindruckt von dem Wissen ihres Gastes musterten die Kinder ihn mit offenen Mündern. Offenbar hatten sie lateinische Worte bis jetzt nur am Sonntag in der Kirche gehört. Als Steffen fertig war, begannen alle gemeinsam aus dem Topf zu essen. Es war ein einfaches, aber schmackhaftes Gericht, das mit ungewöhnlich viel Salz gewürzt war, und Steffen lobte die Gastgeberin. Sobald der Topf leer war, sprangen die Kinder von der Holzbank auf und verließen den Raum. Karl und Gertrud blieben. Aus einem Tonkrug schenkte die Frau eine Flüssigkeit in zwei Becher.

»Das habe ich selbst gebraut«, sagte sie leise. Steffen nahm den Becher entgegen und trank einen Schluck. Das Getränk war herb und würzig. Es schmeckte frisch, aber auch stark. Steffen war klar, dass er nur wenig davon trinken durfte, wenn er nicht berauscht werden wollte. Sein Gastgeber langte kräftig zu, sein Körper war das Getränk sichtlich gewöhnt.

»Meine Gertrud macht das beste Bier im Dorf«, sagte er stolz. »Die anderen Männer beneiden mich.« Er zwinkerte seiner Frau zu, deren Wangen erröteten, bevor sie mit dem leeren Topf in die Küche verschwand.

»Habt vielen Dank für das köstliche Essen«, sagte Steffen erneut. Er beobachtete den Bergmann, der seinen rasch geleerten Becher noch einmal auffüllte.

»Wann werdet Ihr morgen aufbrechen?«, erkundigte sich Karl.

»Kurz nach Sonnenaufgang werden die Salzsäcke auf das Floß geladen, und dann fahren wir Richtung Gmunden«, erklärte Steffen.

Der Bergmann schmatzte. »Ist es Eure erste Fahrt auf der Traun?«

»Ja«, gab Steffen zu.

»Ich hoffe für Euch, dass Gerold und seine Männer Euch verschonen.«

»Das hoffe ich auch«, sagte Steffen.

Er beobachtete sein Gegenüber. Karls Augen waren glasig. Seine Wangen dunkelrot. Ob das schwere Bier seine Zunge lösen und er jetzt gesprächiger sein würde als heute Morgen?

»Wer ist dieser Gerold und wie gefährlich ist er?« Steffen startete einen neuen Versuch.

Eine Weile sagte Karl nichts, und Steffen fürchtete, dass er wieder nichts erfahren würde, aber dann leerte der Mann seinen Becher in einem Zug, bevor er zu reden begann.

»Es ist keine schöne Geschichte.« Er schnalzte missbilligend mit der Zunge. Steffen wartete geduldig.

»Gerold war das Kind einer reichen Salzhändlerin, nicht aber ihres Ehemanns. Die Frau hatte ihrem Mann Hörner aufgesetzt und ihm das Kind von einem anderen untergejubelt. Jahrelang hat der Ehemann nicht gewusst, dass ein Kuckucksei in seinem Nest liegt. Als er dahinterkam, ließ er die Frau in einen Kerker sperren, das Kind, das mittlerweile ein stattlicher Bursche war, jagte er davon.«

»Wo ist Gerold hingegangen?«

»Um zu überleben, hat er sich in die dichten Wälder zurückgezogen.«

»Und von dort aus überfällt er Salzschiffe«, ergänzte Steffen.

Karl nickte.

»Lebt der Salzhändler noch?«

Karl schüttelte den Kopf. »Der ist vor ein paar Jahren gestorben. Was die Geschichte noch hässlicher macht, ist die Tatsache, dass Gerolds Mutter das gesamte Vermögen in die Ehe eingebracht hat. Nach Gerolds Verständnis steht ihm das Erbe zu und nicht dem Mann, der nicht sein Vater war. Da er keinen Pfennig bekommen hat und weggejagt wurde, holt er sich das, was ihm zusteht, seit Jahren auf anderem Weg zurück.«

»Und wer hat das Vermögen geerbt?«

Erneutes Kopfschütteln: »Alles weg. Der Salzhändler hatte keine Ahnung vom Geschäft, das hat immer seine Frau geführt. Er hätte sie nie wegsperren sollen. Von dem Zeitpunkt an, als er allein wirtschaftete, ging es mit dem Handel bergab. Er starb als armer Mann.«

»Hatte er weitere Kinder?«, wollte Steffen wissen. Gefesselt von der traurigen Geschichte hing er an den Lippen seines Gastgebers.

»Nein, nur Gerold, aber der war eben nicht sein eigener Sohn.«

»Gerold ist also hier aufgewachsen und hatte Freunde«, dachte Steffen laut nach.

Zu spät sah er den Argwohn, den seine Worte in Karls Augen hervorriefen. Mit einem Mal war der Bergmann wieder auf der Hut. Er antwortete nicht.

»Kann es sein, dass es hier immer noch Menschen gibt, zu denen Gerold Kontakt hat?«, fragte Steffen.

»Schon möglich.« Die Antwort kam zögerlich und vorsichtig.

»War Gerold beliebt?«

»Ich bin erst vor ein paar Jahren nach Hallstatt gekommen. Ich kannte ihn nicht. Es heißt, er wäre aufbrausend gewesen. Einer, der gern im Mittelpunkt stand. Eben der einzige Sohn eines reichen Ehepaars.«

Das klang in Steffens Ohren nicht sonderlich sympathisch. Aber er wusste aus Erfahrung, dass dominante Menschen, auch wenn sie nicht sehr beliebt waren, es dennoch schafften, andere um sich zu scharen. Gut möglich, dass es immer noch Männer gab, die Kontakt zu ihm hatten.

»Gerold lebt also mit seinen Männern im Wald, taucht er denn hin und wieder hier in Hallstatt auf?«

»Nicht, dass ich wüsste.« Karl war ein schlechter Lügner. Steffen erkannte sofort, dass er die Unwahrheit sagte. Auch wenn Karl behauptete, Gerold nicht zu kennen, so schien er zu wissen, dass er sich immer wieder hier blicken ließ. Warum verriet niemand den Piraten?

»Die Männer im Wald leben nach ihren eigenen Gesetzen, sie überfallen Schiffe und töten unschuldige Menschen. Haben die Hallstätter denn kein Interesse daran, dass Gerold gefasst und dem Spuk ein Ende bereitet wird?«, fragte Steffen. Er wollte mehr über die Salzpiraten und ihr merkwürdiges Verhältnis zu den Bewohnern von Hallstatt erfahren, wusste aber, dass es mit jeder Frage, die er stellte, schwieriger werden würde.

Karl war auf der Hut, das spürte Steffen. Vielleicht war Gerold nicht nur der Feind, sondern auch der heimliche Held der Gegend. Ein Mann, der sein Schicksal selbst in die Hand nahm und die gottgewollte Ordnung in Frage stellte. Gleichzeitig tyrannisierte er mit seinen Überfällen die Schiffsleute. Karl blieb Steffen die Antwort schuldig. Er fragte: »Werdet Ihr Graf Wilhelm sagen, dass Gerold für die fehlenden Salzsäcke verantwortlich ist?«

»Nein, denn ich glaube nicht, dass die Salzpiraten mit dem Diebstahl zu tun haben. Die Säcke verschwinden unabhängig von den Überfällen.«

Das Wort »Diebstahl« ließ Karl unmerklich zusammenzucken. Mit einem Mal wirkte er wieder völlig nüchtern.

»Was wollt Ihr damit sagen?«

»Dass die Ausfälle, die durch die Salzpiraten entstehen, exakt in den Büchern verzeichnet werden. Es ist ganz klar, wie viele Säcke Salz verloren gehen. Natürlich sind diese Ausfälle nicht minder schmerzhaft, aber sie sind nachvollziehbar. Der Verlust, dem ich nachgehen soll, betrifft andere Zahlen. Hier geht es nicht um Überfälle von außen, sondern um Betrug von innen.«

Bildete Steffen es sich bloß ein, oder errötete Karl? Leider war es so dunkel im Raum, dass er es nicht mit Sicherheit sagen konnte.

»Ich werde Euch nicht mehr verraten, aber eines weiß ich mit Sicherheit, die Salzpiraten sind für jeden einzelnen fehlenden Salzsack verantwortlich«, sagte Karl ernst.

»Damit kann ich nichts anfangen, Ihr müsst mir genauer verraten, was Ihr meint«, forderte Steffen.

Fest presste Karl seine Lippen aneinander und schüttelte den Kopf. Er hatte den gleichen Gesichtsausdruck wie heute Morgen. Steffen wusste, dass er nicht mehr erfahren würde. »Ich hab schon viel zu viel gesagt«, flüsterte Karl. »Wollt Ihr noch einen Becher Bier?«

Steffen fragte sich, was der Grund für Karls Schweigen

war. Wusste er mehr über die fehlenden Säcke, als er zugab?

»Nein danke«, sagte er. »Das Bier schmeckt vorzüglich. Aber ich fürchte, ich vertrage nicht zu viel davon, und ich muss morgen einen klaren Kopf haben. Sollten Gerold und seine Männer uns überfallen, muss ich ausgeschlafen sein.«

Karl verzog seinen Mund: »Wenn Gerold das Schiff überfällt, haben weder die Männer, die mit Euch fahren, noch Ihr selbst eine Chance, zu überleben. Besser, Ihr betet ein weiteres der schönen lateinischen Gebete, bevor Ihr heute Abend schlafen geht. Bittet Gott um Hilfe, denn vielleicht werdet Ihr morgen nicht mehr genug Zeit dafür haben.«

Es lag keine Drohung in Karls Worten. Es war eine nüchterne Feststellung, die Steffen zutiefst beunruhigte. Sie jagte ihm Angst ein.

Kapitel 10

Lager der Salzpiraten, 952

Zu spät nahm Ursel das stechende Ziehen in ihrem Unterbauch wahr. Wie immer kam die monatliche Blutung genau dann, wenn sie sie am allerwenigsten brauchen konnte. Nicht, dass sie sich je darüber freute, aber gerade jetzt war es besonders unangenehm. Sie lag gemeinsam mit Peter, einem Burschen, der nur ein paar Jahre älter als sie selbst war, im Unterholz und wartete auf den richtigen Moment, um eines der Rebhühner zu schießen, die sich gerade wieder hinter den Büschen versteckt hatten.

Sie konnte nicht aufstehen und weggehen. Peter würde ihr folgen. Er war einer von Gerolds Männern, die ihr von Anfang an mit Skepsis begegnet waren und ihr auch nach zwei Jahren noch kein Vertrauen schenkten, und das, obwohl Ursel sich nicht nur um seine Anerkennung, sondern auch um seine Freundschaft bemüht hatte. Sie mochte ihn. Mit seinem Hang zur Angeberei und seinem Draufgängertum erinnerte er sie an ihren Bruder Rainer.

Zwei Jahre waren Rainer und alle anderen, die sie geliebt hatte, bereits tot. Und genauso lang war es her, dass sie als Junge verkleidet ins Lager der Salzpiraten geflohen war und Gerold, den Anführer, gebeten hatte, sie bei sich aufzunehmen. Der launische Alte, mit dem ihr Vater einen fragwürdigen Pakt abgeschlossen hatte, war zuerst unschlüssig gewesen und hatte eigentlich nichts davon wissen wollen, Reinharts jüngsten Sohn bei sich zu haben.

»Was soll ich mit dir anfangen?«, hatte er gefragt. Aber dann hatte Ursel unerwartete Hilfe von Rolf, einem hochgewachsenen, schlaksigen Piraten mit auffallend rotem Haar, erhalten und von Michel, der die Schmiedearbeiten im Lager verrichtete.

»Er ist ja noch ein halbes Kind«, hatte Rolf gesagt. »Wenn er sich als untauglich erweist, kannst du ihn immer noch wegschicken.«

Gerold hatte dennoch gezögert. Erst Michels Worte hatten ihn überzeugt: »Wenn der Junge die Wahrheit sagt und den Bogen selbst gemacht hat, den er in der Hand hält, wärst du ein Dummkopf, ihn wegzuschicken.«

Und so durfte Ursel bleiben und hatte ihre Chance mit beiden Händen ergriffen. Rasch konnte sie Gerold mit ihrer Treffsicherheit als Jägerin überzeugen. Sie war die Einzige, die von einem Streifzug durch den Wald nie mit leeren Händen zurück ins Lager kehrte. Immer hatte sie ein Kaninchen, ein Rebhuhn oder einen Auerhahn dabei. Was ihr an Kraft fehlte, machte sie mit Schnelligkeit und Geschick wett. Was jedoch die wichtigste Fertigkeit war und ihr die Stellung in der Gruppe sicherte, war die Tatsache, dass sie nicht nur ihren eigenen Bogen selbst herstellte, sondern sie auch für andere baute. In der Zeit bei den Piraten hatte sie diese Kunst perfektioniert, und Michel half ihr dabei. Endlich durfte sie das, was sie liebte, machen, ohne sich dabei verstecken zu müssen. So hatte sie schon nach kurzer Zeit ihren Platz in der Gruppe Gesetzloser im Wald gefunden. Als Schwester von drei Brüdern war ihr der raue Umgang unter Männern durchaus nicht fremd. Natürlich war sie immer wieder dem Spott der Männer ausgesetzt. Ihr schmächtiger Körperbau, ihr fehlender Bartwuchs und ihre Stimme, die trotz ihrer Bemühungen, sie zu verstellen, zu hoch für einen jungen Mann war, boten Angriffsfläche für Witz und Häme. Wegen ihrer fehlenden Größe hatte sie noch nie an einem der Überfälle teilnehmen dürfen und immer im Hintergrund agieren müssen. Nicht selten geriet sie in heikle Situationen, in denen sie Gefahr lief, ihre wahre Identität zu verraten. Aber im Laufe der Zeit hatte sie gelernt, ihre Notdurft im Geheimen zu verrichten, die Kleidung nur im Dunklen zu wechseln und sich stets allein zu waschen. Besonders kritisch war ihre monatliche Blutung. Zum einen weil sie in dieser Zeit unter heftigen Bauchkrämpfen litt, zum anderen, weil sie Angst hatte, die Moosbüschel, die sie verwendete, um den Blutfluss aufzunehmen, könnten entdeckt werden und sie verraten.

»Warum schießt du nicht, Zwerg?«, fragte Peter. Er lag dicht neben ihr im Gras und musterte sie mit zusammengekniffenen Augen. Eine dünne Narbe verlief über sein breites Kinn. Die Mädchen aus ihrem früheren Leben hätten ihn zweifelsohne als attraktiven Burschen bezeichnet. Er war groß, breitschultrig und hatte blondes Haar und ungewöhnlich hellgrüne Augen. Auch Ursel fand ihn anziehend, wenn auch aus anderen Gründen. Sie sah in ihm einen Teil ihres verstorbenen Bruders und buhlte um seine Freundschaft, jedoch ohne Erfolg.

»Mir ist nicht gut«, sagte Ursel und bereute ihre Worte sogleich.

»Hast du jetzt nicht nur das verweichlichte Gesicht eines Mädchens, sondern benimmst dich auch wie eines? Zwerg, du bist merkwürdig.«

Ursel hatte sich daran gewöhnt, dass er sie nicht ausstehen konnte. Er wies alle ihre Versuche, nett zu ihm zu sein, zurück. Ganz aufgegeben hatte Ursel es immer noch nicht. Peter machte einen unbedachten Schritt zur Seite. Ein Ast knackte unter seinem Fuß, die beiden Rebhühner schrien auf und flatterten davon.

»Da siehst du, was du angerichtet hast«, schimpfte Ursel. »Jetzt können wir wieder von vorne anfangen.«

Peter versetzte ihr einen heftigen Stoß in die Rippen. Sofort sprang Nero, der neben Ursel im Gras saß, auf, stellte sich vor Peter und knurrte ihn mit gefletschten Zähnen an. Am Tag ihrer Ankunft im Lager der Piraten hatte der struppige graue Köter Ursel ins Herz geschlossen. Sie hatte ihm seine Zuneigung mit Leckerbissen und Streicheleinheiten gedankt, und seither war der Vierbeiner, der von allen anderen mit Füßen getreten wurde, ihr ständiger Begleiter.

»Ruf den dämlichen Köter zurück, oder ich mach ihn mit meinem Schwert einen Kopf kürzer.«

Ursel wusste, dass Peter es niemals wagen würde, seine Waffe gegen Nero zu erheben. Außerdem war er im Moment gar nicht dazu in der Lage. Er traute sich nicht einmal richtig zu atmen. Um Peter nicht noch weiter zu erzürnen, winkte sie Nero mit einer Handbewegung zu sich. Der Hund schaute zu ihr, legte die Ohren an, sah dann wieder zu Peter und fletschte erneut die Zähne. Er schien nicht überzeugt.

»Nero, komm her!«, forderte Ursel, und nun gehorchte das Tier, legte sich neben ihr ins Gras, ließ Peter jedoch nicht aus den Augen.

Der fühlte sich wieder sicher. »Es war deine Schuld, du hättest längst schießen können, aber du hast dich ja nicht wohl gefühlt.« Er verdrehte die Augen, streckte die Finger der rechten Hand gespreizt von sich und äffte Ursel nach.

Normalerweise hätte sie ihn nun auch in die Seite gestoßen, aber im Moment hatte sie andere Sorgen, sie musste Peter loswerden, damit sie sich ein Moospolster suchen konnte.

»Es war nicht meine Schuld«, presste sie zwischen zusammengepressten Zähnen hervor.

»Na und wenn schon, Zwerg. Wir müssen uns ein anderes Ziel suchen.«

»Du kannst dir allein eines suchen.« Ursel richtete sich auf, sofort erhob sich auch Nero und wich ihr keine Handbreit von der Seite. Auch wenn Ursel sich auf die Zehenspitzen stellte, war sie einen ganzen Kopf kleiner als Peter.

»Ja, klar, damit du dann wieder mit einem fetten Kaninchen zurückkehrst und ich wie ein Idiot mit leeren Händen dastehe. Nein, ich lass dich nicht aus den Augen. Wir jagen zusammen, so wie es heute Morgen besprochen wurde.«

»Na großartig«, dachte Ursel. Sie spürte, wie eine warme Flüssigkeit die Innenseite ihres Oberschenkels entlanglief. Wenn Peter die verräterischen Flecken entdeckte, die gleich auf ihren Beinlingen zu sehen sein würden, war sie verloren. Gerold oder einer seiner Männer würde sie eigenhändig noch vor dem Mittagessen erwürgen, ganz egal wie einzigartig die Bogen waren, die sie baute. Wenn Gerold eines nicht ausstehen konnte, dann war das Unehrlichkeit. Zumindest, was die anderen betraf. Wie genau er es selbst mit der Ehrlichkeit nahm, wusste Ursel nicht. Aber wenn es um seine Männer ging, legte er großen Wert darauf, dass sie ein gewisses Maß an Disziplin an den Tag legten. In dem Moment hörte Ursel eines der Rebhühner zurückkehren. Das Tier landete auf dem freien Feld, auf dem es zuvor nach Nahrung gepickt hatte.

»Psst!« Ursel hielt den Finger auf die Lippen und zeigte auf das Tier. Peters Augen weiteten sich. Schon wollte er etwas sagen, aber Ursel hielt ihn davon ab. Geräuschlos schlich sie ein paar Schritte durchs Unterholz, Nero folgte ihr in geduckter Haltung. Sie hockte sich auf ihre Fersen, legte ihren Pfeil an und visierte erneut die Beute. Die Spitze ihres Pfeils zeigte auf das nichtsahnende Tier, das mit zackigen Bewegungen über das Feld stakste.

»Zwerg, du bist zu weit weg, auf die Entfernung triffst du das Vieh nicht«, flüsterte Peter.

Ursel ignorierte ihn, dann spannte sie ihren Bogen. Sie hatte diesmal das Holz einer Kornelkirsche verwendet, das besonders geschmeidig und biegsam war, und es mit dem Horn eines Hirsches verstärkt, um die Reichweite ihrer Pfeile zu erhöhen. Der Bogen lag leicht und sicher in ihrer Hand. Mit einer kurzen, scharfen Bewegung ließ sie die Saite aus, und der Bogen schnellte zurück. Leise surrend zischte der Pfeil durch die Luft, drehte sich und traf das Tier, während es nach einem Insekt pickte, genau in den Hals. Es flatterte kurz auf, dann brach es zusammen und blieb liegen.

Ursel sprang auf, um zur Beute zu laufen, aber Nero war schneller. Der Hund bellte, schnappte die Beute und brachte sie zu Ursel. Schwanzwedelnd legte er sie vor ihr ins Gras. Der Vogel war tot, er hatte nur kurz gelitten. Das machte eine gute Jägerin aus. Zufrieden mit ihrem Schuss zog Ursel mit einem einzigen Ruck den Pfeil samt Pfeilspitze aus dem leblosen Körper, ergriff das noch warme Tier an den Krallen und trug es zurück zu Peter. Sie hielt ihm das Huhn hin, dessen Kopf nach unten baumelte.

»Hier«, sagte sie.

»Was soll ich damit?«, fragte Peter misstrauisch. Er war sichtlich verärgert über Ursels Jagdglück, gleichzeitig konnte er ein gewisses Maß an Bewunderung nicht verbergen.

»Damit du nicht mit leeren Händen zurück ins Lager gehst.«

»Ich brauch deinen Vogel nicht«, sagte er patzig. Aber seine Augen sprachen eine deutlich andere Sprache. Begehrlich starrte er auf das gutgenährte Rebhuhn.

»Jetzt nimm das verdammte Vieh und lass mich allein. Es geht mir wirklich nicht gut, ich muss mal abtreten.«

Auf Peters Gesicht breitete sich ein Grinsen aus. »Hast wohl zu viel von Marias Apfelmost getrunken, der räumt durch.«

»Ja, das wird's wohl gewesen sein.«

»Na dann, ich will dich nicht stören.« Peter griff nach dem Rebhuhn und marschierte los. Er sah sich kein einziges Mal nach Ursel um. Sicher würde er das Huhn als seine eigene Beute ausgeben, dafür war sie eine Zeitlang vor seinen Sticheleien sicher.

Das Ziehen in ihrem Unterleib kehrte mit einer Heftigkeit wieder, die ihr für einen Moment die Luft nahm. Sie ging in die Hocke und krümmte sich zusammen, bis der Schmerz wieder abebbte. In Momenten wie diesen sehnte sie sich nach Barbara oder Irmgard oder sogar nach der alten Ottilia. Sie wünschte sich eine Verbündete, der sie sich anvertrauen konnte. Aber die Frauen, die sich im Lager der Piraten befanden, hielten sie für Hans. Selbst Maria, die Frau, die sich die Hütte mit Gerold teilte und von der Ursel nicht sicher war, ob sie ihr wohlgesonnen war oder sie hasste, würde es merkwürdig finden, wenn sie ihr Fragen über den weiblichen Körper stellte.

Eine feuchtkalte Schnauze stupste gegen ihre Hand.

Ursel sah nach unten. Zwei dunkelbraune Augen sahen sie fragend an. Sie ging in die Hocke.

»Entschuldige, mein Freund. Ich weiß, du bist immer für mich da, aber es gibt Probleme, da kannst du mir leider nicht weiterhelfen.«

So als würde Nero sie verstehen, schleckte er über ihre Hand.

Ursel verbrachte den Nachmittag an einem ihrer Lieblingsorte im Wald. Sie hatte ihn, kurz nachdem sie bei den Piraten Unterschlupf gefunden hatte, entdeckt. An einer nicht einsehbaren Stelle befand sich unterhalb einer Quelle ein riesiger, flacher Stein, der durch das ständig fließende Wasser völlig ausgehöhlt und zu einer Art Auffangbecken geformt worden war. Neben dem Becken wuchs eine Kiefer, deren Stamm zweimal gewunden war. Die alte Ottilia hatte behauptet, dass ein Baum, dessen Stamm sich während des Wachstums um die eigene Achse drehte, heilig wäre. Diesen Gewächsen wohnte ein ganz besonderer Schutzzauber inne. Ursel bildete sich ein, die Kraft, die von dem Baum ausging, zu fühlen. Hier war sie sicher. Sie wusch zuerst ihre Beinlinge, dann ihr Hemd und legte die Kleidungsstücke zum Trocknen in die Sonne. Dann suchte sie nach Moospolstern, die ihr Blut auffangen sollten. Sie säuberte auch ihren Körper mit dem eiskalten Wasser. So wie früher, als sie noch auf dem Gutshof gelebt hatte, versuchte sie die Schmerzen wegzuatmen, und tatsächlich, langsam ließen ihre heftigen Bauchkrämpfe nach, und sie fühlte sich wieder besser. Ihr Magen knurrte. Seit dem Frühstück hatte sie nichts mehr gegessen. Besser, sie kehrte zurück zum Lager. Gerold mochte es nicht, wenn jemand fernblieb, ohne einen Grund zu nennen.

Nero hatte seinen Hunger mit einer Haselmaus gestillt, die den Fehler begangen hatte, aus ihrem Loch zu kriechen.

Sorgfältig band Ursel das Stoffband um ihren Oberkörper. Es war in den letzten zwei Jahren zu ihrem ständigen Begleiter geworden. Die seltenen Momente, in denen sie ohne das Tuch war, fühlte sie sich schutzlos. Das Tuch garantierte ihre Sicherheit. Solange sie Hans war, der einzig überlebende Junge nach dem Massaker auf der Halbinsel, würde ihr nichts passieren, doch es wäre ihr Untergang, würde sie wieder Ursel werden.

Als junger Mann war das Leben bei den Piraten frei von gesellschaftlichen Zwängen. Hier war es egal, ob man als Sohn eines Grafen oder der eines unfreien Sklaven zur Welt gekommen war. Es scherte auch niemanden, ob man zu Gott betete oder den alten Gottheiten huldigte. Hier zählte, wie viel Wild man erlegte und wie furchtlos und tapfer man sich bei den Überfällen schlug.

Anders verhielt es sich mit den vier Frauen, die im Lager lebten. Bis auf Maria, die seit Jahren in Gerolds Hütte schlief, konnten die Männer sich mehr oder weniger frei bedienen. Es gab keine Ehen oder feste Bindungen. Die Frauen arbeiteten den ganzen Tag. Sie kochten, putzten, wuschen die Wäsche und unterhielten die Männer nachts. Ein Leben, um das Ursel sie nicht beneidete. Aber die Frauen blieben freiwillig im Lager. Ursel hatte Hilde nach dem Grund ihres Kommens gefragt.

Sie hatte einen mitleidigen Blick geerntet: »Bürschchen, du hast noch nicht viel von der Welt gesehen. Oder? Hier ist besser als auf so mancher Burg. Bei Gerold bekommen wir ordentlich zu essen, und die meisten der Männer sind ganz in Ordnung. Wenn es mir mal nicht gutgeht, kann ich die Kerle auch wegschicken. Als Küchenmagd konnte ich das nicht. Wenn ich da den Mund aufgemacht habe, bin ich im Burghof ausgepeitscht worden. Willst du meinen Rücken sehen?«

Ursel hatte ihn nicht sehen wollen, aber trotzdem präsentiert bekommen. Dicke, rotblaue Narben. Einige davon sahen aus, als wären sie nie richtig verheilt. Würde Ursel die Piraten verlassen und versuchen, sich allein als Frau durchzuschlagen, würde sie genau dieses Schicksal erwarten.

Ursel machte eine rasche Bewegung nach vorn. Das Band saß fest genug, dass es nicht verrutschte, und gab ihr dennoch genug Spielraum zum Atmen. Sie zog ihr Hemd über, setzte ihre Kappe auf und griff nach ihrem Bogen. In den letzten Tagen hatte sie drei ihrer wertvollen Pfeile mit den Metallspitzen verschossen und nicht wiedergefunden. Sie würde Michel bitten müssen, ihr neue zu geben. Der stille Mann behielt stets die besten Spitzen für sie zur Seite.

Schnell lief sie zurück zum Lager, das sie erst vor drei Monaten bezogen hatten. In den letzten zwei Jahren hatten Gerold und seine Männer zweimal den Standort gewechselt, alle Hütten abgebaut und an einer anderen Stelle wieder errichtet, um unentdeckt zu bleiben. Dies war eine aufwendige Angelegenheit, und Gerold forderte die Männer nur dazu auf, wenn er sich wirklich bedroht fühlte.

Als Ursel wenig später die Waldlichtung mit den niedrigen, einfachen Holzhütten betrat, erspähte Gerold sie und winkte sie mit grimmigem Gesichtsausdruck zu sich. Er baute sich vor ihr auf. Ein großer Mann mit breiten Schultern und einem überdimensionalen Bauch, den auch sein weites Hemd nicht verbergen konnte.

»Wo warst du?«, wollte er wissen. Seine Stimme war so mächtig wie sein Körperumfang.

»Hab mich nicht wohl gefühlt und bin im Schatten einer Kiefer eingeschlafen«, entschuldigte sich Ursel.

»Warum hast du das niemandem gesagt?«

Sie sah sich um und entdeckte Peter, der abseits stand und so tat, als hätte er mit der Sache nichts zu tun. Er verdrehte die Augen in den Himmel und pfiff unschuldig eine kleine Melodie. Ursel hatte befürchtet, dass er ihr in den Rücken fallen würde. Solche kleinen Boshaftigkeiten sahen ihm ähnlich.

»Beim nächsten Mal gebe ich Bescheid«, sagte sie zähneknirschend.

»Beim nächsten Mal prügel ich das bisschen Verstand, das du besitzt, aus deinem winzigen Kopf. Wir können es uns nicht leisten, dass einer von uns entdeckt wird.«

Ursel nickte gehorsam, in der Hoffnung, dass das Gespräch damit beendet sein würde. So als wisse Nero, wie gefährlich Gerold sein konnte, stand er nun dicht hinter Ursel. Er knurrte leise.

Gerold lehnte sich weiter zu Ursel. Sein Gesicht war jetzt dem ihren ganz nah. Tiefe Falten überzogen seine Stirn, ein dichter, grauer Bart seine Wangen. Wie alt mochte er wohl sein? So alt wie ihr Vater? Ursel konnte es nicht mit Sicherheit sagen. In seinen Augen lagen Kälte und Misstrauen.

»Hör zu, du Zwerg. Ich vertraue grundsätzlich niemandem. Jeder kann ein Feind sein, und wenn er noch keiner ist, dann kann er rasch einer werden. Graf Wilhelms Männer haben noch alle zum Singen gebracht, die sie in die Hände bekommen haben. Sobald sie dich erwischen, erzählst du ihnen alles, was sie hören wollen, und wär's das Grab deiner Mutter, das du verrätst und für sie aushebst.«

»Das würde ich nicht«, sagte Ursel trotzig. Sie hasste den Grafen wie niemand anderen auf dieser Welt. Sie hatte allen Grund dazu. Die Erinnerung an jenes verhängnisvolle Sonnwendfest machte sie für einen Moment unaufmerksam. Zu spät bemerkte sie Gerolds riesige Hand, die nach vorn schoss und sie im Gesicht traf. Er schlug nicht mit voller Kraft zu, aber es reichte, damit Ursel ins Wanken geriet, nach hinten stolperte und zu Boden ging. Fast zeitgleich sprang Nero nach vorn und schnappte nach Gerolds Hand. Er streifte sie bloß, hinterließ aber einen Kratzer. Gerold reagierte sofort und trat mit aller Kraft nach dem Tier. Nero flog in hohem Bogen über den Platz, rollte sich zusammen, winselte und blieb dann regungslos liegen. Ursel hörte Peter und zwei andere Männer lachen.

»Widersprich mir nie wieder!«, sagte Gerold finster. Er bohrte seinen Zeigfinger tief in ihre Brust. »Beim nächsten Mal schlage ich richtig zu.« Dann wandte er seinen Blick zu Nero. »Und wenn der schäbige Köter mich noch einmal anknurrt, ist er tot.« Er drehte sich um und ging davon.

Ursel richtete sich mühsam auf und rieb sich die schmerzende Wange. Sicher würde sie anschwellen, aber ihre Sorge galt Nero und nicht ihrem eigenen Gesicht.

Kaum dass Gerold weg war, kam Peter zu ihr und raunte ihr zu: »Wenn das Rebhuhn nicht so klein und zäh gewesen wäre, hätte ich dir den Rücken freigehalten, aber so … die anderen haben mich ausgelacht wegen dem altersschwachen Vieh.«

»Scher dich zum Teufel!« Am liebsten hätte Ursel ihn angespuckt, aber im Moment fühlte sie sich einer weiteren körperlichen Auseinandersetzung nicht gewachsen. Vor allem dann nicht, wenn der Gegner deutlich größer und stärker war als sie.

Peter ließ sie stehen und kehrte zu den anderen zurück. Ursel stand auf und lief zu Nero, der immer noch am Boden lag. Ihr Herz schlug schneller. Hatte Gerold ihren treuen Begleiter umgebracht? Eine Welle der Erleichterung überrollte sie, als sie das leise Winseln wahrnahm, mit dem er sie begrüßte.

»Mein Freund. Das war wirklich dumm von dir!« Sie streichelte sanft über seinen Kopf. »Bitte steh auf, bitte.« Sie flüsterte ihm ins Ohr. Nero hob seinen Kopf, blieb aber liegen. Er war eine bunte Mischung aus vielen verschiedenen Rassen. Ursel konnte nicht verstehen, dass niemand vor ihr bemerkt hatte, wie schlau und treu er war. Nero war ein ganz besonderer Hund, der ihr vor allem in der ersten Zeit im Lager der Piraten das Leben erträglicher gemacht hatte. Jetzt vergrub sie ihr Gesicht in seinem struppigen Fell. Er roch vertraut nach Hund und Wildnis.

»Zwerg, lass mal sehen!« Überrascht hob Ursel den Kopf und drehte sich um. Die Worte stammten von Maria, die aus dem Schatten ihrer Hütte getreten war und die Szene beobachtet hatte. Die schlanke Frau mit dem ernsten Gesicht und den tiefen Falten auf der Stirn war Ursel ein Rätsel. Ihre Launen wechselten so rasch wie das Wetter an schwülen Sommertagen. Zuerst drückende Hitze, dann ein heftiges, aber kühlendes Gewitter. Immer wenn Ursel glaubte, dass Maria sie mochte, tat die Frau kurz darauf etwas, was sie daran wieder zweifeln ließ. An einem Tag verteidigte Maria sie und lobte sie in den höchsten Tönen, am nächsten konnte Ursel ihr nichts recht machen, dann beschimpfte Maria sie und machte sich vor allen anderen über sie lustig. Ursel fühlte sich im Umgang mit der Frau, die seit Jahren Gerolds Bett teilte und dennoch keine Kinder hatte, nie sicher.

Alle anderen Frauen im Lager hatten Kinder. Wobei nicht klar war, von wem sie stammten. Bloß Erwin, der kleine rothaarige Junge, war eindeutig Rolfs Sohn. Niemand im Lager hatte so leuchtend rotes Haar und große abstehende Ohren wie die beiden.

»Die Wange sieht nicht gut aus, lass mich einen kühlenden Verband aus Arnika und Beinwell darauflegen«, schlug Maria vor. Offenbar war heute ein Tag, an dem sie Sympathie für Ursel aufbrachte.

»Meine Wange ist in Ordnung, aber Nero ...«

Maria winkte sie zu sich: »Der Köter ist zäh, um den brauchst du dir keine Sorgen zu machen.«

»Er steht nicht auf.«

»Dann nimm ihn mit, aber lass ihn vor der Tür liegen, ich will das Vieh nicht in meiner Hütte haben.«

Überrascht ob der Freundlichkeit hob Ursel Nero auf und folgte der Frau. Zum Glück war Nero ein mageres Tier, das nicht sonderlich viel wog.

Es fiel Ursel schwer, Marias wahres Alter einzuschätzen. Mit Sicherheit hätte sie ihre Mutter sein können. Aber trotz ihres fortgeschrittenen Alters war Maria nach wie vor eine attraktive Frau. Ihr dichtes, einst blondes Haar war nun von grauen Strähnen durchzogen. Meist trug sie es zu zwei oder mehreren dicken geflochtenen Zöpfen, die ihr schwer über die schmalen Schultern hingen. Maria war schlank, hatte aber einen üppigen Busen, den sie mit einem freizügigen Ausschnitt ihres Kleides stolz präsentierte. Marias Augen waren auffallend hellgrün, ähnlich wie die von Peter, doch ihre leuchteten von innen heraus wie Edelsteine. Etwas in Marias Gesicht erinnerte Ursel an jemanden, den sie aus ihrem früheren Leben kannte. Aber sie konnte nicht sagen, an wen. Allen Fragen, die Ursel Maria über ihre Vergangenheit gestellt hatte, war die Frau geschickt ausgewichen.

Vor Gerolds Hütte machte Maria halt.

»Der Köter bleibt hier«, sagte sie streng und zeigte auf den Boden.

Ursel ging in die Knie und legte Nero vorsichtig im weichen Gras ab.

»Ich bin gleich wieder zurück«, sagte sie. Der Hund hob den Kopf, dann richtete er sich auf. Zuerst das Hinterteil, dann die Vorderbeine. Er stand wackelig, aber er wedelte langsam mit dem Schwanz. »Ach, Nero, bin ich erleichtert!« Ursel kraulte ihn hinter den Ohren.

»Ich hab dir doch gesagt, dass das Vieh zäh ist. Komm jetzt, bevor ich es mir anders überlege!« Maria winkte Ursel zu sich.

»Leg dich wieder hin«, bat Ursel. Aber der Hund schien nicht damit einverstanden zu sein, dass sie vorhatte, allein in die fremde Hütte zu gehen. Er wollte sie begleiten.

»Sitz«, forderte Ursel nun strenger, worauf Nero die Ohren anlegte und sich umständlich auf sein Hinterteil sinken ließ. Er folgte ihr mit einem vorwurfsvollen Blick, blieb aber sitzen.

Ursel betrat hinter Maria die Hütte.

»Nimm auf dem kleinen Schemel Platz«, befahl Maria.

Sie wies auf einen winzigen Hocker vor dem kleinen Fenster. Es war das erste Mal, dass Ursel in Gerolds kleinem Reich war. Die Hütte war weitaus luxuriöser als die der anderen Männer. Einige, wie Michel, schliefen sogar unter freiem Himmel. Ein notdürftig zusammengenageltes Dach diente ihnen als Schutz vor Wind und Regen. Gerold hingegen verfügte über ein eigenes Bett, das mit Schaffellen ausgelegt war. Den Boden bedeckten frische Binsen, und an einer Wand befanden sich ein Tisch und zwei einfache Stühle. Daneben stand eine Truhe, in der der Anführer der Truppe wohl seine Wertgegenstände aufbewahrte. An der gegenüberliegenden Wand lehnte ein Regal.

Ursel nahm auf dem Hocker Platz. Sie beobachtete, wie Maria vor das Regal trat und zwei Töpfe und Säcke entnahm. Sie stellte alles auf dem Tisch ab. Geschickt leerte sie getrocknete Kräuter in eine Schüssel und goss eine zähflüssige Masse dazu. Mit einem Holzlöffel mischte sie die Zutaten zusammen und verstrich die Salbe auf einem sauberen Tuch. Maria verfügte über ein schier unerschöpfliches Wissen über Heilkräuter, Wurzeln und Früchte und ihre Wirkung auf den menschlichen Körper.

»So, das sollte reichen«, sagte Maria und kehrte zurück zu Ursel. »Beug deinen Kopf nach hinten.« Behutsam legte sie das Tuch auf Ursels geschundene Wange und band es so fest, dass zwar das rechte Auge verschwand, aber der Mund frei blieb. Sie betrachtete ihr Werk und hielt inne. Mit ihrer schmalen Hand strich sie über Ursels unverletzte Wange. Ihre Finger waren angenehm kühl.

»Du hast die Haut eines jungen Mädchens. Keine Spur eines Bartwuchses. Das ist eigenartig, denn dein Vater war ein Mann mit mächtigem Bart.«

Ursel horchte auf. »Woher kanntest du meinen Vater?«

»Jeder hier im Lager kannte Reinhart. Er hatte mit Gerold einen Pakt geschlossen. Schon vergessen? Keine Überfälle auf die Salzschiffe und sicheres Geleit gegen ein Viertel jedes Zolls.«

»Ja, ich weiß davon«, sagte Ursel. Der Pakt war seit dem schrecklichen Massaker hinfällig. Nun gab es den Gutshof nicht mehr, und ein Kloster wurde auf der Halbinsel errichtet. Die Salzpiraten überfielen wieder alle Schiffe, die der Herren von Orth genauso wie die des Grafen Wilhelm und anderer Salzbergwerkbesitzer. Aber nicht nur Gerold und seine Männer kaperten die Schiffe und nahmen deren wertvolle Fracht, sondern auch andere Verbrecher bedienten sich. All jene, die Gerold früher zurückgehalten hatte.

Erneut strich Maria mit ihren Fingern über Ursels Wange. Sie musterte ihr Gesicht mit zusammengekniffenen Augen. Ursel fühlte sich unwohl. Ahnte die Frau, dass ein Mädchen vor ihr saß?

»Ich frage mich, warum du hier bist. Du bist ein kluger Junge, der lesen und schreiben kann.«

Ursel errötete. Zum Glück war eine Wange verbunden. Sie hatte gehofft, dass ihr Wissen verborgen geblieben war.

»Ich habe gesehen, wie du die Listen angesehen hast, die Rolf gemeinsam mit der Salzladung vom letzten Schiff geholt hat. Keiner konnte damit etwas anfangen. Sie landeten beim Brennholz. Aber du hast die Listen wieder herausgeholt und sie angesehen.«

»Eine Liste anzusehen, heißt nicht, dass man sie auch versteht.«

»Dein Gesicht hat dich verraten, du hast verstanden,

was darauf stand. Es heißt, deine Mutter konnte lesen und schreiben. Hat sie dir diese Kunst beigebracht?«

Was wusste Maria über ihre Familie? Es stimmte, dass Anna lesen und schreiben gekonnt hatte. Sie war als jüngste Tochter eines Tuchhändlers aufgewachsen, der seinen fünf Töchtern zwar wenig Mitgift, dafür aber Bildung mitgegeben hatte. Anna hatte darauf bestanden, dass alle ihre Kinder ebenfalls lesen und schreiben lernten. Als sie starb, hatte Reinhart ihren Wunsch erfüllt und einen Lehrer für Ursel und ihre Brüder eingestellt.

»Ja, ich kann lesen«, gestand Ursel.

»Warum hast das nicht gesagt?«

»Es könnte den anderen nicht gefallen. Peter hasst mich auch so schon.«

Maria lachte, aber das Lachen erreichte ihre hellgrünen Augen nicht: »Da hast du recht. Peter kann dich nicht ausstehen, er ist eifersüchtig.« Sie machte eine kurze Pause, bevor sie weitersprach: »Im Gegensatz zu dir hat er keine beschauliche Kindheit gehabt. Seine Mutter hat ihn vor die Tür gesetzt, als er acht war. Sie konnte ihn nicht mehr durchfüttern, und er musste auf eigenen Beinen stehen. Er hat sich mit Gelegenheitsdiebstählen durchgeschlagen, ein halbverhungerter, heimatloser Junge, den niemand haben wollte, bis er bei Gerold gelandet ist. Und jetzt kommst du daher und machst ihm seine Stellung streitig. Er hat allen Grund, dich zu hassen.«

»Eifersüchtig?«, fragte Ursel überrascht. Dieser Gedanke war ihr bis jetzt nicht gekommen.

»Gerold hält große Stücke auf dich, und das, obwohl du klein und schmächtig bist. Aber du bist geschickt. Er schätzt deine Bogen und ist beeindruckt, wie du damit umgehst, außerdem kannst du schwimmen, und was das

Wichtigste ist, es scheint, als gäbe es nichts, wovor du dich fürchtest. Das imponiert ihm.«

Ursel fühlte sich geschmeichelt ob der lobenden Worte. Sie dachte darüber nach. Konnte es stimmen, dass Peter sie ablehnte, weil sie ihn in den Schatten stellte? Der Gedanke erschien ihr völlig absurd, denn Peter war ebenso geschickt und mutig und ganz sicher stärker als sie. Aber die Vorstellung gefiel ihr.

»Du scheinst dich nicht einmal vor Gerold zu fürchten. Das beeindruckt ihn. Ich frage mich, ob es etwas gibt, wovor du Angst hast.«

Ursel spürte, dass sie auf der Hut sein musste. Marias Interesse war ungewöhnlich. So nett sie gerade auch sein mochte, morgen konnte sie ihre Meinung wieder geändert haben. Dann würde die Frau das, was sie jetzt erfuhr, gegen Ursel verwenden.

Ursel wog ihre Worte vorsichtig ab. »Es besteht für mich kein Grund, mich zu fürchten«, sagte sie wahrheitsgetreu. »Alles, was mir wichtig war, habe ich in einer einzigen Nacht verloren. Wer nichts von Wert besitzt, braucht keine Angst zu haben.«

»Hm …« Maria runzelte die Stirn. »Du könntest dein Leben verlieren, bedeutet dir das denn nichts?«

»Es hat an Wert verloren«, sagte Ursel bitter.

»Wenn es so wertlos ist, warum hast du dich nicht den Männern des Grafen gestellt und dich von ihnen abschlachten lassen? Wäre es nicht einfacher gewesen, ebenfalls zu sterben?«

Marias Worte trafen den Punkt. Ursel hatte sich in den letzten zwei Jahren immer wieder gewünscht, sie wäre an jenem Nachmittag nicht im See ausgerutscht. Aber die Götter hatten sie leben lassen, sie hatten ihr einen Retter aus dem Hollerbusch geschickt, und deshalb war sie hier.

»Ich will dem Grafen Wilhelm Schaden zufügen«, sagte sie und erschrak selbst über den Hass, der plötzlich in ihrer Stimme lag. »Ich kann den Bau des Klosters nicht verhindern, aber irgendwann, wenn die Zeit reif ist, werde ich das verdammte Gebäude niederbrennen, so wie er den Hof meines Vaters vernichtet hat. Ich schwöre es.«

Eine Pause entstand, in der Maria sie aufmerksam musterte.

»Ich verstehe«, sagte die alte Frau. »Es ist die Rache, die dich treibt.«

Sie ging erneut zu ihren Töpfen und Säcken und räumte sie zurück ins Regal. Ihr Wissen über Kräuter, Früchte und Wurzeln war mindestens so groß wie einst das von Ottilia.

Ursel versuchte den Spieß umzudrehen. Sie hatte bereits mehr von sich erzählt, als sie wollte.

»Warum bist du hier?«, fragte sie. »In einem Dorf könntest du Menschen mit deinem Wissen helfen. Eine Menge Frauen und Kinder würden von deinem Wissen profitieren.«

Maria hielt in ihrem Tun inne. Mit einem Mal war all die Freundlichkeit wieder aus ihrem Gesicht verschwunden. Sofort bereute Ursel ihre Frage.

»Entschuldige«, beeilte sie sich. »Es geht mich nichts an.«

Maria starrte Ursel an. Was ging in ihrem Kopf vor? War sie verärgert? Ursel war davon überzeugt, keine Antwort zu bekommen. Umso überraschter war sie, als Maria doch zu reden begann: »Wir alle haben unsere Gründe, bei Gerold zu sein. Hilde, Freya und Jule sind hier, weil sie der Sklaverei entkommen wollten. Rolf und Konrad sind die Söhne Gesetzloser, in den Städten und Dörfern würde man sie wie ein Stück Dreck behandeln.«

»Und du?«, wollte Ursel wissen, doch diesmal war sie klug genug, ihre Frage nicht auszusprechen. Maria setzte von sich aus fort: »Gott ist mein Zeuge, ich habe versucht, ein ehrbares Leben zu führen. Aber das Schicksal stellte sich gegen mich. Vielleicht ist es die Trauer, vielleicht die Wut, die der Grund dafür sind, dass ich hier bin.«

Ursel spürte, dass Maria, genau wie sie selbst, gerade mehr von sich preisgegeben hatte, als ihr lieb war. Besser, sie ging, bevor noch mehr gesprochen wurde, was eine von ihnen später bereute.

Rasch stand sie auf und bedankte sich für den Verband. Aber Maria wollte sie noch nicht gehen lassen. Als Ursel bei der Tür war, rief sie ihr nach: »Du denkst, dass du nichts mehr zu verlieren hast. Aber das stimmt nicht. Der Köter, der vor meiner Tür auf dich wartet, bedeutet dir etwas. Du hast dein Herz für ihn geöffnet, und diesen Fehler wirst du wieder machen.«

Ursel fragte sich, ob Maria gerade von sich selbst redete. Warum sollte es ein Fehler sein, einen Hund zu mögen? Kaum hatte sie einen Fuß aus der Hütte gesetzt, begrüßte Nero sie so überschwänglich, als wäre sie wochenlang weg gewesen. Ursel war erleichtert, denn er war wieder der Alte. Sie freute sich so sehr, dass sie nicht weiter über die Unterhaltung mit Maria nachdachte.

Kapitel 11

Lager der Salzpiraten, 952

Dank Marias Verband schwoll Ursels Wange nicht sonderlich an und verfärbte sich auch nicht. Als sie am nächsten Morgen mit den anderen Männern rund um den Lagerfeuerplatz saß, in dem noch die verkohlten Holzreste des Vorabends lagen, und eine Schüssel Haferbrei löffelte, den eine der Frauen zubereitet hatte, war nur noch eine kleine Schramme zu sehen.

»Morgen Nachmittag soll ein Schiff mit einer besonders wertvollen Ladung über die Traun kommen«, sagte Gerold. »Graf Wilhelms Sekretär, ein Mann aus dem Osten, ist eigens mit ein paar Männern nach Hallstatt geritten, um den Transport zu begleiten.«

Norbert rieb sich die Hände: »Das bedeutet fette Beute für uns alle.«

»Es wird diesmal schwieriger. Es werden mehrere Bewaffnete auf dem Schiff sein. Nach dem letzten Überfall hat der Graf wohl bemerkt, dass er seine Säcke besser bewachen muss, wenn er sie behalten will«, erklärte Gerold.

Wieder einmal fragte sich Ursel, woher Gerold seine Informationen bezog. Er musste Mittelsmänner in Hallstatt haben. Oft war er tagelang weg, um die Beute zu verkaufen, wahrscheinlich traf er sich dann auch mit seinen Spitzeln. Die anderen Piraten hatten keine Ahnung, wo oder an wen er das Salz verkaufte. Nur Norbert, der zweitälteste Mann im Lager, begleitete Gerold auf den Ritten. Angeblich war aber auch er nicht beim Abschluss der Geschäfte dabei, sondern hatte bloß die Aufgabe, Gerold beizustehen, sollte er überfallen werden.

Peter riss Ursel aus ihren Überlegungen. »Die Bewaffneten werden ihm auch nichts nutzen!«, prahlte er und fuhr mit dem Daumen seiner rechten Hand über die stumpfe Seite eines Schwertes. Drohend hielt er die Waffe in die Luft. Der polierte Stahl funkelte in der Morgensonne. Peter hatte sein Frühstück bereits beendet.

»Wir werden sie allesamt aufspießen, wenn sie uns ihr Salz nicht freiwillig überlassen.«

»Oder wir stoßen sie in den See«, lachte Konrad.

»So leicht wird es diesmal nicht werden«, unterbrach Gerold die Männer. »Sie werden uns die Beute nicht kampflos überlassen. Graf Wilhelms Salz wird auf einem der breiten Schiffe transportiert, auf dem zehn Männer, alle bis auf die Zähne bewaffnet, samt Ladung Platz haben. Auch wenn wir mit allen drei Holzbooten ausrücken, können wir höchstens mit sechs Männern angreifen. Da jeweils einer im Boot bleiben muss, damit es nicht abtreibt.«

»Sechs gegen zehn, das ist keine gute Zahl«, gab Michel zu bedenken. Er war ein stiller Mann, der im Unterschied zu den anderen nicht gerne in den Kampf zog. Lieber widmete er sich seinen Schmiedearbeiten.

»Wie viele Salzsäcke befinden sich denn auf dem Floß?«, wollte Rolf wissen.

»Der Ertrag eines ganzen Monats und nicht nur das, es wird auch eine Truhe voll Gold darauf sein. Schulden und Geldspenden, die der Sekretär für den Grafen eingetrieben hat. Das Geld soll für den Bau des Klosters verwendet werden. Schaut ganz so aus, als wolle der Graf sich selbst ein Denkmal setzen und als Heiliger in die Kirchengeschichte eingehen.«

Ursel richtete sich auf. Die Erwähnung des Klosters weckte ihr Interesse. Wenn es ihnen gelänge, die Goldtruhe zu erbeuten, würde sich der Bau wohl verzögern. Das war ein Ziel, für das es sich zu kämpfen lohnte. Ob Gerold sie diesmal mitnehmen würde? Schon seine nächste Aussage beantwortete ihre Frage.

»Wir brauchen bei dem Überfall mehr Männer auf den Booten als sonst. Es müssen auch jene mitkommen, die sich bis jetzt nicht im Kampf bewährt haben.«

Damit meinte er mit Sicherheit Ursel, die bis jetzt bloß für die Jagd zuständig gewesen war.

Schon richtete er seinen Blick auf sie: »Zwerg, du darfst mitkommen und kannst endlich zeigen, was in dir steckt.«

»Wie soll uns denn die halbe Portion helfen?«, lachte Peter und versetzte Ursel einen Stoß in die Seite. Zuvor jedoch versicherte er sich, dass Nero weit genug entfernt war. Der Hund lag abseits des Feuers und nagte friedlich an einem Knochen. Ursel verlor das Gleichgewicht, geriet ins Wanken und kippte zu Boden. Sie landete im weichen Gras.

Die Männer lachten. Rasch sprang sie wieder auf und boxte Peter in den Oberarm, der ihre Berührung kaum zu bemerken schien. Sie war zornig. Peter hatte kein Recht, sich über sie lustig zu machen.

»Hört mit den Albernheiten auf«, rief Gerold verärgert. Aber Peters Worte blieben nicht ohne Wirkung. Er kratzte sich seine rechte Wange und musterte Ursel.

Heute hatte er den Mittelteil seines Bartes zu einem kleinen Zopf geflochten, der zum Ende hin immer schmaler wurde. Der drahtige, graue Schwanz stand schräg von seinem Kinn ab.

»Ich frage mich, ob Peter nicht recht hat, im Zweikampf nutzt du uns nicht viel. Besser, du sorgst für ein köstliches Abendessen. Ein Stück Wildbraten oder ein paar Riedlinge.«

Ursels Gesicht lief rot an. Sie ging gerne zur Jagd, aber im Moment hatte sie den Eindruck, dass ihr Bogen die Bedeutung eines Kochlöffels bekommen hatte. Dieser Beigeschmack gefiel ihr ganz und gar nicht.

»Ich kann genauso gut kämpfen wie alle anderen«, sagte sie beleidigt.

Wieder lachten alle. Aber sie gab nicht auf. »Norbert kann für das Abendessen sorgen.« Sie warf dem alten Mann einen Blick zu. Seit den frühen Morgenstunden strich er seine Hände mit einer fettigen Salbe mit einem Auszug aus Pappel und Esche, die Maria ihm gegeben hatte, ein.

»Zeig deine Hände her«, forderte Ursel.

Der Alte, dessen wettergegerbte Haut tief von Narben zerfurcht war, hielt die Hände hoch. Die Gelenkknochen waren dick angeschwollen und knallrot. »Der Zwerg hat recht. Ich kann im Moment weder ein Schwert halten noch einen Mann mit meinen Fäusten besiegen.«

Zustimmendes Gemurmel ging durch die Runde.

Schließlich richtete Gerold erneut das Wort an Ursel: »Dann muss doch der Zwerg mitkommen.«

Er schien mit der Lösung nicht sehr glücklich zu sein. Nachdenklich zupfte er an seinem Bartzopf und bedachte Ursel mit einem zweifelnden Blick.

»Du bleibst aber im Boot«, bestimmte er.

»Warum?«, wollte Ursel wissen. Mit einem Mal war es ihr wichtig, an dem Kampf teilzunehmen. Vielleicht, weil alle annahmen, dass sie zu schwach war. Sie wollte ihnen beweisen, dass sie unrecht hatten. So wie früher, wenn Rainer behauptet hatte, sie könnte keinen ordentlichen Bogen bauen, weil sie ein Mädchen war.

»Hast du mich nicht verstanden?« Gerold wurde lauter. »Du bleibst im Boot und schaust, dass du mit deinem Bogen so viele Männer des Grafen erwischst wie nur möglich. Und was machst du, wenn einer der Männer zu dir ins Boot springt?«

»Dann stoß ich ihn ins Wasser«, sagte Ursel leise. Die Männer trauten ihr nicht zu, mit einem Schwert zu kämpfen, aber sie schätzten ihren Bogen. Dieser Gedanke stimmte sie versöhnlich. Damit konnte sie gut leben. Zufrieden setzte sie sich wieder hin und fühlte sich, bis auf Peter, von allen akzeptiert. Er verzog den Mund säuerlich und raunte ihr zu: »Du bist und bleibst eine halbe Portion.«

»Aber eine, die den besten Bogen besitzt«, sagte Ursel. Diesmal rückte sie von ihm ab, um einem weiteren Stoß in die Seite zu entgehen.

In dieser Nacht schlief Ursel schlecht. Immer wieder wachte sie auf, was weder an Konrads lautem Schnarchen noch an Neros Geheul lag. Der Hund bellte wieder einmal den Vollmond an, ein Verhalten, das sie ihm leider nicht abgewöhnen konnte.

Es war vielmehr die Aufregung vor dem bevorstehenden Überfall, die ihr den Schlaf raubte. Unruhig wälzte sie sich auf ihrem Lager aus Stroh hin und her.

Als der erste hellgraue Schimmer den neuen Tag ankündigte, verließ sie ihren Schlafplatz, kroch unter ihrer rauen Decke hervor und trat aus der Hütte. Kaum spürte sie das nasskalte Gras zwischen ihren Zehen, stand Nero auch schon neben ihr.

»Na, hat der Mond dir geantwortet?«, fragte sie. Nero leckte zur Antwort ihre Hand. Gemeinsam gingen sie zum Seeufer. Ursel setzte sich auf einen der Steine und atmete in tiefen Zügen die frische, feuchte Morgenluft ein. Ihre Müdigkeit verflog. Sie ließ ihren Blick über den See gleiten. Eine dünne Nebelschicht lag über der spiegelglatten Oberfläche. Ein Anblick, der ihr vertraut war. Hans und sie waren als Kinder im Sommer oft vor den anderen aufgestanden und hatten, während die Freunde noch schliefen, flache Steine übers Wasser geworfen. Sie hatten heimlich geübt, um die Steine ebenso oft aufspringen zu lassen wie Rainer. Aber es war ihnen nie gelungen, Rainers Rekord von zehn Aufsetzern zu überbieten.

Ursel suchte am Seeufer nach einem münzgroßen, platten Stein. Sie warf den Stein möglichst flach über die Wasseroberfläche. Er setzte einmal, zweimal, dreimal, viermal auf. Nikolaus wäre zufrieden gewesen, Rainer hätte sie ausgelacht.

Sie konnte sein Lachen förmlich hören, ebenso Nikolaus' Lob und Hans' Ermutigungen: »Probier es noch einmal!«

Während sie es sonst vermochte, die schmerzhaften Erinnerungen der Vergangenheit wegzusperren, wollte es heute nicht klappen. Ständig tauchte das Bild einer ihrer Brüder oder das ihres Vaters vor ihrem inneren Auge auf. War es, weil sie in wenigen Stunden gegen Graf Wilhelms Männer kämpfen würde? Was, wenn sie dem blonden Hünen begegnete, der ihren Vater getötet hatte? Würde sie einen kühlen Kopf bewahren können und ihn mit einem gezielten Pfeil erschießen, oder würden Hass und die Wut sie blind machen? Ihre Gedanken wurden jäh unterbrochen. Hinter ihr näherten sich Schritte.

»He, Zwerg, wenn du schon auf bist, kannst du mir beim Feuermachen helfen!« Hilde stand hinter ihr und drückte ihr eine Axt in die Hand. Die Frau war fast ebenso breit wie hoch. Ihr dunkles Haar reichte ihr bis zur Hüfte, und ihre rosigen Wangen glühten bereits jetzt, früh am Morgen, bevor die Sonne die Erde mit ihrer Kraft erwärmte. »Wir haben kein Feuerholz mehr!«, erklärte die Frau.

Fast dankbar über die Ablenkung nahm Ursel das Werkzeug entgegen und machte sich auf zum Hackstock.

Der Rest des Vormittags verging wie im Flug. Die Männer polierten und schärften ihre Waffen. Michel gab Ursel ein paar herrlich verarbeitete Pfeilspitzen, die sowohl vom Gewicht als auch von der Größe her genau auf ihren Bogen abgestimmt waren. Sie befestigte sie auf ihren geraden Pfeilen aus Eibenholz. Die Enden der Pfeile versah sie mit den kleinen, weichen Federn eines Auerhahns, um die Flugbahn zu optimieren. Dann legte sie den Pfeil an ihren Bogen an, visierte den Stamm einer schmalen Birke, zielte und schoss. Der Pfeil surrte durch die Luft und traf den Stamm exakt in der Mitte. Ursel war zufrieden. Sie ging auf die Birke zu, entfernte den Pfeil wieder und steckte ihn zurück in ihren Köcher.

Wenig später holten die Männer die schmalen Boote, die aus den ausgehöhlten Stämmen riesiger Eichen gefertigt waren, und fuhren los. Als Ursel in das Boot kletterte, musste Maria Nero an eine Leine binden, um zu verhindern, dass der Hund den Booten hinterherschwamm. Ursel hörte sein klagendes Bellen noch lange, als sie ihn schon nicht mehr sah.

Gerold befahl den Männern, Richtung Osten zu rudern. Er wollte das Salzschiff von dort aus angreifen. Auf diese Weise konnte er den Standort des Lagers weiterhin vor Graf Wilhelm geheim halten.

Er bestimmte eine Landestelle, die er von früheren Angriffen kannte. In einer hohen Tanne hatte einer der Männer ein Brett montiert, auf das Rolf nun geschickt kletterte, um Ausschau zu halten. Von seinem Ausguck hatte er einen freien Blick auf den langgestreckten See. Die anderen Piraten warteten, versteckt hinter Schilf und Gebüsch, auf ihren Einsatz. Mit jeder Stunde, die verging, stieg die Hitze an und mit ihr die Ungeduld der Männer. Steckmücken surrten in Schwärmen, denn es war völlig windstill. Erst als die Sonne schon weit über dem Zenit am Himmel stand, war es endlich so weit. Ursel hörte Rolfs Pfeifen. Es war das vereinbarte Signal, das allen verriet, dass das Salzschiff auf dem Weg zu ihnen war.

Kurz darauf saß auch Rolf im Boot. Gerold wollte warten, bis das Salzschiff sich auf ihrer Höhe befand, und dann rasch angreifen, um den Männern keine Möglichkeit zur Flucht ans Ufer zu geben.

Zuerst machte Ursel nur einen kleinen Punkt am Ende des Sees aus, doch je größer er wurde, umso deutlicher erkannte sie das Schiff, das über Ausmaße verfügte, die sie noch nie zuvor gesehen hatte. Es schien schwer beladen zu sein, denn es lag tief im Wasser. Sofern sie sich nicht verzählt hatte, ruderten sechs Männer, einer lenkte das Boot, und mindestens drei weitere standen mit Pfeil und Bogen bewaffnet am Bug, bereit, ihre kostbare Fracht zu verteidigen.

»Verdammt«, raunte Rolf. »Die sind gewarnt worden. Gegen die haben wir keine Chance.«

»Unsinn«, sagte Peter. »Mit unseren schmalen, langen Booten sind wir wendiger und schneller. Du wirst sehen. Die geben ruck, zuck auf.«

»Zwerg, hast du deinen Bogen gespannt?« Gerold wandte sich an Ursel.

»Noch nicht.«

»Dann wird es höchste Zeit. Sobald wir auf der geeigneten Höhe sind, schießt du!«

Ursels Hände begannen zu schwitzen, sie war nervös. Noch nie zuvor hatte sie auf einen Menschen gezielt oder gar einen getötet.

»Es sind die Mörder deiner Brüder. Die Männer, die deinen Vater getötet und deine Freunde kaltblütig niedergemetzelt haben«, sagte sie zu sich selbst. Dennoch wurden die Hände nicht trocken.

»Und los!«, rief Gerold.

Auf sein Kommando ruderten die Piraten los. Die drei Langboote zischten über den ruhigen See. Der Himmel war tiefblau, nur hin und wieder zog ein dünner Wolkenfetzen vorbei. Erhaben und mächtig ragte der Traunstein über dem See auf. Die Julisonne spiegelte sich im glasklaren Wasser. Es war ein herrlicher Sommertag, wie geschaffen für einen Angelausflug in eine der Buchten. Wassertropfen spritzten ins Boot, Ursel spürte sie nicht. Mittlerweile hatten die Männer auf dem Salzschiff sie entdeckt. Sie riefen Befehle, die Ursel nicht verstand. Erste Pfeile wurden abgeschossen, landeten aber im Wasser. Graf Wilhelms Männer handelten unüberlegt. Jeder vergeudete Pfeil würde ihnen später fehlen.

Noch versuchten die Angegriffenen den Piraten zu

entkommen, sie ruderten, was das Zeug hielt, um ans gegenüberliegende Ufer zu gelangen, aber ohne Erfolg. Gerold und seine Männer waren in ihren wendigen, schmalen Booten schneller.

Schon hatte das erste der drei Langboote das Salzschiff erreicht.

»Worauf wartest du, Zwerg? Schieß!«

Ursel saß am hinteren Ende des Bootes und richtete ihren Pfeil auf einen der Bewaffneten, der ebenfalls seinen Bogen gespannt hatte. Er zielte auf einen der Piraten in Ursels Boot. Vielleicht auf Peter, sie konnte es nicht genau sehen.

Das Boot schwankte, und es fiel ihr schwer, ihre Waffe ruhig zu halten, sie zitterte jetzt so heftig, dass auch der Bogen sich bewegte. Der Mann, auf den sie zielte, war noch keine dreißig Jahre alt. Er sah nicht aus wie ein Mörder, sondern wie ein ehrlicher Mann, der sich gegen einen Angriff wehrte. Vielleicht war er nicht am Überfall auf den Hof beteiligt gewesen. Ob er Frau und Kinder zu Hause hatte? Ursel sah eine weinende, trauernde Familie, der sie den Vater nahm. Die Bilder vor ihren Augen verschwammen.

Mit einem Mal nahm sie den beißenden Geruch brennenden Holzes wahr. Verstört sah sie sich um, es war kein Feuer zu sehen. Vor ihrem inneren Auge tauchte das hell lodernde Dach des Gutshofs auf, Menschen schrien, Frauen versuchten wegzulaufen. Der Kopf eines Mannes rollte direkt auf sie zu. Sie schloss die Augen, das Bild verschwand nicht. Vielleicht fühlte es sich so an, den Verstand zu verlieren.

»Zwerg, wach auf!« Jemand fasste sie grob von hinten an der Schulter und schüttelte sie.

Ursel riss die Augen auf, sie sah wieder das Salzschiff vor sich. Ein Mann zielte immer noch auf Peter. Aber er zögerte, genau wie sie.

»Schieß endlich, Zwerg!«

Nun schob der Mann auf dem Schiff seinen Arm nach hinten und spannte seinen Bogen. Peters Brust war sein Ziel. Ursel musste etwas tun. »Aber nicht töten, du darfst ihn nicht töten«, sagte sie sich selbst. Die Worte hallten in ihr wider wie eine Beschwörungsformel. Ursel legte ihren Pfeil an und zielte auf das Schulterblatt des Mannes. Mit einem leisen Zischen schoss der Pfeil Richtung Salzschiff. Der Schmerzensschrei des Bogenschützen war hoch und grell. Ursels Pfeil steckte tief in seiner rechten Schulter. Er ging in die Knie und versuchte den Pfeil aus seinem Körper zu ziehen.

»Guter Schuss«, lobte Michel. Er war es gewesen, der sie eben gerüttelt hatte.

Peter, dessen Leben gerade gerettet worden war, wirkte erleichtert. Aber er fand keine Worte der Anerkennung.

Ob er ahnte, dass ihr der Mut zum Töten gefehlt hatte?

Nun dockte auch ihr Boot am Schiff an, und die Männer kletterten hinüber. Metall traf auf Metall, Männer brüllten Kommandos, andere schrien schmerzverzerrt. Der Erste stürzte ins Wasser. Er ruderte kurz mit den Armen, schnappte nach Luft, versuchte den Kopf über Wasser zu halten, zappelte hilflos, bis eine sanfte Welle über ihm zusammenschlug und er langsam im See ertrank. Das Wasser war klar, Ursel konnte seine um sich schlagenden Arme noch lange sehen, bevor sein Körper endgültig in den Tiefen verschwand.

Am liebsten hätte Ursel sich die Augen und die Ohren zugehalten. Sie hatte gehofft, Genugtuung zu verspüren, aber sie empfand nur Panik und Angst. Ihr Herz raste, sie wollte weg. Aus den Augenwinkeln sah sie Konrad, wie er sein Schwert in den Hals eines Ruderers stieß, Blut schoss heraus. Er hatte die Schlagader getroffen. Der Mann hatte nicht einmal Zeit, um um Hilfe zu schreien. Die Bilder um sie herum vermischten sich mit denen aus ihrer Erinnerung. Was davon war Realität, was Vergangenheit? Wieder sah sie ihren Vater am Boden liegen, das Mädchen, das den kopflosen Körper ihres Bruders im Schoß hielt. Ihr wurde schwindelig. Sie konnte keinen weiteren Pfeil abschießen und fühlte sich wie gelähmt. Außer ihr waren nun alle auf dem Salzschiff. Der Kampf tobte. Der nächste Mann stürzte ins Wasser, wieder einer der Bewaffneten des Grafen. Ursel wünschte sich weit weg. Aber sie war gefangen auf dem schmalen Boot. Sollte sie sich ins Wasser stürzen und zurück an Land schwimmen? Während der Gedanke in ihr zu einem Wunsch anwuchs, sprang einer der Angegriffenen vom Salzschiff zu ihr. Ein großgewachsener junger Mann in der Kleidung eines Kaufmanns oder Gelehrten. Dunkelbraune Locken hingen in seine Stirn. Seine Augen hatten den gleichen Farbton wie der Himmel. Nie zuvor hatte Ursel solch eine Augenfarbe gesehen. Ungeschickt, offenbar war der Mann kein geübter Kämpfer, holte er zu einem Schlag mit seinem Schwert aus. Er zielte auf ihren Arm, rutschte ab und geriet ins Straucheln. Er versuchte sein Gleichgewicht wiederzufinden und traf ihre Brust. Zum Glück wandte er nur wenig Kraft auf, offenbar wollte er sie nur verletzen, nicht aber töten.

Jetzt erst erwachte Ursel aus ihrer Starre. Sie blickte auf das Loch in ihrem Hemd und den Stoff, der sich leicht rot färbte. Das dicke Brustband hatte einen Teil des Hiebs abgefangen. Dann sprang sie auf, nutzte den Überraschungsmoment und stieß den Angreifer gegen den Oberkörper. Der Mann verlor sofort das Gleichgewicht und kippte kopfüber in den See. Sein Körper versank. Eine Stimme in Ursel schrie »Nein!«. Sie hatte einen Menschen getötet, der nichts anderes versucht hatte, als sein eigenes Leben zu verteidigen. Ursel war gerade zur Mörderin geworden.

Der Körper des Mannes tauchte wieder auf. Aber anders als die anderen, die im Wasser landeten, strampelte er nicht wie wild um sich, sondern hielt sich mit ruhigen, sicheren Bewegungen über Wasser. Der Mann konnte schwimmen. Etwas in Ursel jubelte. Sie beobachtete ihn. Doch seine Aufmerksamkeit galt dem Salzschiff. Dort hatten Gerold und seine Männer die Oberhand gewonnen. Gerold kämpfte mit einer grimmigen Entschlossenheit. Einer der Männer hatte ihm ganz zu Beginn des Kampfes eine Wunde am Oberschenkel zugefügt, die stark blutete, doch er schien sie nicht zu spüren.

Gerold verschonte keinen der Männer. Triumphierend stieß er einen nach dem anderen ins Wasser und sah seinen Gegnern zu, wie sie jämmerlich ertranken. Ursel spuckte einen Teil ihres Frühstücks in den glasklaren See, sie würgte. Als sie sich wieder aufrichtete, sah sie, dass der Mann mit den braunen Locken Richtung Ufer schwamm. Noch schenkte ihm niemand Beachtung. Es lag an Ursel, ihm einen Pfeil hinterherzuschießen. Aber sie tat es nicht. Stattdessen hoffte sie, dass niemand den Entkommenden entdeckte. Unterdessen hatten die Piraten eindeutig die besseren Karten im Kampf. Gerold hackte dem Steuermann den Arm ab, der strauchelte, und einer der Piraten versetzte dem Verletzten einen Stoß ins Wasser. Gerold stieß einen Freudenschrei aus, der Ursel an ein wildes

Tier erinnerte. Er wirkte wie ein Betrunkener, der sich dem Rausch hingab. Nur dass es kein Wein war, der seine Sinne benebelte, sondern das Töten von Menschen, das ihn in Ekstase versetzte. Ursel würgte erneut. Die Piraten hatten den Kampf gewonnen. Auf dem Salzschiff brach ein Freudentaumel aus. Die Männer lachten und schlugen sich gratulierend auf die Schultern. Langsam wurde Gerold wieder ruhiger. Er ordnete an, die Salzsäcke in die Boote der Piraten umzulagern. Die Männer zerrten Säcke und Kisten auf die langen Boote. Erst als alle Wertgegenstände und die Geldschatulle in Sicherheit waren, gab Gerold Peter die Anweisung, mit seinem Feuerstein einen Funken auf in Öl getränkter Wolle zu schlagen.

»Das Schiff soll als riesige Fackel weitertreiben. Damit Graf Wilhelm weiß, mit wem er es zu tun hat«, sagte er an Ursel gerichtet.

Die wagte es kaum, zum Ufer zu blicken, als sie es dennoch tat, sah sie, wie ein Kopf zwischen den Schilfhalmen verschwand. Nicht mehr als ein winziger Punkt, der genauso gut eine Ente hätte sein können. Gegen ihren Willen verspürte sie Erleichterung. Peter schlug mit dem Feuerstein einen Funken, die Wolle fing Feuer, und er entzündete ein Bündel Stroh auf einem der Pfeile in seinem Köcher. Er reichte die Fackel Ursel.

»Schieß, Zwerg!«, forderte er.

Vielleicht wollte er freundlich sein, Ursel hätte dennoch sein großzügiges Angebot gerne abgelehnt. Aber die Augen aller waren auf sie gerichtet. Mit zitternden Fingern übernahm sie den Pfeil und spannte ihn in ihren Bogen ein. Gierig schlugen die Flammen himmelwärts. Sie schluckte hart, mahnte sich zur Konzentration und schoss die Fackel ab.

Der Pfeil zog eine feine Rauchfahne hinter sich her und landete auf dem Schiff. Ein Stofffetzen setzte sich augenblicklich in Brand. Das Feuer verbreitete sich in Windeseile. Zwei Leichen lagen noch an Bord. Der Geruch brennenden Holzes mischte sich mit dem brennender Körper. Ursel kannte den Geruch nur allzu gut. Sie spuckte den letzten Rest ihres Frühstücks in den See.

Kapitel 12

Lager der Salzpiraten, 952

Wieder zurück im Lager stellte sich heraus, dass die Verluste höher waren als zuerst angenommen. Zwei der Männer waren so schwer verletzt, dass Maria nicht sicher war, ob sie überleben würden. Über Gerolds Oberschenkel zog sich eine tiefe Wunde, und was Ursel am schlimmsten fand, Rolf war im See ertrunken. Erwin, sein Sohn, weinte bitterlich. Rolf war nicht nur stolz auf seinen Jungen gewesen, er hatte sich auch für ihn verantwortlich gefühlt und für ihn gesorgt. Rolf hatte Erwin zu sich in die Hütte geholt, hatte ihm stets die besten Leckerbissen zur Seite gelegt und ihm gezeigt, wie man das Fell eines Hasen abzog und aufspannte. Erwin war Rolfs Schatten gewesen und umgekehrt. Wer würde in Zukunft seine schützende Hand über den kleinen rothaarigen Jungen halten? Hilde, seine Mutter, wollte nichts mit ihm zu tun haben. Ihr war der Junge bloß lästig.

Doch Ursel hatte ihre eigenen Probleme. Sie musste ihre Wunde versorgen. Ihr fester Brustverband hatte bis jetzt verhindert, dass das Blut sich großflächig ausgebreitet hatte. Diesmal durfte sie nicht auf Marias Hilfe hoffen. Um die Wunde zu verbinden, würde Maria verlangen, dass Ursel ihren Oberkörper frei machte, und das war unmöglich.

Ursel musste sich selbst helfen und zwar rasch, bevor Maria die Verletzung bemerkte. Im Moment forderte Gerold die volle Aufmerksamkeit der heilkundigen Frau.

Während die Männer die Salzsäcke verstauten und die Waffen reinigten, schlich Ursel in die Vorratskammer. Das war eine kleine Höhle, deren Eingang mit einer einfachen Tür aus Brettern vor unerwünschten Tieren geschützt wurde. Die gleichbleibende Temperatur sorgte dafür, dass die Lebensmittel nicht sofort verdarben. Ursel achtete darauf, nicht bemerkt zu werden, und stahl aus einem der Regale einen Lederschlauch mit gebranntem Schnaps. Gerold hatte mehrere Schläuche mit der scharfen Flüssigkeit von einem seiner Ausflüge mitgebracht. Fremdländische Zeichen, die Ursel nicht kannte, waren ins Leder gebrannt. Aber als sie den hölzernen Stöpsel abnahm, drang ihr ein stechend scharfer Geruch in die Nase. Es handelte sich eindeutig um destillierten Wein. Von Ottilia wusste sie, dass man mit dem teuren Getränk Wunden reinigen konnte. Rasch versteckte sie den Schlauch unter ihrem Hemd und lief los. Sie wollte sich an ihren Lieblingsplatz zurückziehen, die Wunde säubern und sich einen Moment in Ruhe hinlegen. Sie war nicht nur müde, sondern fühlte sich auch seltsam leer. Leider machten die Schmerzen sie unvorsichtig. Obwohl sie sich vergewisserte, dass niemand sie beobachtete, entging ihr Peters Blick.

»Komm mit, Nero«, flüsterte sie. Ihre Worte waren überflüssig, der Hund hätte sie auch ohne Aufforderung nicht allein gehen lassen.

Langsamer als sonst durchquerte sie den Wald und erreichte erschöpft den schattigen Platz an der Quelle.

Kraftlos ließ sie sich auf den Boden sinken. Der pochende Schmerz in ihrer Brust wurde immer stärker. Mittlerweile fiel es ihr schwer, den rechten Arm zu heben. Ihre Finger fühlten sich taub an. Vorsichtig zog sie das Hemd über ihren Kopf. Ein Blutfleck, der mittlerweile nicht mehr zu übersehen war, und ein Loch verunstalteten das Kleidungsstück. Sie würde sich später darum kümmern. Jetzt glitt ihr Blick zu ihrem Brustband, das den Großteil des Blutes aufgefangen und sie vor einer tieferen Wunde bewahrt hatte. Vielleicht war es besser, den Verband einfach drauf zu lassen. Ihr Verstand riet ihr davon ab. Langsam wickelte sie das Band ab. Je mehr Luft zum Atmen sie gewann, umso heftiger wurde der Schmerz und die Angst vor dem, was sie gleich sehen würde. Als das Band zu Boden glitt, war ihr, als würde ihr Angreifer erneut zuschlagen, doch diesmal nicht mit einem linkischen Hieb, sondern langsam, so als schnitte er sorgsam in ihr Fleisch.

Ursel graute vor Verletzungen, nicht nur vor eigenen, auch vor denen anderer. Als Jägerin achtete sie stets darauf, mit einem möglichst präzisen Schuss die Beute rasch zu erlegen. Offene Fleischwunden waren ihr ein Gräuel. Nur widerwillig sah sie zu ihrer Brust, und ihr wurde augenblicklich schwindelig. Die Geräusche des Waldes drangen in den Hintergrund. Kalter Schweiß trat auf ihre Stirn. Eine zeigefingerlange Wunde klaffte daumendick auseinander. Sie war viel tiefer, als sie gedacht hatte. In ihren Ohren rauschte das Blut. Sie musste sich im Gras ausstrecken. Zum Glück hatte der Mann sie mit seinem Schlag nicht töten wollen. Eigentlich hatte er sie nicht einmal an der Brust, sondern bloß am Oberarm treffen wollen. Er war ausgerutscht, das hatte Ursel deutlich gesehen. Sie atmete tief durch. Nero lag zu ihren Füßen, den Kopf auf seine

Vorderpfoten gebettet, und beobachtete sie aufmerksam. Was hätte Barbara gemacht? Sie hätte Ottilia um Hilfe gerufen. Aber die unfreundliche Alte war jetzt nicht da.

Benommen drehte sich Ursel zur Seite, griff nach dem Lederschlauch, den sie im Gras abgelegt hatte. Sie zog den Stöpsel heraus und goss einen Schluck der scharfen Flüssigkeit auf ihr Brusttuch. Dann drückte sie das Tuch auf ihre Wunde. Augenblicklich schoss ein brennender Schmerz durch ihren Körper. Es war, als stießen Tausende kleine Messer durch sie hindurch. Sie hielt die Luft an, presste Augen und Zähne zusammen und zählte in Gedanken bis zehn. Der Schmerz ließ nicht nach, und sie zählte noch einmal.

Nero sprang auf, winselte und legte seinen Kopf auf ihren Knien ab.

Langsam ebbte der Schmerz ab. Als Ursel die Augen wieder öffnete, wirkten die Blätter auf den Ästen über ihr wie hellgrüne Trolle, die unruhig hin und her tanzten. Immer noch hörte sie das Blut in ihren Ohren rauschen. Ursel nahm das Tuch wieder weg. Sie zweifelte daran, dass das, was sie eben getan hatte, hilfreich für die Wundheilung war. Schwindelig vom Schmerz richtete sie sich auf. Es kostete sie all ihre noch verbliebene Kraft, aufzustehen und zur Quelle zu gehen. Vorsichtig hielt sie ihre Hände unter das kalte Wasser. Sie säuberte zuerst ihre Finger, dann wusch sie die Stelle rund um ihre Verletzung. Als sie fertig war, sprang Nero auf und knurrte. Er stand hinter ihr und starrte mit aufgestellten Nackenhaaren ins Dickicht.

Erschrocken fuhr Ursel herum. War ihr jemand gefolgt? Schützend legte sie die Hände vor die nackte Brust, berührte dabei ihre Wunde und zuckte zusammen.

»Verdammt«, murmelte sie.

Sie spähte in die Brombeerhecke, die Nero fixierte, konnte aber nichts ausmachen. Vielleicht war es bloß ein Kaninchen oder eine Maus gewesen, die er gehört hatte.

»Komm her, Nero. Alles ist gut«, sagte sie. Aber der Hund ließ sich nicht ablenken, hörte jedoch mit dem Knurren auf und wedelte nun langsam mit dem Schwanz. Er musste jemanden riechen oder sehen, dem er wohlgesonnen war. Ursel schnappte nach ihrem Brusttuch. Leider hatte sie kein frisches, sie konnte es sich bloß andersherum umbinden und die Wunde mit einer Stelle bedecken, die ihr halbwegs sauber erschien. Etwas ungeschickt wegen der Bewegungseinschränkung befestigte sie das Tuch. Erneut wurde ihr übel und für einen Moment sogar schwarz vor Augen. Sie lehnte sich gegen die Felswand, bevor sie das Band festzog und verknüpfte. Wo hatte sie ihr Hemd fallen lassen? Es lag neben der Kiefer. Mühsam, als handle es sich um eine schier unüberwindbare Strecke, torkelte sie darauf zu. Ursel ergriff das Kleidungsstück und zog es über den Kopf. Gerade als sie es glattstreifen wollte, vernahm sie das Rascheln hinter sich. Nero bellte, knurrte und fletschte die Zähne. Er hatte also doch jemanden entdeckt.

»Was, zum Teufel, machst du da, Zwerg?«

Es war Peters Stimme, und Ursels Knie gaben nach. Hatte er sie eben gesehen? Wusste er nun über ihr Geheimnis Bescheid? Wenn es so war, würde er sie an Gerold ausliefern. Besser, er brachte sie gleich zur Strecke.

Er trat jedoch nicht aus der Brombeerhecke, die Nero zuvor angeknurrt hatte, sondern kam hinter einem der Haselnusssträucher hervor. Verwirrt blickte Ursel von Peter zu den Brombeeren und wieder zurück. Offenbar war nicht nur sie verwirrt, sondern auch ihr treuer Begleiter.

Peters Aufmerksamkeit galt dem Lederschlauch im Gras. Seine Augen weiteten sich, dann begann er schallend zu lachen. Er klopfte sich vor Vergnügen auf die Oberschenkel.

»Ich kann's nicht fassen«, rief er. »Unser kleines, zartes Zwerglein stiehlt Schnaps aus der Vorratshöhle und verdrückt sich in den Wald, um ihn allein zu saufen. Wenn das die anderen erfahren.«

»Ich hab den Schnaps nicht getrunken«, verteidigte sich Ursel. Biss sich aber sogleich auf die Zunge. Besser, Peter wusste nichts von ihrer Verletzung.

»Ja, natürlich nicht. Du wolltest damit die Pilze gießen.« Peter lachte immer noch. Er ergriff den Schlauch und nahm den Stöpsel ab.

»Du hast noch nicht viel davon getrunken, hast wohl auf mich gewartet«, sagte er und prostete ihr zu. Offenbar hatte der erfolgreiche Überfall ihn milde gestimmt. Peter setzte den Schlauch an seine Lippen und nahm einen großen Schluck.

»Komm, Zwerg, hock dich zu mir, ich bin heute großzügig. Wir trinken das Zeug gemeinsam, und ich verrat dich nicht.«

Misstrauisch runzelte Ursel ihre Stirn. Was war los mit ihm? Was meinte er mit »ich verrat dich nicht«? Wusste er über ihre wahre Identität Bescheid oder meinte er den Schnaps?

»Wie lange bist du schon hier?«, fragte sie misstrauisch.

»Wie meinst du das?«

»Hast du mich beim Waschen beobachtet?«

Peter spuckte angeekelt aus. »Spinnst du? Warum

sollte ich das machen? Von deinem mickrigen Körper krieg ich allenfalls Alpträume. Wahrscheinlich bist du gar kein richtiger Mann, sondern so ein Fabelwesen ohne Geschlecht.«

Ursel setzte sich nicht zur Wehr. Erleichtert stieß sie die Luft aus. Nero hatte sich also geirrt. Peter war erst gekommen, nachdem sie schon wieder angezogen war. Hätte er gesehen, dass sie eine Frau war, würde er sich nicht über sie lustig machen, sondern sein Wissen sofort als Waffe einsetzen.

»Trinkst du nun mit mir, oder soll ich den Schlauch allein leeren?«

Ursel setzte sich zu ihm auf einen der moosgepolsterten Steine, die neben der Quelle im Gras lagen. Sie achtete jedoch darauf, dass genügend Abstand zwischen ihnen war. Einer von Peters Seitenhieben würde ihr im Moment nicht sonderlich gut bekommen.

»Schätze, du hast was gut bei mir«, sagte Peter. Er sah sie dabei nicht an. Ursel spürte, dass die Worte ihn viel Überwindung kosteten.

»Weil ich dem Mann in die Schulter geschossen habe, der auf dich gezielt hat?«

Peter brummte ein mürrisches »Ja«.

»Ich konnte doch nicht zulassen, dass er dich trifft. Wer würde mich sonst die ganze Zeit über quälen?«

»Glaub ja nicht, dass wir jetzt befreundet sind. Ich will nichts mit dir zu tun haben, du bist ein schwacher Zwerg«, stieß Peter hervor.

»Keine Angst, damit habe ich nicht gerechnet.«

Peter reichte ihr den Schlauch. »Hier.«

Ursel nahm ihn umständlich entgegen und trank einen Schluck. Die Flüssigkeit brannte in ihrer Kehle und hinterließ ein warmes, beinahe tröstliches Gefühl, das sich rasch in ihrem Bauch ausbreitete und einen Teil ihrer Sorgen für einen Moment verschwinden ließ.

Kapitel 13

Wälder rund um das Salzpiratenlager, 952

Steffen hockte zusammengekauert in der Brombeerhecke und bemühte sich, absolut still zu sein und sich nicht zu bewegen. Er war an Land geschwommen und hatte sich verlaufen. Statt Richtung Gmunden zu gehen, hatte er sich im Kreis bewegt und war an einem Platz gelandet, der durchaus seinen Reiz hatte und vor vielen Jahren den Menschen vielleicht als heiliger Ort gedient hatte. Eine kleine Quelle plätscherte direkt aus einer Felswand, und daneben wuchs eine Kiefer, deren Stamm gedreht war, aber es war nicht der Pfad, auf den er eigentlich wollte.

Steffens Kleider waren immer noch nass, und er fror. Doch die Szene, die sich eben vor seinen Augen abspielte, war so merkwürdig und spannend zugleich, dass er seine eigene Befindlichkeit im Moment vergaß.

Der Junge, den er zuvor so ungeschickt verletzt hatte, war nicht das, was er vorgab, zu sein. Er war ein Mädchen oder besser eine hübsche junge Frau mit einem geschmeidigen Körper. Und der andere Pirat, der gerade neben ihr saß und alles andere als freundlich zu ihr war, wusste nichts davon. Es war unschwer zu erkennen, dass die beiden einander nicht vertrauten, vielleicht konnten sie sich nicht ausstehen. Aber warum verbarg die junge Frau ihre wahre Identität? Wussten die anderen Piraten, wer sie wirklich war? Am liebsten wäre Steffen aus seinem Versteck gesprungen und hätte all die Fragen gestellt, die ihm durch den Kopf gingen. Aber er hing an seinem Leben. Daher blieb er in der Hecke sitzen.

Erst als die beiden gingen, wagte er sich aus seinem Versteck.

Im Gegensatz zu der jungen Frau war er ohne Verletzungen davongekommen. Leider auch ohne Waffen und Plan. Er kannte die Gegend noch nicht sonderlich gut und hatte nur eine vage Idee, wie er zu Graf Wilhelm gelangte. Er musste sich am See orientieren und sein Ufer entlangwandern. Das war aber an vielen Stellen nicht möglich. Die Wälder, die den See umgaben, waren dicht und unüberschaubar. Es gab keine Wege, und sobald man den See aus den Augen verlor, sah man nur noch Bäume, Büsche und undurchdringbare Farne. Der markante Gipfel des Traunsteins am anderen Seeufer hätte ihm als Wegweiser dienen können, aber die meiste Zeit über war das Dickicht um ihn herum so undurchdringlich, dass er außer verschiedenen Grüntönen gar nichts sah und sich darauf konzentrieren musste, wo er sich am besten durch die engstehenden Pflanzen quetschen konnte, ohne dabei die Haut aufzureißen und die Kleidung zu durchlöchern. Wahrscheinlich würde er noch tagelang im Kreis laufen, bevor er irgendwen traf, der ihm weiterhalf. Steffen legte den Kopf in den Nacken und sah in den Himmel, oder besser in das Stückchen Blau, das zwischen den dichten Baumkronen hindurchblitzte. Wie viele Stunden blieben ihm noch, bis die Sonne unterging? Irgendwann musste er sich einen Platz zum Schlafen suchen, außerdem hatte er Hunger. Die Brombeeren allein würden ihn nicht satt machen.

Bis jetzt hatte Steffen noch nie einen Orientierungssinn benötigt. Er hatte Wien verlassen und war die Donau entlang in den Westen gezogen. Sein Ziel war der nächste Dienstgeber gewesen, der überall hatte sein können.

Plötzlich verspürte er eine unbändige Wut auf die Verbrecher, die ihn in diese Lage gebracht hatten. Der Anflug eines schlechten Gewissens, den er eben noch verspürt hatte, weil er eine junge Frau verletzt hatte, war wieder wie weggeblasen.

Steffen sah sich um, drehte sich einmal im Kreis und entschied sich dann aufs Geratewohl für eine Richtung, von der er hoffte, dass sie ihn zu Graf Wilhelm bringen würde.

Kapitel 14

Lager der Salzpiraten, 952

Trotz des Verlustes von zwei Männern, am Nachmittag war neben Rolf noch ein weiterer Mann seinen Verletzungen erlegen, feierten die Piraten bis spät in die Nacht. Gerold ertränkte seine Schmerzen mit Bier und Schnaps, und auch die anderen tranken, was das Zeug hielt.

Ursel hielt sich im Hintergrund. Ihre Wunde brannte bei jedem Atemzug, und ihr war ungewöhnlich heiß. Mit einem Becher Bier in beiden Händen hockte sie abseits vom Lagerfeuer und beobachtete die anderen. Nero lag neben ihr und schlief. Eigentlich wollte auch sie schlafen gehen, aber noch war es zu früh. Sie würde sich dem Spott der anderen aussetzen. Also musste sie warten, bis alle so betrunken waren, dass niemand ihren Rückzug bemerkte.

»Du feierst ja gar nicht, was ist los?« Maria war zu ihr getreten und setzte sich ungefragt neben sie. Im Unterschied zu den anderen Frauen trank sie nur wenig vom Bier. Ursel konnte nicht erkennen, ob sie sich über die reiche Beute freute oder ob der Tod der Männer sie betroffen gemacht hatte. Wie so oft blieben Marias Gefühle für Ursel hinter einem emotionslosen Gesicht verborgen.

»Ich bin müde, das ist alles«, log sie.

Maria musterte sie durch zusammengekniffene Augen.

»Hast du Fieber? Deine Wangen sind ganz rot, und dein Gesicht glänzt vom Schweiß.«

»Das kommt vom Feuer«, beeilte sich Ursel zu sagen. »Es ist heiß hier.«

Maria beugte sich zu ihr und fühlte ihre Stirn, bevor Ursel zurückweichen konnte.

»Nein«, sagte sie entschieden. »Du hast Fieber.«

»Kann sein«, murmelte Ursel.

»Bist du verletzt?«, wollte Maria wissen.

Ursel schüttelte den Kopf.

»Du lügst.«

»Und wenn schon.« Ursel war gereizt. »Was geht's dich an?«

»Gerold hat heute zwei seiner besten Männer verloren. Ich glaube nicht, dass er einen weiteren in der Erde verscharren will.« Sorgte Maria sich um Ursel, oder wollte sie bloß verhindern, dass Gerold heute Nacht gereizt war?

»Ich geh jetzt schlafen, gute Nacht.« Ursel stand auf und wollte weg, aber Maria hielt sie am rechten Arm fest. Unweigerlich zuckte Ursel unter dem Schmerz zusammen und verzog das Gesicht zu einer Grimasse.

»Ich dachte, du wärst nicht verletzt.« Maria sah sie an.

»Lass mich in Ruhe«, sagte Ursel.

»Zeig mir deine Wunde, ich kann dir helfen.«

»Nicht nötig. Es ist nur ein Kratzer.«

Ursel wandte sich ab und marschierte los. Sie spürte Marias Blicke in ihrem Rücken. Es war immer noch zu früh, um schlafen zu gehen. Aber wenn sie blieb, würde Maria weitere Fragen stellen. So lange, bis sie gezwungen war, ihre Wunde herzuzeigen. Die Gefahr, entdeckt zu werden, war zu groß. Besser, sie legte sich nieder.

Sie wollte zu ihrer Hütte, aber nun hatte Gerold sie entdeckt.

»Zwerg, heute wird gefeiert, du bleibst da und trinkst mit uns«, grölte er und hielt ihr einen vollen Becher entgegen.

Wegen der tiefen Wunde an seinem Bein, die Maria versorgt und verbunden hatte, blieb er sitzen und wartete, dass Ursel sich den Becher holte. Dabei war der, den sie eben noch in den Händen gehabt hatte, noch nicht leer.

»Ich hab noch, danke«, sagte Ursel und zeigte auf den Becher, den sie beim Feuer zurückgelassen hatte. Zum Beweis ging sie zurück, ergriff den Becher und nahm einen Schluck vom bitteren Getränk. Ihre Wangen zogen sich zusammen. Das Gebräu schmeckte ekelhaft, ganz anders als das Bier, das Barbara und die Frauen am Hof zubereitet hatten.

»Na also. Komm her, Zwerg, und setz dich!« Großzügig wies Gerold auf den freien Platz neben sich. Dicke, von Ästen befreite Baumstämme dienten den Männern als Sitzgelegenheiten. Während Ursel widerwillig Platz nahm, sah sie aus den Augenwinkeln, dass Peter sie argwöhnisch beobachtete.

»Du hast dich heute tapfer geschlagen«, sagte Gerold anerkennend. Sein Zungenschlag legte Zeugnis darüber ab, wie viel von dem bitteren Getränk er bereits zu sich genommen hatte.

»Natürlich wäre es besser gewesen, du hättest den Bogenschützen getötet, aber der Schuss in die Schulter war auch nicht schlecht. Und dass einer von den Männern schwimmen konnte, das war nun wirklich nicht vorhersehbar. Ich hätte ihn auch ins Wasser gestoßen.« Gerold lachte.

»Kam er denn bis zum Ufer?«, fragte Norbert.

»Kann ich mir nicht vorstellen, es war eine ordentliche Strecke«, sagte Gerold. Ursel erwiderte nichts. Sie hatte gesehen, wie der Mann im Schilf verschwunden war, aber außer ihr schien ihn niemand beobachtet zu haben.

»Egal, er wird uns keinen Ärger mehr bereiten«, prahlte Gerold. Er leerte seinen Becher in einem Zug und hielt ihn dann Hilde entgegen, die ihn rasch aus ihrem Tonkrug auffüllte. Als sie sich wieder setzen wollte, wurde sie von einem der Männer auf den Schoß gezogen. Der Mann griff ihr ungeniert unter den Rock. Sie quietschte wie ein Ferkel, bevor es abgestochen wurde. Kurz darauf verschwanden die beiden hinter einer der Hütten. Unterdessen hockte Hildes Sohn Erwin weinend in einer der Hütten und betrauerte Rolfs Tod.

»Lass mir auch noch was von ihr übrig«, rief Norbert den beiden nach, dann sah er zu Ursel. »Oder willst du zur Feier des Tages?« Er grinste und legte dabei eine Reihe schwarzer Zähne frei. Einige davon waren nur noch kleine Stummel.

Ursel erstarrte. Was hatte er eben gesagt?

»Du hast recht, unser Bürschchen hat ja noch nie, es wird höchste Zeit, dass er auch mal an die Reihe kommt und zum Mann wird«, stimmte ihm Gerold zu.

»Unser Zwerg hat sich das Vergnügen heute redlich verdient«, rief ein anderer.

Alle lachten, und Ursel spürte, wie ihre ohnehin roten Wangen noch dunkler anliefen. Zum Glück konnte das niemand im diffusen Schein des Lagerfeuers sehen. Ursel hätte sich nicht setzen dürfen. Das berauschende Getränk enthemmte die Männer. Sie wurden zu Tieren, denen sie wenig entgegenzusetzen hatte.

»Wenn du willst, lass ich dich an meine Maria ran. Sie ist zwar schon alt, aber immer noch sehr reizvoll. Die kann dir so einiges beibringen. Stimmt's, Konrad?« Gerold beugte sich ganz nah zu Ursel. Sie konnte seinen Atem riechen. Wie viele Becher Bier mochte der Piratenanführer schon getrunken haben?

Konrad lachte. Zum Glück hatten die anderen Gerold nicht verstanden. Dennoch rebellierte Ursels Magen, ihr wurde übel. Sie hatte nicht gewusst, dass Maria auch mit anderen Männern das Bett teilte, wenn Gerold das wünschte.

»Vielen Dank für das großzügige Angebot, aber für heute habe ich schon genug Abenteuer hinter mir«, sagte sie leise.

Noch nie zuvor hatte Ursel Gerold so betrunken erlebt. Er schlug einen ordentlichen Humpen Bier nie aus, aber er trank selten so viel, dass seine Sprache verwaschen klang wie eben. Vielleicht lag es an seiner Verletzung, dass er heute weniger vertrug.

»Du lehnst meine Maria ab?« Seine Augen waren gerötet. Jetzt lallte er.

»Ist sie dir nicht gut genug?« Mit dem Ellbogen stieß er Ursel grob gegen die Rippen. Ein brennend heißer Schmerz durchzuckte ihren Körper. Sie hörte ihr Blut rauschen.

»Nein, das ist es nicht. Mir ist bloß …« Ihr wurde so schlecht, dass sie sich umdrehen musste und ins Gras erbrach. Saurer Geruch stieg ihr in die Nase.

Für einen Moment starrte Gerold sie überrascht an. Dann prustete er los. »Unser Bürschchen verträgt kein Bier. Wenn das dein Vater wüsste. Der gute Reinhart war aus ganz anderem Holz geschnitzt. Der hat mehr vertragen als alle meine Männer zusammen, und Maria hat er auch nicht verschmäht.«

Die anderen stimmten in Gerolds Lachen ein, aber Ursel hörte sie kaum. Was hatte er eben über ihren Vater gesagt?

»Lass gut sein«, sagte Maria. Sie war zu Gerold getreten und setzte sich. »Ich teile mein Bett nicht mit Kindern, das weißt du, also mach dem Zwerg keine unnötige Angst. Er hat für heute genug gelitten.« Die Art, wie Maria sprach, ließ nicht erkennen, wen sie dringender schützen wollte, sich selbst oder Ursel.

Erneut setzte lautes Gelächter ein. Zum Glück änderte Norbert das Thema. »Wie viel Beute haben wir denn eigentlich gemacht?«

Ein breites Grinsen breitete sich auf Gerolds Gesicht aus: »So viel, dass Graf Wilhelm heute Nacht wie ein Teufel über seinen Gutshof springen und sich mit seiner verbliebenen Hand die Haare vom Kopf reißen wird.«

Diese Vorstellung entlockte selbst Ursel ein kurzes Lächeln. Dann kehrten Gerolds Worte in ihr Gedächtnis zurück. Wie hatte der Pirat behaupten können, dass ihr Vater Maria als Teil der Bezahlung genommen hätte? Diese Aussage passte nicht in das Bild, das sie von ihm hatte und haben wollte. Sobald Gerold seine Aufmerksamkeit einem anderen Piraten widmete, stand sie auf und schlich sich im Dunklen davon. Sie kroch in die Hütte und rollte sich an der Wand auf dem Strohlager in ihre Decke ein. Aber trotz der Erschöpfung fand sie keinen Schlaf. Während die anderen noch bis weit in die Nacht feierten, lag sie wach und grübelte über Gerolds merkwürdige Worte nach.

In den nächsten zwei Tagen verschlimmerten sich Ursels Schmerzen. Die Wunde wurde heiß, verfärbte sich dunkelrot und entzündete sich an den Rändern. Jede Berührung wurde zur Qual. Aber sie biss die Zähne zusammen und versuchte sich nichts anmerken zu lassen.

Auch Gerold ignorierte seine Verletzung und ritt trotz seiner Wunde am Oberschenkel mit Norbert Richtung Süden, wo sie an einem Ort, von dem niemand im Lager sonst wusste, das Salz gegen Geld eintauschten. Normalerweise ritt Gerold erst los, wenn er das Raubgut von mehreren Überfällen beisammen hatte, aber diesmal war die Ausbeute so groß, dass er gleich loswollte. Danach würde er den größten Teil des Geldes für die Gemeinschaft ausgeben, um Lebensmittel, Werkzeug und Waffen zu kaufen. Den Rest würde er unter seinen Männern aufteilen.

Die Münzen, die Ursel bekommen hatte, seit sie bei den Piraten lebte, waren weit mehr, als sie jemals zuvor besessen hatte. Am Gutshof ihres Vaters hatte sie kein Geld benötigt. Sie hielt ihren kleinen Schatz an ihrem Lieblingsplatz bei der Quelle versteckt, wusste aber nicht, wie viel er wert war. Wie viele Münzen benötigte man, um ein Abendessen in einem Gasthaus zu bezahlen? Wie viele, um ein Pferd zu kaufen? Sie hatte keine Ahnung.

Als sie am dritten Tag nach dem Überfall morgens erwachte, fiel es ihr schwer, aufzustehen. Sie hatte schlecht geschlafen, war unzählige Male aufgewacht, weil selbst die kleinste Bewegung, die durch einen flachen Atemzug entstand, ihr Schmerzen bereitete. Sie konnte ihr Fieber nicht länger leugnen und schleppte sich zum Seeufer, um ihr Gesicht mit klarem Wasser zu kühlen. Es war noch ruhig im Lager, da die anderen schliefen. Nur Nero begleitete sie.

Am Weg zum Seeufer stolperte Ursel über einen flachen Wurzelstock. Sie fing sich und taumelte weiter. Als sie am Seeufer in die Hocke ging und sich nach vorn beugte, verlor sie nicht nur das Gleichgewicht, sondern auch das Bewusstsein. Ihr wurde schwarz vor Augen und sie kippte vornüber ins Wasser. Nero schlug sofort Alarm und bellte so lange und laut, bis Hilde ihn bemerkte und zu Hilfe eilte.

Sie packte Ursel an den Schultern und zog sie an Land. Erschrocken schlug die derbe Frau ihr mit der flachen Hand ins Gesicht.

»He, Zwerg, wach auf!«, rief sie. Erst als Ursel die Augen wieder öffnete, hörte sie mit ihren Schlägen auf, stand wieder auf und holte Hilfe.

Was dann geschah, nahm Ursel wie durch einen dichten Nebelschleier wahr. Es war, als verließe sie ihren Körper und beobachtete sich selbst aus der Perspektive eines Vogels. Sie sah, wie Michel und der kleine Erwin ihren schlaffen Körper in Marias Hütte trugen. Dort legten sie sie auf einem Strohlager ab, auf dem sich ein dickes Schaffell befand. Es war Gerolds Lager, es roch nach Wärme, Schweiß und Wollfett.

Maria schickte alle hinaus, auch Nero musste vor der Hütte ausharren. Dann zog die alte Frau ihr das Hemd über den Kopf. Ursel wollte protestieren, aber es fehlte ihr die Kraft dazu. Ihre Augen waren längst geschlossen. In Gedanken verließ sie die Hütte. Plötzlich war sie zu Hause auf dem Gutshof. Sie saß in der Stube. Im Kamin brannte ein behagliches Feuer. Barbara spielte auf ihrem Zupfinstrument, und Nikolaus und Hans schnitzten Holzmännchen aus weichem Kiefernholz. Das von Hans wurde ein Esel, das von Nikolaus ein Troll. Die weißgefleckte Katze hatte es sich auf ihren Oberschenkeln gemütlich gemacht. War sie nicht im letzten Winter gestorben? Nein, sie schnurrte zufrieden, und Ursel kraulte sie hinter den Ohren. Der Geruch von frischgebackenem Apfelbrot lag in der Luft. Gleich würde eine der Mägde es bringen, zusammen mit süßer, weicher Butter, die darauf zerging und aus den Mundwinkeln tropfte, wenn man davon abbiss. Wo waren Vater und Rainer? Sie hätten längst von der Jagd zurück sein müssen. Draußen war es seit Stunden stockfinster. Ob ihnen etwas zugestoßen war? Ursel blickte zur Tür, in Erwartung, dass sie sich öffnete, aber sie blieb geschlossen, stattdessen ertönte ein entsetzlicher Schrei. Barbaras Musikinstrument zerbrach, und mit einem Mal stand das Schilfdach in Flammen. Es loderte und qualmte. Dichter Rauch vernebelte den Raum. Ursel rieb sich die Augen, sie brannten. Als sie die Hände wieder vom Gesicht nahm, standen Wilhelms Männer vor ihr. Ein Riese mit blondem Haar und breiten Schultern hieb Barbara den Kopf ab, er landete auf Nikolaus' Schoß; der reagierte nicht, sondern starrte ihn bloß an und lächelte. Ursel wollte ihn anschreien und ihm sagen, dass er aufhören solle, den Kopf seiner Stiefmutter anzugrinsen. Aber es wollte kein Laut aus ihrer Kehle dringen, sie war wie zugeschnürt. Schweiß tropfte von ihrer Stirn, ihre Brust brannte lichterloh, wie das Dach über ihr. Ihre Kehle war ausgetrocknet, ihre Zunge klebte an ihrem Gaumen. Durst, sie verspürte schier unbändiges Verlangen nach frischem, klarem Wasser. Ein kühler Becher wurde an ihre spröden Lippen gehalten, gierig trank sie ihn leer. Die Flüssigkeit schmeckte bitter. Es war zu wenig, sie verlangte nach mehr. Aber es folgte kein weiterer Becher. Endlich fiel sie in einen erlösenden Dämmerzustand, in dem Geräusche von weit her zu ihr drangen und wieder verklangen.

Irgendwann, sie hatte jedes Gefühl für Zeit und Raum verloren, erwachte sie. Draußen war es dunkel. Durch das winzige Fenster sah sie einen wolkenlosen, sternenklaren Himmel. Tausende und Abertausende Lichter erhellten das Firmament. Sie lag immer noch in Marias Hütte. Vorsichtig versuchte sie sich aufzurichten. Doch eine schmale Hand drückte sie sanft zurück auf das Lager.

»Bleib«, sagte eine leise, aber bestimmte Stimme. Ursel erkannte sie sofort. Es war Maria. Sie saß auf einem kleinen Hocker neben ihr.

Wie viel Zeit war vergangen, seit sie in ihre Hütte gebracht worden war? Ein paar Stunden, ein paar Tage? Hatte Maria die ganze Zeit über hier gesessen? Mit einem Mal fiel ihr ein, dass sie in großer Gefahr schwebte. Maria musste von ihrem Geheimnis wissen. Ursel blickte auf ihre Brust. Eine dünne, leichte Decke lag über ihrem Körper.

»Ich habe deine Wunde versorgt«, erklärte Maria. »Du hattest Glück. Das Wundgift hat sich noch nicht in deinem Körper ausgebreitet. Ich konnte den Eiter auswaschen und bekämpfen. Du hättest gleich zu mir kommen sollen.«

Ursel erstarrte. Maria wusste Bescheid. Warum hatte sie sie nicht gleich sterben lassen?

»Wo ist Gerold?«, fragte Ursel.

»Er ist immer noch mit Norbert unterwegs.«

»Du weißt …« Ursel beendete ihren Satz nicht.

»Es war nicht zu übersehen, dass du nicht der bist, der du vorgibst, zu sein.«

Ursel versuchte im Gesicht der Frau, die sie gepflegt

hatte, zu lesen. Aber wie immer gelang es ihr nicht. Marias Mimik verriet ihre Gedanken nicht.

»Schlaf jetzt«, befahl die alte Frau.

Obwohl Ursel tausend Fragen auf der Zunge lagen, fielen ihre Augen zu. Ihre Lider waren schwer, sie fühlte sich unendlich müde. Vielleicht lag es an den Kräutern, die Maria in die Tränke mischte, die sie Ursel verabreichte. Ursel war ihr dankbar für den heilsamen Schlaf.

Als sie das nächste Mal erwachte, war sie allein in der Hütte. Ihr Fieber war etwas gesunken, sie spürte es sofort. Immer noch lag sie in den Fellen auf dem Strohlager. Neben ihr stand ein Krug voll Wasser, diesmal waren keine Kräuter beigemengt. Gierig setzte sie sich auf, goss die Flüssigkeit in einen Becher und leerte ihn in einem Zug. Erschöpft ließ sie sich wieder auf das Schaffell gleiten und schlief abermals ein.

Es war bereits heller Tag, als lautes Hämmern sie aufweckte.

Maria saß wieder neben ihr und beobachtete sie. Sie hielt Ursels Hemd in den Händen und stopfte den Riss.

»Michel schmiedet gerade neue Pfeilspitzen. Ich denke, dass ein Teil davon für dich bestimmt ist«, erklärte sie.

Ursel rieb sich die Augen. Der Schmerz in ihrer Brust hatte nachgelassen. Es mussten Tage vergangen sein, seit man sie in die Hütte gebracht hatte.

So als könne Maria ihre Gedanken lesen, sagte sie: »Du hast drei Tage lang geschlafen. Höchste Zeit, dass du wieder munter wirst.«

Ursel versuchte sich zu erinnern. Sie hatte von ihrer Familie geträumt, und sie hatte sich mit Maria unterhalten. Die Frau kannte ihr Geheimnis. Oder war das Gespräch auch Teil ihrer Fieberfantasien?

Aber selbst wenn Maria Bescheid wusste, sie hatte sie gewaschen und gepflegt.

»Maria, weiß außer dir noch jemand …«, begann Ursel.

»… dass du nicht Reinharts Sohn, sondern seine Tochter bist?«, ergänzte Maria scharf.

Ursel nickte.

»Nein, im Moment bin ich noch die Einzige.«

Sollte Ursel sich erleichtert fühlen? Hätte Maria vorgehabt, sie zu verraten, hätte sie es gleich tun können. Dennoch traute sie Maria nicht.

»Hast du vor, Gerold davon zu erzählen?«, fragte sie vorsichtig.

»Nein, ich werde für dich schweigen«, sagte Maria. Sie legte das fertiggestopfte Hemd zur Seite. »Aber ich werde nicht für dich lügen. Du wirst dir etwas für deine Zukunft überlegen müssen.«

»Wie meinst du das?«

»Im Moment bist du Hans, der bartlose, kleine Zwerg, von dem niemand recht weiß, wie alt er eigentlich ist. Aber wie lange glaubst du, dass du die anderen täuschen kannst? Sie werden nicht ewig von dieser Rolle überzeugt sein. Irgendwann kommt einer von den Männern dahinter oder eine der Frauen, und dann, das kannst du mir glauben, wirst du dir wünschen, du hättest diese Lüge nie begonnen. Sie werden dich hassen, und sie werden dich töten. Keiner von ihnen wird für dich ein gutes Wort einlegen, denn du hast sie alle belogen.«

Ursel entgegnete nichts. Was hätte sie auch sagen sollen? Maria hatte recht, doch im Moment war sie zu schwach, um sich Gedanken über ihre Zukunft zu machen. Sie wollte schlafen, nichts als schlafen.

Maria stand auf und verließ die Hütte. Draußen hatte

leichter Nieselregen eingesetzt. Ursel konnte die feinen Tropfen hören, die auf die Blätter der Hasel neben der Hütte prasselten. Als Maria kurz darauf wiederkam, war ihr Kleid feucht und sie hielt in einer Hand eine Schüssel Gemüsesuppe, in der anderen ein Stück Brot.

»Du musst essen. Gerold kann jeden Augenblick zurückkommen, und dann solltest du sein Bett wieder verlassen haben. Ganz egal, ob du nun Hans oder seine Schwester bist. Er würde keinen der beiden hier dulden.«

Sie stellte die Schüssel neben Ursel ab.

»Warum wirst du mich nicht verraten?«, fragte Ursel.

Statt zu antworten, reichte Maria Ursel einen Löffel.

»Iss«, sagte sie. »Sonst verreckt dein Köter. Der Hund hat nichts gefressen, seit du hier auf dem Strohlager liegst.«

»Nero«, schoss es Ursel durch den Kopf. »Wo ist er?«

»Liegt vor der Tür und rührt sich keine Handbreit weg. Wer ihn verscheuchen will, riskiert es, gebissen zu werden.«

»Kann er denn nicht nur für einen Augenblick reinkommen?«

»Nein!«, sagte Maria entschieden. »Ich werde das Vieh nicht in meine Hütte lassen.«

Dann drehte sie Ursel den Rücken zu und ging nach draußen. Ihre eisgrauen Zöpfe wippten auf ihren Schultern. Ursel begann ihre Suppe zu löffeln. Nicht weil sie hungrig war, sondern weil sie es eilig hatte, wieder gesund zu werden.

Es dauerte zwei weitere Tage, bis sie sich stark genug fühlte, um aufzustehen. Die Wunde verheilte langsam. Ursel verzichtete noch auf ihr festgeschnürtes Brustband und verbarg ihren abgemagerten Körper unter einem

Mantel, den sie sich umhängte. Zum Glück hatte ein permanenter Schnürlregen, der jedes Jahr im Sommer einsetzte und manchmal wochenlang anhielt, die Hitze der letzten Wochen abgelöst. Ihr Mantel fiel nicht weiter auf.

Nero freute sich am meisten über ihre Genesung. Kaum hatte Ursel Gerolds Hütte verlassen, sprang der Hund auf und jaulte vor Freude. Er wedelte wild mit dem Schwanz und stupste sie immer wieder mit der Schnauze an. Vorsichtig, so als wisse er, dass sie noch nicht stark genug war, um an ihr hochzuspringen.

Ursel hatte sich keinen Augenblick zu früh erholt. Sie war erst ein paar Stunden auf den Beinen, als Peter die Ankunft von Gerold und Norbert ankündigte.

»Ich hab die zwei am oberen Flusslauf der Traun gesehen«, rief er wichtig, als er von der Jagd zurückkam. Statt eines saftigen Wildschweins hatte er einen ganzen Korb voll Pilze mitgebracht, worüber Hilde sich freute. Sie würde einen kräftigen Eintopf daraus bereiten und den Speiseplan, der in der Regel aus Fisch und Kaninchen bestand, aufbessern. Wenig später ritten die zwei angekündigten Männer ins Lager. Trotz des Regens liefen alle zusammen, um Gerold zu begrüßen. Der Anführer der Piraten genoss die Aufmerksamkeit, die ihm entgegengebracht wurde, sichtlich. Einem König gleich winkte er seinen Männern zu. Auch wenn seine mit Schlamm bespritzte Kleidung und sein schmutzverschmiertes Gesicht alles andere als königlich aussahen.

Ursel stand etwas abseits, gegen den Stamm einer dicken Eiche gelehnt. Das dichte Blätterdach schützte sie vor dem Regen. Ihr Blick glitt von Gerold zu dem schwerbeladenen Maultier, das er mit sich führte, und schließlich zu Norbert. Vor ihm auf dem Pferd befand sich eine merkwürdige Last. Sie musste die Augen zusammenkneifen, um zu erkennen, worum es sich handelte. Es war der Körper eines Menschen, eines gefesselten Mannes.

Ursel sprangen die dunkelbraunen Locken ins Auge, die den Kopf bedeckten, der leblos vom Körper des Pferdes hing und unkontrolliert hin und her baumelte. Sie kannte dieses Haar und hatte es schon einmal gesehen. Der Verletzte gehörte zu Graf Wilhelms Männern. Er hatte ihr die Wunde beschert, die sie immer noch schmerzvoll spürte. Im Moment wirkte der Gefangene mehr tot als lebendig.

»Seht her, wen wir vor ein paar Tagen im Wald aufgegriffen haben«, rief Gerold stolz.

Die Männer standen im Kreis um ihn und Norbert herum. Gerold suchte nach einem ganz bestimmten Gesicht.

»Wo ist der Zwerg?«, fragte er ungeduldig.

Peter zeigte auf Ursel, die immer noch an der Eiche lehnte.

»Komm her, Zwerg!«, rief Gerold. »Das ist der Mann, den du in den See gestoßen hast. Er ist der Sekretär von Graf Wilhelm. Der Kerl konnte schwimmen und hat es tatsächlich bis ans Ufer geschafft, aber das hat ihm auch nichts geholfen. Er hat sich in unseren Wäldern heillos verirrt.«

Die Piraten lachten. Ursel blieb der Laut im Hals stecken. Sie hatte gehofft, der Mann würde überleben. Es war ein völlig absurder Wunsch und entbehrte jeder Logik. Der Sekretär war Graf Wilhelms Mann und somit ihr Feind. Trotzdem rief eine kleine, leise Stimme in ihr, er solle überleben, zu viele Männer waren bei dem Überfall ums Leben gekommen. Der Sekretär hatte sie verletzen, aber nicht töten wollen.

Gerold glitt von seinem Pferd. So vorsichtig, wie er sich bewegte, ließ sich darauf schließen, dass seine Wunde am Oberschenkel lange noch nicht verheilt war. Er humpelte mit steifem Bein zu Norberts Pferd, packte seinen Gefangenen an den gefesselten Händen und zog ihn mit einem Ruck herunter. Der leblose Körper landete unsanft im Schlamm. Entweder war der Mann bereits tot oder bewusstlos. Auf seiner Stirn prangte eine tiefe, breite Wunde. Regen und Schlamm hatten sich mit dem noch frischen Blut vermischt.

»Warum hast du ihn mitgebracht?«, wollte Maria wissen. Auch sie trug einen Mantel. Das Kleidungsstück war aus weicher, feiner Wolle gearbeitet und einer Herzogin würdig, sicher handelte es sich um ein Geschenk von Gerold. Sie trat zu dem Gefangenen und kniete neben ihm nieder. Ihre Hand fühlte seinen Puls am Hals, sie nickte. Offenbar war er noch am Leben.

»Ich dachte, dass er uns lebend mehr nutzen kann als tot. Vielleicht will Graf Wilhelm ihn zurückhaben. Der Mann ist gebildet, er kann lesen, schreiben und rechnen. Es ist nicht so leicht, jemanden wie ihn zu finden, der kein Pfaffe ist«, sagte Gerold.

»Und du denkst, dass der Graf für seinen Schreiberling zahlen wird?«

Gerold zuckte die Schultern. »Umbringen kann ich ihn immer noch. Angeblich ist Graf Wilhelms letzter Sekretär bei Nacht und Nebel mit Frau und Kind davongelaufen. Sein Fortgehen hat großen Schaden verursacht, weil niemand seine Stelle ersetzten und seine Aufgaben erfüllen konnte. Graf Wilhelm wollte ihn zum Umkehren zwingen, aber dann ist der da aufgetaucht.« Er stieß den leblosen Mann mit der Fußspitze grob an.

»Wenn du ihn weiter hier im Regen liegen lässt, brauchst du dir darüber keine Gedanken mehr zu machen. Dann ist er tot, bevor Graf Wilhelm erfährt, dass er dein Gefangener ist«, meinte Maria. Sie stand auf und ging zu dem Maultier. Auf beiden Seiten des Tieres hingen riesige, prall gefüllte Säcke.

»Wir sollten die Säcke ins Trockene bringen«, sagte sie. Auch die anderen waren zum Maultier getreten und musterten die Ladung mit gierigen Augen. Der Gefangene war längst nicht so interessant wie der Inhalt der Säcke. Peter und Konrad machten sich daran, das Tier abzuladen.

Gerold hielt sie zurück. »Bringt zuerst den Gefangenen in eine der Hütten, und achtet darauf, dass er nicht entkommen kann.«

Ursel fragte sich, wie dieser halbtote Mensch fliehen sollte. Noch dazu, wo er an Händen und Füßen gefesselt war. Nur widerwillig ließen Peter und Konrad von den Säcken ab und wandten sich dem Gefangenen zu. Unsanft hoben sie den schlaffen Körper hoch. Peter erfasste die Hände, während Konrad die Füße nahm.

»Der Bursche ist schwer«, schnaufte Konrad. »Hast du ihn mit Steinen gefüllt?«

Gerold beachtete sein Jammern nicht. Der Kopf des Sekretärs sackte nach hinten, die braunen Locken hingen hinunter. Ursel verspürte Mitleid. Vielleicht lag es daran, dass sie selbst gerade erst ihr hohes Fieber bekämpft hatte und genau wusste, wie sich Schmerzen anfühlten.

Kaum war der Gefangene außer Sichtweite, trat Hilde nach vorn. Ihr Haar hing ihr in nassen Strähnen in die Stirn. Ihr Kleid klebte an ihrem Körper, einen Mantel wie Maria und einige der Männer besaß sie nicht. Aufreizend schwang sie die ausladenden Hüften, in die sie ihre Hände stemmte.

»Nun spann uns nicht länger auf die Folter und zeig schon her, was du gekauft hast«, forderte sie. »Ich hoffe du hast an die Nadeln und den Faden gedacht, um die ich dich gebeten habe. Sonst muss Michel weiter mit einem löchrigen Hemd herumlaufen.«

Noch bevor sie nach einem der Säcke greifen konnte, rief Gerold: »Finger weg!«

Aber er war gut gelaunt, statt Hilde auf die Hand zu schlagen, wie er es sonst wohl getan hätte, fasste er ihr an den Hintern und kniff sie. Hilde quietschte vergnügt.

Dann gab Gerold den Befehl, die Säcke abzuladen. Zwei der Männer trugen sie zum Essplatz in der Mitte des Lagers. Dort bot ein Dach aus Tannenreisig und Ästen Schutz vor dem Regen. Die Säcke landeten auf dem einfachen Tisch, der aus mehreren grob gehobelten und nur notdürftig zusammengenagelten Brettern bestand, die auf dicken Holzstämmen ruhten. Gerold öffnete den ersten Sack. Wie ein Vater, der seine Kinder beschenkt, präsentierte er den Inhalt. Norbert und er hatten Honig, Getreide, Hirse, zwei Schaffelle, Wolle, Nadeln und einen neuen Topf gekauft. Er reichte Maria eine Kordel, die sie für eines ihrer beiden Kleider benötigte. Bis auf die Nadeln, die Michel anfertigen konnte, handelte es sich um Gegenstände und Lebensmittel, die die Piraten selbst nicht herstellten. In einem Ledersack, den er an seinem Gürtel befestigt hatte, befand sich Geld.

»Die hier …«, er klopfte auf den Sack, worauf die Münzen darin klimperten, »… die teilen wir nach dem Essen auf. Jeder bekommt seinen Anteil.«

Hilde murrte, sie hätte gerne gleich ein paar Münzen zwischen den Fingern gespürt, aber sie musste sich, genau wie die anderen, noch gedulden.

Ursel sah zu, wie einer der Männer den Sack voll Getreide in eine der Hütten trug. Der Vorrat würde nicht lange reichen. Aber Gerold war vorsichtig. Als Gesetzloser konnte er nicht einfach mit dem Wagen zum Wochenmarkt fahren und eine volle Ladung Getreide kaufen. Die Wege, die ins Lager führten, waren außerdem zu schmal für einen Wagen. Gerold musste bei Männern einkaufen, die ihn entweder nicht kannten oder genau wussten, wer er war, und ihn gegen ein paar Münzen mehr nicht verrieten. Die Piraten ernährten sich zum größten Teil von Tieren, die sie jagten. Über Salz, um das Fleisch für den Winter zu konservieren, verfügten sie im Übermaß.

Ursel war nicht neugierig, was sich in den anderen Säcken befand. Auch Maria hatte ihr Interesse verloren. Sie widmete sich der Kordel, die Gerold ihr in die Hand gedrückt hatte. Genau wie Ursel stand sie etwas abseits.

»Willst du denn nicht nach dem Gefangenen sehen?«, fragte Ursel. »Der Mann sah mehr tot als lebendig aus. Er hat deine Hilfe bitter nötig.«

Maria konzentrierte sich weiter auf die Kordel in ihren Händen. »Vielleicht ist es besser für ihn, wenn er stirbt. Gerold geht mit seinen Gefangenen nicht gerade fürsorglich um.«

»Aber er will doch Lösegeld für ihn verlangen.«

Maria schaute von ihren Händen auf: »Und wer soll ihm die Forderung überbringen? Glaube mir, es ist für alle besser, wenn der Mann stirbt.«

Ursel biss sich auf die Lippen. Auch wenn Maria recht hatte, gefiel ihr ihre Antwort nicht.

»Soll ich ihm Wasser bringen?«, fragte sie.

»Er ist nicht mein Gefangener.« Maria schien mit der Qualität von Gerolds Geschenk nicht zufrieden zu sein.

»Was soll ich damit anfangen?«, schimpfte sie. »Das Material ist viel zu sperrig.«

Ursel sah auf das Knäuel in Marias Händen. Sie erinnerte sich an eine Szene aus ihrem alten Leben.

»Ottilia, die Kräuterfrau auf dem Gutshof, hatte auch so eine Kordel«, sagte Ursel. »Sie hat meine Freundin Irmgard gebeten, die Fäden für sie zu teilen.«

Für einen Moment hielt Maria in ihrer Bewegung inne. Ein Schatten legte sich über ihr Gesicht.

»Warum hat sie die Kordel nicht selbst geteilt?«, fragte sie. Ihre Stimme klang belegt.

»Ihre Hände waren vom Alter verkrüppelt. Ich glaube, sie hatte Schmerzen«, erklärte Ursel.

Maria hielt ihr Gesicht nun gesenkt, so dass Ursel es nicht sehen konnte. Sicher hatte sie sich den Schatten bloß eingebildet, Maria war unaufgeregt wie immer.

»Sie kann wohl kaum eine gute Kräuterfrau gewesen sein, wenn sie sich nicht selbst heilen konnte.«

»Die Menschen am Hof waren mit ihr zufrieden«, sagte Ursel.

»Mochtest du die Kräuterfrau?«, wollte Maria wissen.

Was für eine merkwürdige Frage, dachte Ursel, antwortete aber wahrheitsgemäß: »Eigentlich nicht.«

»Warum nicht? Hat sie dich nicht geheilt, wenn du krank warst?«

»Doch, das hat sie«, gab Ursel zu und erinnerte sich an einen besonders schlimmen Husten, von dem Ottilia sie befreit hatte. Ähnlich wie Maria, die sie in den letzten Tagen gesund gepflegt hatte. Dennoch hatte Ursel Ottilia nicht leiden können. Sie hatte sich vor ihr gefürchtet, ähnlich wie jetzt vor Maria. Möglich, dass alle Heilerinnen furchteinflößend waren, sie wussten mehr als andere

Menschen, vielleicht lag es aber auch daran, dass sowohl Ottilia als auch Maria ihren Mitmenschen wenig Einblick in ihre Gefühle gewährten.

»Sie war nicht besonders freundlich«, erklärte Ursel.

Maria begann geschickt ihre Kordel zu teilen. Sie war mit dem Ergebnis sichtlich zufrieden und lächelte.

»Freundlichkeit ist ein Luxus, der mit Glück einhergeht. Nicht jeder kann sich leisten, freundlich zu sein«, sagte sie, während sie die geteilte und aufgewickelte Kordel unter ihre Schürze steckte.

Ursel kehrte zum Ausgangsthema zurück.

»Ich werde Gerold fragen, ob ich dem Gefangenen Wasser bringen kann. Wirst du mich begleiten und nach ihm sehen?«

»Nein«, sagte Maria, drehte sich um und ließ Ursel allein zurück.

Kapitel 15

Lager der Salzpiraten, 952

Gerold saß auf einem der Holzstämme und war bestens gelaunt, als Ursel ihn wegen des Gefangenen ansprach. Er wirkte erleichtert, dass jemand freiwillig die Aufgabe übernahm.

»Pass auf, dass er uns nicht unter den Händen wegstirbt. Wäre jammerschade um das schöne Lösegeld«, sagte er und streckte vorsichtig beide Beine von sich. Der Beinling des verletzten Beins war dunkel vom eingetrockneten Blut und vom Dreck der Reise. Vielleicht eiterte die Wunde. Ursel war der Meinung, Gerold sollte seine Verletzung von Maria anschauen lassen. Aber sie würde sich davor hüten, ihm Ratschläge zu geben. Er musste selbst wissen, ob er Hilfe benötigte. Hilde brachte ihm einen vollen Becher Bier, den er entgegennahm und in einem Zug leerte. Mit dem Handrücken fuhr er sich über die Lippen, er schmatzte, dann stellte er den Holzbecher geräuschvoll auf dem Tisch ab.

»Norbert hat den Burschen ein bisschen fester angepackt. Das war der feine Pinkel nicht gewöhnt.« Gerold lachte über seine Worte, die er für einen gelungenen Scherz hielt. Norbert neben ihm stimmte laut ein. Auch er hatte bereits Bier getrunken. Seine Wangen waren gerötet.

»Hat Spaß gemacht, dem Schreiberling zu zeigen, wer der Herr in diesen Wäldern ist«, prahlte er.

Auch nach zwei Jahren im Lager der Piraten hatte Ursel sich nicht daran gewöhnt, dass einige Männer Freude daran hatten, andere Menschen zu erniedrigen und ihnen Leid zuzufügen. Manchmal, wenn ihnen langweilig war, schlugen sie sich gegenseitig. Nicht selten kam es dabei zu schweren Verletzungen. Erst im Frühjahr hatte Norbert Rolfs Nase gebrochen. In diesen Situationen war es wichtig, rechtzeitig das Weite zu suchen. Auch jetzt entfernte sich Ursel rasch, damit sie die Unterhaltung nicht weiter mit anhören musste.

Ausgestattet mit einem Krug Wasser, einem sauberen Tuch und einem Becher machte sie sich auf den Weg zum Gefangenen. Nero lief neben ihr und versuchte nach dem Tuch zu schnappen, das über ihren Arm hing.

»Hör auf, Nero!«

Man hatte den Mann in eine der Hütten gebracht, die bloß ein niedriger Verschlag aus windschiefen Ästen und ungehobelten Brettern waren. An der Tür, einer Konstruktion aus mehreren kleinen Holzplatten und dünnen Ästen, an denen teilweise noch verwelkte Blätter hingen, war ein massiver Riegel befestigt. Ursel hob ihn hoch, schob ihn zur Seite, öffnete die Tür und trat ein. Obwohl sie nicht besonders groß war, musste sie sich bücken, um nicht an der Decke aus Schilf anzustoßen. Es war finster und roch modrig nach feuchter Erde und Pilzen. Durch die Ritzen in den Wänden tropfte Regen. Es war kalt. Ursels Augen brauchten eine Weile, bis sie sich an die Dunkelheit gewöhnt hatten. Der Gefangene lag zusammengekauert auf der festgestampften Erde in einer der Ecken. Michel oder Peter hatten seine gefesselten Handgelenke mit einem Seil, das über seinen Rücken lief, mit den gefesselten Knöcheln verbunden. Das Seil endete in einer Schlinge um seinen Hals. Sobald der Mann sich bewegte, schnürte er sich die Luft ab. Ob Gerold diese Art der Fesselung angeordnet hatte?

Ursel kniete sich in einigem Abstand zu ihm auf den Boden und betrachtete ihren Angreifer aufmerksam. Wie alt mochte er sein? Fünfundzwanzig, sechsundzwanzig? Sicher nicht älter.

Trotz seiner gekrümmten Haltung wirkte er groß. Sein Körper war sehnig und muskulös, aber eher schmal. Obwohl er seit Tagen keine Möglichkeit zur Rasur gehabt hatte, bedeckte nur ein leichter Flaum seine Wangen und seine Oberlippe. Auf der rechten Wange, direkt unterhalb des Wangenknochens, befand sich eine alte Narbe. Im Gegensatz zu seiner leicht gebräunten Haut war sie hell. Ungewöhnlich lange Wimpern zuckten bei jedem seiner Atemzüge. Seine Augen waren geschlossen. Eine tiefe Wunde zog sich über seine rechte Schläfe und reichte bis zum Wangenknochen. Sie musste relativ frisch sein, denn das Blut war nur zum Teil getrocknet. Zur Wange hin glänzte das Rot, während seine zuvor noch nassen Locken bereits getrocknet waren. Womit hatte Norbert den Mann verletzt? Mit dem Knauf seines Schwertes oder mit seiner Faust? Die Wunde war nicht entzündet. Die Bewusstlosigkeit musste von dem Schlag oder einer anderen Verletzung, die sie nicht sehen konnte, herrühren.

Nero näherte sich neugierig dem Gefangenen. Er schnupperte an seinem Haar und wedelte dabei freundlich mit dem Schwanz. Offenbar mochte er den Geruch des Fremden. Gerade als er ansetzte, mit der Zunge über seine Nase zu schlecken, öffnete der Mann seine Augen. Sie waren trotz der schlechten Lichtverhältnisse im Raum von einem strahlenden Blau. Seine Pupillen waren geweitet. Was hatte Ottilia zu großen Pupillen gesagt? Waren sie ein Zeichen für eine schwere Verletzung im Kopf? Ursel konnte sich nicht mehr erinnern.

Nero wich zurück, wedelte aber weiter mit dem Schwanz. Orientierungslos blickte der Gefangene sich um. Er versuchte sich zu bewegen, unterließ es aber sofort wieder, als er bemerkte, dass er sich selbst würgte. Geräuschvoll rang er nach Luft. Er hustete. Dann fiel sein Blick auf Ursel. Sie erschrak ob der intensiven Farbe seiner Augen. Überraschung war darin zu lesen. Er erkannte sie wieder.

»Der Junge vom See«, flüsterte er leise. »Ich bin froh … dass es dir gutgeht.« Er machte eine Pause, um nach Luft zu schnappen. Das Reden strengte ihn an. »Ich bin gestolpert … und ausgerutscht.« Entschuldigte er sich gerade, weil er sie verletzt hatte?

Seine Lippen waren aufgesprungen und blutig.

»Meine Wunde heilt bereits«, sagte Ursel. »Ich habe frisches Wasser und ein sauberes Tuch dabei. Wenn Ihr wollt, kann ich Eure Wunde säubern.«

»Du willst meine Stirn verbinden?« Er lächelte. »Hätte ich gewusst, dass … man … im Lager der Salzpiraten … so gut versorgt wird …«, wieder hustete er, »… dann wäre ich eher gekommen.«

Ursel verzog den Mund. Der Mann verfügte über einen merkwürdigen Humor.

»Ich glaube … ich … würde das Wasser lieber trinken. Meine Kehle ist völlig ausgetrocknet.« Die letzten Worte waren so leise, dass Ursel sie kaum verstand. Sie stellte den Becher am Boden ab. Während sie Wasser aus dem

Krug einschenkte, überlegte sie, wie sie es bewerkstelligen sollte, dass der Gefangene trinken konnte. Im Liegen würde sie ihn bloß nass machen. Sobald er seinen Kopf nach hinten beugte, würde das Seil sich noch enger um seinen Hals ziehen.

Sie kniete sich vor dem Mann nieder. Er versuchte sich aufzusetzen, röchelte und hustete. Sein Gesicht lief dunkelrot an, seine Augen weiteten sich.

»Haltet um Himmels willen still«, forderte Ursel. »Ihr erwürgt euch noch selbst.«

Sie ging auf die Knie und krabbelte hinter ihn. Entschlossen lockerte sie den Knoten des Seils, das die Fesseln miteinander verband. Augenblicklich ließ der Druck am Hals des Gefangenen nach.

»Danke«, schnaufte er erleichtert und stieß lautstark Luft aus.

Ursel fädelte das Seil vollständig aus, es hing nun lose von seinem Hals, während seine Hände und Füße weiter gefesselt waren.

»Ich denke, das reicht«, entschied sie. »Weglaufen könnt Ihr auch so nicht.«

Ursel half dem Gefangenen, sich aufzusetzen. Die Bewegung schien ihm große Schmerzen zu bereiten, er presste die Augen zusammen und atmete flach. Als er saß, lehnte er sich gegen die schiefe Bretterwand. Das Holz knarrte unter seiner Last. Vorsichtig legte er den Kopf zurück und öffnete die Augen wieder. Eine dunkelbraune Strähne hing ihm in die Stirn. Sie kringelte sich am Ende.

»Hier!« Ursel reichte ihm den Becher. Umständlich umfasste er ihn mit den gefesselten Händen und führte ihn zum Mund. Dabei verschüttete er einen Teil der Flüssigkeit. Langsam trank er, machte eine Pause und setzte wieder an. Ursel konnte hören, wie er schluckte. Neugierig beobachtete sie ihn. Als er den Becher zurück auf den Boden stellte, war er leer.

»Wollt Ihr noch mehr?«, fragte sie.

Er bewegte den Kopf langsam von einer zur anderen Seite und schloss wieder die Augen. Auf seiner Stirn bildeten sich kleine Schweißtropfen. Dennoch schien ihm kalt zu sein, er zitterte.

»Was hat Gerold mit mir vor?«

»Ich weiß es nicht«, antwortete Ursel ehrlich. »Vielleicht schickt er jemanden zu Graf Wilhelm mit einer Lösegeldforderung.«

Der Mann lachte, ohne die Augen dabei zu öffnen.

»Was ist daran lustig?«, fragte sie.

»Warum sollte Graf Wilhelm für mich Geld bezahlen? Damit er mich eigenhändig umbringen kann und die Arbeit nicht dir und deinen Männern überlassen muss? Ich habe es nicht geschafft, sein Salz sicher nach Gmunden zu bringen, und nebenbei auch noch eine Schatulle mit einem kleinen Vermögen verloren. Der Graf wird mich für den Verlust verantwortlich machen. Er ist weder ein besonders freundlicher noch ein großzügiger Mann.«

»Vielleicht erhofft er sich Informationen über unser Versteck.«

Wieder lachte der Gefangene.

»Das ist eine großartige Idee!« Für einen kurzen Moment öffnete er die Augen. Winzige Lachfältchen bildeten sich darum. Er schien oft und viel zu lachen, denn die Fältchen wurden zwar weniger, aber sie verschwanden auch dann nicht vollständig, als er wieder ernst war und seine Augen erneut schloss.

»Ich bin zwei Tage plan- und orientierungslos durch den Wald geirrt, und gerade ich soll Graf Wilhelm erzählen, wo sich euer Lager befindet. Falls Gerold glaubt, dass er für mich Geld kriegt, dann jagt er einem Hirngespinst nach.«

Ursel war überrascht. Vor ihr saß ein Mann, der nicht nur eigene Schwächen zugab, sondern auch über sie lachte.

»Wie auch immer«, sagte sie. »Auf alle Fälle hat Gerold vorerst nicht vor, Euch zu töten.«

»Das ist höchst erfreulich und gibt Grund zur Hoffnung. Ich sollte ihn in dem Glauben lassen, dass ich ihm Geld bringen werde.«

»Soll ich nun Eure Wunde auswaschen?«

»Ich will nicht undankbar erscheinen. Aber die Wunde ist im Moment mein geringstes Problem. Mein Schädel dröhnt von dem Schlag, den ich bekommen habe, mir ist schlecht, und wenn mein Magen nicht seit Tagen leer wäre, würde ich mich auf der Stelle übergeben.«

»Ich werde Euch etwas zu essen bringen«, sagte Ursel, stand wieder auf und ging in gebeugter Haltung auf den Eingang der Hütte zu. Nero folgt ihr. Als sie die Tür erreicht hatte, hielt der Gefangene sie mit einer Frage zurück.

»Wie heißt dein Hund?«

»Nero.« Sie drehte sich zu ihm um. Nun hatte er seine Augen wieder offen, und sie konnte sich an dem strahlenden Dunkelblau nicht sattsehen. Es erinnerte sie an einen wolkenlosen Himmel im Spätsommer oder an ein Feld voll Kornblumen.

»Wie der römische Kaiser, der Rom niederbrennen ließ, um es hinterher nach seinen Vorstellungen wieder aufbauen zu lassen?«, fragte er.

Ursel war irritiert. »Ich dachte, er hätte die Christen verbrennen lassen.«

»Ist das der Grund, warum du ihm den Namen gegeben hast?«

Sie presste ihre Lippen zusammen. Es ging den Gefangenen nichts an, warum sie ihren Hund Nero genannt hatte, und noch weniger, warum sie alle Christen hasste und nie wieder zu ihrem Gott oder dessen Sohn am Kreuz beten würde, doch ihre Neugier war geweckt. Der Schreiberling wusste mehr über die Welt außerhalb des Piratenlagers als alle anderen Männer hier.

Ohne zu antworten, verließ sie die Hütte und schloss die Tür hinter sich. Sie schob den Riegel wieder vor, dann hielt sie ihr Gesicht in den feinen Nieselregen. Der Himmel war immer noch grau und wolkenverhangen, Nebel hing über den Bäumen. Hinter dem dichten, nassgrünen Wald gab es eine andere Welt. Eine, in der nicht Gerold bestimmte. Eine Welt, in die sie eines Tages als Frau zurückkehren wollte. Aber würde sie sich nach den Jahren bei den Piraten darin noch zurechtfinden?

Während der nächsten zwei Tage erholte der Gefangene sich überraschend schnell. Er war ein zäher Bursche, dessen Schädel härter war, als es den ersten Anschein gehabt hatte. Wenn Ursel bei ihm war, lockerte sie seine Fesseln, so dass er seine Gelenke ein bisschen bewegen konnte. Angst, dass er sie überwältigen könnte, hatte sie nicht. Zum einen hockte Nero neben ihr und beobachtete den Mann. Zum anderen schien der Gefangene zu wissen, dass seine Chancen, das Lager lebend verlassen zu können, sehr gering waren. Einer der Männer würde ihn sehen oder seine Flucht beenden, sobald sie entdeckt würde.

Im Gegenzug forderte sie von ihm, ihr von der Welt außerhalb des Piratenlagers zu erzählen, von Städten, durch die er gereist war, und Menschen, denen er auf seinem Weg begegnet war. Sie verbrachte mehr Zeit mit ihm, als eigentlich notwendig war, was nicht nur an seinen Geschichten lag, sondern auch damit zu tun hatte, dass sie seine ruhige, besonnene Art mochte. Er war gebildeter als alle Männer, denen sie bisher begegnet war, und verfügte über mehr Wissen als der Mönch, den ihr Vater auf den Gutshof geholt hatte, damit er ihr und ihren Brüdern das Lesen und Schreiben beibrachte. Der glatzköpfige Benediktiner, dessen Bauch vom übermäßigen Essen und Trinken so riesig wie der eines Wirtes gewesen war, konnte zwar Gebete rezitieren, von römischen Philosophen und Dichtern hatte er jedoch keine Ahnung gehabt.

»Woher habt Ihr all dieses Wissen?«, hatte Ursel den Gefangenen gefragt und eigentlich erfahren wollen, wo und vor allem weshalb er unterrichtet worden war. Doch er hatte bloß geantwortet: »Ich habe die Schriften längst verstorbener Kaiser und Philosophen gelesen.« Mehr hatte er nicht über sich preisgegeben.

Trotz der langen Gespräche kannte Ursel bis jetzt weder seinen Namen, noch wusste sie, wo er geboren war oder aus welcher Familie er stammte. Aber er schien dankbar für die Unterhaltungen mit ihr zu sein. In Ursel hatte er einen Gesprächspartner, der ihn von der Tristesse der Gefangenschaft ablenkte. Jedes Mal, wenn sie bei ihm war, versuchte er den Zeitpunkt ihres Gehens noch ein Weilchen hinauszuzögern, indem er mit einer neuen Geschichte anfing.

Am dritten Tag seiner Gefangenschaft wollte er wissen, wie sie hieß.

»Die Männer nennen dich Zwerg«, sagte er. »Wie heißt du wirklich?«

»Hans. Und Ihr?«

»Steffen.«

»Hans«, wiederholte er und musterte sie dabei neugierig, so als schenkte er ihren Worten keinen Glauben.

»Was gefällt Euch an meinem Namen nicht?«, fragte sie spitz.

»Der Name ist einwandfrei«, sagte er. »Ich frage mich, ob du Hans, der Sohn von Reinhart, bist.«

Überrascht richtete Ursel sich auf. »Woher kennt Ihr den Namen meines Vaters?« Genau wie er hatte sie bisher darauf geachtet, nichts von sich selbst oder ihrer Vergangenheit zu erzählen.

»Die Wände dieser Hütte sind äußerst dünn und mein Alltag nicht sonderlich abwechslungsreich. Sobald ich allein bin, bleibt mir gar nichts anderes übrig, als den Geräuschen und Stimmen außerhalb dieser schiefen Wände zu lauschen.« Er saß mit angewinkelten Beinen an die Wand gelehnt. Die Wunde an seiner Schläfe heilte bereits ab. Seine Locken waren aus seinem Gesicht gestrichen, und ein kleines Lächeln lag auf seinen vollen Lippen.

»Wer hat meinen Vater erwähnt und in welchem Zusammenhang?«, wollte Ursel wissen.

»Ich glaube, es war der junge Bursche mit den hellgrünen Augen. Er scheint dich nicht sonderlich zu mögen und ist der Meinung, dass Gerold dich bevorzugt, eben weil du der Sohn eines gewissen Reinhart bist.«

»Peter«, schnaufte Ursel verächtlich. »Er sieht Gespenster. Gerold behandelt mich genauso mies wie alle anderen auch. Wenn er jemanden bevorzugt, dann ausschließlich sich selbst.«

Der Gefangene schob ein kleines Steinchen zwischen seinen gefesselten Händen hin und her. Er musterte sie weiterhin mit unverhohlener Neugier. Die Eindringlichkeit seines Blicks machte Ursel nervös.

»War dein Vater jener Reinhart, dessen Gutshof samt Bewohnern vor zwei Jahren in Flammen aufgegangen ist?«

»Was wisst Ihr von dem Überfall?« Die Worte schossen aus ihrem Mund. Auch wenn die Bilder sie nachts quälten und ihr manchmal stundenlang den Schlaf raubten, hatte sie seit ihrer Ankunft im Lager der Piraten nicht mehr über die schreckliche Johannisnacht gesprochen.

»Ich weiß nichts von einem Überfall«, gab er zu. »In Hallstatt hat einer der Bergarbeiter einen tragischen Vorfall auf der Halbinsel erwähnt, bei dem Menschen ums Leben gekommen sind. Er erwähnte einen Reinhart und einen Gutshof. Als ich gestern den Namen erneut hörte, fing ich an, nachzudenken.«

Eine Zeitlang schwiegen beide.

Aber Ursel konnte im Gesicht des Gefangenen sehen, dass ihm weitere Fragen auf der Zunge lagen.

Schon sprach er sie aus: »Was für ein schreckliches Unglück hat zu dem Feuer geführt, bei dem dein Vater ums Leben kam?«

Ursel schnappte nach Luft.

»Ist es das, was man sich in Hallstatt erzählt?« Sie konnte nicht glauben, dass niemand wusste, was tatsächlich passiert war. Der Ort war nur wenige Schiffstunden von hier entfernt.

»Es ist das, was man mir berichtet hat.«

»Dann hat man Euch belogen.«

Steffen neigte den Kopf zur Seite. »Wahrscheinlich

nicht die einzige Lüge«, meinte er säuerlich. »Was ist tatsächlich passiert, wenn es kein Unfall war?«

Ursel biss sich auf die Unterlippe. Es war eines, den Erinnerungen ausgesetzt zu sein, aber etwas ganz anderes, über die schreckliche Nacht zu reden. Die Piraten fragten nicht nach. Jeder der Männer hatte seine eigene grausame Vergangenheit, und die meisten von ihnen schwiegen darüber. Jetzt aber musste Ursel reden. Sie konnte die Lügengeschichten von Graf Wilhelm nicht unkommentiert lassen. Also holte sie tief Luft und versuchte sich gegen die Bilder zu wappnen, die sie gleich heimsuchen würden.

»Graf Wilhelm ließ den Hof überfallen und alle töten, um an der Stelle ein Kloster zu errichten. Der Boden ist mit dem Blut unschuldiger Menschen getränkt«, sagte sie knapp und so leise, dass ihre Worte kaum hörbar waren.

Der Gefangene verstand sie dennoch, schien aber von ihrer Wahrheit nicht überzeugt. Er schüttelte den Kopf: »Warum hätte er das tun sollen? Er hätte das Kloster an jeder anderen Stelle errichten können.«

Sein Zweifeln schürte Ursels Zorn und bewahrte sie vor den schrecklichen Erinnerungen. Sie richtete sich empört auf, musste wegen der niedrigen Decke aber den Kopf einziehen und stand in gebeugter Haltung. Ihre Hände ballten sich zu Fäusten.

»Er wollte meinem Vater keinen Wegzoll zahlen. Weil er ein Kloster bauen lässt, ist die Welt bereit, seine Lügengeschichte vom Unfall zu glauben. Aber es war ein hinterhältiger, kaltblütiger Überfall, bei dem alle am Hof abgeschlachtet worden sind wie Vieh.« Ursel spuckte die Worte aus wie verdorbenes Essen.

»Alle sind tot?«, fragte Steffen immer noch ungläubig.

»Alle, bis auf mich.«

Langsam machte sich Betroffenheit und Fassungslosigkeit auf dem Gesicht des Gefangenen breit. Vielleicht war es die tiefe Traurigkeit, gepaart mit der Wut in ihren Augen, die ihn überzeugte.

»Wenn Graf Wilhelm erfährt, dass du am Leben bist, wird er versuchen, dich mundtot zu machen.«

»Graf Wilhelm will alle Salzpiraten töten«, gab Ursel unbekümmert zurück.

»Das stimmt, aber an deinem Tod hätte er besonderes Interesse.«

»Wer sollte ihm von meiner Existenz erzählen?« Noch während sie sprach, wurde ihr klar, dass der Gefangene dieser Jemand sein könnte. Falls Gerold ihn freilassen würde.

Sie hielt inne, und er schien ihre Gedanken zu erraten.

»Ich werde dich nicht verraten«, sagte er rasch. »Sollte ich diesen gastfreundlichen Ort lebend verlassen, werde ich mich so rasch als möglich nach einem Dienstgeber umsehen, an dessen Händen weniger Blut klebt.«

Er verzog den Mund zu einem schiefen Grinsen und fügte hinzu: »Dein Geheimnis ist bei mir sicher.«

Er betonte das Wort »Geheimnis« auf eine Weise, die Ursel aufhorchen ließ. Besser, sie ging, bevor sie ihm noch mehr von sich erzählte.

Sie winkte Nero zu sich, der friedlich in einer Ecke lag. Sobald sie sich umdrehte, sprang der Hund auf und folgte ihr. Als Ursel bei der Tür war, drehte sie sich noch einmal um.

»Ich vertraue nur mir selbst, und das solltet Ihr auch tun.«

Er setzte zu einer Erwiderung an, aber Ursel hörte sie nicht mehr, sie brauchte dringend frische Luft und trat ins

Freie, wo es immer noch feucht, kalt und grau war. Über dem Traunsee lag eine dichte, schier undurchdringbare Nebelschicht, hinter der das andere Seeufer und der Traunstein verborgen lagen. Meistens gelang es Ursel, die Bilder ihrer sterbenden Familie hinter einen ebenso dichten Schleier zu drängen. Aber bereits ein kurzes Gespräch reichte, um den Nebel zu lichten, die Wunden darunter erneut aufzureißen und die schreckliche Erinnerung so präsent werden zu lassen, als hätte das Massaker erst gestern stattgefunden.

Kapitel 16

Lager der Salzpiraten, 952

Auch während der nächsten Tage ließ der Regen nicht nach. Dic Männer wurden trotz der reichen Beute, die sie erst gemacht hatten, zunehmend unzufrieden und mürrisch. Das schlechte Wetter übertrug sich auf ihre Gemüter. Ursel versuchte ihnen aus dem Weg zu gehen. Vor allem Peter, der für gewöhnlich seine schlechte Laune am liebsten an ihr ausließ.

Wie nach jedem Raubüberfall teilte Gerold die Beute in Form von Münzen unter den Männern auf. Je nachdem, was jeder geleistet hatte, bekam er seinen Lohn ausbezahlt. Ursels Anteil war diesmal höher als gewöhnlich.

»Warum kriegt der Zwerg so viele Münzen?«, beschwerte sich Peter.

»Er hat den ersten und vielleicht entscheidenden Schuss mit seinem Bogen abgeschossen. Der Pfeil hat den Mann getroffen und die Mannschaft auf dem Schiff demoralisiert.«

»Er hat den Kerl nicht mal getötet!«

Gerold schenkte Peters Jammern keine weitere Beachtung und widmete sich einem Flaschenzug, den Michel gemeinsam mit Konrad gebaut hatte, um Holz für einen neuen Ausguck in die Baumkrone einer Fichte zu bringen.

Peter zog beleidigt ab, akzeptierte die Erklärung aber überraschend schnell. Wann immer er an Ursel vorbeiging, rechnete sie mit einem Schlag auf den Kopf oder in die Seite. Sie wich vorsichtshalber aus. Aber Peter schlug nicht zu. Dafür warf er ihr misstrauische Blicke zu, wann immer er sich unbeobachtet fühlte. Ursel war sich nicht sicher, was ihr unangenehmer war. Peters wachsendes Interesse oder seine offen zur Schau gestellte Abneigung.

Währenddessen schien Gerold den Gefangenen vergessen zu haben. Nur ein einziges Mal ging er zu ihm, verließ die Hütte aber rasch wieder. Die Versorgung des Mannes überließ er Ursel. Seine eigene Verletzung machte ihm zu schaffen, aber das wollte und konnte er nicht zugeben. Maria hatte alle Hände voll zu tun, den Anführer der Piraten dazu zu bewegen, ruhiger zu treten und die Wunde ausheilen zu lassen. Das anhaltende schlechte Wetter half ihr dabei.

An einem besonders verregneten Nachmittag verließ Ursel für ein paar Stunden das Lager, das sich in einen Ort des Morasts und Schlamms verwandelt hatte. Sogar in den Hütten war der Boden aufgeweicht und feucht. Sie wollte zu ihrem Lieblingsplatz. Auch auf Neros Gemüt schien sich das Wetter geschlagen zu haben. Anders als sonst waren seine Ohren schlaff, und sein Schwanz wedelte nur langsam, fast träge, dennoch begleitete er Ursel. Die lief zielstrebig los. Auf den Farnen und Gräsern hingen dicke Regentropfen. Schon nach kurzer Zeit war sie völlig durchnässt. Als sie bei der Quelle ankam, fror sie. Der Regen hatte ihren Mantel in eine nasse Decke verwandelt, die schwer und kalt auf ihren Schultern lag. Es würde Stunden dauern, bis alles wieder trocken war.

Ursel ging zu einem der flachen Steine, die sich unterhalb der Kiefer befanden. Den herzförmigen schob sie zur Seite und lockerte die nasse Erde darunter mit den bloßen Fingern. Dreck sammelte sich unter ihren kurzen Fingernägeln. Für einen Moment musste sie schmunzeln. Was hätte Barbara gesagt, wenn sie mit diesen Händen nach Hause gekommen wäre?

Ihre Finger ertasteten das weiche Leder, nach dem sie gesucht hatte. Es enthielt ihren Schatz. Behutsam nahm sie das Päckchen heraus und entfaltete das Leder. Acht große und zehn kleinere Münzen lagen darin. Dazu kamen die sechs Münzen, die Gerold ihr nach dem Überfall gegeben hatte. Unterschiedliche Symbole waren darauf zu sehen. Eine der Münzen zierte ein Kopf. Ob die besonders wertvoll war?

Seit Maria sie gesundgepflegt hatte, gingen Ursel die Worte der Frau nicht aus dem Kopf, so auch jetzt. »Du wirst die Männer nicht ewig täuschen können.« Bisher hatte Ursel es vermieden, über ihre Zukunft nachzudenken. Sie war damit beschäftigt gewesen, zu überleben. Jeden Tag aufs Neue. Sie hatte sich behaupten müssen und immer wieder beweisen, dass sie es wert war, Teil der Gruppe zu sein. Aber ihre Verletzung hatte ihr deutlich vor Augen geführt, wie filigran ihre scheinbare Sicherheit im Lager der Piraten war. Eine Verletzung, eine Krankheit, und schon lief sie Gefahr, dass ihre Verkleidung aufflog.

Reichten ihre Münzen bereits, um sie bis nach Regensburg zu bringen, zu Notburga, einer Frau, von der sie bloß den Namen kannte? Was, wenn die Tante nicht mehr am Leben war oder von ihr nichts wissen wollte?

Ursel legte die Münzen zurück ins Leder, schlug es zusammen und bettete ihren kleinen Schatz wieder ins Loch. Sie schaufelte mit den Händen sorgfältig Erde darüber. Dann drückte sie das Erdreich fest und schob den Stein zurück. Als sie fertig war, hörte sie hinter sich ein Rascheln. Erschrocken fuhr sie herum. Hatte sie jemand beobachtet? Am Ende wieder Peter? Er war ihr schon einmal hierher gefolgt. Vielleicht sollte sie sich einen anderen Platz suchen. Nero neben ihr blieb völlig unbeeindruckt. Vielleicht hatte Ursel sich geirrt. Seit Maria von ihrem Geheimnis wusste, war sie vorsichtiger geworden. Sie untersuchte die Brombeerhecke und die Haselnusssträucher. Aber sie konnte nichts entdecken. Wahrscheinlich war sie einfach nur überängstlich und nervös.

Wer könnte ihr über den Wert der Münzen Auskunft geben? Sicher wusste Steffen, der Gefangene, darüber Bescheid. Er könnte ihr auch sagen, ob das Geld reichte, um bis nach Regensburg zu gelangen. Sie schalt sich selbst eine Närrin. Warum war sie nicht gleich darauf gekommen? Also schob sie den Stein erneut zur Seite und begann, noch einmal zu graben. Nero hielt ihr Tun für ein Spiel und beteiligte sich begeistert daran.

Schon nach kurzer Zeit hielt Ursel das Leder samt kostbarem Inhalt wieder in der Hand und band es unter ihrem Hemd an ihrem Gürtel fest.

Sie winkte Nero zu sich, der gerade eine Maus oder einen Maulwurf entdeckt hatte und seine Schnauze in einem Loch unterhalb der Kiefer vergrub. Er reagierte nicht sofort, und so musste Ursel noch einmal rufen, als sie plötzlich das Geräusch von Hufschlägen wahrnahm. Mit einem Satz war sie bei Nero und zog ihren Begleiter unter einen großen Farn. Nur widerwillig kam der Hund mit. Auf den ausladenden Blättern der hellgrünen Pflanze hingen Regentropfen, die nur darauf warteten, ihr in den Kragen und Nero auf den Kopf zu tropfen.

Vorsichtig spähte Ursel in die Richtung, aus der die Huftritte kamen. Der weiche Waldboden dämpfte die Geräusche, die sich rasch näherten. Ein einzelner Reiter kam direkt auf ihr Versteck zu. Ursel erkannte das Pferd, es war Gerolds brauner Hengst, ein besonders schönes und kluges Tier. Es fand seinen Weg auch ganz allein zurück zum Lager, und das, obwohl die Piraten ihren Standort von Zeit zu Zeit wechselten. Wohin wollte der Anführer jetzt, im strömenden Regen? Er sah weder Ursel noch Nero und ritt knapp an ihnen vorbei. Mit Sicherheit hatte er sie nicht bemerkt, denn sonst hätte er angehalten und ihr wieder Vorhaltungen gemacht, dass sie sich ohne Erklärung oder Entschuldigung vom Lager entfernt hatte. Ursel wollte keinen Ärger bekommen, kauerte sich noch kleiner zusammen und machte sich beinahe unsichtbar. Erst als Gerold so weit entfernt war, dass er sie nicht mehr sehen konnte, kroch Ursel aus ihrem Versteck.

Ihr Blick folgte ihm, und erst jetzt entdeckte sie einen schmalen Pfad oberhalb der Quelle. Offenbar waren in den letzten Tagen schon einmal ein oder zwei Pferde über den Weg geritten. Halme und dünne Äste waren abgebrochen und Blätter niedergedrückt. Die meisten lagen schon länger geknickt am Boden. Nur ein geschultes Auge konnte die Spuren lesen, aber Ursel hatte den Großteil ihres Lebens im Wald verbracht. Der Weg hätte ihr schon zuvor auffallen müssen. Doch sie war so sehr mit ihren Münzen beschäftigt gewesen, dass sie ihn nicht bemerkt hatte.

Gerold war jetzt nur noch ein kleiner Punkt im Dickicht. Er folgte dem Pfad, bis der Weg an einer steilen Felswand endete. Neugierig klettert Ursel auf einen umgestürzten Baum, um zu sehen, was der Anführer dort machte. Seit jeher fiel es ihr leichter, Ziele in weiter Entfernung auszumachen, als etwas, das sich unmittelbar vor ihrer Nase befand. Vielleicht war das einer der Gründe, warum Ursel lieber mit Pfeil und Bogen hantierte als mit Nadel und Faden. Gerold hielt sein Pferd an und ließ sich umständlich vom Rücken des Tieres auf den Boden gleiten. Verstohlen sah er sich um. Hatte er Angst, beobachtet zu werden? Sie zog den Ast, der sie verdeckte, noch weiter nach unten. Gerolds Blick glitt an ihr vorbei. Jetzt band er seinen Hengst an einem Busch fest und trat auf die Felswand zu. Er bückte sich mit ruckartigen Bewegungen. Seine Wunde bereitete ihm sichtlich Schmerzen. Gerold griff nach den Zweigen des Weißdornbuschs vor sich und zog sie zur Seite. Er ging noch weiter in die Knie, schob sich zwischen den Ästen hindurch. Hinter dem Busch waren mehrere faustgroße Steine übereinandergestapelt. Er nahm einen nach dem anderen und legte ihn zur Seite. Eine Öffnung im Fels kam zum Vorschein, eine Höhle. Soweit Ursel wusste, kannte niemand im Lager diesen Ort. Zumindest war in ihrer Gegenwart noch nie davon geredet worden. Jetzt ging Gerold zurück zu seinem Pferd, holte einen Sack, der am Sattel befestigt war. Er schien schwer zu wiegen, denn Gerold brauchte beide Hände, um ihn zuerst vor sich abzustellen, dann trug er ihn zu der kleinen Höhle und schob ihn durch die Öffnung in der Felswand. Was versteckte er hier? Während Ursel darüber nachdachte, was sich wohl in dem Sack befand, wurde der Regen noch stärker. Es war, als gösse jemand eimerweise Wasser vom Himmel. Nero winselte leise.

Gerold ging zurück zu seinem Pferd. Auf der anderen Seite seines Sattels hing ein weiterer Sack. Erst vor kurzem hatte Ursel genau solche Säcke gesehen. Beim Überfall, als die Piraten die Salzsäcke von Graf Wilhelms Schiff auf ihre Boote gebracht hatten. Gerold versteckte einen Teil der Beute vor seinen Männern. Neros Winseln wurde lauter.

»Psst«, forderte Ursel. Aber der Hund hatte recht, wenn sie noch lange reglos hier ausharrte, würde sie sich jämmerlich verkühlen und vielleicht wieder Fieber bekommen. Fürs Erste hatte sie genug gesehen. Sie kletterte wieder vom Baum, pfiff Nero zu sich und machte sich auf den Weg zurück zum Lager und zum wärmenden Feuer.

Kapitel 17

Lager der Salzpiraten, 952

Zum Glück hatte Hilde aus den Resten des Wildschweins vom Vortag, wilden Zwiebeln, Petersilienwurzeln und Thymian einen Eintopf zubereitet, der jetzt im neuen Topf über der Feuerstelle köchelte. Ursel nahm sich eine riesige Portion davon und wärmte sich damit von innen. Den Mantel hatte sie zum Trocknen neben dem Feuer aufgehängt. Seit heute Morgen konnte sie wieder ihr Brusttuch tragen, ihre Wunde war so weit verheilt. Auf ihre Frage, wo Gerold war, sagte Hilde: »Er ist auf der üblichen Kontrollrunde. Maria hat versucht, es ihm auszureden, aber er ist stur wie ein Esel.«

Jeden Tag ritt einer der Männer rund um das Lager, auf der Suche nach Auffälligkeiten. Sobald der Verdacht bestand, dass das Lager entdeckt worden war, hieß es die Zelte und Hütten abbrechen und an einem anderen Ort wieder aufbauen. Der Platz, auf dem sie seit den letzten Monaten wohnten, schien jedoch sehr sicher zu sein. »So sicher, dass Gerold auf seinen angeblichen Ritt verzichtete und stattdessen ein paar Salzsäcke in einer geheimen Höhle versteckte«, dachte Ursel, behielt ihre Überlegungen aber für sich.

Als sie satt und wieder halbwegs trocken war, füllte sie

die Holzschüssel erneut und ging damit zur Hütte des Gefangenen. Aber kaum hatte sie den Verschlag betreten, erschrak sie. Vor Entsetzen ließ Ursel die Schüssel mit dem Eintopf fallen. Der köstliche Inhalt verteilte sich auf dem feuchten Erdboden und versickerte.

Steffen, der sich in den letzten Tagen so gut erholt hatte, sah erbärmlich aus. Jemand hatte ihn böse zusammengeschlagen. Die Wunde an seiner Stirn war wieder offen, sein rechtes Auge zugeschwollen, und sein Handgelenk wirkte seltsam verrenkt, so als sei es gebrochen. Außerdem war er wieder wie ein Päckchen zusammengeschnürt. Er konnte kaum atmen. Diesmal schnitt der Strick tief in seinen Hals. Eine blutige Spur hatte sich bereits gebildet.

Ursel kniete sich nieder.

»Wer hat Euch das angetan?«, fragte sie entsetzt, kannte aber die Antwort längst. Den Männern war langweilig gewesen, und da hatten sie sich wohl einen Spaß gemacht und den Schreiberling gequält. Ob Peter dafür verantwortlich war? Trug ein so hinterhältiger Anschlag seine Handschrift? Die Vorstellung machte Ursel traurig. Sie wollte nicht glauben, dass er zu so einer Tat fähig war.

Steffen war bei Bewusstsein. Mit dem unverletzten Auge sah er sie an und versuchte ein verzweifeltes Lächeln. Die Bewegung war nur ganz klein. Seine Lippe war aufgesprungen und angeschwollen. Ursel spürte eine unbändige Wut in sich aufsteigen. Es war eine Sache, ein Schiff zu überfallen und Graf Wilhelm zu schädigen, aber eine völlig andere Sache, Menschen aus purer Langeweile zu quälen.

»Haltet still«, sagte sie schärfer als beabsichtigt. »Ich löse das Seil, das die Fesseln verbindet.«

Diesmal war der Knoten fester gezogen. Ursel bemühte

sich, schnürte dem armen Mann aber die Luft noch weiter ab.

»Verdammt«, schimpfte sie. »Der Knoten geht nicht auf.« Sie spürte, wie ihre Handflächen feucht wurden. Es hatte keinen Sinn. Wenn sie noch länger daran nestelte, erstickte der Gefangene.

Kurzerhand griff sie nach dem Messer, das in einer Scheide an ihrem Gürtel hing. Die Klinge war scharf, Michel hatte sie erst letzte Woche für sie geschliffen. Ursel setzte das Messer ans Seil. Sie musste die Klinge einige Male über den Knoten ziehen, bevor er sich löste. Möglich, dass sie sich damit Ärger einhandelte, aber wer auch immer für den körperlichen Zustand des Gefangenen verantwortlich war, würde genauso viele Unannehmlichkeiten bekommen. Sobald Gerold erfuhr, wie der Mann, für den er Lösegeld fordern wollte, behandelt worden war, würde er den Täter kräftig bestrafen, zumindest hoffte Ursel das.

Endlich war das Seil durchtrennt. Der Gefangene röchelte, spuckte, konnte aber wieder frei atmen.

»Vielen Dank«, japste er leise. »Jetzt stehe ich zum wiederholten Male in deiner Schuld.«

Er richtete sich mühevoll auf und verzog dabei qualvoll das Gesicht. Vorsichtig bettete er die gefesselten Hände auf seinen Oberschenkeln. Die rechte Hand stand in unnatürlichem Winkel von ihm ab.

»Das sieht nicht gut aus«, sagte Ursel. »Ich werde Maria holen, vielleicht ist sie heute großzügig gestimmt und sieht nach Euch.«

»Ist das die Frau des Anführers?«

»So in etwa.« Ohne weitere Erklärungen lief Ursel los. Noch nie, seit sie bei den Piraten lebte, hatte sie sich so zornig und gleichzeitig hilflos gefühlt wie jetzt. Es war fast wie damals, als sie zusehen musste, wie ein blonder Riese ihren Vater aufgespießt hatte. Sie hatte nichts dagegen tun können.

Aufgebracht erreichte sie Marias Hütte. Die Frau saß im Schutz eines Weidendachs auf einem Baumstumpf davor und schälte wilde Bohnen. Ihre Röcke waren über den Knien gerafft, damit der Stoff nicht die nasse Erde berührte. Obwohl sie eine der wenigen im Lager war, die Schuhe besaßen, trug sie sie im Moment nicht.

»Du siehst zornig aus, Zwerg. Was ist passiert?«

»Jemand hat in meiner Abwesenheit den Gefangenen heimtückisch und feige zusammengeschlagen«, platzte Ursel heraus.

Maria sah von ihrer Schüssel auf. »Hat Gerold nicht angeordnet, dass du dich um den Gefangen kümmern sollst? Du hättest ihn nicht unbeaufsichtigt lassen dürfen.«

»Ich kann nicht rund um die Uhr bei ihm sitzen. Der Mann ist gefesselt und verletzt. Was hätte er tun sollen? Davonhumpeln?«

Maria zuckte mit den Schultern. »Du hast deine Aufgabe nicht ordentlich erledigt. Was willst du jetzt von mir?«

»Ich will, dass du nach dem Mann siehst.«

Ursel rechnete damit, dass Maria sie auslachen würde. Vielleicht sogar beschimpften, aber nichts dergleichen passierte. Die Frau stellte die Schüssel zur Seite und stand auf. »Ich komme mit dir. Aber nicht, weil mir an Graf Wilhelms Schreiberling etwas liegt, sondern weil ich den Ärger, der im Lager entstehen könnte, vermeiden will. Ich schaue nach dem Mann, und du hältst deinen Mund wegen seiner Verletzungen.«

»Aber …«

»Kein Aber«, entgegnete Maria. Ihre Worte duldeten keine Widerrede. Ursel wollte, dass die Männer für das, was sie getan hatten, bestraft wurden. Aber noch wichtiger war, dass Maria nach dem Gefangenen sah. Widerwillig presste sie die Lippen zusammen und schluckte ihre Worte hinunter. Sie lief voraus, öffnete Maria die Tür zum Bretterverschlag und ließ ihr den Vortritt.

Nero war beim Gefangenen geblieben und hatte seinen Kopf teilnahmsvoll auf dessen Füße gelegt.

»Sieh einer an«, sagte Maria spöttisch. »Dein Köter hat den Schreiberling ins Herz geschlossen. Wir hätten das Vieh schon vor Jahren erschlagen sollen.«

Ursel war zu aufgeregt, als dass sie auf Marias bösen Kommentar hätte antworten können. Nero sprang auf und trottete zu Ursel, die ihn hinter den Ohren kraulte. Unterdessen kniete sich Maria zu dem Sekretär. Sie hob seinen Kopf an und betrachtete sein Gesicht.

»Ich werde dir einen Umschlag aus Augentrost und Arnika machen, damit das Auge nicht weiter anschwillt. In ein paar Tagen sollte es wieder gut sein.«

Dann richtete sie ihre Aufmerksamkeit auf das Handgelenk des Gefangenen. Sie legte ihren Kopf schräg. »Das sieht viel schlimmer aus. Das Handgelenk ist gebrochen.«

Behutsam hob sie es an und tastete vorsichtig die Schwellung ab. Der Sekretär sog lautstark die Luft ein und lehnte sich gegen die Wand. Schweiß bildete sich auf seiner Stirn und seinen blassen Wangen.

»Wenn du mit der Hand jemals wieder schreiben willst, muss ich sie einrenken, bevor ich sie schiene. Aber ich warne dich, das wird sehr schmerzhaft werden.«

Er nickte tapfer.

»Hast du denn nichts gegen die Schmerzen?«, fragte Ursel.

»Er ist unser Gefangener«, entgegnete Maria kalt. »Es reicht, wenn wir verhindern, dass er ein Krüppel bleibt.«

»In der Vorratskammer ist noch ein Lederschlauch mit gebranntem Wein. Würde der helfen?«

Maria schnaufte ärgerlich: »Wenn du den Männern den Schnaps stiehlst, um ihn dem Gefangenen zu geben, kannst du dich gleich selbst auspeitschen. Du wirst tagelang kein Hemd tragen können und trotz kaltem Wetter mit nacktem Oberkörper herumlaufen müssen, das kann ich dir versprechen.«

Ursel wandte sich ab. Sie wusste, wovor Maria sie mit ihren Worten warnen wollte.

Unterdessen beugte sich Maria zu dem Sekretär und hob erneut sein Kinn an.

»Du hast schöne Augen«, stellte sie fest. »Ein Jammer, dass du auf der falschen Seite stehst.«

»Ich wünschte, ich könnte stehen«, sagte er. »Und was die Seite betrifft, im Moment fällt es mir schwer, mich für Eure Männer zu erwärmen.«

Maria lachte. »Du hast Sinn für Humor, das mag ich.« Dann stand sie wieder auf. »Ich gehe und hole alles, was ich brauche. Vielleicht habe ich auch noch etwas von meiner Mohnpaste übrig, die sollte gegen die Schmerzen helfen.«

»Tausend Dank!«

»Dank nicht mir, dank deinen blauen Augen, sie sind einfach zu schön, als dass sie sich jetzt schon für immer schließen sollten.«

Als Maria die Hütte verlassen hatte, richtete der Gefangene seine Worte an Ursel: »Ich meinte nicht die alte Frau, sondern dich. Ich danke dir … Hans.«

Plötzlich verlegen, zuckte Ursel mit den Schultern.

»Bitte versprich mir etwas«, bat Steffen.

»Kommt auf das Versprechen an«, sagte Ursel vorsichtig.

»Versprich mir, dass du Peter und seine Kumpanen nicht zur Rede stellst.«

Die Erwähnung von Peters Namen war wie ein Schlag in Ursels Magengrube. Also doch der Mann, um dessen Freundschaft sie so lange Zeit gekämpft hatte.

»Bitte tu einfach so, als wäre nichts passiert. Ich will nicht, dass sie ihre Wut auch an dir auslassen.«

Seine Stimme klang benommen, in seinen Augen lagen Sorge und Angst. Beides galt ihr. Seit zwei Jahren hatte Ursel niemand mehr mit so einem Blick bedacht. Einen Augenblick lang wünschte sie, er würde ihren wahren Namen kennen.

Kapitel 18

Lager der Salzpiraten, 952

Steffen lag reglos auf dem kalten, feuchten Erdboden und starrte auf die niedrige Decke aus notdürftig zusammenbauten Ästen, Schilf und Tannenzweigen. Endlich hatte es zu regnen aufgehört. Das ewige Prasseln war zu Ende, dafür klatschten nach wie vor dicke Tropfen von den Baumspitzen neben der Hütte auf das Dach seines verhassten Gefängnisses.

Maria hatte keine Mohnpaste mehr gefunden und ihm stattdessen einen bitteren Kräutertrank verabreicht, der zwar schrecklich geschmeckt, seine Schmerzen aber nicht im Geringsten gemindert hatte. Wie nach dem Schlag auf den Kopf hatte er erneut sein Bewusstsein verloren, als sie sein Gelenk mit einer geschickten, kurzen Bewegung wieder zurechtgeschoben hatte. Für einen Moment hatte er geglaubt, die Welt für immer verlassen zu müssen. Der Schmerz war durch seinen ganzen Körper geschossen, hatte sich tief in sein Gehirn gebrannt und ihm die Luft zum Atmen genommen. Danach war er in einen Halbschlaf gesunken, der ihm merkwürdige Träume beschert hatte. Die Erinnerung daran verwirrte ihn immer noch. Er hatte sich selbst im Ornat eines Priesters gesehen, der von der Kanzel gepredigt und den Kelch Christi an die Lippen gesetzt hatte. Kaum hatte er das Gefäß wieder weggestellt, war eine Frau zu ihm getreten. Sie war jung gewesen, hatte kurzgeschnittenes, blondes Haar und den drahtigen Körper eines Jungen gehabt. Ihr Gesicht war von unzähligen Sommersprossen überzogen gewesen, und ihre Augen hatten die Farbe funkelnder Bernsteine gehabt. Plötzlich hatte sich ihr wunderschönes Gesicht in das von Abt Anselm verwandelt. Sein ehemaliger Lehrer hatte ihn drohend angesehen und mit erhobenem Zeigefinger auf ihn gezeigt. »Vergiss nicht, dass du dein Leben der Kirche verdankst. Du bist es Gott schuldig, ihm zu dienen.« »Aber ich kann ihm auf tausend verschiedene Arten dienen, ich muss nicht Priester werden!«, hatte Steffen erwidert. Zur Antwort hatte Anselm ihm mit der flachen Hand ins Gesicht geschlagen. Sein schwerer, goldener Ring hatte eine tiefe Wunde hinterlassen.

Schweißgebadet war Steffen erwacht, hatte sich mit der unverletzten Hand an die Wange gegriffen, um das warme Blut wegzuwischen, aber es war weder eine Verletzung noch frisches Blut da gewesen. Alles, was er ertastet hatte, war eine alte, winzige Narbe gewesen. Teil eines anderen Lebens.

Jetzt sah er an seinem Körper entlang. Maria hatte seine Handfesseln gelöst und sein verletztes Gelenk geschient. Sie war eine wundervolle Heilerin, die nicht nur über enormes Wissen verfügte, sondern es auch verstand, mit ihren Händen zu beruhigen. Was für eine Verschwendung, dass sie hier bei den Piraten lebte, statt ihr Wissen in einer Stadt den Menschen zur Verfügung zu stellen.

Vielleicht zeigte ihr Kräutertrank doch Wirkung. Solange Steffen weder die Hand noch den Arm bewegte, waren die Schmerzen erträglich. Auch seine Füße waren nicht mehr gefesselt. Die alte Frau hatte auch sie gelöst und stattdessen beide Fußgelenke einzeln mit je einem doppelten Strick an einen alten Wurzelstock in einer der Ecken der Hütte festgebunden. Auf diese Weise gewann Steffen ein bisschen Bewegungsfreiheit. Außerdem hatte man einen der Piraten vor die Hütte gesetzt. Der Mann sollte aufpassen, dass Steffen nicht entkam.

Ein schwerer Wassertropfen fiel direkt auf seine Stirn. Er wischte ihn mit der unverletzten Hand weg. In seinem Traum war Hans vorgekommen, der in diesem Traum eine junge Frau war. Steffen war sicher, dass das, was er geträumt hatte, in Wirklichkeit zutraf. Der Junge war ihm von Anfang an wie ein Mädchen vorgekommen. Je näher Steffen sie kennenlernte, umso faszinierender fand er sie. Sie war wissbegierig, klug, und sie hatte ein großes Herz. Warum gab sie sich als Bursche aus? Wer war sie wirklich? Sie hatte diesen Hans und dessen Vater gekannt, sonst könnte sie nicht vorgeben, er zu sein. War Hans ihr Bruder, ihr Freund, ihr Verlobter vielleicht gar ihr Ehemann gewesen? Letzteres gefiel Steffen nicht. Er wünschte mehr von ihr zu wissen. Andere Frauen langweilten ihn schnell, sie hingegen fand er nicht nur körperlich anziehend, sie forderte auch seinen Geist. Nur zu gerne hätte er ihr verraten, dass er von ihrem Geheimnis wusste. Aber damit würde er sie in Bedrängnis bringen. Sie hatte ihm bereits gesagt, dass sie niemandem traute. Warum also sollte sie ausgerechnet bei ihm eine Ausnahme machen? Er war ein Fremder, der noch dazu im Dienst von Graf Wilhelm stand, den sie abgrundtief hasste. Ein weiterer Tropfen landete auf seiner Stirn und lief über seinen Wangenknochen. Er rückte eine Handbreit nach rechts. Sofort reagierte seine Hand mit einem stechenden Schmerz. Seine Bewegungseinschränkung führte ihm schmerzhaft seine missliche Lage vor Augen. Doch die Tatsache, dass er »Hans« auch in den nächsten Tagen begegnen würde, machte seine Situation einigermaßen erträglich und verschaffte ihm einen Lichtblick.

Kapitel 19

Lager der Salzpiraten, 952

Maria schien ihre Meinung geändert und Gerold von den Verletzungen des Gefangenen erzählt zu haben, denn am nächsten Tag befahl dieser, dass niemand mehr ohne seine ausdrückliche Erlaubnis zu dem Sekretär gehen durfte. Er sah dabei Peter besonders streng an, ohne jedoch näher auf den Vorfall einzugehen.

Sicher würde Peter seinen Ärger später an Ursel auslassen. Im Moment jedoch begegnete er ihr mit ungewohnter Freundlichkeit und besonderem Interesse. Er sah zu ihr, wenn er sich unbemerkt glaubte und wandte seinen Blick rasch wieder ab, wenn sie ihn erwiderte. Einmal errötete er, als sich ihre Blicke kreuzten. Was zum Teufel war nur in ihn gefahren?

»Zwerg, ich will, dass du dem Gefangenen sein Frühstück bringst. Sorge dafür, dass er ausreichend zu essen bekommt. Solange ich mir nicht sicher bin, ob wir Lösegeld für ihn fordern werden, will ich nicht, dass ihm etwas passiert oder er uns gar verhungert«, sagte Gerold.

»Worauf willst du warten?«, fragte Norbert. Er warf einen Satz kleiner Knöchelchen auf den Boden und zählte die abstehenden Enden. Er grunzte zufrieden. Dann reichte er die Spielsteine an den Mann neben sich.

»Auf eine Information aus zuverlässiger Quelle. Ich will kein unnötiges Risiko eingehen. Wenn der Graf sich einen Dreck um seinen Schreiberling schert, brauchen wir keine Lösegeldforderung zu stellen.«

»Und wer soll dir diese Information liefern?«, wollte Norbert wissen.

»Das ist meine Sache und geht dich nichts an«, fuhr Gerold ihn an. »Wenn dir irgendwas hier nicht passt, kannst du gerne gehen.«

Norbert hielt beschwichtigend die Hände hoch. »Beruhig dich wieder.«

Etwas freundlicher fuhr Gerold fort: »Wir nutzen das gute Wetter aus und füllen die Vorratskammer auf. In den letzten Tagen haben wir alles Fleisch und die Fische aufgegessen.«

»Dann soll der Zwerg besser mit zur Jagd gehen, ein anderer kann ebenso nach dem Gefangenen sehen«, sagte Peter. Offenbar wollte er nicht, dass Ursel die Aufgabe übernahm.

»Hast du dabei etwa an dich gedacht?«, fragte Gerold.

Ursel hielt die Luft an. Sie stellte sich vor, was Peter mit Steffens frisch geschienter Hand anstellen würde. Der Gedanke trieb Schweißperlen auf ihre Stirn.

»Ich habe keine Pfeilspitzen mehr«, log sie schnell.

»Ich habe dir doch erst kürzlich welche geschmiedet«, wunderte sich Michel.

»Die habe ich beim Überfall auf das Salzschiff verschossen. Sie liegen nun alle am Grund des Sees.«

»Du kannst dir später welche bei mir abholen.«

»Hast du noch Pfeilspitzen?« Gerolds Frage richtete sich an Peter.

Der verzog den Mund. Er konnte nicht lügen, denn sein Bogen und sein Köcher standen neben dem Lagerfeuer. Der Köcher war voll.

»Ja«, gab er unwillig zu.

»Nun, dann ist alles klar«, sagte Gerold. »Der Zwerg passt wieder auf den Gefangenen auf.«

Gerold drehte sich zu Ursel. »Sollte der Gefangene entkommen, lasse ich dich am nächsten Baum aufknüpfen. Ist das klar?«

Sie schluckte.

»Aber vorher ziehe ich dir persönlich die Haut vom Leib.« Seine kalten Augen durchbohrten sie förmlich.

Die Botschaft war klar, und Ursel zweifelte nicht daran, dass er seine Drohung wahrmachen würde. Hatte er sie deshalb ausgesucht? Weil er wusste, dass sie die Einzige im Lager war, die den Wunsch entwickeln könnte, dem Gefangenen helfen zu wollen? Sicher steckte Maria dahinter. Die Frau saß neben Gerold, flocht Grashalme zu dicken Seilen und schien an dem Gespräch nicht interessiert. Ursel glaubte dennoch eben ein wissendes Lächeln auf ihrem Gesicht wahrgenommen zu haben.

»Peter, Norbert und ich ziehen los, um ein Wildschwein zu erlegen«, fuhr Gerold fort. »Gestern habe ich Spuren von einer ganzen Rotte hinten bei den großen Eichen entdeckt. Roland übernimmt die Kontrollrunde, und alle anderen kümmern sich um den Rest der Arbeiten. Das Dach über dem Essplatz hat in den letzten Tagen ein Loch bekommen, der Regen hat ihm schlimm zugesetzt, es muss ausgebessert werden.«

Die Männer nickten. Niemand widersprach, und alle befolgten kommentarlos Gerolds Befehle. Sichtlich zufrieden strich er durch seinen dichten Bart, der frisch gekämmt aussah. Dann langte er erneut beim Frühstücksbrei zu. Er forderte die Spielknöchelchen ein und warf sie auf den Boden. »Ein Zehner«, grölte er. Es war die höchste Zahl in diesem Spiel. »Wer kann das überbieten?«

Ursel stand auf, sie konnte Gerold nicht länger ertragen. Kaum hatte sie sich ein paar Schritte entfernt, sah sie, dass Peter ihr gefolgt war.

»Das hast du wieder toll hingekriegt«, zischte er, »hast dich um alle Arbeiten gedrückt und kannst den ganzen Nachmittag bei dem Schreiberling hocken.«

»Ach, halt den Mund«, sagte Ursel.

Aber Peter dachte nicht daran. »Ich sorge noch dafür, dass du auch was zu tun kriegst.«

»Wenn Gerold nicht Angst hätte, dass du den armen Mann umbringst, wenn du ihm Essen bringst, hätte er vielleicht dir die Aufgabe übergeben. Aber du musstest ja auf einen gefesselten, wehrlosen Menschen treten. Bist du darauf stolz?«

Peter ballte die Hand zur Faust und holte aus. Im letzten Moment schien er sich anders zu entscheiden und ließ sie wieder sinken.

Dennoch machte Ursel sicherheitshalber einen Schritt zurück.

»Du verbringst viel zu viel Zeit bei dem Gefangenen, was redest du mit ihm?«, fragte Peter.

»Das brauche ich gar nicht erst zu versuchen, dir zu erklären, denn dazu muss man denken können. Eine Fähigkeit, die du nie gelernt hast.«

Noch nie hatte Ursel Peter dermaßen beleidigt. Sie rechnete damit, dass er sich auf sie stürzen und verprügeln würde. Aus den Augenwinkeln suchte sie nach dem schnellsten Fluchtweg. Sie war bereit, wegzulaufen. Aber

Peter schlug weder zu, noch stieß er sie um. Beleidigt schob er den Unterkiefer nach vorn.

»Deine Überheblichkeit wird dir noch leidtun«, sagte er. Seine Worte klangen beleidigt und nicht drohend. Dann ließ er sie stehen und ging. Verwirrt, weil sie ohne blaue Flecken davongekommen war, sah Ursel ihm nach, bis er hinter dem Verschlag verschwand, in dem die Männer die Werkzeuge aufbewahrten.

Ursel hatte schon vor dem Frühstück nach dem Gefangenen gesehen, doch er hatte tief und fest geschlafen. Sicher lag das an Marias Kräutertrank. Sie hatte dem Saft irgendeine geheime Zutat zugesetzt, die sie aber nicht preisgeben wollte.

Als Ursel jetzt die Hütte betrat, saß Steffen bereits aufrecht am Boden, den Rücken an die Wand gelehnt und die geschiente Hand auf seinem Oberschenkel ruhend. Sein rechtes Auge war dunkelblau, aber nicht zugeschwollen, seine Lippe verkrustet und seine Wange verschrammt. Dennoch breitete sich ein Lächeln auf seinem schmalen Gesicht aus, als er sie erblickte.

»Guten Morgen«, sagte sie. »Es freut mich, dass es Euch wieder besser geht.«

»Auch dir einen guten Morgen. Wobei ich zugeben muss, dass ich schon bessere Tage mit weniger Schmerzen erlebt habe.« Er richtete sich noch weiter auf, sichtlich bemüht, keinen wehleidigen Eindruck zu vermitteln.

Ursel stellte eine Holzschüssel mit Hirsebrei vor ihm auf den Boden.

»Ein Jammer, dass Eure rechte Hand gebrochen ist«, sagte sie. »Maria ist der Meinung, dass es Wochen dauern wird, bis Ihr sie wieder benutzen und damit schreiben könnt.«

»Ich nehme an, dass genau das die Absicht war«, sagte Steffen. Geschickt fasste er mit seiner Linken nach der Holzschüssel, stellte sie auf seinen angewinkelten Knien ab und rührte mit dem Löffel darin, ohne auch nur einen Tropfen danebenzupatzen. »Was Peter nicht wusste, ist: Ich bin mit meiner linken Hand weitaus geschickter als mit meiner rechten.«

»Oh! Das heißt, Ihr schreibt auch mit der linken Hand?«

Steffen nickte. Er schob sich den ersten Löffel Brei in den Mund.

»Es ist mühsam, mit der linken Hand zu schreiben«, sagte Ursel. »Wenn man nicht aufpasst, verwischt man die geschriebenen Worte, und zurück bleiben unleserliche Flecken schwarzer Tinte.«

Überrascht hob Steffen den Kopf, eine Locke rutschte ihm in die Stirn.

»Du kannst schreiben?«, fragte er.

»Meine Mutter hat darauf bestanden, dass ihre Kinder es erlernen. Leider war der Mönch, den mein Vater nach ihrem Tod an den Gutshof geholt hat, nicht sonderlich gebildet. Er war mehr am guten Essen meiner Stiefmutter interessiert als daran, uns zu unterrichten. Ich bin mir sicher, dass er uns viele Fehler beigebracht hat.« Ursel war erstaunt, mit welcher Leichtigkeit sie dem Fremden ein Detail aus ihrer Kindheit erzählte.

»Entweder man kann lesen oder man kann es nicht«, sagte Steffen.

»Er hat uns kein Latein beigebracht, weil er der Meinung war, dass die Sprache nur den Männern der Kirche vorbehalten sei. Ich glaube, der eigentliche Grund war, dass er es selbst nicht beherrschte.«

Steffen grinste. »Das ist gut möglich«, sagte er. »Es gibt einen Haufen Geistlicher, die vorgeben, mehr zu wissen, als es tatsächlich der Fall ist.«

»Ihr scheint Euch mit der Kirche auszukennen.«

»Ich bin im Kloster aufgewachsen.«

Die Antwort klang endgültig, so als wollte Steffen keine weitere Erklärung abgeben. Stattdessen stellte er die nächste Frage.

»Wie kommt es, dass ein Junge auf einem Gutshof, dessen Eltern weder reiche Kaufleute sind noch dem Adel angehören, schreiben lernt?«

Wie lange war es her, dass sie über ihr Leben vor den Piraten gesprochen hatte? Eine gefühlte Ewigkeit, in der sie ein anderer Mensch geworden war. Sollte sie auf der Hut sein, damit sie nicht zu viel von sich preisgab? Aber es war angenehm, sich mit Steffen zu unterhalten.

»Ich habe Euch schon gesagt, dass meine Mutter darauf bestanden hat.«

Es folgte eine Pause, in der Steffen zwei weitere Löffel aß.

»Wurden alle deine Geschwister unterrichtet?«

Langsam schüttelte Ursel den Kopf. Sie würde ihm nicht sagen, dass ihr Vater davon ausgegangen war, dass Nikolaus es nie erlernt hätte. Sie selbst war immer anderer Meinung gewesen, leider war sie die Einzige gewesen, die so gedacht hatte. Nikolaus hätte am Lesen große Freude gehabt. Er hätte auch die Geschichten gemocht, die Steffen erzählte. Die Erinnerung an ihn machte Ursel traurig. Steffen schien es zu bemerken. Seine Stimme klang einfühlsam, als er weiterfragte: »Wie viele Brüder hattest du?«

»Zwei und eine Schwester.«

»Wie hieß deine Schwester?«

»Warum wollt Ihr das wissen?«

»Pure Neugier oder Langeweile oder beides«, gab er zu. »Ich habe hier den ganzen Tag Zeit und mache mir über die seltsamsten Dinge Gedanken. Lass mich raten, wie deine Geschwister hießen: Wolf, Bertram, Hildegard?«

Ursel schüttelte den Kopf.

»Kunigunde? Waltraud? Richard? Markus?«

Gegen ihren Willen musste Ursel lächeln.

»Kasper? Sepp? Edeltraud?«

»Meine Schwester hieß Ursel, meine Brüder Rainer und Nikolaus.«

»Ursel?«, wiederholte Steffen. »Ist das nicht die Abkürzung von Ursula?«

Bei der Erwähnung ihres vollen Namens zuckte Ursel unweigerlich zusammen. Ihr Vater hatte sie so genannt, wenn sie etwas ausgefressen hatte. Angeblich hatte auch ihre Mutter sie stets mit ihrem vollen Namen angesprochen, aber daran konnte sie sich nicht erinnern. Sie war zu klein gewesen, als sie starb.

Mit seinen nächsten Worten versuchte Steffen sie aufzumuntern. »Sicher gab es eine Menge Kinder, die den Namen deiner Schwester nicht richtig aussprechen konnten und aus Ursel eine Urschel machten.«

Leider verfehlte seine Bemerkung die gewünschte Wirkung. Es hatte nur einen einzigen Menschen gegeben, der sie Urschel genannt hatte. Nikolaus. Ursel fühlte sich für seinen Tod auf ganz besondere Weise verantwortlich. Hätte sie ihn nicht zurück zum Hof gehen lassen, wäre er noch am Leben. Sie trug die Schuld an seinem Tod. Rasch drehte sie sich von Steffen weg, damit er ihr Gesicht nicht sehen konnte. Aber ihre Traurigkeit war ihm nicht verborgen geblieben.

»Es ist keine Schande, wenn man den Verlust von geliebten Menschen beweint«, sagte er sanft.

Ursel reckte stolz ihr Kinn.

»Ich weine nicht!«

»Nie?«, fragte er bestürzt.

»Nie!«

»Auch nicht, als deine Familie starb?«

Sie schüttelte den Kopf.

»Aber wie willst du den Tod betrauern, wenn du den Schmerz nicht zulässt und weinst?«

»Wie ich mit dem Verlust umgehe, geht nur mich etwas an«, sagte sie knapp.

»Bitte entschuldige«, beeilte sich Steffen zu sagen. »Ich wollte dir nicht zu nahe treten.« Betroffen stellte er die Schüssel zur Seite und rutschte so weit es seine Fesseln erlaubten zu Ursel. Für einen Moment hatte sie den Eindruck, er wollte ihre Hand ergreifen und sie drücken, aber der Augenblick verflog genauso schnell, wie er gekommen war. »Abgesehen davon, dass ich im Moment ohnehin nirgendwohin treten kann.« Er versuchte ein Lächeln.

»Schon gut«, sagte sie. »Ihr braucht Euch nicht zu entschuldigen. Ich rede nicht gerne über meine Vergangenheit. Genau wie Ihr schweige ich lieber.«

»Ich schweige nicht über meine Vergangenheit«, sagte Steffen. »Nichts daran ist schmerzvoll, höchstens wenig ruhmvoll, das ist alles.«

Ursels Neugier war erneut geweckt.

»Seid Ihr in Wahrheit ein Verbrecher, ein Dieb oder ein Betrüger?«

Steffen lachte. Er hatte ein ansteckendes, freundliches Lachen, das augenblicklich Ursels Stimmung hob.

»Du hast ein interessantes Bild von mir. Nein, ich muss

dich enttäuschen. Ich bin so ehrlich wie Nero, dein ständiger Begleiter.«

»Was meintet Ihr dann mit ›wenig ruhmvoll‹?«

Er fuhr sich mit der Zunge über die Unterlippe, bevor er sprach: »Mein Vater war Priester, der sein Zölibat gebrochen hat. Meine Mutter konnte nicht für mich sorgen, und so fand mein Vater eine elegante Lösung. Er überredete den Abt der Benediktiner, mich aufzunehmen. Abt Anselm stellte jedoch eine Bedingung, er verlangte, dass ich mein Leben der Kirche widme.«

»Er nahm einem kleinen Kind ein Versprechen ab?«

»Natürlich gab mein Vater das Versprechen«, sagte Steffen. Ursel war bestürzt. Sie wusste, was es bedeutete, wenn andere über einen bestimmten. Sie hatte sechzehn Jahre ihres Lebens als Mädchen verbracht.

»Nur deshalb hat der Abt mich aufgenommen und mir die beste Erziehung angedeihen lassen, die man sich vorstellen kann. Es fehlte mir an nichts, und ich lebte wie die Made im Speck. Aber als ich mich für den Weg des Priesters entscheiden sollte und man von mir verlangte, dass ich das Zölibat ablegte, konnte ich es einfach nicht tun. Ich kletterte bei Nacht und Nebel über die Klostermauer und verließ Wien. Seither habe ich keine Kirche mehr betreten.«

»Aber Ihr glaubt nach wie vor an Gott?«

Irritiert, so als hätte sie gerade gefragt, ob Feuer kalt sei, sah er sie an. »Natürlich. Woran soll ich sonst glauben?«

»An die alten Götter«, wandte sie vorsichtig ein.

Er schüttelte amüsiert den Kopf. »Daran, dass kriegerisch veranlagte Gottheiten sich gegenseitig die Köpfe einschlagen, weil sie ebenso rachsüchtig, gierig und eifersüchtig sind wie wir Menschen? Daran sind bereits die alten Griechen gescheitert und ebenso die Römer.«

»Ich rede von den Göttern, die bereits unsere Ahnen verehrt haben. Sie leben in den Pflanzen, den Steinen, dem Wasser und der Erde«, erklärte Ursel.

»Und wenn ich vergesse, dem Gott des Wetters ein passendes Opfer zu bringen, dann lässt er es nicht mehr regnen, oder so lange und intensiv, dass die Flüsse über die Ufer treten? Und wenn ich nicht an die Göttin der Jagd denke, dann werde ich nie wieder ein Kaninchen schießen? Nein danke. Von dieser Art des Glaubens halte ich nicht viel. Lieber bin ich selbst für mein Handeln verantwortlich.«

»Aber das seid Ihr doch, es liegt an Euch, nicht auf die Götter zu vertrauen.«

»Nein danke!«, wiederholte Steffen und schüttelte entschieden den Kopf.

»Lieber betet Ihr zu einem Gott, der unschuldige Menschen sterben lässt, damit an dem Ort, an dem sie einst glücklich gelebt haben, ein Kloster errichtet wird, das findet Ihr gut?« Ursels Stimmung hatte sich schlagartig geändert. Sie fühlte Wut in sich. Verärgert stand sie auf und starrte ihn empört an. Wie konnte ein so freundlicher Mann so verbohrt sein?

»So beruhig dich wieder«, sagte er beschwichtigend.

»Wie soll ich mich beruhigen, wenn Ihr solchen Unfug von Euch gebt?«

»Bitte setz dich wieder«, bat er.

Hinterher hätte sie nicht mehr sagen können, was sie dazu bewegt hatte, sich erneut zu setzen. Lag es an seinen unglaublich schönen Augen, oder einfach an der Tatsache, dass sie wissen wollte, was er zu sagen hatte? Erst als sie wieder neben ihm am Boden saß, sprach er weiter.

»Wie kommst du auf die absurde Idee, dass Gott den

Überfall auf deine Familie angeordnet hat? Es sind Menschen, die das getan haben.«

»Aber sie haben es in seinem Namen gemacht, und er hat es nicht verhindert!« Ursels Stimme war laut und aufgeregt zugleich. Die Worte eines der Angreifer hatten sich tief in ihr Gedächtnis gebrannt: »Im Namen Gottes. Hier wird ein Kloster errichtet!« Sie würde den Ruf nie vergessen, genauso wenig wie die Bilder der Zerstörung und des Todes. Sie zwinkerte, um die Erinnerungen zu vertreiben.

»Wie soll Gott denn verhindern, was die Menschen tun? Würde er eingreifen, würde er uns unseren freien Willen nehmen und uns zu Sklaven machen. Genauso wenig wie Gott meinen Vater dazu gezwungen hat, meine Mutter zu schwängern und mich hinterher ans Kloster zu binden, hat er Graf Wilhelm eingeflüstert, den Hof deines Vaters zu überfallen. Es sind immer die Menschen, die falsche Entscheidungen treffen. Und weil sie sich davor fürchten, die Verantwortung zu übernehmen, behaupten sie, Gott hätte ihnen den Auftrag erteilt. Das ist absoluter Unfug.«

Ursel dachte über seine Worte nach. Nie zuvor hatte sie derlei Argumente gehört. Die Art, wie er diskutierte, gefiel ihr, und sie schätzte die Tatsache, dass er ihr aufmerksam zuhörte. Ob er ihren Worten genauso viel Gewicht schenken würde, wenn er wüsste, dass sie eine Frau war? Nach einer Weile sagte sie: »Ihr glaubt nicht an göttliche Eingebungen und Wunder?«

»Nein!«, sagte Steffen mit voller Überzeugung. »Ebenso wie die alten Philosophen glaube ich an die Vernunft und an die Menschlichkeit und hoffe, dass beides eines Tages die Dummheit besiegen wird.«

Ursel spürte, dass ein Teil dessen, was Steffen gesagt hatte, stimmen könnte. Aber etwas in ihr wehrte sich dagegen.

»Wie kann ein gnädiger und gütiger Gott es zulassen, dass seine Vertreter auf Erden so viel Unheil in seinem Namen anstellen?«

Diesmal dauerte es länger, bis Steffen antwortete. »Wahrscheinlich liegt auch hier die Antwort in der Selbstverantwortung. Gott hat uns Menschen die Freiheit gegeben, über unser Handeln zu entscheiden und unser Leben selbst in die Hand zu nehmen.«

Verärgert sprang Ursel erneut auf.

»Ha«, lachte sie höhnisch auf. »Was für ein unglaublicher Unsinn. Zeigt mir eine Frau, die Ihr kennt, die selbst über ihr Leben entscheiden kann. Meine Schwester konnte es nicht und genauso wenig ihre Freundinnen. Oder kann es sein, dass die Freiheiten, von denen Ihr redet, bloß für Männer gelten, alle anderen Regeln und Gesetze aber auch für Frauen. In diesem Fall sage ich Euch eines: Lieber bringe ich allen Göttern dieser Welt Opfer, als dass ich diesen Gott, der die Frauen hasst, anbete.«

Sie drehte sich um und verließ die Hütte. Egal, was er darauf erwidern würde, sie wollte es nicht hören.

Kapitel 20

Lager der Salzpiraten, 952

Als Ursel die Hütte verlassen hatte, sah Steffen ihr noch lange verwirrt nach. Diese Frau stellte Fragen, mit denen er sich noch nie zuvor beschäftigt hatte. Sie forderte ihn heraus, zwang ihn dazu, über sein Weltbild neu nachzudenken, und sie hatte mit Abstand das hübscheste Gesicht, das er je gesehen hatte. Wie lange würde sie ihr Geheimnis vor den Männern im Lager noch verbergen können? Wie konnte es überhaupt sein, dass bisher niemand erkannt hatte, dass sie kein Mann war? Mit Sicherheit schwebte sie mindestens genauso in Gefahr wie er.

Steffen verlagerte sein Gewicht und versuchte die Beine durchzustrecken. Sein rechter Fuß war eingeschlafen. Jetzt begann er zu kribbeln, als befänden sich tausend Ameisen darin. Mittlerweile waren ihm sein Gefängnis und seine Hilflosigkeit verhasst. Es war schrecklich, den ganzen Tag tatenlos hier herumzusitzen und den eigenen Gedanken ausgeliefert zu sein. Es gab nichts, das ihn ablenken konnte, und so kreisten seine Überlegungen immer und immer wieder um die gleichen Themen, und die hatten alle mit Ursel zu tun.

Sollte er ihr einfach verraten, dass er über ihre wahre

Identität Bescheid wusste? Vielleicht würde es ihnen gemeinsam gelingen, das Lager zu verlassen.

Er verwarf seine Idee sofort wieder. Sie hatte sich aus freien Stücken für dieses Leben entschieden. Warum sollte sie es wieder aufgeben wollen? Hatte sie nicht eben gesagt, dass sie als Frau niemals selbst ihr Schicksal in die Hand nehmen könnte? Es war völlig verkehrt, dass er ihr ausgerechnet hier, unter diesen widrigen Umständen begegnen musste. Seit Jahren hatte er kein Gebet mehr gesprochen, aber jetzt war er versucht, es zu tun. Wie als kleiner Junge formulierte er seinen Wunsch, sprach ihn aber nicht aus, schließlich hatte er gerade selbst erklärt, dass Gott sich nicht ins Leben der Menschen einmischte. Aber könnte er nicht einmal eine winzig kleine Ausnahme machen?

Er schalt sich einen Narren. Es musste an der Gefangenschaft und an seinen Verletzungen liegen, dass er langsam, aber sicher seinen Verstand verlor. Oder an der Tatsache, dass er dabei war, sich in eine Frau zu verlieben, die vorgab, ein Mann zu sein.

Am späten Nachmittag suchte Ursel Michel auf, um die versprochenen Pfeilspitzen abzuholen. Sie hockte auf einem Baumstumpf vor dem einfachen Dach aus Tannenzweigen und Ästen, unter dem der Mann schlief. Michel gehörte zu jenen im Lager, denen selbst eine einfache Holzhütte zu viel Enge bedeutete.

Wenn er gefragt wurde, warum er in keine Hütte wollte, antwortete er stets: »Ich hab in meinem Leben zu lange hinter Gittern gesessen. Ich kann Wände nicht ausstehen.«

Jetzt beobachtete Ursel den Mann, dessen Alter sie

nicht einschätzen konnte, wie er aus einem Haufen frisch geschmiedeter Spitzen die schmalsten heraussuchte. Neben ihm am Boden hockte der kleine rothaarige Erwin, Rolfs Sohn. Wichtig bürstete er einen Hammer, den Michel ihm zum Putzen gegeben hatte. Als Michel Ursels fragenden Blick bemerkte, zuckte er mit den breiten Schultern: »Hab den Jungen bei mir aufgenommen. Bis jetzt hat Rolf auf ihn aufgepasst, der Kleine hat es noch nicht gelernt, sich gegen die größeren Jungs durchzusetzen.«

Ursel registrierte die unzähligen blauen Flecken, die der Junge im Gesicht und auf den Armen hatte. Sicher stammten sie von den anderen Kindern, für die sich niemand verantwortlich fühlte und die ihn gepiesackt hatten. Das Leben im Lager war rau.

»Das war sehr großzügig von dir«, sagte Ursel.

Michel machte eine wegwerfende Handbewegung. »Du hast deinen Hund, ich habe den Jungen. Im Grunde helfen wir damit uns selbst.« Er zeigte mit dem Kinn Richtung Nero, der sich vor Erwin gesetzt hatte und sich nun bereitwillig von dem Jungen hinter den Ohren kraulen ließ. Bevor Ursel über seine Worte nachdenken konnte, wechselte Michel das Gesprächsthema.

»Ich will, dass du die feinsten Pfeilspitzen bekommst«, sagte er. »Bei den meisten anderen im Lager ist es reine Verschwendung, ihnen wertvolle Spitzen zu geben. Bei dir sind sie in guten Händen. Zum einen triffst du deine Ziele, zum anderen richtest du deine Pfeile gegen Tiere, die wir hinterher essen.«

»Ich habe auch schon auf Menschen gezielt«, sagte Ursel.

»Ja, um sie zu verletzen, aber nicht zu töten.«

Ursel erinnerte sich daran, dass Michel der Einzige gewesen war, der sie wegen des Schusses auf den Steuermann gelobt hatte. Ob er gewusst hatte, dass sie bewusst auf seine Schulter gezielt hatte? Sie dachte angestrengt nach. Michel hatte bei dem Überfall keinen der Männer getötet. An ihren eigenen Händen klebte Blut, denn der Mann, den sie nur verletzen wollte, war im See ertrunken.

»Wie alt bist du, Michel?«

Er hob irritiert seinen Kopf. Seine Stirn war hoch, aber im kurzen Nacken hatte er einen langen, strohweißen Zopf, den er täglich neu flocht. Erneut zuckte er mit den Schultern.

»Keine Ahnung«, sagte er. »Ist das wichtig?«

»Aber du musst doch wissen, wann du Geburtstag hast«, hakte Ursel nach.

»Nein, weiß ich nicht. Meine Mutter hat es mir nie gesagt.« Er kramte wieder in den Pfeilspitzen.

»Die hier ist perfekt. Du wirst sie lieben, Zwerg«, sagte er und reichte Ursel eine besonders kurze, fein gearbeitete Pfeilspitze ohne Widerhaken.

»Die passt zu deinem Bogen. Ist ein wirklich feines Ding. Hab in all den Jahren nie jemanden kennengelernt, der sich so auf die Kunst des Bogenbauens versteht wie du.«

»Danke«, sagte Ursel geschmeichelt. »Und wie lange bist du schon bei Gerold?«

»Sicher schon zehn Winter lang. Warum fragst du?«

»Ich bin seit zwei Jahren hier«, sagte Ursel. »Hast du vor, für immer zu bleiben?«

Nun richtete Michel sich auf und lachte. Er hatte eine breite Brust, die wie der Resonanzkörper eines Instruments wirkte. Sein Lachen drang bis in den hintersten Teil des Lagers.

»Willst du denn ewig hierbleiben?« Er wischte sich Lachtränen aus den schmalen Augen.

Ursel verstand nicht, was so lustig an ihrer Frage war. »Nein«, sagte sie.

»Siehst du, Zwerg, und genauso geht es uns allen. Niemand will hier ewig bleiben. Es ist bloß, dass wir keine andere Wahl haben. Aber glaube mir, sobald ich genug Geld beisammen habe, packe ich mein Hab und Gut zusammen und mach mich über die Berge in den Süden auf. Dort soll es immer warm sein, und man kann das ganze Jahr über im Freien schlafen.«

»Warum hast du das nicht längst gemacht?«, fragte Ursel.

»Es fehlt mir das nötige Kleingeld.« Michel wurde wieder ernst. Ein Schatten legte sich über sein Gesicht. »Und vielleicht auch der Mut.«

»Mut wofür?«

»Ich bin schon so lange weg von den Menschen. Ich meine von denen, die nicht im Wald leben. Vielleicht kann ich mich gar nicht mehr in ihre Regeln einfinden. Hier gelten Gerolds Gesetze, und an die habe ich mich gewöhnt. Ob sie mir gefallen oder nicht.« Er klang traurig.

»Warum bist du hier?«, fragte Ursel.

»Zwerg, hast du es immer noch nicht kapiert? Diese Frage wird nicht gestellt.« Es lag kein Ärger in seiner Stimme, und Ursel wartete, vielleicht würde er weiterreden. Nach einer schier endlosen Pause sagte er: »Meine Eltern konnten mich nicht durchfüttern, sie haben mich an einen Schmied verkauft, der hat mich täglich verprügelt, und ich musste schuften wie ein Ochse. Zu essen gab es nur das Notwendigste. Ich kriegte die Abfälle der anderen. Sie fütterten mich aus demselben Trog wie ihr Schwein.«

Michel machte eine Pause, bevor er fortfuhr: »Irgendwann hat mein Magen so geknurrt, dass ich mir ein zusätzliches Brot aus der Küche geholt habe. Es war nicht viel, bloß eine dünne Scheibe, aber seine Frau hat's bemerkt und es dem Schmied sofort gesagt. Leider war er betrunken und hat mich wieder geprügelt. Nur hat er diesmal nicht damit aufgehört. Ich schwör dir, er hätte mich getötet, wenn ich mich nicht gewehrt hätte. Am nächsten Tag kam die Wache und hat mich geholt. Ich bin vier lange Jahre im Gefängnis gesessen, bis irgendwer mich in einem Loch gefunden hat und wieder rausließ. Du kannst dir vorstellen, wer nach dieser Zeit noch Interesse an mir gehabt hat. Ich musste die Stadt verlassen und bin bei Gerold gelandet. Ich bin ihm dankbar, dass ich hier sein kann. Er fragt nicht nach, woher man kommt oder was man gemacht hat. Wer sich an seine Regeln hält, kann bleiben. Aber wenn's irgendwie geht, würde ich gerne eines Tages weg. Ich bin ein geschickter Schmied. So ein Leben mit Frau und Kindern, in einem Dorf, wo einen alle schätzen und mögen, das wäre mein Traum.«

»Du müsstest in einem Haus wohnen«, warf Ursel ein.

Michel zuckte mit den breiten Schultern. »Ist ja eh nur ein Traum.« Dann nahm er drei weitere Pfeilspitzen aus dem Korb und reichte sie Ursel.

»Hier, Zwerg, schieß mir ein fettes Rebhuhn zum Abendessen. Oder einen Auerhahn.«

»Ich werde mich bemühen.«

Ursel nahm die Spitzen und steckte sie auf Pfeile, die sie zuvor geschnitzt hatte. Sie saßen perfekt, waren weder zu leicht noch zu schwer und würden ihre Pfeile präzise ans Ziel bringen.

Eine letzte Frage fiel ihr ein, bevor sie Michel wieder mit Erwin und seiner Arbeit allein ließ. »Michel, du hast sicher auch Münzen von Gerold bekommen. Weißt du, wie viel sie wert sind?«

Überrascht zog der Schmied seine buschigen Augenbrauen hoch. »Wie meinst du das?«

»Na, die Münzen haben doch unterschiedlich viel Wert. Weißt du, was du mit deinen kaufen könntest?«

Der Mann schüttelte den Kopf. »Keine Ahnung«, sagte er. »Ich hab in meinem Leben nie mit Münzen bezahlt. Bevor ich zu Gerold kam, habe ich keine besessen.«

»Hast du denn nie darüber nachgedacht oder die anderen im Lager nach dem Wert gefragt?«

»Einmal habe ich die Münzen Norbert gezeigt, und der hat gemeint, dass Gerold gerecht aufteilt und ich mir keine Gedanken machen soll.«

»Kann Norbert denn rechnen?«, wollte Ursel wissen.

Michel verzog den Mund. »Du stellst heute wirklich merkwürdige Fragen. Wie soll ich das denn wissen?«

Ursel bedankte sich für die Pfeilspitzen, winkte Nero zu sich und verließ Michel wieder. Sie wünschte dem Mann von Herzen, dass er eines Tages seine Angst überwinden und sich in einem Dorf die Anerkennung holen konnte, die ihm gebührte.

Kapitel 21

Lager der Salzpiraten, 952

Ihr seht heute schon wieder viel besser aus«, sagte Ursel. Nachdem sie das letzte Mal so verärgert die Hütte verlassen hatte, versuchte sie heute freundlicher zu sein. Sie hatte schlecht geschlafen und war immer wieder aufgewacht, jetzt fühlte sie sich gerädert. Das Gespräch mit Michel war ihr nicht aus dem Kopf gegangen. Der große ruhige Mann war ihr immer sympathischer gewesen als alle anderen im Lager. Seine Geschichte hatte sie berührt.

»Danke«, antwortete Steffen.

»Wisst Ihr, woran Ihr mich erinnert?« Ursel hatte ein paar besonders saftige Fleischstücke für den Gefangenen zur Seite gelegt und unter mehreren weichgekochten, wilden Rüben versteckt. Jetzt hockte sie vor ihm am Boden und schob die Schüssel zu ihm.

»Du wirst es mir sicher gleich verraten.«

»Ihr seid wie ein Spielzeug, das mein Bruder besaß, als er klein war. Es war eine Figur aus Holz, deren Körper rund wie eine Kugel war. Egal in welche Richtung man sie umwarf, sie stand immer wieder auf.«

Er hob amüsiert seine Augenbrauen. »Du vergleichst mich mit einer Holzpuppe? Das ist wenig schmeichelhaft.«

»Nein, im Gegenteil. Ihr seid widerstandsfähig wie

eine Holzpuppe, die man zwar umwerfen, aber auf Dauer nicht am Boden halten kann.«

Steffen verzog seinen Mund zu einer Grimasse. »Hatte die Puppe wenigstens einen hübschen Kopf?«, wollte er wissen.

Ursel konnte sich ein Lächeln nicht verkneifen. »Ich kann mich nicht mehr richtig erinnern.«

»Das heißt, die Figur war grottenhässlich.«

»Nein, also … nicht direkt hässlich …«, stotterte sie verlegen.

»Vielen Dank auch, ich weiß jetzt, wie ich im Moment aussehe.« Steffen zog die Schüssel zu sich heran und schob die matschigen Rüben zur Seite. Er erkannte, wie gut das Fleisch darunter war. Sicherlich nicht die Mahlzeit, die Gefangene für gewöhnlich bekamen.

»Vielen Dank«, sagte er und biss von einem saftig gebratenen Stück Wildschwein ab.

Ursel beobachtete ihn dabei.

»Wart Ihr schon einmal in Regensburg?«

Er kaute und schluckte, bevor er antwortete. »Nein, aber ich kenne einen Kaufmann, der in Nürnberg wohnt, das ist eine Stadt, die sich ganz in der Nähe befindet.«

»Wie lange braucht man von hier nach Regensburg?«

»Zu Fuß oder mit dem Pferd?« Steffen stellte die Holzschale wieder auf den Boden. Neugierig hob er die Augenbrauen.

»Eher zu Fuß«, sagte sie.

»Das kann ich nicht genau sagen und hängt von der Wetterlage und der Ausdauer des Menschen ab, der unterwegs ist, schließlich macht es einen Unterschied, ob ein gesunder junger Mann oder eine gebrechliche alte Frau reist.«

Genervt verdrehte Ursel die Augen. »Ich will es ja nur ungefähr wissen. Ist man ein halbes Jahr unterwegs oder gar ein ganzes?«

»Um Himmels willen, nein«, sagte Steffen. »Höchstens ein paar Wochen. Je nachdem, wie viele Pausen man einlegt.«

»Ach so.« Ursel war erleichtert. »Und in welche Himmelsrichtung muss man gehen?«

Steffens Augen weiteten sich erstaunt. »Du bist wohl noch nicht viel gereist, oder?«

»Ich bin noch nie weiter als bis nach Gmunden gekommen«, gab Ursel zu. »Also, welche Himmelsrichtung?«

»Nordwesten. Aber es verlaufen alte römische Handelsstraßen aus dem Süden über die Alpen in den Norden. Ich habe von einer Straße, der Via Claudia Augusta gehört, die von Bozen über Innsbruck bis nach Augsburg verläuft.«

»Augsburg?«, fragte Ursel.

»Das ist eine wichtige Handelsstadt. Sie liegt jedoch ein gutes Stück südwestlich von Regensburg. Zwischen Augsburg und Regensburg soll es eine alte Militärstraße geben, die von römischen Legionen benutzt wurde.«

»Habt Ihr die Straße schon einmal benutzt?«

»Nein, aber die Römer waren ein schreiblustiges Volk. Man kann alles in ihren Büchern nachlesen. Die Straßen, die sie bauten, sind allesamt mit Steinen befestigt. Sicher gibt es auch einen passenden Weg von Gmunden nach Regensburg.«

»Straßen aus Stein und Bücher darüber?«, fragte Ursel ungläubig. Sie kannte festgetretene Pfade, die für Fuhrwerke bestimmt waren. Wie einfach musste es sein, auf einem mit Steinen ausgelegten Weg zu reisen.

»Jetzt verstehe ich«, sagte sie, und ihr Gesicht hellte sich auf. »Ihr seid es gewohnt, auf solchen Straßen zu reisen, deshalb habt Ihr Euch im Wald heillos verirrt.«

Steffen hüstelte gereizt. »Ich war müde, hungrig und kannte die Gegend nicht. Außerdem sieht hier alles gleich aus: Bäume, Berge, Büsche, Berge, Farne, Berge …«

Ursel unterbrach ihn: »Jeder Baum sieht anders aus und ebenso jeder Busch. Es ist ganz einfach, sich zu orientieren. Wenn Ihr zum Beispiel nach Gmunden wollt, müsst Ihr Euch immer Richtung Norden halten. Der Traunstein hilft Euch dabei. Er ist nicht zu übersehen.«

»Außer man befindet sich in einer Senke, in der die Bäume so hoch sind, dass sie die Sicht auf den Himmel verdecken«, brummte Steffen.

»Dann hilft Euch die Sonne«, sagte Ursel. »Wartet, bis sie aufgeht, dann könnt Ihr die Himmelsrichtungen bestimmen.«

»Die Himmelsrichtung allein hilft mir nicht weiter, wenn es gilt, einen Berg zu überwinden.«

»Es ist wirklich nicht schwer, nach Gmunden zu gelangen«, sagte Ursel. »Sobald Ihr an eine Waldlichtung gelangt, die von dichten Haselnusssträuchern gesäumt ist und leicht bergab fällt, müsst Ihr Euch westlich halten, würdet Ihr weiterlaufen, würdet Ihr direkt im See landen. Das Ufer ist dort felsig und nicht begehbar. Danach verläuft der Weg bergauf und von der nächsten Lichtung aus habt Ihr einen wunderbaren Ausblick auf den ganzen See. Bei guter Wetterlage könnt Ihr im Norden bis nach Gmunden sehen und im Südwesten den Gipfel des Feuerkogels erblicken. Nur ein Blinder kann sich von dort aus noch verlaufen.«

»Schade, dass ich über dieses Wissen vor ein paar Tagen noch nicht verfügte«, sagte Steffen mit einem schiefen Grinsen.

Ihre Blicke trafen sich, und Ursel spürte ein merkwürdiges Kribbeln im Bauch. Sie fühlte sich auf magische Weise zu ihm hingezogen. Rasch wandte sie ihren Kopf ab.

»Warum interessierst du dich für Regensburg?« Steffen brach die ungewöhnliche Stille zwischen ihnen.

»Möglich, dass dort eine Tante von mir lebt.«

»Du bist ihr noch nie begegnet?«

»Nein, ich weiß nur, dass sie Notburga heißt und einen Kaufmann geheiratet hat. Aber ich habe keine Ahnung, womit er handelt, ob sie von Regensburg weggezogen ist und ob sie überhaupt noch am Leben ist.«

»Oh, das sind sehr wenige Informationen«, bestätigte Steffen.

»Ja«, seufzte Ursel. Sie wusste, wie dünn der Strohhalm war, an den sie sich klammerte. Es wäre völlig verrückt, das Leben hier aufzugeben und sich auf den langen, gefährlichen Weg in völlige Unsicherheit zu machen.

»Ich könnte einen Brief nach Nürnberg schicken und den Kaufmann fragen, ob er einen Kollegen in Regensburg kennt, der eine Notburga vom Traunsee geheiratet hat. Es würde jedoch Wochen, vielleicht sogar Monate dauern, bis ich Antwort bekäme, und natürlich müsste ich den Brief auch entgegennehmen können. Dazu müsste ich wieder bei Graf Wilhelm wohnen.« Steffen zeigte auf seine Fußgelenke, die mit je einem Seil angebunden waren.

Ursel schüttelte den Kopf. »Ihr seid Gerolds Gefangener, er bestimmt, was mit Euch geschieht.«

»Hat er denn immer noch die absurde Idee, Graf Wilhelm würde Lösegeld für mich bezahlen?«

»Er wartet auf die Nachricht eines Informanten«, erklärte Ursel.

»Falls der Informant ihm sagt, dass Graf Wilhelm zahlen wird, kann es sich nur um eine Falle handeln. Der Mann ist so geizig wie der böse Troll, der auf einem Haufen Gold sitzt und lieber verhungert, als es mit anderen zu teilen. Kennst du die Geschichte?«

Es war Jahre her, dass Ursel die Geschichte gehört hatte. Barbara hatte sie an kalten, langen Winterabenden vor dem Kaminfeuer erzählt. Die Geschichte gehörte zu einem anderen Leben, ebenso wie die Erinnerungen an den Gutshof.

»Ja«, sagte sie kurz angebunden. Aber in ihrer Stimme lag eine Wehmut, die sie nicht verbergen konnte.

»Denkst du manchmal darüber nach, das Lager der Piraten zu verlassen?«, fragte Steffen vorsichtig.

»Im Moment habe ich wenig Alternativen«, sagte Ursel.

»Du bist ein kluger und geschickter Bursche, du könntest auf einem Gutshof oder in einem Dorf Arbeit finden oder aber deine Bogen verkaufen. Sicher gibt es eine Menge Männer, die sie kaufen würden.«

Steffen sah sie eindringlich an, während er auf ihre Antwort wartete.

»Es ist nicht so leicht«, begann Ursel. »Man würde mich fragen, woher ich komme, was ich bisher gemacht habe.«

»Je weiter du weggehst, umso bessere Möglichkeiten hast du, deine Geschichte neu zu erfinden.«

Ursel antwortete nicht. Ihre Münzen fielen ihr wieder ein. Sie hatte sie aus ihrem Versteck geholt. Jetzt zog sie ihr Hemd hoch und lockerte den Beutel an ihrem Gürtel.

Sie entfaltete das Stück Leder und legte ihr Vermögen auf den Boden.

»Könnt Ihr mir sagen, wie viel diese Münzen wert sind?«, fragte sie.

Steffen beugte sich, so gut er konnte, vor. Ergriff eine der kleinen, dünnen Metallscheiben und hob sie hoch.

»Das sind wertlose Kupfermünzen. Du kriegst dafür einen Becher Bier und einen Teller Eintopf ohne Fleisch.«

»Seid Ihr sicher?«, fragte Ursel fassungslos.

»Ganz sicher. Wertvolle Münzen sind aus Silber oder Gold, sie tragen das Wappen der Landesfürsten oder Kaiser. Diese hier sind aus Kupfer«, sagte Steffen.

»Was ist mit der hier?«, fragte Ursel und hielt ihm die Münze entgegen, die den Kopf eines kahlen Mannes mit einem Lorbeerkranz zeigte.

»Das ist eine alte römische Münze. Die mag schön sein, du kannst sie als Anhänger an einer Kette verwenden. Aber sie ist seit Jahren nicht mehr in Gebrauch. Niemand würde sie als Zahlungsmittel entgegennehmen.«

Enttäuscht legte Ursel die Münzen zurück aufs Leder und packte sie wieder weg. Sie war also mittellos, Gerold hatte sie betrogen. Diese Information musste sie erst verarbeiten.

»Du magst vielleicht kein Geld haben, aber du bist mutig und geschickt, du darfst dein Leben nicht bei Gerold vergeuden.«

Ursel seufzte. Alles, was Steffen sagte, stimmte. Aber leider gab es eine nicht unwesentliche Kleinigkeit, von der er nichts wusste.

»Ich bin …«, begann sie, brach aber ab.

»Was bist du?« Steffen ermutigte sie, weiterzureden.

In dem Moment wurde die Tür mit einem lauten

Quietschen aufgestoßen, Maria betrat die Hütte. Finster, so als hätte sie das Gespräch eben belauscht, blickte sie die beiden an.

»Du sollst zu Norbert kommen, er braucht deine Hilfe beim Aufstellen einer Leiter«, sagte sie streng zu Ursel. Dann wandte sie sich an Steffen: »Ich sehe, es geht dir wieder besser. Dein Gesicht hat eine gesunde Farbe, und du hältst deine geschiente Hand nicht mehr ganz so vorsichtig. Wir können dich also wieder fesseln.«

Sie holte ein Seil unter ihrer Schürze hervor und ging in die Hocke.

»Worauf wartest du, Zwerg? Norbert steht draußen.«

Ursel zögerte. Sie wollte etwas erwidern, um Steffen die Fesseln zu ersparen, aber es fiel ihr nichts ein. Sie war über sich selbst entsetzt. Wäre Maria nicht gekommen, hätte sie Steffen verraten, wer sie wirklich war. Widerwillig stand sie auf und verließ die Hütte.

Nach dem Abendessen, es hatte erneut Wildschweinbraten gegeben und alle waren satt und zufrieden, erklärte Gerold endlich, was er mit seinem Gefangenen vorhatte.

»Heute habe ich aus zuverlässiger Quelle erfahren, dass Graf Wilhelm über den Verlust seines Sekretärs ebenso entsetzt ist wie über den seines Salzschiffes und der Geldtruhe. Er will den Mann auf jeden Fall zurückhaben«, sagte Gerold. Seine Lippen glänzten noch vom Fett des gebratenen Fleisches, das er eben gegessen hatte. Ein paar Speisereste hingen in seinem üppigen Bart. Auf dem Boden neben ihm lagen abgenagte Knochen. Einer der Hunde stürzte sich darauf, Gerold ließ ihn gewähren.

»Woher weißt du das?«, fragte Lukas. Er war am Vortag nicht dabei gewesen, als es zwischen Gerold und Konrad wegen dieses Themas zum Streit gekommen war. Lukas war noch nicht lange im Lager. Er stammte aus dem Westen, einer Gegend, in der die Berge so hoch waren, dass der Schnee nie schmolz. Niemand wusste, was er ausgefressen hatte, aber eines war klar, er war nicht der Hellste und brauchte ewig, bis er Gefahren erkannte.

»Der Nächste, der an meinen Worten zweifelt?« Gerolds Stimme klang bloß eine Spur tiefer als sonst. Alle, die schon länger im Lager waren, erkannten die Gefahr. Sie wussten über seine plötzlichen Zornausbrüche Bescheid, weshalb sie schwiegen und voll Anspannung das Gespräch beobachteten.

»Nein, ich frage mich bloß, wie du zu deinem Wissen gelangst.«

»Ich habe meine Informanten, das muss dir reichen.« Gerolds Gesicht verfinsterte sich. Aber Lukas schien weder Gerolds angespannte Körperhaltung noch das Interesse der anderen zu bemerken. Man hörte nur noch das Knacken des Lagerfeuers, das Schmatzen des Hundes und die Rufe der ersten nachtaktiven Vögel, die ihre Schlafplätze verließen, um auf Beutefang zu gehen. Funken stoben vom Feuer auf.

»Warum sagst du uns nicht, wer diese geheimen Informanten sind? Sitzen sie in der Burg von Graf Wilhelm, oder in Hallstatt oder in Gmunden oder in …«

Ohne Vorwarnung sprang Gerold auf und zog sein Schwert aus der Scheide. Die Klinge funkelte im Schein der Flammen. Mit einem Satz war er bei Lukas und hielt ihm die scharfe Klinge unter das Kinn. Der Stahl ritzte die Haut auf und bohrte sich ins Fleisch. Eine dünne Blutspur lief über Lukas' Hals. Mit angstgeweiteten Augen starrte der Mann den Anführer an und wagte es nicht, einen Laut von sich zu geben, selbst der Hund hörte auf, seinen Knochen abzuschlecken. Die Aufmerksamkeit aller war auf Gerold gerichtet.

»Die oberste Regel in meinem Lager ist folgende: Wer mir widerspricht, hat hier nichts verloren. Wenn ich sage, dass Graf Wilhelm seinen Schreiberling zurückhaben will, dann ist es so, und es geht dich einen feuchten Dreck an, woher ich das weiß. Deine Aufgabe ist, mir zu glauben und das zu tun, was ich dir sage.«

Lukas versuchte zu nicken, scheiterte aber an Gerolds Klinge und röchelte leise: »Ich hab's verstanden.«

Langsam ließ Gerold sein Schwert wieder sinken, behielt Lukas aber weiter im Auge. Der rieb sich über die blutende Stelle an seinem Hals und wischte sein Blut ins Hemd.

»Noch jemand, der an meinen Worten zweifelt?«, fragte Gerold. Nun war die Drohung in seiner Stimme nicht zu überhören. Niemand wagte zu widersprechen. Einige Männer sahen betreten zu Boden, andere schüttelten eifrig den Kopf. Auch Ursel senkte den Blick, beobachtete Gerold aber weiter aus den Augenwinkeln. Sie glaubte zu wissen, warum er sein Wissen auf keinen Fall mit den anderen teilen wollte. Es musste mit den Säcken zusammenhängen, die Gerold heimlich versteckt hatte. Eigentlich hatte sie vorgehabt, Gerold wegen der Münzen anzusprechen, die nichts wert waren, aber jetzt war wohl kaum der richtige Moment dafür. Vielleicht würde es nie einen geeigneten Augenblick geben. Gerold bestimmte, wer wie viel von der Beute bekam. Wenn er der Meinung war, dass ihr nur wertlose Münzen zustanden, dann war es so. Aber was war mit den anderen Männern? Gab er denen auch bloß Kupfermünzen?

Gerolds finsterer Blick blieb an Ursel hängen. Sie hob

ihren Kopf und versuchte ihm standzuhalten und nicht auszuweichen.

»Zwerg, du wirst zu Graf Wilhelm reiten und ihm meine Lösegeldforderung überbringen.«

Irgendwie hatte Ursel befürchtete, dass die Wahl auf sie fallen würde.

»Und Peter wird dich begleiten.«

Am liebsten hätte sie laut protestiert. Aber sie wusste, dass auch das in der momentanen Situation äußerst unklug gewesen wäre.

Was hinter Peters Stirn vorging, konnte sie nicht erkennen. Hatte er Angst, wollte er den Auftrag ablehnen? Fiel es ihr sonst so leicht, in seinem Gesicht zu lesen, war es jetzt unmöglich. Peter schwieg, genau wie sie.

Gerold steckte sein Schwert wieder in die Scheide und kehrte zurück zu seinem Platz. Er ließ sich schwer auf den Baumstumpf plumpsen. Sein verletztes Bein streckte er von sich weg.

»Maria hat gesagt, dass du schreiben kannst, Zwerg, stimmt das?«

Nun galt die Aufmerksamkeit aller Ursel. Keiner der Anwesenden beherrschte diese Fertigkeit. Ein Raunen ging durch die Reihe. Einige der Männer wirkten beeindruckt, andere neidisch.

»Schreiben gehört nicht zu meinen größten Stärken«, gab Ursel vorsichtig zu. »Aber ich kann es.«

»Es reicht, wenn du einen einfachen Text verfasst, in dem du Graf Wilhelm meine Forderungen mitteilst.«

»Die da wären …?«

Gerold grinste und legte eine Reihe gelber Zähne in seinem von der Sonne und vom Wind gegerbten Gesicht frei. »Ich will einen ordentlichen Batzen Geld für den Mann.«

»Aber wird der Sekretär nicht unser Versteck verraten, sobald er wieder beim Grafen ist?«, gab Norbert zu bedenken.

»Der Schreiberling hat einen Orientierungssinn wie ein gefesselter Maulwurf. Der ist zwei Tage durch die Wälder geirrt, ohne den blassesten Schimmer zu haben, wo er sich befand, bis wir ihn aufgegriffen haben. Er mag zwar klug reden können, aber im Wald kennt er sich nicht aus. Sobald wir ihn aus der Hütte rauslassen und von hier wegbringen, verbinden wir ihm die Augen. Er wird keine Ahnung haben, wo er gewesen ist«, erklärte Gerold.

Ursel sah in die Runde. Einigen Männern lagen Zweifel auf der Zunge, aber niemand wagte es, sie auszusprechen.

Nur Maria war mutig genug. »Warum sollte Graf Wilhelm beide Männer am Leben lassen? Es wird ihm reichen, einen mit einer Botschaft zurückzuschicken, den anderen wird er auf der Stelle hängen lassen oder ihn so lange foltern, bis er ihm unser Versteck preisgibt«, wandte sie ein.

»Deshalb wird auch nur einer die Botschaft überbringen, der andere wartet auf ihn im Wald. Und der Brief wird auch nicht Graf Wilhelm direkt überbracht, sondern Ata, seiner Cousine. Sie ist die Äbtissin des Klosters und wird sich davor hüten, Blut in ihrem neuerrichteten Kloster zu vergießen.«

Ursel biss ich auf die Zunge und presste die Lippen fest gegeneinander. Warum sollte die Äbtissin vor einem Mord zurückschrecken, wenn ihr Kloster auf einem Schlachtfeld errichtet wurde?

Gerold schien ihre Gedanken zu erraten. »Ich weiß,

was du denkst, Zwerg. Aber es ist eine Sache, einen Hof zu überfallen, und eine andere Sache, einen Mord in einem Kloster zu begehen. Gut möglich, dass sie euch Graf Wilhelms Männer hinterherschickt, aber sie wird ihr Kloster nicht mit eurem Blut besudeln. Mittlerweile wohnen dort zehn Nonnen. Eine von ihnen würde sich verplappern, und die Kunde würde sich rasch verbreiten.«

Gerold lachte, die Vorstellung schien ihm zu gefallen. »Die Leute würden sich das Maul über die mordenden Schwestern zerreißen. Der Ruf des Klosters wäre für immer ruiniert, sie würden die Geschichte nie wieder loswerden. Denkt nur: die Blutschwestern.«

»Und wie sollen wir uns vor Graf Wilhelms Männern schützen?«, fragte Peter.

»Du meinst, falls Ata sie euch hinterherschickt?«, fragte Gerold.

Peter nickte.

»Ihr müsst eben schneller sein.«

»Kann der Zwerg denn reiten?«

»Mit Sicherheit so gut wie du«, sagte Ursel. Der Gedanke, mit Peter unterwegs zu sein, war fast genauso unerträglich, wie die Vorstellung, Ata zu begegnen.

»Ihr werdet die Aufgabe meistern, schließlich habt ihr keine andere Wahl«, sagte Gerold. Was er von den beiden verlangte, war eine äußerst heikle und gefährliche Aufgabe, und alle in der Runde wussten es. Jeder wirkte erleichtert, dass er seine Haut hatte retten können.

»Und jetzt, Zwerg, kommst du mit in meine Hütte und schreibst dem Grafen einen kleinen Brief. Ich habe ein Stück teures Pergament gekauft. Das Zeug ist fast so wertvoll wie Salz, dabei kann man es nicht mal essen. Kein Wunder, dass nur die Pfaffen es sich leisten können.«

Gerold erhob sich wieder, und Ursel blieb nichts anderes übrig, als ihm zu folgen.

Bevor sie ging, nahm sie all ihren Mut zusammen: »Gerold, diesmal will ich schon im Vorfeld Peters und meinen Anteil abklären.«

»Du willst was?« Gerold drehte sich abrupt um. Sein Gesicht hatte sich erneut verfinstert. Er funkelte sie aus zusammengekniffenen Augen gefährlich an. Ursel schalt sich eine Närrin. Die Angst davor, für immer hier bleiben zu müssen, hatte sie zu dieser mutigen Frage verleitet. Sie schielte zu Gerolds Hand, die schon wieder auf seinem Schwertknauf lag. Für einen Moment hatte es den Anschein, als wollte er es gegen Ursel erheben. Sie spürte ihr Herz bis zum Hals schlagen. Hätte sie doch bloß den Mund gehalten. Aber dann dachte sie an ihren kleinen Lederbeutel und an die Münzen, die nichts wert waren. Ihre aussichtslose Situation verlieh ihr noch mehr Mut.

»Ich will wissen, was für Peter und mich dabei rausschaut, wenn wir die Aufgabe übernehmen.«

»Du übernimmst keine Aufgabe, Zwerg«, sagte Gerold leise. »Du führst einen Befehl aus.«

»Dann will ich wissen, was wir dafür bekommen, wenn wir deinen Befehl ausführen.«

Gerolds Finger krallten sich im Knauf seines Schwertes fest. Die Knöchel wurden weiß. Ursel wagte kaum zu atmen. Würde er mit der Klinge über ihren Hals oder ihre Wange schlagen? Schon glaubte sie den Schmerz zu spüren, doch es passierte nichts. Im Gegenteil. Gerolds Finger entspannten sich wieder, und er begann schallend zu lachen.

»Zwerg, du gefällst mir!«

»Ich will einen Teil des Lösegeldes für Peter und

mich.« Ursel setzte aufs Ganze. Sie brauchte das Geld, um nach Regensburg zu gelangen.

»Wie viel?«, fragte Gerold.

»Die Hälfte.« Sie wusste, dass ihre Forderung unverschämt hoch war. Aber sie wusste auch, dass sie nicht länger hierbleiben konnte. Sie wollte sich nicht ihr ganzes Leben lang verstellen, und sie würde keine weiteren Menschen töten oder ausrauben können.

»Das ist viel Geld«, sagte Gerold. »Zu viel Geld für zwei lausige Burschen, wie ihr es seid.«

Nun meldete Michel sich überraschend zu Wort. Er saß etwas abseits, unter einer breiten Eiche, deren ausladende Äste tief auf den Boden reichten.

»Die Hälfte erscheint mir fair«, mischte sich der sonst so stille Mann ein. »Anders als bei einem Überfall tragen die beiden die ganze Last allein. Sie sollen auch ordentlich entlohnt werden.«

Gerold spuckte verärgert aus, wischte sich mit dem Handrücken über den Mund und sagte: »Ein Viertel für euch zwei.«

Sein Tonfall machte klar, dass er nicht weiter verhandeln würde. Ursel hatte hoch gespielt. Sie konnte mit dem Ergebnis zufrieden sein. Immer noch raste ihr Herz, vor Aufregung, aber auch vor Freude über den kleinen Sieg. Als sie Gerold nun in seine Hütte folgte, nahm sie Peters Blick wahr. Für einen kurzen Augenblick glaubte sie, Bewunderung darin zu sehen. Aber die Lichtverhältnisse waren schlecht, wahrscheinlich hatte sie sich bloß geirrt.

Kapitel 22

Lager der Salzpiraten, 952

Am nächsten Morgen stand Ursel zeitig auf und zog sich hinter Michels Holzverschlag zurück, um den Bogen, an dem sie seit Monaten arbeitete, fertigzustellen. Sie hatte mehrere Schichten Sehnenbelag auf den Kern aus Eibenholz aufgetragen und den Rohling immer wieder wochenlang trocknen lassen. Danach hatte sie den Bogen mit Fischleim bestrichen, um die dünnen Hornschichten zu befestigen, und wieder geduldig gewartet. Zuletzt hatte sie feine Birkenrinde um den Griff gewickelt. Ursel bevorzugte Rinde statt Hirschrohhaut. Die Oberfläche des pflanzlichen Materials war ihr lieber als das eines toten Tieres. Sie hatte den Rohling mit einem Ziehklingenhalter, den Michel ihr angefertigt hatte, über heißem Wasserdampf in eine perfekte dreimal gebogene Form gebracht. Danach hatte sie ihn mit ihrer Muskelkraft gebogen und schließlich die Sehne gespannt. Jetzt galt es, den Bogen fertig zu tillern.

Konzentriert schabte sie mit einem scharfen Messer jede kleine Unebenheit vom Holz, spannte nach und überprüfte ihre Arbeit. Dort, wo der Bogen nicht perfekt gekrümmt war, half sie mit einer Feile nach. Sie schliff und polierte und vergaß darüber ihre Umgebung. Dementsprechend erschrocken zuckte sie zusammen, als sich ein Schatten über ihre Arbeit legte und Peter neben ihr stand.

»Nimmst du den heute Nacht mit?«, fragte er.

»Ich hoffe, dass ich bis dahin fertig bin.«

Ursel sah von ihrem Bogen auf. Sie hielt ihn auf Armeslänge von sich weg und begutachtete ihr Werk. Leider war sie immer noch nicht ganz zufrieden.

»Hier unten muss ich noch nacharbeiten«, meinte sie kritisch und zeigte mit ihrem Zeigefinger auf eine unebene Stelle.

»Du bist ein guter Bogenbauer«, sagte Peter.

Hatte Ursel sich eben verhört, oder hatte Peter ihr tatsächlich ein Kompliment gemacht?

»Was ist los mit dir?«, fragte sie argwöhnisch. »Hast du Angst vor dem Ritt zu Graf Wilhelm?«

»Was, wieso?« Peter streckte die Schultern durch und plusterte sich auf.

»Du hast mich noch nie gelobt«, sagte Ursel. »Entweder bist du krank, oder du hast Angst.«

Verärgert lief Peter rot an. Er spuckte auf den Boden und verfehlte Ursel, die vor ihm saß, nur knapp.

»Ich habe keine Angst, so ein Blödsinn. Ich wollte bloß mal nett sein, das ist alles. Aber scheinbar kapierst du Zwerg das nicht!«

Er drehte sich abrupt um und stapfte beleidigt davon. Verwirrt sah ihm Ursel hinterher. Sie hatte nicht die leiseste Ahnung, was das gerade zu bedeuten hatte.

Bis zum späten Nachmittag hatte sie endlich ihren Bogen fertig. Sie war zufrieden. Vorsichtig befestigte sie ihn an der Satteltasche des Pferdes. Außerdem packte sie den Brief, den sie nach Gerolds Vorstellungen geschrieben hatte, etwas Proviant, Pfeile und sämtliche Pfeilspitzen, die Michel ihr gegeben hatte, zusammen. Nach dem Abendessen legte sie sich noch ein paar Stunden auf ihr Lager, konnte aber keinen Schlaf finden. Peter wollte noch vor Sonnenaufgang losreiten.

Kurz bevor es so weit war, die meisten im Lager schliefen tief und fest, schlich sie sich ein letztes Mal zu Steffen, der, sollte alles nach Plan laufen, bald wieder ein freier Mann sein würde. Der Himmel war bereits hellgrau, als sie die niedrige Hütte betrat, in der es wie immer dunkel, aber nicht völlig finster war.

Zu ihrer Überraschung war Steffen bereits munter und saß wie gewohnt mit dem Rücken an die Wand gelehnt am Boden.

»Könnt Ihr nicht schlafen?«, fragte sie.

»Wovon sollte ich müde sein? Ich sitze den ganzen Tag untätig am Boden und versuche nicht verrückt zu werden. Wenn du nicht hier bist, lausche ich den Geräuschen außerhalb meines Gefängnisses. Einige der Männer erkenne ich bereits an der Art, wie sie auftreten. Es gibt die Stampfer und die Hüpfer und die Schlürfer ...« Er lächelte sie an.

»Was bin ich?«, wollte sie neugierig wissen.

Sein Lächeln wurde intensiver. »Du bewegst dich schnell und mit einer Leichtigkeit, die ich als elegant bezeichnen würde.«

Ursel hätte gerne weiter mit ihm geredet und erfahren, worüber er nachdachte, wenn er keine Geräusche hörte, aber dazu fehlte die Zeit, Peter würde gleich fertig sein und auf sie warten. Er war bereits bei den Pferden.

»Ich hoffe, dass Eure Gefangenschaft bald ein Ende haben wird«, sagte sie ernst.

»Was veranlasst dich zu diesem hoffnungsvollen Gedanken?«

»Ich werde heute zu Ata reiten und ihr einen Brief für ihren Cousin Graf Wilhelm übergeben. Darin bieten wir ihm Euer Leben gegen die Zahlung von Lösegeld an.«

Mit einem Mal wurde sein Blick ernst. Seine sonst so strahlenden Augen verfinsterten sich. Er schob sich von der Wand weg. »Das ist völliger Unsinn und mit Sicherheit eine Falle!«, sagte er ungewohnt laut und mit einer Schärfe, die sie bei ihm noch nicht gehört hatte.

Unwillkürlich machte sie einen Schritt rückwärts.

Etwas leiser, aber immer noch aufgeregt fuhr er fort: »Ich habe dir schon einmal gesagt, dass Graf Wilhelm für mich kein Geld bezahlen wird. Das Ganze ist ein Trick, um euch alle umzubringen. Er wird dir und Peter ins Lager folgen. Wer immer Gerolds Informant ist, er hat ihn bewusst oder unbewusst angelogen.«

Ursel antwortete nicht, und Steffen sprach unbeirrt weiter.

»Gerold ist ein Mann, der viele Feinde hat. Er überfällt nicht nur die Salzschiffe mit dir und deinen Kumpanen, er ist auch in andere Machenschaften verstrickt.«

»Wovon redet Ihr?« Ursel schüttelte verwirrt den Kopf.

»Graf Wilhelm hat mich nach Hallstatt geschickt, um das Verschwinden von Salzsäcken zu untersuchen. Ich konnte nicht herausfinden, wer dahintersteckt. Aber wäre es nicht möglich, dass Gerold seine Finger irgendwie im Spiel hat? Er hatte ein Abkommen mit deinem Vater, warum sollte er nicht auch eines mit einem der Männer in den Bergwerken haben?«

Gerolds geheimes Versteck im Wald fiel Ursel ein.

Dass er sie und einige andere, die den wahren Wert von Münzen nicht kannten, übervorteilte, war gewiss. Durchaus möglich, dass noch weitere Verbrechen auf seiner Liste standen.

»Ich vermute, dass er mit einem oder mehreren Männern in Hallstatt gemeinsame Sache macht. Entweder erpresst er jemanden, oder aber es handelt sich um eine freiwillige Zusammenarbeit. Gerold kennt viele Händler, denen er sein gestohlenes Salz in großen Mengen verkaufen kann, ohne dass die nachfragen, woher es stammt.«

Ursel schüttelte den Kopf, obwohl sie ahnte, dass Steffen die Wahrheit sagte. Oft war Gerold tagelang weg, und niemand wusste, wo genau er sich aufhielt. Er hütete seine Kontakte wie ein strenges Geheimnis. Niemand außer ihm wusste, an wen das Salz verkauft wurde. Seine Verschwiegenheit veranlasste die Männer immer wieder zu den wildesten Spekulationen. Natürlich bloß heimlich hinter seinem Rücken, denn niemand wollte sein Schwert zu spüren bekommen wie Lukas.

»Mag sein, dass Ihr mit dieser Sache recht habt«, gab Ursel zu. »Aber die Lösegeldforderung ist die einzige Möglichkeit, Euer Leben zu retten, ohne mein eigenes zu riskieren.«

»Wie meinst du das?«

»Denkt Ihr, ich hätte in den letzten Tagen nicht darüber nachgedacht, Eure Fesseln einfach zu lösen? Aber wenn ich es täte, dann würde Gerold mich noch am selben Tag am nächsten Baum aufknüpfen lassen. Er ist gerissen. Gerade, weil er befürchtet, ich könnte Euch freilassen, hat er mich für die Aufgabe ausgesucht. Wenn Ihr verschwindet, bedeutet das meinen Tod.«

Der Blick, mit dem er sie ansah, war voller Wärme und Zärtlichkeit. Es war kein Blick, den ein Mann für gewöhnlich für einen anderen Mann bereithielt. Es lag noch etwas anderes darin. Sehnsucht.

»Es bleibt mir also nichts anderes übrig, als mit Peter loszureiten. Er wartet draußen bereits auf mich, ich muss los«, sagte Ursel.

»Peter?« Das Entsetzen auf seinem Gesicht war fast so groß, wie seine Stimme laut war.

»Pssst, Ihr weckt mit Eurem Geschrei noch alle auf.« Ursel legte den Zeigefinger auf ihren Mund.

»Der brutale Bursche wird versuchen, dich umzubringen.«

»Unsinn«, sagte Ursel entschieden. »Ich war schon unzählige Male mit ihm unterwegs. Ich weiß, wie ich mich gegen ihn wehren kann. Ihr braucht Euch um mich keine Sorgen zu machen.«

»Du darfst nicht gehen …«

»Ihr seid wohl kaum in der Lage, mir etwas zu verbieten«, sagte Ursel scharf. »Lebt wohl, Steffen.«

»Ursel, bitte bleib.« Er flüsterte ihren Namen so leise, dass sie sich nicht sicher war, ob sie sich eben verhört hatte. Erschrocken blieb sie stehen, verharrte einen Moment und drehte sich dann zu ihm.

»Was habt Ihr eben gesagt?«

»Ich habe dich bei deinem Namen genannt.«

»Aber … wie, aber … seit … wann …«, stammelte sie, denn ihr fehlten die Worte.

»Ich wusste es, seit man mich ins Lager gebracht hat. Ich habe dich beobachtet, als du dich nach dem Überfall bei einer Quelle im Wald gewaschen hast, und dann habe ich einfach alles, was du mir erzählt hast, zusammengesetzt, bis das fertige Bild entstand. Du bist Ursel, die Tochter von Reinhart«, gestand er.

Das Blut schoss Ursel in die Wangen. Sie dachte an jenen Nachmittag im Wald. Hatte sie nicht kurz den Eindruck gehabt, beobachtet zu werden? Nero hatte freundlich reagiert und mit dem Schwanz gewedelt. Er hatte Steffen von Anfang an gemocht.

»Ihr habt mich die ganze Zeit über belogen?« Sie war fassungslos.

»Ich würde es anders formulieren«, sagte Steffen. »Du hast mich belogen, und ich habe dein Spiel mitgemacht.«

Er unternahm den Versuch eines Lächelns, aber es war mehr eine verzweifelte Grimasse. Ursels Wut wurde noch größer.

»Ein Spiel nennt Ihr das?« Am liebsten hätte sie ihm ins Gesicht geschlagen. »Ihr habt keine Ahnung, wie es sich anfühlt, als mittellose Frau ohne Familie dazustehen. Mein Leben ist kein Spiel. Ich habe mich für die einzig halbwegs würdige Form des Überlebens entschieden, ohne dabei meinen Körper verkaufen zu müssen.«

Ohne ein weiteres Wort stürmte sie aus der Hütte.

»Ursel, bitte, so warte. Ich wollte dich nicht beleidigen. Ich wollte dir vielmehr sagen ...« Weiter kam er nicht. Er hörte, wie sich ihre Schritte entfernten. Jemand nannte sie »Zwerg«, es war Peters Stimme.

Zum ersten Mal, seit er hier gefangen war, zerrte er verzweifelt an seinen Fesseln und wollte los. Er musste ihr nach, wollte ihr sagen, dass er sie für ihren Mut bewunderte und dass er sie nicht gehen lassen wollte, weil er sich um sie sorgte ... und sich Hals über Kopf in sie verliebt hatte.

Er hörte, wie Ursel sich von Nero verabschiedete, sie

versprach ihm wiederzukommen, und erklärte ihm, dass sie ihn nicht mitnehmen könne. Ein Pferd wieherte leise, es folgte Hufgetrappel, das vom Waldboden gedämpft wurde und sich leise entfernte. Nero jaulte verzweifelt. Es klang, als risse er an einer Leine, an der er festgebunden war. Wenn er nicht aufhören würde, zu bellen, würde, einer der Piraten mit einem Prügel nachhelfen. Steffen konnte das Tier gut verstehen, auch in ihm schrie eine verzweifelte Stimme: »Nein!«

Kapitel 23

Benediktinerkloster
auf der Halbinsel von Traunstein, 952

Die Karotten waren ungewöhnlich rund und hatten die Form von Kohlrüben. Aber sie waren orange und schmeckten süß wie Karotten. Nikolaus zog eine Wurzel nach der anderen aus dem dunklen Boden und säuberte sie mit den Fingern von der Erde. Sorgfältig legte er die Wurzeln in den flachen Korb und schichtete sie zu einem ordentlichen Haufen.

Er liebte die Arbeit im Gemüsegarten des Klosters. Seit Schwester Berta die Aufgabe als Köchin übernommen hatte, durfte er jeden Tag im Garten arbeiten. Die kleine Frau, deren Figur ein bisschen an die runden Karotten in seinem Korb erinnerte, hatte schnell erkannt, wie geschickt Nikolaus im Umgang mit Pflanzen war.

»Ich kann mir keinen besseren Gärtner vorstellen«, hatte sie gesagt und die Äbtissin dazu überredet, ihn vom Bau des Hauptgebäudes, das immer noch nicht fertiggestellt war, abzuziehen und im Garten einzusetzen. Seither wohnte Nikolaus in einem kleinen Holzhäuschen neben der Klosterküche. Er hatte ein eigenes Bett, einen Tisch, einen Stuhl und ein Kohlebecken, mit dem er im Winter einheizen konnte. An der Wand hingen ein Kreuz und ein Haken, an dem er seinen Mantel aufhängen konnte. Seine

Mahlzeiten nahm er immer gemeinsam mit den Nonnen im Refektorium ein. Alle, bis auf Ata, saßen an einem länglichen Tisch. Obwohl das nicht den Ordensregeln entsprach, wurde geschwatzt und gelacht. Die Äbtissin bevorzugte es, allein zu speisen. Angeblich glichen ihre Räumlichkeiten denen einer Herzogin. Nikolaus war nie dort gewesen und hoffte auch, nie zu ihr gerufen zu werden. Er konnte die Frau mit den strengen Gesichtszügen nicht leiden. Sie machte ihm Angst. Zum Glück begegnete er ihr nur selten. Sie verbrachte einen Großteil ihrer Zeit bei ihrem Cousin, Graf Wilhelm, oder in ihren eigenen Gemächern. Nur hin und wieder traf er sie im Kreuzgang, der noch nicht ganz fertiggestellt war. Sobald Ata ihn sah, wandte sie sich ab, so als könnte sie seinen Anblick nicht ertragen. Nikolaus war das nur recht. Alle anderen Schwestern liebte er wie seine eigene Familie. Die Frauen hatten ihn ebenso ins Herz geschlossen wie er sie.

Als er auch die letzte Karotte aus der Erde gezogen hatte, richtete er sich auf, wischte mit dem Handrücken den Schweiß aus seiner Stirn und trug den Korb in die Küche. Graf Wilhelms Leute hatten innerhalb kürzester Zeit ein solides, quadratisches Wohngebäude errichtet, in dem die Nonnen lebten. Rund um diesen Bau entstand nun das Kloster. Die Küche, die sich in einem Nebengebäude befand, war erst vor ein paar Wochen fertig geworden. Die Fensterläden fehlten noch. Im Moment durchflutete die Sonne den Raum.

Schwester Bärbel sah von ihrer Arbeit auf und begrüßte Nikolaus freundlich. Sie nahm ihm den Korb ab und lobte die Ernte. »Nikolaus, das sind die schönsten Karotten, die ich je gesehen habe. Wie machst du das bloß? Gott hat dich mit einer wundervollen Gabe beschenkt. Er muss dich besonders lieb haben.« Die junge Frau war im Frühjahr ins Kloster gekommen. Sie hatte im Winter ihre gesamte Familie verloren. Ein böses Fieber hatte innerhalb einer Woche ihre Eltern und ihre Geschwister dahingerafft. Mittellos hatte sie an die Klostertür geklopft und war von Berta, der Köchin, aufgenommen worden. Die Schwestern hatten Ata erst Wochen später über den Neuzugang im Kloster informiert und erklärt, dass die Gemeinschaft auf Bärbels Mitarbeit nicht mehr verzichten könne.

Nun trat Berta hinzu. Sie hatte in einer Ecke gestanden und Butter gestampft. Berta bewunderte ebenfalls das Wurzelgemüse. »Nikolaus würde selbst dem kahlen Wüstenboden im Heiligen Land ein paar Pflanzen abringen.«

Beschämt ob der lobenden Worte errötete Nikolaus. Er hatte sich immer noch nicht daran gewöhnt, dass seine Arbeit geschätzt wurde. Es hatte Wochen gedauert, bis er begriffen hatte, dass er nicht nur mit allen am Tisch sitzen durfte, sondern dass die Frauen sich aufrichtig über seine Gegenwart freuten.

Sosehr er an manchen Tagen seine Familie und vor allem Ursel vermisste, sosehr genoss er sein neues Leben im Kloster. Jeden Tag bat er den lieben Gott in seinen Gebeten, dass Ursel noch am Leben sein und er seine schützende Hand über sie legen möge. Er bat, dass sie nicht von Wölfen oder einem Bären gefressen worden sei, sondern irgendwo ein glückliches Leben führen möge. Manchmal, wenn er in seinem eigenen Bett lag, machte er sich Vorwürfe. Dann sagte er sich, dass er sie nicht verletzt im Wald hätte zurücklassen dürfen. In seiner Not hatte er Berta beim Zwiebelschneiden davon erzählt. Die Nonne hatte ihm aufmerksam zugehört, das Gemüse zur Seite geschoben und ihre Hand auf seine gelegt. Sie hatte ihn mit ihren warmen, freundlichen Augen angesehen und beruhigt.

»Lieber Nikolaus, vielleicht hast du deiner Schwester auf diese Weise das Leben gerettet. Kann sein, dass sie längst verheiratet ist, in einem hübschen Häuschen wohnt und gerade ihre Kinder mit Gemüsesuppe füttert.«

Dann war sie aufgestanden und hatte eine Holzschüssel mit einem großen Schöpflöffel Suppe gefüllt, eine dicke Schnitte frisches Brot mit süßer Butter bestrichen und ihm alles gereicht.

Obwohl Nikolaus wusste, dass Ursel nicht kochen konnte und ihre Suppe mit Sicherheit nicht so gut schmeckte wie die von Berta, hatte ihm das Bild von seiner Schwester als liebevolle Mutter gut gefallen. Er hatte es in seinen Gedanken festgehalten. Wenn er traurig war und sich um Ursel sorgte, dann holte er das Bild hervor.

Nun kehrte Berta zum Buttertopf zurück und reichte ihn Bärbel. »Bitte streich die Butter in die Holzformen und stell sie in die Vorratskammer«, forderte sie. Dann wandte die Köchin sich an Nikolaus. »Morgen hat unsere Äbtissin Namenstag. Ich werde ihr einen Nusskuchen backen. Es ist ein altes Rezept meiner Mutter«, erklärte sie. »Dazu brauche ich einen ganzen Korb voll Nüsse. Kannst du mir beim Knacken der Schalen helfen?« Sie wartete seine Antwort nicht ab, sondern griff nach einem Sack, der unter dem Tisch stand, und holte einen leeren Korb aus der Vorratskammer. Beides trug sie in den sonnigen Kräutergarten im Inneren des halbfertigen Kreuzgangs. Es war ein beschaulicher Platz, an den das ständige Hämmern der Handwerker, die an der Fassade der Kapelle arbeiteten, nicht drang.

Nikolaus folgte ihr. Er liebte Walnüsse und wusste, dass Berta nichts dagegen hatte, wenn er den einen oder anderen Kern naschte. Er nahm neben ihr auf einer Holzbank Platz.

»Wird Ata morgen mit uns allen essen?«, wollte er wissen.

»Ich glaube nicht. Sie hat schon gesagt, dass sie ihren Cousin besuchen wird. Graf Wilhelm und seine Frau haben unsere Äbtissin zum Abendessen eingeladen. Ich denke, dass Graf Wilhelm über die Fortschritte beim Bau unserer Kapelle informiert werden will.«

Nikolaus lächelte zufrieden, er war froh, dass Ata ihren Festtag nicht im Kloster verbrachte. Er drückte zwei Nüsse gegeneinander. Seine kurzen Finger waren kräftig.

Berta schien seine Gedanken lesen zu können. Sie lächelte milde. »Unsere Äbtissin ist eine strenge und ehrgeizige Frau, aber sie ist auch weise und geschickt. Ohne ihre Anstrengungen würde unser Kloster nicht in der Geschwindigkeit wachsen. Wir können bereits in der Kapelle beten, der Kreuzgang wird noch im Herbst fertiggestellt werden, und unsere Vorratskammern sind stets gefüllt, so dass wir Hungerleidenden helfen und Almosen verteilen können.«

Statt zu antworten, steckte Nikolaus eine Nuss in den Mund. Sie schmeckte herb-bitter und ein kleines bisschen süß. Er wollte nicht schlecht über Ata reden. Solange Berta und die anderen Frauen im Kloster waren, konnte er sich keinen Ort vorstellen, wo er lieber leben würde. Nikolaus dankte Gott. Er hatte es wirklich gut mit ihm gemeint und ihm ein wundervolles Zuhause geschenkt. Wenn er ihm jetzt noch ein winzig kleines Zeichen von Ursel schicken könnte, wäre sein Leben perfekt. Nikolaus wollte Gott heute Abend erneut darum bitten und ein Extragebet sprechen. Ob ein Credo ausreichte oder lieber ein Vaterunser? Berta hatte ihn beide Gebete gelehrt. Unschlüssig biss er sich auf die Unterlippe. Es konnte nicht schaden, wenn er beide Gebete aufsagte.

Kapitel 24

Lager der Piraten, 952

Nero hatte noch so lange weitergeheult, bis einer der Männer zu ihm gelaufen war. Steffen hatte gehört, wie jemand geschimpft und zugeschlagen hatte. Danach hatte Nero nur noch leise gewinselt. Jetzt war er seit Stunden still. Ob er tot war? Es würde Ursel das Herz brechen, wenn sie zurückkam und ihr bester Freund wäre nicht mehr am Leben.

Steffen fühlte sich so hilflos wie selten zuvor. Er hockte in seinem verhassten Gefängnis und lauschte den Geräuschen, die von draußen zu ihm drangen. Nach und nach kam Leben ins Lager. Die Männer erwachten, ein Feuer wurde entfacht, Holz gehackt, Frühstück zubereitet. In den letzten Tagen wäre jetzt Ursel zu ihm gekommen, um ihm eine Schüssel Fleisch oder Frühstücksbrei zu bringen. Sie hatte Abwechslung in seinen trostlosen Alltag gebracht und ihn mit ihren neugierigen Fragen zum Nachdenken gezwungen. Wieder dachte er an ihren wütenden und verletzten Gesichtsausdruck, als sie die Hütte verlassen hatte. Wären seine Hände nicht gefesselt, würde er sich ohrfeigen. Er hätte ihr schon früher gestehen müssen, dass er wusste, wer sie war. Aber er hatte bis zum Schluss gehofft, dass sie ihm freiwillig ihr Geheimnis anvertraute. Er hatte sich getäuscht und zu lange zugewartet.

Vor der Hütte stritten sich zwei Männer wegen eines kaputten Bechers. Steffen hörte nicht zu. In seinem Kopf kreisten immer dieselben Gedanken. Er quälte sich mit Selbstvorwürfen. Nach der durchwachten Nacht fiel er irgendwann in einen Dämmerzustand, in dem er nicht richtig schlief, aber auch nicht munter war.

Als sich die Tür öffnete und Sonnenlicht direkt auf sein Gesicht fiel, musste er blinzeln. Es dauerte einen Moment, bis er die dunkle Silhouette im Gegenlicht erkannte. Es war Maria. Heute brachte sie sein Frühstück. Es war bei weitem nicht so üppig wie in den Tagen davor, aber das war belanglos. Er hatte keinen Hunger. Sobald Maria die Schüssel vor ihm auf den Boden gestellt hatte, schob er sie unberührt von sich.

»Du solltest mit deinem Essen nicht so achtlos umgehen. Gut möglich, dass ich deine nächste Portion vergesse«, sagte sie.

Steffen interessierte das Essen nicht. »Graf Wilhelm wird für mich kein Lösegeld bezahlen. Es ist völlig unsinnig, dass Hans und Peter zu ihm reiten. Die beiden bringen nicht nur sich selbst, sondern auch alle anderen hier in Gefahr«, platzte er heraus. Er musste seiner Wut Raum geben. Wäre nicht Maria hier, würde er sie an jemand anderem auslassen.

»Du brauchst dich nicht mehr zu verstellen. Ich weiß längst, dass du Hans durchschaut hast.« Maria stellte neben der Holzschüssel einen Becher Wasser ab.

Verblüfft blieben Steffen die Worte im Hals stecken.

»Du weißt, dass sie …?«, er beendete seinen Satz nicht.

»Ich weiß, dass Hans in Wirklichkeit Ursel ist, und ich

habe Augen im Kopf. Ich habe gesehen, wie du sie angeschaut hast. Kein Mann sieht einen anderen mit diesem Blick an, außer er ist verkehrt herum gestrickt. Und wäre das der Fall gewesen ...«, sie machte eine Pause und legte einen ihrer dicken Zöpfe, er war über ihre Schulter auf ihre Brust gerutscht, wieder in den Nacken, »... hätte es hier eine Menge Mannsbilder gegeben, die stattlicher sind als unser mickriges Zwerglein.«

Steffen war immer noch sprachlos. Er musste die neugewonnene Information erst verarbeiten. Maria wusste über Ursel Bescheid, sie hatte sie nicht verraten, dennoch hatte er nie den Eindruck gehabt, dass sie Hans, beziehungsweise Ursel, sonderlich mochte.

»In welcher Verbindung stehst du zu Ursel?« Steffen rechnete nicht damit, von Maria eine Antwort zu bekommen. Dennoch fragte er weiter.

»Kanntest du Ursel von früher?«

Er wartete.

Nach einer gefühlten Ewigkeit ließ sich Maria zu einer Antwort herab: »Ich kannte ihren Vater.«

Steffens Neugier war geweckt. Wenn er wissen wollte, was Maria zu erzählen hatte, brauchte er Geduld und Fingerspitzengefühl. Im Moment fehlte ihm beides. Sein ganzer Körper kribbelte vor Unruhe. Dennoch versuchte er Maria weitere Informationen zu entlocken.

»Meinst du, du hast ihn bei einem Treffen gesehen, das zwischen ihm und Gerold stattgefunden hat? Oder hast du ihn näher gekannt?«

Maria wich der Frage aus: »Er war immer wieder einmal im Lager.«

»Und dennoch warst du die Einzige, die Ursels Geheimnis durchschaut hat. Wie gibt es das?«

»Warum hast du sie durchschaut?«, stellte Maria die Gegenfrage.

»Es war ein Zufall.«

»Genauso war es bei mir«, gab Maria zu. »Ich lasse die Schüssel hier. Vielleicht überlegst du es dir ja noch und isst etwas. Ich würde es dir raten.«

Steffen wollte sie noch nicht gehen lassen. Er spürte, dass Maria etwas verheimlichte, und ahnte, dass es in irgendeinem Zusammenhang mit Ursel stand. Es war nicht mehr als eine Vermutung, vielleicht auch bloß ein Wunsch, um mehr über Ursel zu erfahren. Ein Gedanke, geboren aus der Verzweiflung, und eine Folge ständiger Übermüdung.

»Ich glaube, dass du Ursels Vater besser gekannt hast als alle anderen im Lager.« Steffens Behauptung entbehrte jeder Grundlage. Er versuchte einfach sein Glück und provozierte eine Reaktion. Alles war besser, als wieder allein mit seinen Gedanken in dieser schrecklichen Hütte zu sitzen. Zu seiner großen Überraschung ging seine Rechnung auf.

Die steile Falte auf Marias Stirn wurde noch tiefer. Sie sah traurig aus, vielleicht sogar verletzt. Offenbar hatte Steffen den Nagel auf den Kopf getroffen. Manchmal hüteten Menschen über Jahre ein Geheimnis. Wenn sie dann aus irgendeinem Grund, und sei es bloß ein Zufall, ein kleines Stückchen davon verrieten, brannten sie darauf, alles loszuwerden.

»Ich werde in ein paar Tagen nicht mehr hier sein«, sagte Steffen. »Entweder zahlt Graf Wilhelm für mich das Lösegeld, oder aber er zahlt nicht, und Gerold lässt mich töten. Ich bin also so oder so keine Gefahr mehr für dich.«

»Und deshalb soll ich dir von mir erzählen?«, fragte

Maria. Sie hatte sich wieder gefasst und wirkte jetzt amüsiert.

»Warum nicht? Du willst deine Geschichte loswerden. Ich kann es dir ansehen. Vermutlich trägst du sie seit Jahren mit dir herum. Und sie wiegt schwer, auch das kannst du nicht verbergen.«

Maria versuchte zu lachen, aber aus ihrer Kehle kam bloß ein Krächzen. Schon befürchtete Steffen, dass er zu hoch gepokert hatte. Vielleicht hätte er länger zuwarten sollen. Aber mit einem Mal änderte sich Marias Gesichtsausdruck erneut. Sie sah entschlossen aus.

»Ich werde mit dir reden wie der Verurteilte, der dem Henker seine Taten gesteht, bloß mit vertauschten Rollen. Gerold wird dich töten, und du wirst meine Geschichte mit in den Tod nehmen.« Sie startete erneut einen Lachversuch, diesmal gelang er. Die Laute erreichten jedoch nicht ihre Augen. Die blieben traurig. Steffen ließ sie nicht aus dem Blick.

Sie setzte sich nur eine Schrittlänge von ihm entfernt auf den Boden. Ihr Gesicht war seinem zugewandt. Sie strich ihr braunes Wollkleid glatt, faltete ihre Hände in ihrem Schoß und begann zu reden.

»Ich habe früher auf der Halbinsel unterhalb des Traunsteins gelebt.«

»Auf dem Gutshof von Reinhart?«

»Ja, damals war Reinhart noch ein junger Bursche gewesen. Die Herren von Orth hatten einige ihrer Gefolgsleute gebeten, sich auf der Halbinsel anzusiedeln. Wie du weißt, ist dort die schmalste Stelle im See und bietet sich an fürs Erheben von Zöllen. Die Herren von Orth dachten, dass sie so einfach an Geld gelangen konnten. Einige Jahre funktionierte das wunderbar, bis Gerold sich in den

Wäldern ansiedelte, die Gegend unsicher machte und anfing, die Schiffe zu überfallen.«

Bis jetzt hatte Steffen nichts Neues erfahren. Er unterbrach Maria trotzdem nicht und hörte weiter gespannt zu.

»Reinhart kannte Gerold von früher, die beiden sind gemeinsam aufgewachsen. Er vereinbarte mit ihm einen Pakt. Er gab Gerold einen Teil der erhobenen Zölle, und im Gegenzug überfiel Gerold keine weiteren Schiffe. Mehr noch, er sicherte die Gegend und säuberte sie von anderen Räuberbanden. Die Wälder wurden sicherer denn je.«

Auch das wusste Steffen bereits.

»Die Herren von Orth waren zufrieden und setzten Reinhart als Verwalter des Gutshofes ein, der von Jahr zu Jahr größer wurde und bald die Größe eines Dorfes hatte. Alles verlief friedlich, bis Graf Wilhelm seine Güter übernahm und nicht länger auf einen Teil seines Salzes verzichten wollte. Den Rest der Geschichte kennst du ja. Er ließ den Gutshof überfallen und ein Kloster errichten. Gegen den Bau eines Gotteshauses konnten auch die Herren von Orth nichts einwenden, und so schluckten sie die Geschichte vom schrecklichen Brand und zogen sich zurück.«

»Was hat das alles mit dir und Ursels Vater zu tun?«, fragte Steffen, der Angst hatte, Maria würde ihre eigene Geschichte vergessen.

»Nach dem Tod meines Vaters hat meine Mutter sich am Gutshof angesiedelt. Sie war eine Kräuterfrau, die über großes Wissen verfügte. Einen Teil davon hat sie an mich weitergegeben, leider längst nicht alles.«

»Ich kann mir nicht vorstellen, dass jemand auf dem Gebiet der Heilkunst über mehr Wissen verfügt als du«, sagte er ehrlich beeindruckt. Maria hatte sein Handgelenk gerettet, wie keine andere es vermocht hätte.

Sie lächelte geschmeichelt.

»Ottilia, so hieß meine Mutter, war wirklich außergewöhnlich. Die Menschen am Hof nahmen sie voll Freude bei sich auf, obwohl sie eine mittellose Witwe war.«

»Wie alt warst du, als du auf den Hof kamst?«

»Sechzehn, ich war im heiratsfähigen Alter, und ich war jung, dumm und unsterblich in Reinhart verliebt.«

Erneut umspielte ein Lächeln ihren Mund und ließ erahnen, wie schön sie vor Jahren gewesen war.

»Dabei war Reinhart gar nicht sonderlich attraktiv. Er hatte weder so auffällige Augen wie du noch einen perfekten Körper, und trotzdem, ich hatte nur Augen für ihn.«

Maria machte eine Pause. »Und wie es schien, hatte er auch welche für mich. Wir trafen uns heimlich in einer der Scheunen. Meine Mutter sollte nichts davon erfahren. Ich war davon überzeugt, dass er mich heiraten würde, schließlich beteuerte er mir jede Nacht seine Liebe.«

Marias Gesichtsausdruck verriet Steffen bereits, dass es anders kam.

»Ich wurde schwanger und hielt die Nachricht noch vor ihm geheim. An dem Abend, an dem ich ihn damit überraschen wollte, kam er mit Anna auf den Hof. Sie war eine von vier Töchtern eines Kaufmanns. Der Mann hatte kein Geld für eine ordentliche Mitgift, aber trotzdem deutlich mehr als meine Mutter. Außerdem war Anna gebildet, sie konnte lesen und schreiben. Was aber das Schlimmste war, Reinhart vergötterte sie. Mich ließ er links liegen. Selbst als ich ihm von dem Kind erzählte, das unterwegs war, meinte er bloß, dass ihm das leidtäte. Er würde für das Kind sorgen, es könne am Hof bleiben, aber von mir wollte er nichts mehr wissen.«

Maria atmete laut ein und aus. Ihr Busen hob und senkte sich dabei. Auf ihrem Hals bildeten sich rote Flecken. Steffen konnte sehen, dass sie die tiefe Kränkung immer noch nicht überwunden hatte.

»Was passierte mit deinem Kind?«, fragte er vorsichtig.

»Irgendwann habe ich meinen Bauch vor meiner Mutter nicht mehr geheim halten können. Als sie davon erfuhr, war sie fuchsteufelswild. Reinhart war bereits verheiratet, und sie zwang mich dazu, eines ihrer fürchterlichen Gebräue zu trinken. Der Saft hat mir die Innereien zusammengezogen und mein Kind getötet. Ich habe es gesehen, nachdem ich es unter Schmerzen aus mir herausgepresst hatte. Es war wunderschön. Ein Mädchen mit winzig kleinen Händen und Füßen. Ich wäre dabei ebenfalls um ein Haar gestorben. Nie wieder habe ich etwas so Perfektes gesehen wie sie. Ich nannte sie Fulla, nach der alten Göttin der Fruchtbarkeit.« Während Maria sprach, starrte sie auf einen Punkt an der Wand hinter Steffen. Er war sich sicher, dass sie das Bild ihres toten Kindes sah. Ihre Worte berührten ihn. Er schwieg betroffen.

»Meine Mutter sorgte dafür, dass ich überlebte, aber ich kann dir sagen, dass ich lieber gestorben wäre. Danach musste ich weg. Reinhart wollte es so. Aber ich wäre auch nicht geblieben, wenn es sein ausdrücklicher Wunsch gewesen wäre. Ich hätte es nicht ertragen, Reinhart weiter in die Augen zu sehen oder mitzuerleben, wie Anna ihm ein Kind nach dem anderen gebar und sie glücklich zusammen alt wurden. Ich hätte auch mit meiner Mutter kein Wort mehr wechseln können. Sie hatte ihre Enkeltochter getötet und einen Teil von mir.«

Sie wandte den Blick von der Wand ab und richtete ihn auf die Hände in ihrem Schoß. Die verschränkten Finger zuckten nervös.

»Ich bin zu Gerold gegangen, der mich bereitwillig aufgenommen hat. Ich konnte kein Kind mehr empfangen, aber das habe ich akzeptiert. Wirklich schlecht ging es mir nur, wenn Reinhart und einer seiner Söhne ins Lager gekommen sind. Als ich erfahren habe, dass sein jüngstes Kind ein Krüppel ist, habe ich mich gefreut. Es war einer der schönsten Tage, ich kann mich genau daran erinnern. Noch besser fühlte ich mich, als ich von Annas Tod hörte. Es war die reine Genugtuung, die ich empfand.«

Steffen hoffte, dass seine Gesichtszüge ihn nicht verrieten. Maria sah ihn forschend an: »Du hältst mich für ein Ungeheuer, vielleicht bin ich das auch. Aber wer mit Männern wie Gerold lebt, verliert seine Menschlichkeit.«

Wieder senkte sie ihren Kopf und beobachtete ihre zuckenden Hände. »Tja, und dann kam die Nachricht vom Überfall und dass niemand am Gutshof überlebt hatte. Ich horchte in mich hinein und konnte nichts fühlen. Nichts. Auch keine Freude oder Genugtuung. Sondern wirklich nichts. Zum ersten Mal bekam ich Angst. Nichts zu fühlen, bedeutete, dass mein Innerstes tot war. Genauso tot wie meine Fulla.«

Steffen hoffte, dass die Geschichte nun ein Ende hatte, aber es kam noch mehr.

»Kurz nach dem Überfall erschien Ursel im Lager. Sie gab sich als Hans aus, und ich versuchte nett zu ihm zu sein. Nicht seinetwillen, sondern weil ich mich um mich selbst sorgte. Ich wollte ihn gern haben und habe mich um ihn bemüht. Als das nicht gelang, versuchte ich es mit Abneigung und Hass. Das funktionierte weitaus besser, denn auch wenn ich nichts für ihn empfand, so konnte ich den Hass heraufbeschwören, indem ich an Fulla dachte und daran, was Reinhart ihr und mir angetan hatte.«

Als Maria jetzt aufblickte, glaubte Steffen den Wahnsinn in ihren Augen aufblitzen zu sehen. Er fühlte sich zunehmend unwohl. Trotz der warmen Temperaturen fröstelte er.

»Ich fragte mich jeden Tag, warum die Götter mir Annas Sohn geschickt hatten, und dachte, dass sie mir eine Gelegenheit geben wollten, mich zu rächen. Aber dann erkannte ich den wahren Grund. Ich fand heraus, dass Hans in Wirklichkeit Ursel ist, und endlich begriff ich. Die Götter wollten das Unrecht auslöschen und gaben mir meine Fulla zurück. Endlich konnte ich wieder fühlen, ich begann Ursel zu mögen. Sie ist mir sehr ähnlich, musst du wissen.« Sie lächelte. »Viel ähnlicher als ihrer Mutter, die sich immer brav ihrem Ehemann untergeordnet hat. Ursel ist eine Kämpferin, sie ist klug und stark zugleich. Sie ist meine Fulla. Aber wie alle mutigen Frauen braucht sie eine starke Hand, die sie führt. Die Hand einer Mutter.«

Steffen wagte es nicht, die Frau zu unterbrechen. Ihre Augen leuchteten, und jetzt war er sich sicher, dass es Irrsinn war, der darin lag. Sie hielt sich für Ursels Mutter.

»Doch zeitgleich erkannte ich, dass du in sie verliebt bist, also musste ich handeln.«

»Was hast du getan?«, fragte er ängstlich. Er ahnte bereits, dass die Antwort ihm nicht gefallen würde.

»Ich musste Ursel ein ähnliches Schicksal wie meines ersparen«, erklärte Maria.

Damit konnte Steffen nichts anfangen.

»Du bist ein gelehrter Mann, der eines Tages die Tochter eines reichen Kaufmanns oder Handwerkers heiraten wird. Jetzt bist du in Ursel verliebt, du findest sie anziehend und willst deinen Spaß mit ihr haben, aber spätestens, wenn es ums Heiraten geht, wirst du dir eine andere suchen. Ursel braucht einen Mann, der genau wie sie ein Niemand ist. Ein einfacher Bursche, der auf sie aufpassen und sie nicht wegen einer anderen verlassen wird.«

»Und du denkst, Ursel will, dass du diese Entscheidung für sie triffst?« Steffen schüttelte fassungslos den Kopf. Was war nur in die alte Frau gefahren?

»Ich muss sie beschützen, verstehst du nicht? Sie hat sonst niemanden, der auf sie schaut.«

Nein, Steffen verstand überhaupt nichts mehr. Hasste Maria Ursel, oder liebte sie sie? Auf jeden Fall schien das Weltbild der Frau auf dem Kopf zu stehen.

»Ursel ist jung. Sie hat weder Ahnung von den Männern noch von der Welt. Hätte mich damals jemand vor Reinhart geschützt, wäre meine kleine, wunderschöne Fulla heute am Leben.«

Steffen schluckte seine Worte hinunter und sagte nicht, dass dieses Kind ohne Reinhart nie in ihrem Körper gewachsen wäre. Er wollte kein weiteres Öl ins Feuer schütten, die Frau war so schon verwirrt genug.

»Um zu verhindern, dass Ursel sich auch in mich verliebt, hast du sie mit Peter weggeschickt. Einem Burschen, der gewalttätig ist und sie hasst.« Er hielt Maria sein geschientes Handgelenk entgegen. »Brauchst du noch mehr Beweis für die Brutalität deiner Männer?«

Mit einem Mal hellte sich Marias Gesicht auf. Sie lächelte Steffen an.

»Peter würde einer Frau niemals ein Leid zufügen«, sagte sie.

»Dazu müsste er wissen, wer Ursel wirklich ist«, platzte Steffen verärgert hervor.

Maria lächelte immer noch.

Mit einem Mal wurde Steffen schlecht. Die Erkenntnis traf ihn wie ein Schlag ins Gesicht.

»Du hast ihm Ursels Geheimnis verraten«, sagte er leise.

Zufrieden nickte Maria. »Er weiß es schon seit Tagen. Denkst du, er hätte dich sonst zusammengeschlagen? Peter neigt zur Eifersucht, manchmal schlägt er zu, aber er ist kein böser Mensch.«

Steffen fühlte sich wie in einem schlechten Traum und hoffte, wenn er sich selbst zwickte, würde er aufwachen, aber nichts geschah. Maria war so real wie die Hütte, seine Fesseln, seine Verletzung und er selbst.

»Du hast Ursel mit einem Mann, der sie besitzen will wie einen Gegenstand, zu ihrem größten Feind geschickt«, sagte er leise.

»Ich habe das getan, was jede gute Mutter getan hätte. Wenn Ursel klug ist, wird sie mit Peter glücklich. Sie werden den Lösegeldbrief niemals bei Graf Wilhelm abliefern. Peter weiß, was er zu tun hat. Das Pergament wird im nächsten Lagerfeuer sein Ende finden.«

Marias Mundwinkel zogen sich nach unten. »Leider bedeutet das deinen Tod, was natürlich schade ist, denn ich kenne niemanden, der so schöne blauen Augen hat wie du.«

»Was bist du, eine Hexe oder eine arme kranke Frau?« Er machte eine Pause. »Das Einzige, was du mit Sicherheit nicht bist: Ursels Mutter.«

Maria stand auf, trat auf ihn zu und spuckte ihm ins Gesicht. Ohne ein weiteres Wort verließ sie die Hütte.

Kapitel 25

Wälder rund um das Lager
der Salzpiraten, 952

Dank der ausgeruhten Pferde kamen Ursel und Peter zügig voran. Ursel hatte noch lange Neros verzweifeltes Bellen in den Ohren. Sie hoffte inständig, dass er sich rasch beruhigt hatte. Aber Gerold war strikt dagegen gewesen, dass sie ihn mitnahm.

»Das Vieh ist euch bloß im Weg«, hatte er behauptet. Er konnte Hunde nicht ausstehen. Erst als die Sonne aufging und die ersten Tautropfen trocknete, gelang es Ursel, sein Bellen aus ihren Gedanken zu verbannen. Ein wolkenloser, strahlend blauer Himmel kündigte einen herrlichen Spätsommertag an. Der perfekte Tag zum Angeln am See; stattdessen ritt Ursel mit Peter zum Kloster.

Ihr war aus mehreren Gründen flau im Magen. Es war das erste Mal, dass sie an den Ort zurückkehrte, an dem einst der Gutshof gestanden hatte, ihr altes Zuhause. Außerdem ging ihr das Gespräch mit Steffen nicht aus dem Kopf. Er hatte die ganze Zeit über gewusst, dass sie eine Frau war, und hatte »mitgespielt«. Immer noch stieg Ärger in ihr hoch, wenn sie daran dachte. Gleichzeitig vermisste sie ihn jetzt schon, dabei war sie erst ein paar Stunden vom Lager entfernt. Seinen Humor, seinen Spott, sein Wissen und die sanfte Zuneigung, die in seinen wunderschönen Augen lag, wenn er sie ansah. Um sein Leben zu retten, saß sie jetzt auf dem Pferd. Von dem sie gerade beinahe gerutscht wäre, weil Peter vor ihr abrupt anhielt. Sie krallte sich in der Mähne des Tieres fest und fluchte.

»Was ist los?«, wollte sie wissen.

»Ich hab Hunger, wir machen hier halt«, bestimmte er. Das war wieder einmal typisch, dachte Ursel. Weil er hungrig war, mussten sie an dieser Stelle rasten. Um einen Streit zu vermeiden, ließ sie sich aus dem Sattel gleiten und landete direkt vor einer dichten Brombeerhecke. Schwarz glänzende Früchte hingen dicht an dicht an den Zweigen, die sich unter der schweren Last bogen.

»Ein guter Platz, nicht wahr?« Peter grinste. Auch wenn er versuchte freundlich zu sein, blieb er ein Angeber. »Was ist los, Zwerg?«, fuhr er sie aufgebracht an. »Warum verdrehst du die Augen? Was passt dir an dem Platz nicht?«

»Er ist großartig, vielen Dank für die Rast, ohne die ich vor Hunger vom Pferd gefallen wäre«, sagte Ursel. Sie dachte, Peter würde den Sarkasmus in ihrer Stimme überhören, aber sie irrte sich. Schon war er bei ihr und stand so dicht vor ihr, dass sie die Wärme seines Körpers spüren konnte. Ursel machte einen Schritt rückwärts und verfing sich mit der Hand in der Brombeerhecke. Winzig kleine Widerhäkchen ritzten ihre Haut auf.

»Du machst dich über mich lustig«, sagte Peter vorwurfsvoll. Er klang verärgert, aber auch gekränkt. Das war neu, genau wie der Blick, mit dem er sie ansah. Beunruhigt wich Ursel zur Seite aus.

Sie saugte an den Blutströpfchen auf ihrem Handrücken.

»Sei nicht so zimperlich«, sagte Ursel. »Du machst

dich ständig über mich lustig, und ich beschwer mich nicht.«

Sie rechnete mit einer Beschimpfung, aber die blieb aus. Auch gut, dachte Ursel und begann die dunklen Beeren zu pflücken und steckte eine nach der anderen in den Mund. Sie schmeckten wunderbar süß.

Währenddessen hatte Peter aus der Satteltasche Brot und getrocknetes Fleisch geholt. Er setzte sich auf den weichen Waldboden und hielt Ursel ein Stück Brot entgegen.

Was war nur los mit ihm?

»Denkst du, es wird sehr gefährlich, den Brief abzugeben?«, fragte er.

»Ich wusste, dass du Angst hast.« Ursel dachte an das Gespräch, das sie gestern geführt hatten. Belustigt nahm sie das angebotene Brot entgegen. Sie hockte sich in einigem Abstand neben ihm ins Gras.

»Nein, natürlich nicht«, beeilte er sich zu sagen.

»Wenn du willst, mach ich es«, sagte Ursel. »Ich überreiche den Brief einer der Nonnen, die soll ihn an Ata weitergeben, und damit ist unsere Mission auch schon wieder erfüllt. Schwierig wird es doch erst danach. Gerold hat dem Grafen zwei Tage Bedenkzeit gelassen. So lange müssen wir im Wald ausharren und warten und sollten wir uns nach Möglichkeit nicht erwischen lassen.«

»Ja, ja, ich weiß«, sagte Peter. »Wenn er bezahlen will, hängt er eine weiße Fahne auf die Kirchturmspitze der Kapelle, wenn nicht, eine schwarze. Im Fall der weißen Fahne kommt es am Tag darauf zur Übergabe des Geldes und des Gefangenen. Beide Seiten werden mit bewaffneten Männern kommen. Zuerst wird das Geld übergeben, und sobald wir uns wieder zurückgezogen haben, wird der Gefangene freigelassen.«

Ursel applaudierte. »Sehr brav, das hast du dir gut gemerkt.« Sie rutschte abermals etwas von ihm ab, weil sie mit dem üblichen Stoß in die Rippen rechnete, doch der blieb aus.

»In deinen Augen bin ich Trottel«, sagte Peter beleidigt. Er hatte das Brot zur Seite gelegt, nach einem Stecken gegriffen und schlug nun verärgert damit auf das Gras ein.

»Seit wann interessiert es dich, was ich über dich denke?«

»Gib es zu, du glaubst, ich bin dumm, weil ich nicht lesen und schreiben kann wie der Mann des Grafen.« Er suchte ihren Blick. In seinen Augen blitzte Wut auf und noch etwas anderes, das Ursel nicht zuordnen konnte, das sie aber beunruhigte.

»Aber ich bin nicht dumm, ich hab gesehen, wie du den Schreiberling anhimmelst.«

Ursel war verwirrt. Nicht nur, dass Peter auf einmal Wert darauf legte, was sie über ihn dachte, er machte sich auch Gedanken darüber, wie sie zu Steffen stand. Das alles gefiel ihr ganz und gar nicht.

»Ich glaube nicht, dass du dumm bist«, sagte sie ernst. Ihre Worte beruhigten Peter wieder. Er grinste und legte eine Reihe weißer Zähne frei. Ob er wusste, dass er ein hübscher Bursche war? Außerhalb des Piratenlagers würde er den Mädchen reihenweise den Kopf verdrehen. Aber er war schon als Kind zu Gerold gekommen und kannte nichts anderes als die raue Gemeinschaft der Männer.

»Aber ich kann nicht lesen und schreiben«, sagte er leise.

Ursel zuckte mit den Schultern. »Das kann man erlernen. Es ist nicht schwierig.«

»Denkst du, ich würde das schaffen?«

»Aber sicher«, sagte Ursel. Sie nahm ihm den Stecken aus der Hand, stand auf und ging zu einem der Bäume abseits des Platzes, wo die Erde locker war und kein Gras wuchs. Mit der flachen Hand wischte sie eine Stelle frei.

»Komm her«, rief sie und winkte Peter zu sich.

Er stand auf und kam zu ihr. Neugierig beobachtete er, wie sie mit dem Stecken einen Strich in die Erde malte und einen Bauch daransetzte. »Das ist ein P«, erklärte sie. »Damit beginnt dein Name.«

Peter legte seine breite Stirn in Falten.

»Dann kommt ein E, es sieht aus wie eine Leiter.«

Ursel zeichnete ein E in die Erde. »Es folgt ein T, das sieht aus wie ein Tisch, dann wieder ein E und zum Schluss ein R, das ist ein bisschen schwieriger.«

Sie machte einen Schritt zurück und betrachtete ihr Werk.

»PETER«, las sie zufrieden.

»Das ist verdammt schwierig, das lerne ich nie«, seufzte er.

»Unsinn, jeder lernt schreiben, wenn er mag.« Sie hielt kurz inne. Diesen Satz hatte sie immer wieder zu ihrem Vater gesagt, in der Hoffnung, dass er Nikolaus auch am Unterricht teilnehmen ließ, leider hatte sie ihn nie überzeugen können. Ursel gab Peter den Stecken zurück. Aber statt ihn zu nehmen, ergriff er ihre Hand. Mit einem Ruck zog er sie zu sich, beugte sein Gesicht über ihres und presste seine Lippen auf die ihren.

Alles ging so schnell, dass Ursel kaum reagieren konnte. Sie war völlig überrascht. Eben noch wollte er schreiben lernen, jetzt stürzte er sich auf sie wie ein Tier. Sie wollte sich wehren, aber Peter war einen Kopf größer und hatte nicht nur breite Schultern, sondern auch muskulöse, starke Arme, mit denen er sie wie in einem Schraubstock festhielt. Seine raue Zunge stieß fordernd in ihren Mund. Sie bekam keine Luft und versuchte sich zu befreien, jedoch ohne Erfolg.

Peters breiter Körper zwang sie in die Knie und auf den Boden. Er lag mit seinem ganzen Gewicht auf ihr. Zwischen seinen Beinen war seine Männlichkeit hart geworden. Ursel versuchte sich wegzudrehen, konnte aber nicht. Peters Küsse wurden fordernder. Er versuchte ihr das Hemd vom Körper zu ziehen, dabei ließ er für einen Moment ihre rechte Hand aus. Ursel nutzte diesen Augenblick. Blitzschnell fuhr sie ihm mit der Hand ins Gesicht und setzte ihre Fingernägel tief in seine Wange. Er zuckte zurück und hob den Kopf. Sein Blut tropfte auf ihr Gesicht. Er starrte sie an.

»Peter, hör auf«, schrie Ursel verzweifelt. Sie schnappte nach Luft.

Plötzlich und völlig unerwartet ließ er von ihr ab. Rollte sich von ihr hinunter und stand auf. Er richtete sein Hemd und wischte sich mit dem Handrücken über die blutende Wange.

»Den verdammten Schreiberling hättest du nicht von dir gestoßen«, zischte er.

Ursel zitterte, sie konnte nicht glauben, was eben passiert war.

»Peter, hast du den Verstand verloren?«, fragte sie mit bebender Stimme. Sie rappelte sich vorsichtig auf. Ihr Rücken schmerzte. Er hatte sie auf einen spitzen Stein gestoßen.

»Warum? Weil ich dich durchschaut habe und dich wie das Weib behandle, das du bist?« Er hatte sein altes Ego wieder gefunden und war der Peter, den Ursel kannte. Leider mit einem kleinen Unterschied, er wusste von ihrem Geheimnis.

»Nur weil ich eine Frau bin, hast du noch lange kein Recht, über mich herzufallen wie ein Tier.« Sie hatte beide Hände von sich gestreckt, bereit, davonzulaufen, sollte er sich erneut auf sie stürzen. Aber Peter war nicht mehr in Angriffsstimmung. Lieber verletzte er sie mit Worten.

»Das ist es doch, was Frauen von Männern erwarten.«

»Wie um Himmels willen kommst du auf diese schwachsinnige Idee?«

Peter ballte seine Hände zu Fäusten. Er öffnete den Mund, um ihn wieder zu schließen.

»Ist es das, was deine Mutter dich über Frauen gelehrt hat, oder hast du dein Wissen von den Männern im Lager? Es war eine armselige Lektion, und wenn du einen Funken Verstand im Kopf hättest, würdest du das verstehen«, schrie Ursel.

»Meine Mutter geht dich gar nichts an«, sagte Peter. »Du bist eine Lügnerin, und sobald Gerold erfahren wird, wer du wirklich bist, wird er dich am nächsten Baum aufknüpfen lassen, aber vorher wird er jeden Mann im Lager erlauben, sich an dir zu bedienen. So lange, bis du dir wünschen wirst, du hättest mein Gesicht nie zerkratzt.«

»Hast du tatsächlich erwartet, dass ich mich freiwillig von dir vergewaltigen lasse?«, fragte Ursel aufgebracht. »Wenn du das geglaubt hast, bis du wirklich ein Trottel!«

Ursels Beschimpfungen trafen Peter wie ein Schlag. Er zuckte unter ihnen zusammen. Ohne darauf zu antworten, drehte er sich von ihr weg und kehrte zurück zu seinem Brot und dem Fleisch, die immer noch am Boden lagen. Der Appetit war ihm vergangen. Unberührt packte er alles wieder in die Satteltasche. Er band sein Pferd los. Als Ursel sich nicht rührte, sagte er: »Wir müssen weiter, Zwerg!« Er tat so, als wäre nichts passiert, und für einen Moment war Ursel versucht, das auch zu glauben. Aber dann blickte sie auf ihre Fingernägel, unter denen Peters Haut klebte. Mit einem Mal wusste sie, dass sie nicht mit ihm zurück zu Gerold und den Piraten kehren konnte. Aber wohin sollte sie gehen? Vorerst trat sie zu ihrem Pferd und stieg auf. Wortlos folgte sie Peter.

Kapitel 26

Lager der Salzpiraten, 952

Das helle Sonnenlicht fiel durch die dünne Spalte zwischen den groben Holzbrettern und bildete bunte, längliche und kreisförmige Farbflecken auf dem dunklen Erdboden in Steffens Hütte. Einer der Männer hatte vor ein paar Stunden seine Hand- und Fußfesseln kontrolliert. Sie saßen fest, aber er hatte auf das Seil im Rücken verzichtet. Die Fesseln waren an dem Wurzelstock in der Hütte und zusätzlich an einem festen Gegenstand außerhalb der Hütte festgebunden. Die Stricke liefen durch eine Öffnung zwischen den Holzlatten hindurch. Er hatte versucht durch den Spalt zu spähen, aber man hatte ein zusätzliches Brett davor befestigt, um ihm die Sicht zu nehmen.

Die letzten Stunden hatte er damit verbracht, den einfachen Holzlöffel, den Maria mit der Holzschüssel und dem Becher zurückgelassen hatte, immer und immer wieder gegen die Fußfesseln zu reiben. So lange, bis sowohl das Holz als auch das Seil heiß geworden waren und seine gebrochene Hand schmerzte. Wenn er jetzt das Seil ansah, so erkannte er, dass sich ein paar Fasern gelöst hatten. Zugegeben, nicht viele. Aber immerhin. Wahrscheinlich würde es Stunden, vielleicht Tage dauern, bis er alle Seile durchtrennt hatte. Und wenn es ihm gelänge, würden vielleicht gerade Maria oder einer der Piraten hereinkommen und erkennen, dass er versuchte zu fliehen. Dann würden sie ihn wieder zu einem menschlichen Paket zusammenschnüren, wie zu Beginn seiner Gefangenschaft. Aber er musste es versuchen. Er wollte um jeden Preis diese Hütte verlassen und Ursel finden. Sie sollte erfahren, dass er in sie verliebt war. Auch wenn sie ihn zurückweisen würde, er musste es einfach versuchen. Sie war die erste Frau, die er nicht nur interessant und faszinierend fand, sondern auch anziehend und schön. Er wollte sie näher kennenlernen, wollte mit ihr diskutieren und streiten und sie in den Arm nehmen und ... Die Vorstellung, dass Ursel gerade allein mit Peter unterwegs war, veranlasste Steffen, den Löffel noch fester und schneller gegen die Fesseln zu reiben. Der Geruch verbrannten Seils stieg ihm in die Nase, und er vergaß die Schmerzen in seinem geschienten Handgelenk.

Kapitel 27

Wälder rund um das Benediktinerkloster, 952

Mit jedem Schritt, mit dem sich das Pferd der Halbinsel näherte, steigerte sich Ursels Nervosität. Es war ziemlich genau zwei Jahre her, dass sie das letzte Mal hier gewesen war. Vor ihr lag die Bucht, in der sie die Riedlinge gefangen hatte und ausgerutscht war. Nikolaus hatte am Ufer gesessen und auf sie gewartet. Er hatte sie zur Eile angetrieben. Wie oft hatte sie in den letzten Jahren die Szene im Kopf durchlebt? Was wäre gewesen, wenn sie nicht ausgerutscht wäre, wenn sie rechtzeitig zurück gewesen oder aber länger am See geblieben wären ... Sie wusste, dass die Überlegungen sie zu keinem Ergebnis führten. Dennoch konnte sie sich nicht dagegen wehren. Es war wie mit dem Satz »Hab keine Angst«. Je öfter man ihn sich vorsagte, umso intensiver fürchtete man sich.

Peter hielt sein Pferd an, um nach dem Weg zu suchen. Er drehte sich zu ihr um und wirkte bestürzt, als er sie ansah.

»Bist du immer noch wegen der Sache zuvor verärgert?«, fragte er betroffen.

Rasch verneinte Ursel.

»Hatte nichts zu bedeuten«, sagte Peter. »Ich hab's mir anders überlegt, ich werde dich nicht verraten. Ich könnte nicht zusehen, wenn die Männer sich alle auf dich drauflegen.«

Ursel kannte Peter mittlerweile gut genug, um zu wissen, dass er seine Worte jetzt ernst meinte. Aber er wurde schnell wütend und verlor seine Beherrschung. Deshalb wusste sie auch, dass ihr Geheimnis bei ihm nicht sicher war. Auch wenn er sie nicht verraten wollte, so würde eine Kleinigkeit ausreichen, um ihn dazu zu bringen, seine Meinung zu ändern. Außerdem würde er wieder versuchen, sie mit Gewalt zu nehmen. Nicht gleich und nicht in den nächsten Tagen, aber irgendwann würde es wieder passieren, davon war sie überzeugt. Noch einmal wollte sie nicht hilflos unter ihm liegen und ihm die Wange zerkratzen müssen. Wer weiß, ob er beim nächsten Mal auf ihre Schreie reagieren würde. Um des lieben Friedens willen log sie: »Ich habe die Sache schon wieder vergessen.«

Er grinste sie an. Trotz der blutigen Kratzer auf seiner Wange bildete sich ein Grübchen.

»Kann ich dich bei deinem echten Namen nennen, nur solange wir zu zweit sind?«

»Ja«, sagte Ursel.

»Und, wie soll ich zu dir sagen?«, fragte er.

»Mein Name ist Ursula. Meine Familie und meine Freunde nannten mich Ursel.«

»Ich bin noch nie einer Ursula begegnet«, sagte Peter.

»Das liegt daran, dass du noch nicht viele Frauen in deinem Leben getroffen hast.«

»Jetzt bin ich einer begegnet, und die mag mich nicht.«

»Das stimmt nicht. Ich mag dich und hab mich immer um deine Freundschaft bemüht. Aber du hast sie nicht gewollt. Ich verstehe nicht, warum du jetzt, da du weißt, dass ich eine Frau bin, mich auf einmal zu mögen glaubst.«

Peter zuckte mit den breiten Schultern. Er verzog den Mund zu einer Grimasse. »Keine Ahnung«, sagte er. »Ich hab irgendwie geglaubt, dass ich ein Recht auf dich habe, weil ich mich schon so lange mit dir herumärgern muss.«

»Ach ja?«

Schweigend ritten sie nebeneinander weiter. Ursel schielte zu Peter, sie spürte, dass er noch etwas sagen wollte.

»Was noch?«, fragte sie ungeduldig.

»Ich beneide dich.«

»Worum, dass ich eine Frau bin?«

Sein Grinsen wurde breiter. »Nein, du weißt schon, darum, dass du Familie und Freunde hattest.«

Die Tatsache, dass sie eine Frau war, hatte ihre Beziehung verändert. Sie war nicht mehr sein Konkurrent, der Bursche, wegen dem er um Gerolds Gunst bangen musste. Aber was war sie jetzt in seinen Augen? Die Frau, die er gerne erobern oder besitzen wollte? Wie schade, dass sie nicht einfach Freunde sein konnten, denn das war es, was sich Ursel von Anfang an gewünscht hatte.

»Ich habe die Menschen, die mir wichtig waren, in einer einzigen Nacht verloren, meine Freunde und meine Familie«, sagte Ursel bitter.

»Ist sicher schlimm, wenn man zuschauen muss, wie alle sterben.«

»Ja, das war es«, gab Ursel zu.

Steffens Worte fielen ihr wieder ein: »Wie willst du den Tod betrauern, wenn du nicht weinst?«

Er fehlte ihr. Sie hatte ihm nicht sagen können, was sie vielleicht eines Tages für ihn hätte empfinden können. Sie hatten es beide vermasselt. Ihre Gedanken wurden unterbrochen. Ein Kaninchen brach aus dem Unterholz, sauste in einem raschen Zickzack über ihren Weg und verschwand wieder in einem Gebüsch. Ein zweites folgte ihm. Vielleicht war irgendwo in der Nähe ein Kaninchenbau.

»Haben wir genug zum Abendessen mit?«, fragte Ursel.

Peter schüttelte den Kopf. »Man kann nie genug zum Essen haben.«

»Na dann. Nichts wie hinterher.« Sie wollte nicht länger über Steffen nachdenken. Mit wenigen sicheren Griffen hatte sie ihren neuen Bogen aus der Satteltasche gezogen, gespannt und einen ihrer Pfeile angelegt. Die Waffe lag herrlich leicht in der Hand. Ursel war zufrieden mit ihrer Arbeit und konnte es kaum erwarten, einen Pfeil abzuschießen. Doch sie fanden weder den Kaninchenbau, noch fingen sie eines der Tiere. Aber es wäre ohnehin zu gefährlich gewesen, ein Lagerfeuer zu entfachen. Sie befanden sich bereits in unmittelbarer Nähe des Klosters. Die vergebliche Jagd nach einem Kaninchen hatte den Zeitpunkt, ihre frühere Heimat wiederzusehen, bloß hinausgezögert. Vom Felsvorsprung aus, auf dem sie jetzt stand, konnte man auf die Halbinsel schauen, die weit in den Traunsee hineinragte. Während Peter die Pferde unterhalb einer knorrigen Eiche festband, trat Ursel mit zitternden Knien an den Rand der Böschung.

Ihr Herz klopfte, ihre Hände waren feucht. Was hatte sie erwartet? Einen goldenen christlichen Palast inmitten von verkohlten Ruinen? Eine Kirche auf einem Acker aus Blut?

Nichts dergleichen bot sich ihrem Auge. Dort, wo einst der Gutshof gestanden hatte, befand sich ein bescheidener rechteckiger Bau aus Steinen. Davor erstreckte sich ein herrlicher Obst- und Gemüsegarten, der sorgfältig eingezäunt war, um die Pflanzen vor Wildtieren zu schützen. Hinter dem Gebäude lugte die Spitze eines Kreuzes hervor. Dort musste die Kapelle sein, die in den nächsten Jahren gegen eine größere Kirche ersetzt werden sollte. Im Moment waren die Bauarbeiten eingestellt, was wohl daran lag, dass die Sonne bereits tief am Horizont stand und langsam hinter dem Gipfel des Traunsteins verschwand. Die letzten orangefarbenen Strahlen spielgelten sich in der glitzernden Wasseroberfläche des Sees. Es war ein Bild des Friedens und der Beschaulichkeit. Ursel spürte, wie ihre Brust enger wurde und sich ihre Kehle zuschnürte. Sie sah eine Frau in brauner Nonnentracht, die aus dem Haus trat und auf einen Kräuterbusch zuging. Aus der Entfernung war sie winzig klein, ihre Bewegungen waren langsam, vielleicht war sie schon älter. Nichts deutete mehr auf das Massaker hin, das Graf Wilhelm hier hatte anrichten lassen. Die schreienden Frauen, die weinenden Kinder, das Feuer, die Verwüstung. Es war, als hätte Ursels Familie nie gelebt. Die Toten waren für die Nachwelt unsichtbar, weder ein Grab noch ein Kreuz erinnerte an sie. Die Menschen, die jetzt hier lebten, wussten nichts von dem Schrecken, der in jener Johannisnacht passiert war. Sie hatten die Halbinsel wieder zu dem gemacht, was sie war, ein Ort der Ruhe, wo die Natur ihre volle Schönheit entfalten konnte.

Ursels Kehle wurde noch enger. Sie schmeckte die salzigen Vorboten von Tränen, und sie wehrte sich nicht länger dagegen. Sie war bereit, die Toten zu betrauern. Warm kullerte die erste über ihre Wange und tropfte auf ihren Hals. Ursel schniefte. Sie wischte die Träne nicht weg, sondern ließ sie laufen. Eine weitere folgte und noch eine. Mit einem Mal flossen sie und stürzten einem Wildbach im Frühling während der Schneeschmelze gleich aus ihr heraus. Ursel weinte um ihren Vater, um Rainer und Barbara, um Hans und Nikolaus und alle anderen, die sie so sehr vermisste. Und sie weinte um sich selbst. Um ihre Unbekümmertheit und ihren Glauben, beides hatte sie in den Flammen verloren.

Sie bemerkte nicht, wie die Sonne hinter dem Traunstein vollständig verschwand, und sie hörte Peter nicht, der leise von hinten zu ihr getreten war und sie seit einiger Zeit verunsichert beobachtete.

Als sie sich mit roten und verschwollenen Augen zu ihm umdrehte, sah er sie hilflos, fast ängstlich an. Er verstand, wenn Menschen zornig waren oder ihm drohten. Auch Angst konnte er nachempfinden. Er konnte Pfeile auf unschuldige Menschen abschießen, im festen Glauben, dass er ein Recht auf ihren Besitz hatte. Aber er hatte nie gelernt, mit der Trauer und dem Schmerz eines anderen umzugehen.

»So schlimm?«, fragte er vorsichtig. Es war seine Art, Mitgefühl zu zeigen, und es rührte Ursel.

Sie schüttelte den Kopf. »Nein, ich glaube, dass es ab jetzt besser wird.«

Unbeholfen und freundschaftlich legte er seinen Arm um ihre Schulter. Es war eine neue Seite an ihm, die sie bis jetzt nicht kennengelernt hatte. Peter schien selbst überrascht zu sein. Vielleicht war es das erste Mal in seinem Leben, dass er sich über den Schmerz eines anderen nicht lustig machte. Ungelenk und steif stand er da, unfähig, ihr übers Haar zu streichen oder tröstende Worte zu sprechen. Aber das erwartete sie nicht. Egal, was am Nachmittag passiert war, Ursel war Peter dankbar dafür, dass er ihre Traurigkeit mit ihr aushielt und einfach nur da war. Sie lehnte sich gegen seine breite Schulter und durchtränkte sein Hemd mit ihren Tränen. Sie wusste, dass er sie jetzt nicht im Stich lassen würde. In diesem besonderen Moment war er der Freund, den sie immer in ihm sehen wollte.

Kapitel 28

Lager der Piraten, 952

Vor der Hütte hatten die Geräusche endlich nachgelassen. Es schien, als wäre auch der letzte Mann schlafen gegangen.

Vorsichtig schob Steffen sein Hemd zurück. Als einer der Männer ihm zuvor sein Essen gebracht hatte, hatte er gefürchtet, er könnte die durchtrennten Fesseln bemerken. Es hatte Stunden gedauert, bis er das Seil zuerst mit dem Holzlöffel und später mit einem stumpfen Stein mürbe gerieben hatte. Um kein Aufsehen zu erregen, hatte er sich schlafend gestellt und den Oberkörper über seine Knie gelegt, so dass die Hände nicht sichtbar waren. Um seine Füße hatte er das Seil so geschickt gelegt, dass es aussah, als wäre er noch gefesselt. Zum Glück war nicht Maria gekommen. Seit ihrem Geständnis mied sie seine Gesellschaft, worüber Steffen sehr froh war. Maria wäre die Veränderung aufgefallen. Aber der Mann, dessen Namen er nicht kannte, hatte schon einige Becher Bier getrunken und wollte nichts mit ihm zu tun haben. Rasch hatte er die Schüssel mit Essensresten vor ihm auf den Boden gestellt und war wieder gegangen.

Angeekelte schob Steffen die Schüssel zur Seite. Vorsichtig hatte er schon zuvor versucht seine steifen Gelenke zu bewegen. Er hatte seit Tagen nicht aufrecht gestanden, geschweige denn einen Schritt gemacht. Jeder Muskel schmerzte, und seine Gelenke wehrten sich. Ein pulsierender Schmerz fuhr durch seine Beine, der von einem Brennen abgelöst wurde. Es war, als stächen Tausende hauchdünne Nadeln in seine Haut. Steffen rappelte sich hoch und sackte sofort wieder zur Seite. Er fluchte leise. Besser, er ging die Sache langsam an. Zuerst nur ein Bein aufstellen und warten, bis der Schmerz nachließ, dann das andere. Das Blut rauschte in Steffens Ohren, ihm wurde übel. Atmen, ermahnte er sich selbst. Tief und fest durchatmen. Na bitte, es ging doch. Als er sich diesmal aufrichtete, knickte er nicht ein, sondern blieb in gekrümmter Haltung stehen. Wackelig schaffte er es zum Eingang der Hütte. Natürlich war sie verriegelt, also widmete er sich einer der losen Latten in der Rückwand. Möglichst leise drückte und schob er. Nichts. Also warf er sich mit der Schulter dagegen. Leises Krachen war zu hören. Leider reagierte seine gebrochene Hand beleidigt auf die Erschütterung. Ein durchdringender Schmerz ließ die Wände der Hütte für einen Moment weich werden und sich auf ihn zubewegen. Es dauerte einige Atemstöße, bis sie wieder fest dastanden.

Mit der gesunden Hand tastete er das Holz ab. Er fand die beschädigte Stelle und drückte mit aller Kraft dagegen. Viel zu laut splitterte das Holz. Steffen wartete, bevor er mit der nächsten Latte genauso verfuhr. Sie war dünner und morscher und leistete weniger Widerstand. Kaum war auch sie durchbrochen, schlüpfte er seitlich durch die Lücke.

Kühle Nachtluft umfing ihn. Der Geruch erloschenen Feuers mischte sich mit dem von Tannenbäumen, Moos und Pilzen. Mit jedem Atemzug füllten sich seine Lungen mit neuer Energie. Er versuchte sich zu orientieren. Er hatte das Lager nur kurz gesehen, damals war er nicht richtig bei Bewusstsein gewesen, aber er hatte in den letzten Tagen genug Gelegenheit gehabt, die Bewegungen der Männer außerhalb seiner Hütte zu belauschen. Er hatte gehört, wie sie von ihren Schlafplätzen zum Lagerfeuer gingen, wo sich die Pferde befanden und wo die Vorräte. Am anderen Ende des Platzes war Nero festgebunden. Ursel hatte ihn zurückgelassen, im Vertrauen, dass die anderen sich um den Hund kümmern würden. Wenn Steffen die Gespräche richtig interpretiert hatte, so hatte ihn zuerst einer der Männer mit einem Schlag ruhiggestellt und dann ein älterer Pirat namens Michel sich des Hundes erbarmt und ihn gegen Marias Willen mit Wasser und Essensresten versorgt. Steffen beschloss, das arme Tier mitzunehmen. Dazu musste er an der Feuerstelle vorbei. So schnell es seine noch unsicheren Beine erlaubten, lief er in geduckter Haltung über den offenen Platz.

Eine Wolke schob sich vor den sichelförmigen Mond. In der Ferne schrie ein Uhu. Nero erkannte ihn schon von weiten und winselte freudig. Sein Schwanz und sein ganzes Hinterteil wedelten aufgeregt hin und her.

»Pssst«, forderte Steffen. »Du verrätst uns noch!«

Umständlich, weil er nur eine Hand zur Verfügung hatte, band er Nero los. Der Hund sprang mit den Vorderpfoten an ihm hoch und schleckte ihn ab.

»Aus!«, zischte Steffen.

Hinter ihm schnarchte einer der Männer so laut, dass ein anderer davon erwachte und verärgert »Ruhe!« schmatzte.

Steffen fuhr erschrocken zusammen, er duckte sich

und schlich zu dem Holzhaufen neben dem Lagerfeuer, hinter dem er sich verstecken konnte. Nero folgte ihm. Der Hund tänzelte fröhlich neben ihm her, so als handelte es sich um ein lustiges Versteckspiel. Nervös drückte Steffen das Hinterteil des Hundes auf den Boden.

»Sitz und sei still«, befahl er streng. Dabei legte er seinen Zeigefinger an seine Lippen, so als könne der Hund mit dieser Geste etwas anfangen. Tatsächlich legte Nero die Ohren an und senkte den Kopf.

Steffen fuhr ihm lobend übers Fell.

»Wir müssen die Pferde finden«, sagte er mehr zu sich selbst als zu dem Hund. So als hätte der Wind seinen Wunsch erhört, trieb er die kleine Wolke weiter, und der Sichelmond spendete erneut Licht.

Steffen sah sich um. Wo war seine Hütte? Rechts von ihm. Er stellte sich vor, wo er gesessen hatte und wohin die Männer gegangen waren, wenn von Pferden die Rede gewesen war. Er schloss die Augen, um sich besser konzentrieren zu können. Noch einmal half ihm der Wind. Eine sanfte Brise wehte ihm den Geruch von Pferden in die Nase. Darauf war mehr Verlass als auf seine Vorstellung der Himmelsrichtungen. Steffen folgte ihm.

Zu seiner großen Überraschung standen nur zwei Tiere in einem offenen Verschlag. Sie waren an einen notdürftigen Zaun angebunden. Offenbar hatten die Piraten bloß vier Pferde, wovon eines kein Pferd, sondern ein Maultier war. Es stand in deutlichem Abstand zu dem braunen Hengst, der Gerold gehörte. Ein herrliches Tier. Steffen strich ihm über das glänzende, weiche Fell. Das Tier dankte ihm mit einem freundlichen Stoß aus den Nüstern.

»Na, dann wollen wir«, sagte er. Er war schon lange

nicht mehr auf einem so schönen Tier geritten, aber zuvor musste er den Sattel auf den Rücken bekommen. Kein einfaches Unterfangen mit einer gebrochenen Hand. Steffen biss die Zähne zusammen und packte zu. Er versuchte den Schmerz zu ignorieren. Umständlich warf er den Sattel über den Rücken des Tieres. Er hatte zu wenig Schwung genommen, viel zu laut landete der Sattel wieder auf dem Boden. In dem Moment hörte er Schritte näher kommen. Es war zu spät, um sich zu verstecken. Sein Herz setzte kurz aus. Er könnte laufen, aber wie weit würde er kommen? Er war noch nicht kräftig genug für eine Flucht zu Fuß. Die ganze Mühe umsonst, ein weiterer Fluch lag auf seinen Lippen. Steffen drehte sich um. Der Mann stand nun direkt vor ihm. Er war nicht besonders groß, hatte breite Schultern und einen viel zu kurzen Nacken. Sein grauweißes Haar war zu einem ordentlichen Zopf geflochten. Er hatte keine Waffe dabei, dennoch würde Steffen ihn in seiner momentanen schlechten körperlichen Verfassung nicht überwältigen können. Aber der Mann machte keine Anstalten, ihn anzugreifen, er beobachtete ihn nur stumm.

Steffen wagte es nicht, etwas zu sagen. Er stand abwartend da. Was würde der Mann tun? Um Hilfe rufen, Alarm schlagen? Nichts dergleichen passierte. Stattdessen trat er leise auf Steffen zu, bückte sich neben ihm und hob den Sattel vom Boden auf. Mit einem geschickten Schwung warf er ihn über den Rücken des Pferdes. Dann schnürte er die Riemen fest, band die Zügel los und reichte sie Steffen. Er tat das mit einer ruhigen Selbstverständlichkeit, so als wäre er nur aufgestanden, um Steffen bei seiner Flucht zu helfen. Mit zusammengefalteten Händen bot er ihm eine Aufstiegshilfe. Steffen, der für gewöhnlich geschickt auf jedes Pferd aufsprang, nahm sie wegen seiner verletzten Hand dankbar an.

So leise wie möglich lenkte er das Pferd aus dem Verschlag. Es war nicht notwendig, zu sprechen, Steffen neigte dankbar seinen Kopf, und der Mann hob zum Abschied Zeige- und Mittelfinger an die Stirn. Als Steffen den Waldrand erreicht hatte, blickte er sich um. Sein stiller Helfer war verschwunden. Steffen ritt durch dichtes Gestrüpp, Nero folgte ihm wie ein abgerichteter Jagdhund. Sobald die Sonne aufging, würde Steffen sich nach ihrem Stand richten und nach Norden reiten, bis zu einer Lichtung …

Kapitel 29

Wälder rund um das Benediktinerkloster, 952

Obwohl sie ohne den Schutz eines Lagerfeuers unter freiem Himmel übernachteten, schlief Ursel in dieser Nacht überraschend gut. Sie hatte weder das Heulen der Wölfe noch das Rascheln nachtaktiver Tiere im Unterholz wahrgenommen. Ganz anders Peter, der dunkle Ringe unter den Augen hatte und gähnte, als er ihr das letzte Stück Brot reichte.

»Du hast geschlafen wie ein Säugling«, sagte er griesgrämig.

»Woher weißt du, wie Säuglinge schlafen?«

Peter zuckte mit den Schultern. »Sagt man halt so, wenn einer nichts hört und schläft, obwohl ein Rudel wilder Viecher herumschleicht. Ich habe die ganze Nacht mit einem Holzprügel in der Hand dagelegen und gelauscht.«

»Danke, Peter.«

Verlegen schaute er zur Seite, biss von seinem getrockneten Fleisch ab und kaute. Nach einer Weile fragte er: »Bist du sicher, dass du den Brief den Nonnen überbringen willst? Wir können ihn auch verbrennen.«

Ursel schüttelte den Kopf. »Und dann? Willst du gemeinsam mit mir weglaufen? Zwei Gesetzlose ohne Geld und Namen? Wie weit würden wir kommen?«

»Ich habe das ganze Geld, das Gerold mir gegeben hat. Ich trage es immer bei mir«, sagte Peter. Er hob sein Hemd und zeigte Ursel stolz einen prall gefüllten Lederbeutel.

»Weißt du, was die Münzen wert sind?«, fragte sie ihn.

Seine Augen weiteten sich. Offenbar hatte er noch nie darüber nachgedacht, dass es Münzen geben könnte, die weniger wert waren als andere.

»Was meinst du?«, fuhr er sie barsch an.

»Hast du denn jemals mit einer der Münzen bezahlt?«

»Wie denn?«, fragte er verärgert. »Ich kann ja nicht in eine der Ortschaften gehen und sagen: ›Hallo, ich bin einer von Gerolds Männern, aber ich hätte gerne einen Sack Äpfel, wie viel kostet er?‹«

Ursel hatte es befürchtet. Gerold betrog alle, die nie Geld besessen hatten. Wie sollte sie es Peter sagen, ohne einen seiner Wutausbrüche auszulösen? Sie mochte den neuentdeckten Peter, der nachts wach lag, um sie schlafen zu lassen, und seine Schulter zur Verfügung stellte, damit sie sie nass heulen konnte. Nur ungern setzte sie sich wieder seinen üblen Launen aus. Sie entschied sich dennoch für die Wahrheit.

»Die Münzen sind nichts wert«, sagte sie knapp.

»Was?«

»Gerold hat uns an der Nase herumgeführt.« Sie wählte bewusst verniedlichende Worte. Dennoch schien Peter sie nicht zu verstehen.

»Was?«

»Er hat das ganze Geld selbst behalten und allen, die nie eigene Münzen in der Hand gehabt haben, die nicht rechnen können, denen hat er wertlosen Plunder gegeben.«

Die Information sickerte in Peters Bewusstsein und löste die Gefühle in ihm aus, die Ursel befürchtet hatte.

»Weil ich ein Trottel bin, hat er mich betrogen?« Erbost sprang er auf, riss den Beutel von seinem Gurt und leerte den Inhalt ins weiche Gras. Es waren ausschließlich wertlose Kupfermünzen.

Peter starrte sie wutentbrannt an, und Ursel seufzte. Sie hatte sich das Problem selbst eingebrockt.

»Peter, du bist kein Trottel, also setz dich wieder hin«, sagte sie möglichst freundlich.

»Sag mir, was die Münzen wert sind!«, forderte er.

»Ich weiß es nicht genau«, erklärte sie. »So wie du habe ich nie eigenes Geld besessen. Aber Steffen hat mir gesagt, dass …«

Der Name Steffen kam bei Peter nicht gut an.

»Und du glaubst dem Schreiberling des Grafen mehr als Gerold?« Gleich würde er ihr in die Seite boxen oder ins Gesicht schlagen, so wie er es früher getan hatte, vielleicht würde er auch wieder über sie herfallen. Ursel wich vorsichtshalber aus.

Aber Peter schlug nicht zu. Er stand regungslos da und sah auf die Münzen im Gras. Vielleicht hatte er gehofft, reich zu sein. Dieser Traum zerplatzte gerade wie eine Schaumblase im kochenden Wasser. Die Wut in seinem Gesicht wich Enttäuschung. Peter fühlte sich verraten. Die Falte auf seiner Stirn wurde noch tiefer.

»Deshalb hast du von Gerold eine konkrete Summe gefordert.« Sein Blick richtete sich auf Ursel.

»Ich will kein weiteres Mal von ihm um mein Geld betrogen werden. Er hat uns alle bereits mehr als genug übervorteilt.«

Traurig schüttelte Peter den Kopf. Er hatte tatsächlich geglaubt, in Gerold einen gerechten Anführer zu haben.

»Dann müssen wir den Brief überbringen«, sagte er. In seiner Stimme lag ein Kummer, von dem Ursel wusste, dass sie ihn ihm nicht nehmen konnte. »Wenn du bis zur Mittagszeit nicht zurück bist, reite ich zum Kloster und hole dich! Notfalls unter Einsatz meines Schwertes.«

Sie widersprach ihm nicht.

Ursel hatte gedacht, dass sie nervös sein, dass ihr das Herz aus der Brust springen und sie vor Angst nicht atmen können würde, wenn sie den Ort betrat, auf dem einst der Hof ihres Vaters gestanden hatte. Aber sie war weder ängstlich noch aufgeregt, sondern merkwürdig entspannt.

Es war, als ginge sie auf ein Haus zu, in dem sie schon zig Male zu Gast gewesen war. Vielleicht lag es an dem freundlichen Obstgarten. Den üppig blühenden Beeten und den duftenden Kräuterbüschen. Einem kleinen Paradies, das die Handschrift eines begnadeten Gärtners trug. Oder an dem milden Sommertag und dem sanften Windhauch. Beides verwandelte den See, dessen sanft kräuselnde Oberfläche verlockend im Hintergrund glitzerte, in einen Ort des Friedens und der Stille. Ursel wusste, dass der Traunsee auch andere Gesichter haben konnte.

Die erwarteten negativen Gefühle blieben aus, als sie an die hölzerne Haustür klopfte. Es überraschte sie daher auch nicht, dass eine Frau mit einem der freundlichsten Gesichter, die sie je gesehen hatte, ihr die niedrige Tür öffnete und sie mit einem warmen Lächeln empfing. Gerade so, als hätte sie sie erwartet.

»Guten Tag«, sagte die Nonne. Sie hatte rosige Apfelbäckchen, einen herzförmigen Mund und war beinahe genauso breit wie hoch. »Was führt Euch zu uns?«

»Ich habe einen Brief für die Äbtissin«, sagte Ursel.

»Tretet doch ein, wir haben noch etwas Brei vom Frühstück übrig. Ich werde die Äbtissin holen.«

Der verführerische Duft von in Butter gebratenen Apfelringen stieg Ursel in die Nase. Er erinnerte sie an kalte Wintertage, eine gemütliche Stube und an Barbara, die sich bemühte, ihr den Umgang mit dem Spinnrad beizubringen. Nur zu gerne hätte sie das Angebot angenommen und sich länger den Erinnerungen hingegeben, und vor allem die Äpfel gekostet. Aber Ata durfte sie nicht zu Gesicht bekommen.

»Habt vielen Dank, leider muss ich schon wieder weiter«, sagte sie und drehte sich um.

»Aber Ihr könnt doch nicht gehen, ohne etwas zu essen«, empörte sich die Nonne. Sie wedelte mit dem Schreiben in der Luft herum. »Ata hat den Brief noch nicht gelesen.«

»Und das ist gut so«, fügte Ursel in Gedanken hinzu.

»Ich muss los, mein Herr wartet auf mich«, log sie, drehte sich auf dem Absatz um und eilte weg. Sie winkte der Nonne zum Abschied und lief den schmalen Weg durch die Obstbäume zurück zum Gartentor. Als sie den Weidenzaun beinahe erreicht hatte, hörte sie eine Stimme.

»Urschel!«

Erschrocken blieb sie stehen. Ihre Fantasie spielte ihr gerade einen bösen Streich. War es der Geruch der Apfelringe? Oder lag es an dem Ort? Hier hatte der Hof gestanden, hier hatte das Massaker stattgefunden. Vielleicht lebten die Verstorbenen in diesem wunderschönen Garten weiter. Ihr Vater in einer Eiche, Rainer in einem Haselnussstrauch, Barbara in einer Rose und Nikolaus in einem Holunderbusch.

»Urschel!«

Nein, es bestand kein Zweifel. Diese Stimme gehörte Nikolaus. Sie wagte es nicht, sich umzudrehen und in das Gesicht eines anderen Menschen zu schauen.

»Urschel, wart auf mich!«

Wer immer ihr nachlief, hatte sie eingeholt und packte sie am Oberarm. Ursel sah auf viel zu kurze Finger. Mit einem Ruck fuhr sie herum. Vor ihr stand Nikolaus, und er sah besser aus denn je. Sein Haar war kurz geschnitten und gewaschen. Sein Gesicht sauber, seine Kleidung von bester Qualität.

Tränen traten in ihre Augen.

»Nikolaus«, flüsterte sie ungläubig.

»Ich habe gestern zwei zusätzliche Gebete gesprochen«, sagte Nikolaus zufrieden. »Der liebe Gott hat mich gehört.«

Dann breitete er seine Arme aus, wie er es immer getan hatte, wenn er bereit für eine Umarmung gewesen war, und Ursel stürzte sich weinend hinein.

Kapitel 30

Benediktinerkloster, 952

Wie jeden Morgen hatte Ata die gebratenen Apfelspalten mit Honig und den Hirsebrei mit Rosinen gegessen. Ihre Nonnen verstanden es, gut zu kochen. Leider waren sie sonst zu wenig zu gebrauchen. Die Frauen legten das Wort Christi allzu wörtlich aus und würden ohne Atas Beistand jedem Hungerleidenden zu essen geben, jedem Obdachlosen ein Dach über den Kopf und jedem Kranken Medizin, der an die Klostertüren klopfte. Wenn Ata sie nicht in die Schranken weisen würde, könnte das Kloster nie an Einfluss und Macht gewinnen, sondern würde ein Ort für Arme und Kranke werden. Es reichte, dass sie einen Gärtner hatten, der nicht bei klarem Verstand war und aussah wie ein verkrüppelter Idiot. Damit erfüllten sie Gottes Gebot der Nächstenliebe bereits über alle Maßen.

Ata wollte nie in ein Kloster gehen, doch ihre Mutter hatte sie mit diesem Schritt für ihr aufmüpfiges Verhalten bestrafen wollen. Nun gut, sie hatte einen Weg gefunden, auch im Kloster zu jener Macht zu gelangen, die ihr zustand. Nach dem Überfall auf ihr Mutterkloster hatte sie sich hartnäckig geweigert, einen der mittelmäßigen Burgherren zu heiraten, die ihr Vater und ihr Cousin ihr vorgeschlagen hatten. Diese Starrköpfigkeit hatte sich gelohnt, und jetzt war sie Äbtissin. Zugegeben, noch war ihr Kloster klein und unbedeutend, aber das würde sich in den nächsten Jahren ändern, dafür würde sie sorgen. Sie würde auch weiterhin ein Auge auf ihre Mitschwestern, die in ihrem Verständnis ihre Bediensteten waren, werfen und sie davon abhalten, Arbeitskraft und Geld für Almosen zu verschwenden. Seufzend erhob sie sich von ihrem Schreibtischsessel, einem Meisterwerk handwerklicher Schnitzkunst, und ging zum Fenster ihrer leider immer noch bescheidenen Kammer. Das Kruzifix, das sie letzte Woche hatte aufhängen lassen, verschönerte den kargen Raum ein bisschen. Der Wandteppich, den sie bei den Frauen im Dorf bestellt hatte, sollte demnächst fertig werden.

Wohlwollend blickte sie in den Garten, der im Gegensatz zum Gebäude bereits in voller Pracht die Herrlichkeit Gottes widerspiegelte. In wenigen Jahren sollte auch die Kirche, die gerade gebaut wurde, bei allen Besuchern ähnliches Erstaunen hervorrufen.

Sie sah den Gärtner über den erst kürzlich gestreuten Kiesweg laufen. Berta und die anderen hatten ihn aus dem Schweinestall geholt und ihm ein Häuschen im Garten zugewiesen. Zuerst hatte Ata dieses Vorgehen verbieten wollen, aber als sie gesehen hatte, wie geschickt der arme Irre im Umgang mit Pflanzen war, hatte sie zugestimmt. Gott hatte ihn in seiner unerschöpflichen Güte mit einer Gabe beschenkt, die nur wenige Menschen besaßen. Atas Garten war Dank seiner Arbeit ein kleines Stück des Paradieses. Solange die Missgeburt sich nicht blicken ließ, wenn hoher Besuch im Kloster war, durfte er im Häuschen bleiben. Ata war davon überzeugt, dass ihre Großzügigkeit ihr eines Tages einen Platz im Himmel sicherte.

Jetzt winkte er mit seinen kleinen Händen und rief jemandem nach. Wer war das? Ein junger Mann, den sie nicht kannte. Sie konnte ihn leider nicht genau erkennen. Leider ließ Atas Sehvermögen in den letzten Jahren rapide nach. Während alle anderen im Alter in die Ferne besser sahen, konnte sie weder in die Ferne noch in der Nähe gut sehen, sie war fast blind. Den Gärtner hatte sie aufgrund seines merkwürdigen Bewegungsmusters erkannt. Dass die andere Person ein Mann war, bloß an der Kleidung. Die beiden fielen einander in die Arme. Wie konnte das sein?

Der Gärtner hatte doch alle Freunde und Familienmitglieder beim großen Brand verloren. Ata griff nach dem wertvollen Kreuz, das an ihrer Brust hing. Schon führte sie es zum Mund, hielt sich aber im letzten Moment zurück und steckte ihren Daumennagel zwischen die Zähne. Ein Laster, das sie sich leider nicht abgewöhnen konnte. Sobald sie unruhig wurde, verspürte sie das dringende Verlangen, an etwas zu kauen. Und im Moment war sie sehr nervös. Ata musste der Sache nachgehen. Falls es Zeugen jener Nacht gab, so mussten die beseitigt werden. Nicht auszudenken, wenn aus dem großen Brand der große Überfall werden würde. Ein Kloster errichtet auf einem Acker des Blutes. Das würde bei der Nachwelt nicht gut ankommen und ihre ruhmvollen Pläne vereiteln.

»Berta!«, sie rief nach der kleinen, rundlichen Köchin. Aber wie immer, wenn sie die Frau brauchte, war sie irgendwo im Haus unterwegs. Wahrscheinlich rettete sie gerade eine verhungerte Katze oder flickte die Lumpen eines Dorfkindes. Sie verbrachte ihre Zeit ständig mit unwichtigen Arbeiten, es war schier zum Verzweifeln.

»Berta, was immer du gerade tust, hör auf damit. Die

Zukunft unseres Klosters steht auf dem Spiel.« Ata wählte bewusst dramatische Worte, damit Berta und die anderen Frauen sie nicht ignorierten. Als sie sich vom Fenster abwandte, nahm sie mit Zufriedenheit das Klappern von Sandalen auf den Steinfliesen des Korridors wahr. Ihre Nonnen hatten sie gehört. Nun galt es, keine Zeit zu verlieren. Sie musste auf der Stelle ihren Cousin informieren.

Kapitel 31

Benediktinerkloster, 952

Nachdem sich Nikolaus und Ursel im Eiltempo einen Teil der letzten zwei Jahre erzählt hatten, führte Nikolaus sie zu seinem kleinen Häuschen, das zwischen zwei noch jungen, niedrigen Kirschbäumen stand. Ursel hatte viele Erlebnisse ausgelassen. Sie war sicher, dass auch Nikolaus einiges für sich behielt.

»Hier wohne ich«, sagte er stolz, öffnete die Tür und trat ein. Auf dem Tisch neben seinem Bett befanden sich mehrere Holzschüsseln mit verschiedenen Blumensamen.

»Die muss ich trocknen lassen, damit ich im nächsten Frühjahr kleine Pflanzen daraus ziehen kann«, erklärte er wichtig. »Die kleinen braunen Körnchen werden orangefarbene Blumen mit schwarzen Köpfen, sie blühen den ganzen Sommer über und sehen aus wie kleine Sonnen.« Seine Augen strahlten, während er sprach.

Ursel fehlten immer noch die Worte. Sie konnte nicht glauben, wie gut ihr Bruder aussah und wie glücklich und zufrieden er wirkte.

»Und die Schwestern sind wirklich freundlich zu dir?«, fragte sie zum wiederholten Male.

»Sie sind die liebsten Menschen, die du dir nur vorstellen kannst«, sagte Nikolaus. Sein Gesicht verriet, dass er die Wahrheit sagte. Nikolaus hatte noch nie lügen können.

»Aber Ata, die Äbtissin, sie hat doch alle …« Ursel fehlte der Mut, weiterzusprechen.

Nikolaus senkte den Kopf. »Es war das Schlimmste, was ich je erlebt habe, manchmal wache ich nachts auf und muss dann fürchterlich weinen.«

Sofort bereute Ursel ihre Worte. Sie hatte Nikolaus' gute Laune nicht trüben wollen. Aber sie konnte auch nicht über den Überfall schweigen. Schließlich war der Bau seines neuen Zuhauses nur möglich gewesen, weil Ata und ihr Cousin Ursels gesamte Familie ausgelöscht hatten.

»Aber Berta und alle anderen Nonnen haben mit der Sache nichts zu tun. Sie wissen auch nichts von jener schrecklichen Nacht.«

»Das ist ja furchtbar«, empörte sich Ursel. »Du musst ihnen die Wahrheit sagen und ihnen die Augen öffnen. Das Kloster ist auf einer einzigen Lüge errichtet worden, auf dem Rücken zahlloser Toter. Denk an all das Blut, das geflossen ist. Die Nonnen müssen von dem Unrecht erfahren.«

Aber Nikolaus schüttelte den Kopf. »Das mache ich nicht!«, sagte er entschieden.

»Was, aber warum nicht? Willst du, dass eine Mörderin und ein Mörder als heilige Stifter in die Geschichte eingehen und das Andenken unserer Eltern auf ewig vergessen ist? Vater, Hans, Rainer und all die anderen haben nicht mal ein ordentliches Grab.« Am liebsten hätte sie ihn an den Schultern gefasst und geschüttelt. Aber sie wusste, dass ihn das verunsichern und ängstigen würde.

»Wenn ich Berta und den anderen von jener schrecklichen Nacht erzähle, dann macht sie das traurig, das will ich nicht.«

»Nikolaus!« Ursels Stimme wurde nun laut. Sie schrie beinahe. »Du bist es unseren Eltern, Geschwistern und Freunden schuldig. Die Wahrheit muss ans Licht.«

»Warum, wenn es alle nur traurig macht?« Nikolaus ließ immer noch den Kopf hängen.

»Ata ist eine Mörderin.«

»Ich habe mit Ata nichts zu tun«, sagte Nikolaus. »Wenn Berta sich über Ata ärgert, sagt sie immer, dass der liebe Gott alles sieht. Also werden Ata und Graf Wilhelm irgendwann für ihre Taten bezahlen müssen.«

Ursel stieg das Blut in den Kopf, ihre Wangen glühten. »Ich will, dass Ata und ihr Cousin in diesem Leben für ihre Sünden bezahlen und die Nachwelt weiß, dass sie keine Heiligen, sondern Mörder waren. An ihren Fingern klebt das Blut unserer Familie.«

»Warum, Urschel?«, fragte Nikolaus. »Das macht die Toten nicht lebendig.«

»Aber mich zufrieden, denn es wäre gerecht.«

Nikolaus war mit Ursels Worten ganz und gar nicht einverstanden. Immer wieder schüttelte er den Kopf. Nervös trat er von einem Fuß auf den anderen. Ursel konnte seine Unruhe nicht nur fühlen, sondern auch sehen.

»Das macht keinen Sinn«, sagte er.

»Natürlich macht Gerechtigkeit Sinn!« Schon wollte Ursel ihm erklären, dass er das alles nicht verstehen könne, weil er eben Nikolaus und deshalb anders war. Aber sie biss sich auf die Zunge und unterließ es.

»Warum bist du zufrieden, wenn ich Berta und die anderen unglücklich mache?«

»Nikolaus, du verstehst das alles nicht!«, platzte Ursel nun doch aufgebracht hervor.

»Das stimmt«, sagte er leise. »Ich verstehe es nicht.«

Sie gingen wieder vor Nikolaus' Häuschen, setzten sich auf die Bank an der Rückseite und schwiegen eine Weile. Die Wand der Hütte war von der Sonne aufgeheizt. Sie strahlte eine angenehme Wärme aus.

»Kommst du mit mir mit?«, fragte Ursel. Sie stellte die Frage bloß, um sich hinterher keine Vorwürfe machen zu müssen. Sie wusste, dass er verneinen würde.

»Zu den Piraten, die andere überfallen und umbringen?« Entsetzen stand auf seinem Gesicht.

»Verzeih mir, es war ein dummer Vorschlag. Ich werde auch nicht zu ihnen zurückkehren.«

Nikolaus' Züge hellten sich wieder auf: »Du könntest hierbleiben und Nonne werden. Berta und die anderen sind wundervoll. Sie würden dich lieben, und du wärst bei mir. Wir wären beisammen. Alles wäre so wie früher.« Die Vorstellung vertrieb alle seine trüben Gedanken auf einen Schlag. Mit jedem Wort war er von seiner Idee überzeugter. »Es wäre sogar noch besser als früher. Ich muss keine alten Töpfe mehr putzen. Das hast du doch nie gewollt und bist jedes Mal ganz böse geworden.«

Ursel musste über die Begeisterung ihres Bruders schmunzeln. Sie sollte Nonne werden? Mit Sicherheit wäre sie die erste Nonne, die mit einem selbstgeschnitzten Bogen auf die Jagd ging.

»Ata weiß nicht, wer du bist. Sie würde nie erfahren, dass du meine Schwester bist. Urschel bitte.« Er fasste nach ihren Händen und drückte sie so fest, dass es weh tat.

»Ich werde darüber nachdenken«, versprach sie und entzog ihm die Hände wieder. Vorsichtig strich sie über ihre Knöchel. »Aber zuvor hoffe ich, dass ich das Leben eines Mannes retten kann, der mir viel bedeutet.«

Wie einfach es war, Nikolaus zu sagen, was sie für Steffen empfand.

»Der Sekretär, den du zuvor erwähnt hast?«

Ursel nickte, sie hatte Nikolaus nichts von der Lösegeldforderung erzählt. Sie kannte ihren Bruder gut genug, um zu wissen, dass ihm die Angelegenheit Angst einjagen würde. Es reichte, wenn sie sich Sorgen machte.

»Ich muss jetzt gehen«, sagte sie. »Peter macht sich sicher schon Gedanken, wo ich so lange bleibe. Er wartet im Wald bei den Himbeerhecken, dort, wo irgendwann einmal ein Bär gewohnt hat.«

»Dein alter geheimer Platz.« Nikolaus konnte sich daran erinnern. Er hatte ein gutes Gedächtnis.

»Du kommst aber wieder?«, fragte er.

»Ja, ich komme wieder«, versprach Ursel. Sie küsste ihren Bruder auf die Wange und stand auf. Ohne sich umzusehen, lief sie, so schnell sie konnte, Richtung Wald. Die Sonne stand bereits hoch am Himmel. Hoffentlich war Peter nicht schon auf dem Weg zum Kloster.

Kapitel 32

Benediktinerkloster, 952

Berta stand in der Küche, die Ärmel ihres Kleides hochgekrempelt. Sie knetete einen Teig. Normalerweise ordneten sich ihre Gedanken bei dieser Tätigkeit. Aber heute wollte sie auf keinen grünen Zweig kommen.

Ata hatte eine der jungen Nonnen zu Graf Wilhelm geschickt und ihr befohlen, sich zu beeilen, und bereits heute Morgen war ein Wagen vor dem Kloster angerollt, der die Äbtissin zur Burg bringen sollte. Dabei hatte sie doch erst abends anlässlich ihres Namestages zu einem Festessen kommen sollen.

Die ganze Aufregung musste etwas mit dem Brief zu tun haben, den der junge Mann gestern Morgen vorbeigebracht hatte, aber auch Nikolaus schien dabei eine Rolle zu spielen. Die Äbtissin hatte ihn vor ihrer Abreise zu sich rufen lassen und ihn eine ganze Stunde lang mit Fragen gequält. Als er die Räumlichkeiten der Äbtissin wieder verlassen hatte, waren seine Augen rot und verheult gewesen. Jetzt saß er im Garten und starrte seit Stunden auf seine Hände. Nicht einmal sein Lieblingsgericht, frische Pfannkuchen mit Himbeermus, konnte ihn aufheitern. Der Teller stand immer noch unberührt am Küchentisch.

Berta hielt die Ungewissheit nicht mehr länger aus. Sie

musste erfahren, was hier gespielt wurde. Energisch schlug sie den Teig noch einmal durch, legte ihn dann in eine große Schüssel zum Gehen, bedeckte die Teigkugel mit einem Tuch und stellte alles an einen dunklen Ort in der Speisekammer.

Dann rief sie Nikolaus zu sich in die Küche. Mit gesenktem Blick, wie ein geprügelter Hund, trat er ein.

»Setz dich«, forderte Berta.

Kaum hatte Nikolaus Platz genommen, betrat Schwester Regina die Küche. Sie war eine Witwe, die seit zwei Jahren im Kloster war. Auch sie machte sich Sorgen um den traurigen Gärtner und setzte sich neben ihn.

»Was wollte Ata von dir?«, fragte Berta ohne Umschweife. Doch Nikolaus presste seine Lippen fest aneinander und schüttelte den Kopf.

Regina versuchte es anders.

»Nikolaus, du siehst unglücklich aus«, sagte sie einfühlsam. »Wir wollen dir helfen, aber das können wir nur, wenn du uns verrätst, was los ist.«

»Niemand kann helfen«, schluchzte Nikolaus.

»Das wissen wir erst, wenn du uns verrätst, was dich bedrückt.«

Nervös knetete Nikolaus seine Hände. Auf seinem Gesicht spiegelte sich der Gewissenskampf wider, der in ihm tobte. Offenbar wog er gerade ab, was schlimmer war, zu schweigen oder zu sprechen.

Regina versuchte ihm die Entscheidung leichter zu machen.

»Es gibt für jedes Problem eine Lösung«, versprach sie. »Als mein Mann, der liebe Gott habe ihn selig, von mir gegangen ist, dachte ich zuerst, dass ich mir mein täglich Brot als Küchenmagd in einer Dorfschenke verdienen muss, aber dann hat Graf Wilhelm die großzügige und gottgefällige Idee gehabt, dieses Kloster zu errichten, und seither habe ich ein wunderschönes Zuhause, lebe in der Gemeinschaft liebevoller Schwestern und musste keinen Tag lang hungern.«

Niedergeschlagen hob Nikolaus nun den Kopf. »Großzügig, gottgefällig«, wiederholte er ausdruckslos.

»Ja, natürlich war es großzügig. Graf Wilhelm ist ein Stifter, ein Heiliger«, fuhr Regina fort.

Nikolaus verbarg sein Gesicht in seinen Händen und begann zu weinen.

Ratlos sahen sich die beiden Nonnen an. Berta legte ihre Hand auf Nikolaus' Schulter. »Bitte erzähl uns, worüber du mit Ata gesprochen hast«, forderte sie.

Nikolaus schniefte, fuhr sich mit dem Ärmel über die rinnende Nase und begann zu reden.

»Das Leben meiner Schwester ist in Gefahr«, platzte er heraus.

»Du hast eine Schwester?«, fragte Berta überrascht. »Wir dachten, deine gesamte Familie sei bei dem schrecklichen Brand ums Leben gekommen.«

»Sie war gestern hier, und Ata hat sie gesehen.«

»Aber es war doch ein junger Mann, der einen Brief gebracht hat«, sagte Berta. Wieder waren sie bei dem Brief gelandet. Was stand darin? »Nikolaus, du musst uns alles erzählen. Wir kennen uns sonst nicht aus«, forderte sie.

Weitere Tränen kullerten über Nikolaus' Wangen und tropften auf sein Hemd. »Urschel hat gesagt, dass ich alles erzählen muss. Aber ich will nicht.«

»Ist Urschel deine Schwester?«

Nikolaus nickte. Spucke lief aus seinem Mund, so aufgeregt war er.

Berta reichte ihm ein Tuch. Geräuschvoll schnäuzte er hinein und wischte Speichel und Tränen weg.

»Deine Schwester hat völlig recht. Du musst uns alles erzählen, damit wir dir helfen können.«

Nun weinte Nikolaus hemmungslos. »Ata will mich einsperren und auspeitschen lassen, wenn ich nicht zugebe, dass Urschel mein Bruder ist.«

»Ich dachte, sie sei deine Schwester«, sagte Regina verwirrt. »Also jetzt kenn ich mich gar nicht mehr aus.«

»Psst«, flüsterte Berta. Sie hielt ihren Finger an ihre Lippen und schüttelte sanft den Kopf. »Ich glaube, er kennt sich auch nicht mehr aus.«

Dann schob sie den Teller mit dem Pfannkuchen und dem Himbeermus zu Nikolaus und stellte ein Glas warme Honigmilch dazu.

»Der liebe Gott hat uns die Bienen geschickt, damit sie uns ihren wunderbaren Honig bereiten. Der goldene Sirup beruhigt den Geist«, erklärte sie. »Jetzt trinkst du in aller Ruhe die Milch, isst deinen Pfannkuchen, und dann beginnst du ganz von vorne mit der Geschichte. Wir haben alle Zeit der Welt und hören dir zu.«

»Es ist keine schöne Geschichte«, schniefte Nikolaus. Er wischte sich erneut mit dem Tuch über die Nase und den Mund. Der Stoff war mittlerweile ganz nass. »Sie wird euch traurig machen.«

»Wir wären viel trauriger, wenn wir dir nicht helfen könnten«, sagte Berta bestimmt. Ihre Stimme ließ keine Widerrede zu, und so schnäuzte sich Nikolaus ein letztes Mal, bevor er nach dem Milchbecher griff und trank. Der Honig schien ihn tatsächlich zu beruhigen.

Zufrieden nickten Berta und Regina sich zu. Sie würden erst aufstehen, wenn Nikolaus wirklich alles erzählt hatte.

Kapitel 33

Burg von Graf Wilhelm, 952

»Er kann noch nicht weit gekommen sein«, sagte Ata aufgeregt. Ihre Stimme überschlug sich. »Der Schwachkopf hat zugegeben, dass es sein Bruder war, der gestern den Brief abgegeben hat. Schickt Eure Männer in den Wald und durchkämmt ihn.«

Aufgeregt ging Ata in Graf Wilhelms großem Empfangssaal auf und ab. Von der Decke hing ein wagenradgroßer Leuchter, auf dem zehn Kerzen steckten. Keine davon brannte im Moment. Trotz des freundlichen Spätsommertages und des wolkenlosen Himmels war es düster und kühl in der Halle. Ata spürte die Kälte nicht. Sie war aufgeregt. Ihre Hände hielt sie hinter dem Rücken verschränkt, um zu verhindern, dass sie nach dem Kreuz an ihrer goldene Kette griff. Das Schmuckstück schwang bei jedem ihrer Schritte von einer Seite ihrer Brust auf die andere.

Graf Wilhelm starrte darauf. In seiner gesunden Hand hielt er den Brief. Es handelte sich um einfaches, schlecht verarbeitetes Pergament, das schon viele Male abgeschabt und neu beschrieben worden war. Doch die Buchstaben darauf wiesen eine einfache, aber korrekte Handschrift auf. Sie stammte nicht von Steffen, das erkannte der Graf auf einen Blick. Sein Sekretär beherrschte die hohe Kunst der Schönschrift, die man nur im Kloster erlernte.

»Einer der Piraten kann schreiben«, sagte er nachdenklich und runzelte seine Stirn. »Wer hätte das gedacht.«

»Ob die Verbrecher schreiben können oder nicht, ist mir völlig egal, ich will, dass Ihr den Überlebenden findet.« Ata blieb abrupt stehen. »Stellt Euch vor, er verlässt das Piratenlager und erzählt den Menschen, was sich in jener Nacht tatsächlich abgespielt hat. Ich werde zum Gespött für die gesamte Nachwelt und gehe in die Geschichte als blutige Äbtissin ein, und Ihr werdet der Graf sein, der das Massaker angeordnet hat. Die Menschen werden mit dem Finger auf die Bilder von Euch zeigen und darauf spucken.«

»So beruhigt Euch, Ata«, sagte Graf Wilhelm. »Wer würde einem Verbrecher Glauben schenken? Ebenso wenige wie einem Schwachkopf. Andere hätten den Krüppel sich selbst überlassen. Aber Ihr habt ihn, ohne zu zögern, großzügig wie Ihr seid, unter Eurem Dach aufgenommen.«

Ata griff nun doch nach dem Kreuz an ihrer Brust, ließ es durch ihre schmalen Finger gleiten und führte es zum Mund. Im letzten Moment hielt sie sich davon ab, hineinzubeißen. Sie wandte ihren Blick von ihrem Schmuckstück ab und Graf Wilhelm zu.

»Ihr habt recht, lieber Cousin. Ich bin zu großzügig. Ich hätte den Geisteskranken in ein Verlies sperren und verhungern lassen sollen. Aber dazu ist es jetzt zu spät. Die Nonnen haben einen Narren an ihm gefressen, und ich muss zugeben, er ist ein äußerst geschickter Gärtner, auf dessen Können ich nur ungern verzichten möchte.«

»Euer Garten ist in der Tat eine gottgefällige Augenweide«, gab Graf Wilhelm zu. »Selbst der Papst in Rom kann keinen schöneren besitzen. Ich muss zugeben, dass ich Euch darum beneide. Würdet Ihr mir den Mann ein paar Tage leihen?«

Ata wirkte erstaunt. »Ihr wollt meinen Gärtner ausleihen? Wer versorgt dann die Pflanzen in meinem Garten?« Sie verbesserte sich: »Ich meinte, in Gottes Garten?«

Verlegen räusperte sich Graf Wilhelm. »Natürlich geht der Garten des Klosters vor. Ich dachte bloß, dass Ihr den Mann vielleicht ein paar Tage entbehren könnt.«

Er richtete seine Aufmerksamkeit wieder auf den Brief, und seine Augen verfinsterten sich. »Der Narr und sein Bruder sind nicht unser Problem, sondern Gerold, der weiterhin sein Unwesen treibt und meine Schiffe kapert. Der Verlust des letzten Überfalls ist enorm. Und jetzt muss ich lesen, dass er auch meinen Sekretär gefangen hält.«

»Kann der Mann Euch nicht zu den Piraten führen? Wenn Ihr auf die Lösegeldforderung eingeht, bekommt Ihr ihn wieder.«

»Gerold ist nicht dumm«, sagte der Graf. »Ich bin sicher, dass Steffen nicht ahnt, wo er sich befindet.«

»Und was wird aus Eurem Sekretär?«, fragte Ata. »Sagtet Ihr nicht, dass er über ein außergewöhnliches Talent mit Zahlen verfügt und Ihr seine Arbeit sehr schätzt?«

»Sein Tod ist in der Tat ein großer Verlust. Es ist nicht einfach, einen guten Sekretär zu finden. Steffen hat das Wissen eines Priesters, den Verstand eines Kaufmanns und das diplomatische Geschick eines Landesfürsten.«

»Dennoch wollt Ihr ihn sterben lassen?«, fragte Ata. Sie trat zu ihm und nahm neben ihm auf einem der dunklen Stühle aus Kirschholz Platz. Wie immer nutzte sie die Lehne nicht, sondern hielt sich ohne Hilfe aufrecht.

»Was bleibt mir sonst übrig? Ich bin nicht bereit, Gerold eine derart hohe Summe zu zahlen. Ich habe bereits mehr Geld und Salz an den Halunken verloren, als mir lieb ist.«

Er legte den Brief zur Seite. »Aber wir werden Gerolds unsinniges Ultimatum nutzen. Sein Mann muss sich irgendwo in der Nähe des Klosters aufhalten. Denn nur von dort aus kann er auf die Spitze der Kapelle schauen.«

»Die Sache mit der Fahne.« Atas Augen weiteten sich. Ein Lächeln umspielte ihre schmalen Lippen. »So schlau scheint Gerold doch nicht zu sein. Die Sache erinnert mich an simple Rittergeschichten mit Jungfrauen und Drachen. In diesen Erzählungen überlisten die Helden ihre Widersacher mit einfachen Tricks. Gerold scheint Euch zu unterschätzen.« Erneut griff sie nach ihrem Kreuz. »Oder seine Leute bedeuten ihm so wenig wie Euch.«

»Weil ich nicht bereit bin, für Steffen zu zahlen?«

Ata legte ihren Kopf schräg, ihr festsitzender Schleier verrutschte eine winzig kleine Spur. Eine helle, einst blonde Strähne drängte hervor. Sofort schob sie das Haar zurück und rückte das Tuch zurecht.

»Ihr denkt, ich werde die Entscheidung bereuen?«, fragte der Graf.

»Gott hat den Mann mit einer außergewöhnlichen Gabe beschenkt und in seiner unermesslichen Weisheit zu Euch geschickt, gerade als Ihr Johannes, einen guten Sekretär, verloren habt …« Sie wurde unterbrochen. Graf Wilhelms Verwalter klopfte an die niedrige Tür und riss sie mit einem lauten Ruck auf, ohne die Antwort abzuwarten. Während er sich verbeugte, schossen die Worte nur so aus ihm heraus, so dass Graf Wilhelm mit einer Schimpftirade erst gar nicht beginnen konnte.

»Euer Sekretär …«, japste er und schnappte nach Luft. Er musste eben die Stufen heraufgelaufen sein.

»Was ist mit ihm?«

Der Mann griff sich in die Seite. »… er ist soeben in den Hof eingeritten. Er ist verletzt, aber sonst wohlauf.«

Ata beendete ihren Satz: »… und Gott hat ihn Euch wiedergebracht. Wenn das kein Zeichen ist.«

»Bring ihn zu uns«, forderte Graf Wilhelm. »Und schick alle Männer, die du im Moment am Hof entbehren kannst, in den Wald, rund um das Kloster.«

»Weshalb, wenn ich fragen darf?«

»Wir suchen einen jungen Mann. Er kann sich nicht weit weg vom Kloster aufhalten, weil er die Kirchturmspitze im Auge behalten muss.«

Die Verwirrung auf dem Gesicht des Verwalters war nicht zu übersehen. Doch auch wenn ihm weitere Fragen auf der Zunge lagen, er stellte sie nicht, sondern nickte bloß und verließ den Raum wieder.

»Keine Angst, liebste Cousine, wir werden den Burschen finden. Er kann nicht wissen, dass Steffen frei ist, sicher wartet er irgendwo hier ganz in der Nähe auf die Fahne auf der Kirchturmspitze.«

»Und die Piraten?«, wollte Ata wissen.

»Zu denen wird uns Steffen führen oder der junge Mann, oder beide, wir werden sehen.« Zufrieden rieb Graf Wilhelm mit seiner gesunden Hand über seine verkrüppelte. »Gott bietet uns gleich mehrere Möglichkeiten an. Er stellt die wahren Gläubigen oft auf die Probe. Er hat mir eine Vision geschickt, und ich habe keine Mühe und keine Kosten gescheut, ihm ein ehrwürdiges Haus zu erbauen. Nun werde ich dafür belohnt.«

Ata grinste: »Gewiss, lieber Cousin, gewiss.«

»Ihr, Ata, und ich, wir beide werden in die Chroniken der Nachwelt als Stifter und Heilige eingehen, daran wird auch einer von Reinharts Männern nichts ändern.«

Kapitel 34

Wälder rund um das Benediktinerkloster, 952

Auf einer moosbedeckten Stelle hinter der Quelle hatte Ursel ein ganzes Feld voll Steinpilze gefunden. Die großen braunen Riesen unter den Pilzen gehörten seit jeher zu ihren Lieblingsgerichten.

»Können wir nicht ein winzig kleines Feuer machen, damit wir diese herrlichen Pilze nicht roh essen müssen?«, fragte sie. »Wir könnten ein kleines Kaninchen oder einen Auerhahn erlegen und es knusprig braten.«

Peter verzog den Mund. »Der Rauch würde uns verraten.«

Natürlich hatte Peter recht, dennoch sehnte sich Ursel nach einer warmen Mahlzeit. Sie hatte Hunger.

»Wenn bis zum Abend keine Fahne auf der Kirchenspitze weht, können wir ohnehin zurückkehren. Sobald wir außer Sichtweite sind, kannst du so viele Kaninchen grillen, wie du magst.«

Ursel hatte sich vorgenommen, bei Peter zu bleiben, bis sie wusste, ob der Graf für Steffen bezahlen würde. Sie hoffte inständig, dass ihm das Leben seines Sekretärs wichtig war. Wenn er nicht zahlte, müsste sie mit Peter zurück und Steffen befreien, bevor Gerold ihn tötete. Alles wäre furchtbar kompliziert und gefährlich, denn eines war klar, Peter würde ihr Geheimnis nicht lange bewahren können. Die Blicke, die er ihr zuwarf, seit er sich auf sie gestürzt hatte, waren nicht die, die unter Männern üblich waren. Es lag so viel ungestilltes Verlangen darin, dass Ursel sich jedes Mal unwohl von ihm abwandte.

Außerdem hatte Ursel Nikolaus versprochen, ihn noch einmal zu besuchen. Sollte sie seinen Vorschlag befolgen und sich den Nonnen anschließen? Sie hatte nach wie vor ihre Schwierigkeiten mit Gott. Konnte man ein Leben im Kloster führen, auch wenn man an Gott zweifelte?

Ihr Magen knurrte so laut, dass sie ihre Hand fest darauf presste, um ihn zum Schweigen zu bringen. Es war schwierig genug, mit vollem Bauch nachzudenken, aber wenn man ständig überlegte, was man alles essen könnte, war es schier unmöglich, einen klaren Gedanken zu fassen. Bilder von geräucherten Fischen, gegrillten Wildschweinen und knusprigen Fladenbroten zogen an ihrem inneren Auge vorbei.

Peter setzte sich zu ihr. Wieder viel zu nah. Ursel rückte etwas von ihm ab. In den letzten zwei Tagen hatten sie intensiver miteinander geredet als in den vergangenen zwei Jahren. Peter hatte sie nach ihrem Leben vor den Piraten gefragte und mit echtem Interesse zugehört. Ihre Meinung über ihn änderte sich zunehmend. Ursel hatte nicht geahnt, dass Peter nicht bei den Piraten bleiben wollte, sondern sich wie Michel nach einem anderen Leben sehnte. Bis jetzt hatte sie immer geglaubt, Peter wollte eines Tages Gerolds Rolle übernehmen. Möglich, dass er seine Pläne erst vor kurzem geändert hatte.

»Die anderen im Lager behaupten, dass du gerne Gerolds engster Vertrauter wärst«, sagte sie.

Peter griff nach kleinen Kieselsteinen und warf sie einzeln zu einem Tannenbaum. Jeder zweite Stein traf den Stamm.

»Gerold hat keinen Vertrauten«, antwortete er bitter. »Pirat zu sein, ist das Einzige, was ich jemals machen kann. Ich bin ein Gesetzloser, einer ohne Familie, ohne Vergangenheit. Ohne Namen. Mit etwas Glück finde ich wie Gerold eine Frau, die mit mir das Lager teilt.«

Ursel ignorierte den letzten Teil. Stattdessen fragte sie: »Was soll das heißen, ohne Namen?«

»Meine Mutter hat mir keinen gegeben. Ich glaube, sie hat mich »Esser« genannt, bis sie mich weggegeben hat. Ich kann mich kaum an sie erinnern. Eine dürre, schmutzige Gestalt, die um Almosen gebettelt und mich mit Füßen getreten hat, wenn ich sie um Essen bat.« Wieder griff er nach Steinen. Diesmal traf er mit jedem Wurf.

Peters Geschichte rührte Ursel. Sie selbst war von einer liebevollen Mutter großgezogen worden und hatte nach deren Tod eine Stiefmutter gehabt, die sie ebenfalls ins Herz geschlossen hatte. Sie konnte sich eine Kindheit ohne Wärme und Zuneigung nicht vorstellen.

»Gab es denn niemanden, der dir Trost spendete, wenn du traurig warst oder dich verletzt hast?«

Peter zog beide Augenbrauen hoch. »Trost spenden?«, lachte er, doch es lag keine Heiterkeit in seiner Stimme. »Ich war froh über jeden Tag, an dem ich keine Prügel bekommen habe.«

Peters Worte machten Ursel betroffen, es fiel ihr keine passende Antwort ein, und so saßen sie eine Weile schweigend nebeneinander, bis Ursel es nicht mehr aushielt und eine weitere Frage stellte. Es gab etwas, das sie seit Tagen beschäftigte. Sie hatte bloß noch nicht danach gefragt, aus

Angst, Peter könnte ungehalten reagieren. Doch im Moment war er ruhig, es bestand keine Gefahr.

»Warum hast du Steffen die Hand gebrochen?«

Er hielt in seinem Wurf inne und legte den Stein zurück auf seine offene Handfläche. Er hatte ungewöhnlich große, kräftige Hände, die ordentlich zupacken konnten, wie sie aus leidlicher Erfahrung wusste.

»Ich habe sie ihm nicht gebrochen.«

»Aber wer war es dann?«, wollte Ursel wissen.

»Konrad.«

Erleichtert lehnte sich Ursel zurück. Sie war froh, dass es nicht Peter gewesen war.

»Ich hab aber auch nichts getan, um ihn davon abzuhalten«, gab er zu. »Ich hab es zugelassen und bin dabeigestanden. Und ich habe kein Mitleid empfunden, das schwöre ich dir.«

»Und wenn schon«, sagte Ursel. Sie stand auf. »Du bist kein schlechter Mensch.«

»Denkst du das wirklich?«

»Ja«, sagte Ursel mit fester Überzeugung. Sie konnte Peters Gesichtsausdruck nicht deuten. War er geschmeichelt oder beleidigt?

»Wo willst du hin?«, fragte er und setzte schon an, ihr zu folgen.

Ursel verdrehte die Augen. »Das, was kleine Mädchen ganz sicher nur allein tun wollen.« Sie verschwand im Wald. Sie hatte ihm nicht verraten, dass sie dringend ihr Brustband neu wickeln musste, es war verrutscht und zwickte. Solange Peter glaubte, sie hockte sich in irgendein Gebüsch, würde er ihr nicht folgen.

Sie versteckte sich hinter einem besonders dichten Farn, direkt neben einem kleinen Bach. Rasch zog sie ihr

Hemd aus und legte es über einen Stein. Sie entdeckte einen Blutfleck auf dem Stoff. Der musste von Peter stammen, als sie ihm die Wange zerkratzt hatte. Wenn sie schon dabei war, konnte sie den Fleck gleich entfernen. Sie hielt den Stoff ins Wasser und schrubbte daran. Er war hartnäckig und wollte nicht verschwinden. Ursel hielt erneut die Stelle ins Wasser und versuchte es noch einmal. Endlich wurde der Fleck kleiner. Zufrieden legte Ursel das Hemd noch einmal über den Stein. Nun wickelte sie das Tuch auf und schüttelte es auf. Sie war so sehr mit ihrer Kleidung beschäftigt, dass sie den Mann nicht bemerkte, der hinter ihr stand und sie beobachtete.

»Hier ist ein Weib, soll ich es mitbringen?«

Erschrocken fuhr Ursel zusammen. Sie verlor das Gleichgewicht und landete mit einem Fuß im Bach. Das Wasser war eiskalt und drang durch ihren Lederschuh. Entsetzt hielt sie beide Hände schützend vor ihren Busen. Der Mann vor ihr war nicht sehr groß aber stämmig. Er hatte fettiges Haar, das ihm in Strähnen in die Stirn hing. Gierig starrte er auf ihren Busen. Ursel hatte weder ihr Messer noch ihren Bogen dabei. Sie hatte sich in Sicherheit gewiegt. Wo zum Teufel war Peter, hatte er geschlafen? Aber schon wurde ihre Frage beantwortet. Ein weiterer Mann stieß ihn grob vor sich her, er hielt ein Schwert und richtete es auf Peters Brust. Dessen Hände waren im Rücken gefesselt. Über seine Wange zog sich ein roter Striemen, und sein rechtes Auge war blutunterlaufen.

»Hübsches Ding«, sagte der Mann mit dem Schwert. »Schade, dass wir keine Zeit für ein kleines Vergnügen haben.«

Der mit dem fettigen Haar lachte und griff sich in den Schritt. »Dafür muss immer Zeit sein.«

Ursel begriff, dass sie in Gefahr war. Sie schnappte sich ihr Hemd und hielt es sich schützend vor den Körper. Was war passiert? Wie hatten die zwei Peter überraschen können? Ein dritter Mann tauchte auf, er war einen ganzen Kopf kleiner als die anderen, aber ebenfalls bewaffnet. Ursel war klar, dass Peter gegen drei Männer mit Schwertern nichts hatte ausrichten können, vor allem dann nicht, wenn er in Gedanken bei ihr gewesen war.

»Was ist?«, fragte der Kleine.

»Hier ist ein Weib, das zu unserem Gefangenen zu gehören scheint. Sollen wir sie mitnehmen?«

Der Kleine schien der Anführer der drei zu sein. Er kratzte sich die kahle Stirn, auf seinem Hals saß ein hässlicher Abszess, Ursel konnte nicht umhin, unentwegt daraufzustarren. »Weiß nicht«, sagte er.

»Der Graf hat gesagt, dass wir einen jungen Mann suchen sollen. Das da ist eindeutig kein Mann.« Jetzt grinste er.

»Ich hab euch doch schon gesagt, dass ich der Bruder von dem Schwachköpfigen im Kloster bin.« Peter meldete sich zu Wort, seine Wange blutete. »Nehmt mich mit, und lasst sie in Ruhe.«

Seine Worte drangen mit etwas Verspätung in Ursels Gedanken. Sie sah ihn entsetzt an. Ihre Blicke trafen sich, und er schüttelte kaum merklich den Kopf, bedeutete ihr zu schweigen. Aber es war falsch, wenn sie ihn mitnahmen. Die Männer waren auf der Suche nach ihr.

»Der Bursche hat recht. Das Weib bringt uns nur Ärger ein. Auf der Burg sind schon genug nutzlose Esser. Lassen wir sie hier«, entschied der Kleine.

»Und was ist mit unserem Vergnügen?« Der mit dem fettigen Haar hatte immer noch die Hand zwischen seinen Beinen. Er trat einen Schritt auf Ursel zu. Er stand nun ganz nah bei ihr. Der Gestank von Schweiß und Urin drang ihr in die Nase.

»Lass sie in Ruh!«, schrie Peter laut. Er versuchte sich an dem Mann mit dem Schwert vorbeizudrängen, aber die Waffe hielt ihn zurück.

»Weil sonst was passiert?« Der Mann ließ von Ursel ab und ging zu Peter. Ohne Vorwarnung schlug er ihm mit der Faust ins Gesicht. Peters Lippe platzte auf, Blut tropfte auf sein Hemd.

»Nein«, rief Ursel. Ihr Herz raste. Schon wollte sie sich auf Peters Angreifer stürzen, aber Peter hielt sie mit einem warnenden Blick zurück.

»Bleib«, formten seine blutenden Lippen tonlos.

Sie hatte keine Chance gegen drei bewaffnete Männer, Ursel gab sich geschlagen.

»Lasst uns gehen. Die zwei neuen Küchenmägde geben mehr her als diese dürre Bohnenstange, der die Ratten die Haare vom Kopf gefressen haben«, sagte der Kleine mit dem hässlichen Geschwür. Es hatte sich bereits entzündet. Die Haut rundherum war dunkelrot. Wenn er es nicht von einer heilkundigen Frau aufschneiden ließ, würde er sterben, dessen war Ursel sicher. Sie war erleichtert ob der Beleidigung. Besorgt sah sie zu, wie die drei mit Peter zurück zur Lichtung gingen. Sie fesselten ihm auch die Füße und warfen ihn wie einen Sack Getreide über den Rücken eines Esels, den sie mitgebracht hatten. Dann stiegen sie auf Pferde und ritten los Richtung Kloster. Sie hatten weder ihres noch das Pferd von Peter entdeckt, sonst hätten sie sie mitgenommen. Die Tiere waren in einiger Entfernung angebunden, zusammen mit Ursels Bogen.

Ratlos stand Ursel da, immer noch mit nacktem Oberkörper. Hastig zog sie ihr Hemd über und fühlte sich nicht mehr ganz so hilflos. Was sollte sie nun machen? Der Graf hatte keine Fahne gehisst, wollte also kein Lösegeld zahlen, dafür hatten Graf Wilhelms Männer Peter gefangen genommen, im Glauben, er sei Hans, beziehungsweise Ursel. Aber sobald Ata darauf bestehen würde, dass Nikolaus Peter sah, würde ihr Bruder die Wahrheit sagen. Nikolaus konnte nicht lügen. Sicher fühlte er sich gerade schrecklich. Ob Ata ihm gedroht hatte oder ihn gar hatte einsperren und foltern lassen? Ursel hasste diese Frau und ihren Cousin wie keine anderen Menschen. Mit jedem Tag schien ihr Leben komplizierter zu werden. Nun waren sowohl Nikolaus als auch Steffen und Peter in Gefahr. Wen sollte oder konnte sie retten? Peter würde auch dann sterben, wenn sie zugab, Ursel zu sein. Er war ein Pirat. Nikolaus hatte bis jetzt sicher im Kloster leben können, vielleicht würden die Nonnen weiterhin ihre schützende Hand über ihn legen. Und Steffen? Gerold würde ihn erst umbringen, wenn er erfuhr, dass Graf Wilhelm für ihn nicht bezahlen wollte. Also zurück zum Lager und Steffen befreien? Aber dann würde sie Peter im Stich lassen, der sich gerade für sie geopfert hatte.

»Herr, was soll ich tun?«, fragte sie verzweifelt. Erst als sie zu den Pferden ging, bemerkte sie, dass sie gerade damit begonnen hatte, wieder mit Gott zu sprechen.

Kapitel 35

Burg von Graf Wilhelm, 952

Steffen hockte auf einer schmalen, wackeligen Holzbank vor Graf Wilhelms Speisesaal, der auch als Empfangsraum diente. Es war ein ungemütlich kalter Ort. Beständig blies kühler Wind durch die winzigen Fenster in den dicken Steinmauern und sorgte dafür, dass jeder, der hier saß und darauf wartete, eingelassen zu werden, über kurz oder lang fröstelte.

Steffens Geduld wurde auf eine harte Probe gestellt. Immer wenn die Tür sich öffnete und er glaubte, eingelassen zu werden, marschierte ein anderer in den Saal. Es war erstaunlich, wie viele Menschen bei Graf Wilhelm ein und aus gingen. Jedes Mal sprang Nero neben ihm auf und knurrte leise. Zuletzt kam ein kleiner Mann mit kahlem Kopf und drängte sich an ihm vorbei, als wäre er der Kurier des Papstes höchstpersönlich.

»Ich habe eine wichtige Nachricht für den Grafen und die Äbtissin«, sagte er.

Steffen verdrehte die Augen und lehnte sich resigniert zurück. Auch Nero entspannte sich.

Kaum schloss sich die Tür hinter dem Mann, kam Gräfin Rotraut von Chiemgau über den Gang auf ihn zu. Sie schenkte ihm kaum Beachtung. Wie immer wirkte die

Frau abwesend, so als befände sich nur noch ihr überdimensionierter, dicker Körper auf der Erde, nicht aber ihr Geist. Steffen konnte in ihrem teigigen Gesicht keinerlei Gefühlsregung erkennen. Ausdruckslose Augen und ein schmaler Mund mit farblosen Lippen. Um ihren Hals hingen auffallend schwere Ketten aus Gold, ihre fleischigen Finger zierten edelsteingeschmückte Ringe. Auf seinen Gruß reagierte sie mit Verzögerung. Zuerst nickte sie ihm emotionslos zu, doch dann blitzte für einen kurzen Moment etwas in ihren Augen auf, das Steffen nicht sofort zuordnen konnte, vielleicht war es Überraschung, vielleicht aber auch Empörung darüber, dass er hier saß. Beinahe geräuschlos bewegte sie sich an ihm vorbei. Bloß der dicke Schlüsselbund an ihrem Gürtel, der sie als Burgherrin auszeichnete, klapperte. Steffen verspürte Mitleid mit der Frau, deren einzige Freude im Leben dem Essen zu gelten schien. Steffen hatte bis jetzt nur wenige Worte mit der Gräfin gewechselt. In den kurzen Gesprächen war es ums Wetter gegangen und darum, welche Auswirkungen es auf die Ernte haben würde. Steffen sah der dicken Frau nach, bis die Schleppe ihres schweren Kleides um die Ecke verschwand.

Steffens Gedanken wurden unterbrochen. Die Tür zum Saal öffnete sich, der kleine wichtige Mann stürmte heraus, und Graf Wilhelm, der deutlich lebendiger als seine Frau aussah, stand breitbeinig im Türrahmen. Über seinen Schultern hing ein Wolfspelz. Offenbar war es auch in seinem Empfangssaal kalt. Als er Steffen erblickte, erhellte sich sein hochrotes Gesicht.

»Steffen, mein lieber Sekretär, wie ich mich freue, Euch gesund zu sehen. Wie ist es Euch bloß gelungen, Euch ohne fremde Hilfe aus den Klauen der Piraten zu befreien?

Tretet ein und erzählt uns alles, was Ihr über das schäbige Pack zu berichten habt.«

Steffen erhob sich von der Bank, und auch Nero sprang auf. Graf Wilhelms Blick blieb an dem Hund hängen. »Was in Herrgotts Namen ist das?«

»Mein Hund«, erklärte Steffen kurz angebunden. Da Nero nicht von seiner Seite wich und leise knurrte, als Graf Wilhelm sich ihm näherte, ließ der Graf ihn ein. »Ich hoffe, meine edlen Jagdhunde halten diese zerrupfte Kreatur nicht für Beute, die es zu erlegen gilt. Zum Glück sind die Tiere im Moment nicht in der Halle.« Der Graf rümpfte die Nase, dann besann er sich anders und breitete die Arme aus, wie ein Vater, der seinen verschollenen Sohn begrüßte. Seine vom Blitzschlag verkrüppelte Hand baumelte leblos an seiner Seite. Steffen blieb zurückhaltend. Er durchschaute den Mann und wusste genau, dass er nicht eine Kupfermünze für seine Freiheit bezahlt hätte. Mit einem freundlichen Kopfnicken und einer Verbeugung begrüßte er seinen Dienstherrn und dann die Frau, die hinter ihm stand. Die Äbtissin des neugegründeten Klosters von Traunkirchen. Wer die beiden nicht kannte, hätte sie für den Burgherrn und seine Gemahlin halten können. Ata hatte wenig Geistliches an sich. In ihrem eleganten Kleid aus weichem, teurem Tuch und ihrem kostbaren Schmuck sah wie eine weltliche Herrin aus.

Sie erwiderte Steffens Gruß und bedeutete ihm, auf einem der Stühle Platz zu nehmen. Graf Wilhelm trat an den Tisch und füllte dunkelroten Wein aus dem Süden in drei vorbereitete Becher. Er reichte Steffen einen davon, Ata lehnte ihren ab, und der Graf nahm selbst einen. Dann setzte auch er sich.

»Also«, begann der Graf. »Wo befindet sich das Lager der Verbrecher?«

»Ich weiß es nicht«, log Steffen.

»Was soll das heißen?« Graf Wilhelm wurde lauter.

»Ich habe einen ganz schrecklichen Orientierungssinn. Das war auch der Grund, warum ich in die Hände der Piraten gefallen bin.«

»Das verstehe ich nicht«, sagte Ata.

Steffen erzählte eine gekürzte und stark gestraffte Variante seiner Gefangenschaft, seiner geglückten Flucht und endete damit, dass Gerolds Pferd ihn bis nach Gmunden gebracht hatte, wo er sich wieder auskannte und von wo aus er der Handelsroute bis zur Burg des Grafen gefolgt war.

»Ihr wollt uns weismachen, dass Ihr nicht wisst, wo das Lager der Piraten liegt?«, polterte Graf Wilhelm erbost.

»Leider nicht genau. Ich würde euch tagelang im Kreis herumführen.«

»Das ist doch völliger Unsinn! Ihr seid ein kluger Mann. Wie könnt Ihr da einen Weg nicht wiederfinden?«

Steffen versuchte nicht die Piraten zu schützen, sondern bloß eine einzige Person.

»So beruhigt Euch wieder, lieber Cousin«, sagte Ata. »Der kleine Mann hat doch eben berichtet, dass sie einen der Piraten gefunden haben. Mit den richtigen Verhörmethoden kann er uns den Weg ins Lager zeigen.«

Graf Wilhelms dunkelrotes Gesicht wurde wieder eine Spur heller. »Ja, richtig! Der Mann mit dem Lösegeldbrief, Reinharts Sohn. Wo ist der Kerl?«

»Immer noch im Hof.«

Steffen richtete sich auf. Reinharts Sohn? Konnte es sein, dass man Ursel in den Burghof gebracht hatte, während er seelenruhig vor Graf Wilhelms Gemächern wartete?

Er brauchte also nur hinauszulaufen, mit seiner gebrochenen Hand ein paar schwerbewaffnete Männer überwältigen, Ursel befreien und mit ihr fliehen? Ach ja, da war noch etwas, er musste sie noch davon überzeugen, dass sie ihn genauso interessant fand wie er sie. Aber angesichts der Fülle von Unmöglichkeiten erschien im dieser Teil als vernachlässigbar.

»Ihr habt einen der Piraten gefangen genommen?«, fragte er vorsichtig.

»Ja, einen Burschen, von dem mein schwachsinniger Gärtner behauptet, er wäre sein Bruder«, erwiderte Ata. »Natürlich ist das absurd. Jeder weiß, dass beim großen Brand des Gutshofes alle Bewohner bis auf meinen Gärtner in den Flammen umgekommen sind. Nikolaus, den armen Irren, habe ich großzügig im Kloster aufgenommen. Als Dienerin des Herrn kümmere ich mich besonders um die Schutzbedürftigen und Kranken.«

»Ja, natürlich!« Steffens Antwort klang eine Spur zu patzig.

Ata hob irritiert die schmalen Augenbrauen.

»Ihr seid für Eure Caritas bekannt«, beeilte sich Steffen zu sagen.

Ata schien wieder beruhigt. »Nehmen wir uns jetzt den Gefangenen vor?«, fragte sie.

»Nein, ich lasse ihn in mein Gefängnis bringen. Später soll einer meiner Männer die Befragung übernehmen. In weniger als einer Stunde wissen wir, wo sich das Lager befindet.«

»Kann ich einen Blick auf den Gefangenen werfen?«, mischte sich Steffen schnell ein. Die Vorstellung, dass einer der Männer Ursel mit heißen Zangen und Brenneisen befragen würde, jagte ihm eiskalte Schauer über den Rücken. Er musste dieses Vorhaben mit allen Mitteln verhindern.

»Wenn Ihr unbedingt wollt. Ich frage mich jedoch, was Ihr Euch davon versprecht?«

Steffen wollte, nein, er musste Ursel sehen. Aber wie sollte er das dem Grafen erklären? »Vielleicht handelt es sich bei dem Gefangenen nicht um einen Piraten«, stammelte er.

»Was, warum?«

»Es wäre doch möglich, dass der Gärtner sich geirrt hat und der Mann nicht sein Bruder war oder dass Eure Männer einen Falschen gefangen genommen haben. Keinen Piraten, sondern einen unschuldigen Mann.«

Graf Wilhelm schien an der Zurechnungsfähigkeit seines Sekretärs zu zweifelte. Missbilligend neigte er den Kopf. Steffen ignorierte seinen Blick. Er musste zu Ursel, ganz egal was der Graf dachte.

»Bitte entschuldigt«, sagte er und verließ die Halle. Graf Wilhelm folgte ihm. Zwei Stufen gleichzeitig nehmend, eilte Steffen ins Erdgeschoss und stürzte auf den Hof. In einer Ecke, neben dem Brunnen, kauerte zwischen zwei schwerbewaffneten Männern eine Person. Offenbar war sie bereits mit Tritten und Schlägen ruhiggestellt worden. Steffen erkannte sofort, dass es nicht Ursel war. Zwar hatte der Gefangene blondes Haar wie sie, aber er war größer, breiter und muskulöser. Vor ihm am Boden kauerte Peter. Die Männer hatten ihn schlimm zugerichtet. Sein rechtes Auge war zugeschwollen, seine Lippe blutig und die Nase gebrochen. Als er Steffen näher kommen hörte, hob er den Kopf. Erkennen und damit verbundenes Erstaunen breiteten sich auf seinem Gesicht aus.

»Du siehst, dass dein Lösegeldbrief an Bedeutung verloren hat«, lachte Graf Wilhelm. An Steffen gerichtet fragte er: »Wenn man dem Gesichtsausdruck des Lumpen Glauben schenken kann, dann hat er Euch eben erkannt. Er ist einer der Piraten.«

Steffen nickte wortlos. In seinem Kopf überschlugen sich die Gedanken. Ursel war gemeinsam mit Peter losgeritten. Graf Wilhelms Männer hatten Peter gefangen genommen. Wo war Ursel?

Einer der Bewaffneten, der Kleine mit dem kurzen Hals, dem kahlen Kopf und dem hässlichen Abszess, lieferte Steffen die Antwort.

»Wir haben ihn gemeinsam mit einem Weib oben bei der alten Bärenhöhle gefunden.«

»Wo ist das Weibsbild?«, fragte Graf Wilhelm.

»Wir haben es nicht mitgenommen. Wenn Ihr es auch sehen wollt, können wir es holen. Es ist sicher noch nicht weit gekommen. Aber es lohnt sich nicht. Es ist eine dürre Bohnenstange, flach wie ein Brett vorne wie hinten.« Der Mann grinste anzüglich. »Die anderen können das bestätigen, sie war so nackt, wie Gott sie geschaffen hat.«

Graf Wilhelm machte eine wegwerfende Handbewegung. »Die Huren der Piraten interessieren mich nicht. Sie soll im Wald verrecken.«

Steffen und Peters Blick kreuzten sich. Es lag nichts Freundschaftliches darin.

»Bringt den Gefangenen weg«, befahl Graf Wilhelm. »Einer meiner Männer soll sich um ihn kümmern.«

Die zwei Männer packten grob zu und zogen Peter auf die Füße. Nicht nur sein Gesicht sah böse aus, auch sein linker Arm war verletzt. Blut tropfte aus einer tiefen Wunde am Oberarm und hinterließ eine grausige Spur am gekiesten Burghof. Peter schien die Verletzung nicht zu bemerken. Er richtete weiter seinen Blick auf Steffen. Vorwurf lag darin, so als wäre Steffen schuld an seiner aussichtslosen Situation und nicht er selbst. Steffen wandte sich ab. Er versuchte sich vorzustellen, wie Peter aussehen würde, nachdem sich jemand um ihn »gekümmert« hatte. Zweifelsohne würde er irgendwann verraten, wo sich das Lager befand. Graf Wilhelms Männer brachten mit ihren Folterinstrumenten Stumme zum Reden. Steffen konnte Peter die schmerzhafte Prozedur ersparen.

»Ich kann Euch zum Lager bringen«, sagte er langsam. Er wollte nicht die Schuld an der weiteren Verstümmelung eines Menschen tragen. Auch wenn er Peter nicht sonderlich ausstehen konnte. Graf Wilhelm würde das Lager der Piraten so oder so finden. Gerolds Zeit war abgelaufen. Unter seinen vermeintlichen Freunden befanden sich auch Feinde. Jemand hatte ihm geraten, Lösegeld für Steffen zu verlangen. Wer immer diesen Rat erteilt hatte, er wollte Gerold damit schaden. Es interessierte Steffen nicht, wer Gerolds Feind war. Sein eigenes Gewissen war ihm wichtig, und das wollte er mit Peters Tod nicht belasten. Ursel, für die er gelogen hätte, war im Moment nicht im Lager, also konnte er den Ort preisgeben.

»Ihr habt uns doch eben erst weismachen wollen, dass Ihr Euch nicht an den Weg zum Lager erinnern könnt«, sagte Graf Wilhelm gereizt.

»Kann ich auch nicht«, erklärte Steffen. »Aber das Pferd, das ich Gerold gestohlen habe, kann es. Das Tier findet seinen Weg zurück zum Lager. Ganz egal, wo Ihr es aussetzt.«

Der Ausdruck, der jetzt in Peters Augen lag, war nicht eindeutig. War es Erleichterung, Verachtung, Spott, Hass oder eine Mischung aus allem? Es war Steffen egal. Er hatte keine Zeit, sich darüber Gedanken zu machen. Er musste los und Ursel finden, und zwar schnell, bevor sie zu Gerold zurückkehrte. Wo auch immer diese Bärenhöhle lag. Irgendwer würde ihm erklären können, wie er hinkam. Warum Ursel nackt war, als die Männer des Grafen sie bei Peter gefunden hatten, darüber wollte er erst später nachdenken.

Kapitel 36

Wälder rund um das
Benediktinerkloster, 952

Ursel starrte auf die Quelle, die unaufhörlich aus dem Felsen sprudelte, in der Hoffnung, dass das stetige Plätschern ihr eine Idee einflüstern könnte. Sie brauchte einen Plan, und zwar möglichst rasch. Peter und Nikolaus waren im Moment in größerer Gefahr als Steffen. Daher gingen die beiden vor. Sie musste herausfinden, wohin die Männer des Grafen Peter gebracht hatten. Ins Kloster oder auf die Burg? Die Burg war wahrscheinlicher, schließlich gab es dort einen Kerker. Aber vielleicht verfügte auch das Kloster über ein Gefängnis. Es würde Ata ähnlich schauen.

Ursel stand auf, griff nach ihrem Bogen und kletterte auf den Felsvorsprung oberhalb der verlassenen Höhle. Von hier aus hatte sie freien Blick auf das Kloster und den See. Außerdem konnte sie sehen, ob sich jemand vom Seeufer in ihre Richtung bewegte. Das galt freilich nur für jene, die über das offene Feld liefen und nicht durch das Dickicht des Waldes.

Nachdenklich kaute sie an ihrer Unterlippe. Wahrscheinlich sollte sie zuallererst ins Kloster gehen und die rundliche Nonne mit dem freundlichen Gesicht aufsuchen. Nikolaus hatte in den höchsten Tönen von ihr geschwärmt. Sicher würde sie sich um ihren Bruder kümmern, sollte der in Gefahr sein. Mit etwas Glück half die Frau vielleicht auch ihr weiter. Aber würde die Nonne gegen den Willen ihrer Äbtissin handeln?

Die Sonne ging langsam unter, und Ursel war immer noch unschlüssig. Die Zeit arbeitete gegen sie. Gleich würde die runde, orange Scheibe hinter der Spitze des Traunsteins verschwinden. War es zu spät, um an die Klosterpforte zu klopfen? Unschlüssig schwenkte sie ihren Bogen hin und her. Da machte sie in der Ferne einen Mann aus. Er war nicht sonderlich schnell unterwegs und bewegte sich völlig arglos. Was er wohl gegen Ende des Tages hier suchte? Ob er die anbrechende Dämmerung für die Jagd nutzte? Er lief von den Siedlungen der Menschen weg, statt darauf zu.

Die beiden Pferde waren nach wie vor gut versteckt hinter der Höhle. Sollte sie sich sicherheitshalber auf eines der Tiere setzen, um rechtzeitig die Flucht antreten zu können? Aber der Wanderer schien ohne böse Absicht, neben ihm lief ein Hund. Immer wieder blieb er stehen, um sich zu orientieren, während der Hund zielstrebig mit der Schnauze am Boden in ihre Richtung lief.

Ursel legte die Hand an die Stirn, um ihre Augen gegen das tiefstehende Sonnenlicht zu schützen. Es war Nero, der da lief, und jetzt erkannte sie auch den Mann, der seine braunen Locken mit einer lässigen Handbewegung nach hinten strich. Sofort fielen sie wieder in sein Gesicht. Sie waren zu lang.

Steffen. Wie war er hierhergekommen? Ihr Herz schlug einen ungewohnt raschen Takt. Sie blinzelte, aus Angst, ihre Fantasie spielte ihr gerade einen bösen Streich. Aber auch als sie die Augen wieder öffnete, bot sich ihr dasselbe

Bild. Steffen und Nero kamen direkt auf sie zu. Ursel konnte es kaum erwarten, bei ihm zu sein. Sollte sie ihm entgegenlaufen? Es erschien ihr falsch, schließlich hatten sie sich im Streit getrennt. Überhaupt, wie kam sie auf die Idee, dass er sie mögen könnte? Er war ihr Gefangener gewesen! Zweifel überkamen sie. Im Grunde wusste sie nicht viel über ihn. Er hatte ihr von seiner Kindheit im Kloster erzählt und davon, dass er das Kind eines Priesters war. Aber warum er nicht im Kloster geblieben war, hatte er verschwiegen. Gut möglich, dass er wegen einer Frau geflohen war. Und dann? Was, wenn er verheiratet war?

Ursel war verwirrt über die Fragen, die ihr durch den Kopf schossen, während er immer näher zu ihrem Versteck kam. Steffen schien sich absolut sicher zu fühlen. Nicht wie jemand, der gerade einer Bande Gesetzloser entkommen war. Ob er eine Gruppe bewaffneter Männer hinter sich wusste? War es am Ende eine Falle, die er ihr stellte, um sich für seine Gefangenschaft zu rächen? Unsinn! Ursel verlor allmählich den Verstand. Das würde er nicht tun. Oder etwa doch? Sie wusste nicht mehr, was sie glauben sollte. Sie war aufgeregt.

Nun befand er sich vor dem Höhleneingang, direkt unter ihr. Ursel lag flach am Boden und beobachtete Steffen. Ihr Magen zog sich zusammen, und ihre Hände, mit denen sie ihren Bogen umklammert hielt, wurden feucht. Sie wollte in seinem Gesicht lesen, was er vorhatte, konnte aber nur sein Haupthaar sehen.

»Ursel?« Er stand am Höhleneingang und rief hinein, während Nero neben ihm saß, wild mit dem Schwanz wedelte und zu ihr nach oben schaute. Er winselte vor Freude.

Steffens Stimme klang vertraut. Ursel hatte ihren Klang

vermisst. Sie wollte ihm gegenüberstehen, auch wenn er ihr eine Falle stellen sollte. Mit einem Satz sprang sie auf die Füße und mit zwei Sprüngen vom Felsen auf den weichen moosigen Untergrund vor der Höhle. Sie landete etwas unsanft, aber durchaus elegant in einigem Abstand zu ihm und richtet sich rasch auf.

Erschrocken machte Steffen einen Schritt rückwärts und fasste sich entsetzt an die Brust. Nero hatte sie längst erkannt. Der Hund stürzte sich auf sie und riss sie um. Er schleckte ihr übers Gesicht.

»Igitt, nicht, Nero«, lachte Ursel und schob ihn von sich.

Nun hatte auch Steffen sie erkannt. Ein Lächeln zog sich über sein Gesicht.

»Was für ein dramatischer Auftritt«, sagte er amüsiert.

Etwas verlegen strich Ursel mit einer Hand ihr Haar hinter ihre Ohren, mit der anderen hielt sie ihren Bogen fest.

»Wie seid Ihr aus dem Lager entkommen?«, fragte sie. »Oder hat Gerold Euch freigelassen?«

»Gerold?«, fragte Steffen belustigt. Die Wunden in seinem Gesicht waren beinahe verheilt. Bloß über der Schläfe war eine Kruste, sicher würde eine Narbe zurückbleiben, die seine Attraktivität aber nicht schmälerte. Im Gegenteil, sie verlieh ihm etwas Verwegenes.

»Die Frage war dumm, verzeiht mir«, gab Ursel zu. »Ihr seid also ohne Hilfe geflüchtet?«

»Das habe ich nicht behauptet. Ein kleiner Mann mit breiten Schultern, der sein Haar im Nacken zu einem Schwanz geflochten trägt, hat mich erwischt, mich aber nicht verraten, sondern mir beim Satteln des Pferdes geholfen.«

»Michel«, sagte Ursel. Ein Gefühl der Dankbarkeit

und Wärme stieg in ihr auf. »Er ist ein guter Mensch, der nicht bei Gerold leben sollte.«

»Das solltest du auch nicht.«

»Ich werde nicht ins Lager der Piraten zurückkehren«, sagte Ursel. »Leider sind meine Alternativen beschränkt. Vielleicht nehmen die Nonnen mich auf. Ich könnte an den Ort meiner Kindheit zurückkehren.«

Überrascht hob Steffen die Augenbrauen. »Ich dachte, du lehnst den Gott der Christen ab. Und niemals hätte ich geglaubt, dass du mit Ata unter einem Dach wohnen willst.«

»Mein Bruder Nikolaus ist am Leben. Er hat im Kloster eine neue Heimat gefunden. Die Schwestern sorgen gut für ihn. Ich könnte bei ihm sein ...«, sagte Ursel. Gleichzeitig wusste sie, dass es ihr unmöglich sein würde, Ata als Äbtissin anzuerkennen. Außerdem wäre sie ständig der Gefahr ausgesetzt, dass die Äbtissin erkennen würde, wer sie wirklich war.

»Ihr habt recht«, sagte sie. »Eigentlich gibt es diese Möglichkeit gar nicht. Ich belüge mich selbst, wenn ich mir einrede, über zwei Optionen zu verfügen.« Sie unternahm den Versuch eines Lächelns. Er misslang, ihre Lage war zu aussichtslos. »Ich werde weiterziehen und darauf hoffen, irgendwo als Küchenmagd eine Stellung zu bekommen. Vielleicht schaffe ich es ja eines Tages bis nach Regensburg.«

Ursel wandte sich von ihm ab und schaute auf den See. Die tiefstehende Sonne glitzerte in den warmen gedämpften Farbtönen des Spätsommers auf seiner Oberfläche.

»Es gäbe auch andere Möglichkeiten«, sagte Steffen leise, doch Ursel hörte ihn nicht. In ihren Gedanken war sie bereits einen Schritt weiter.

»Zuvor muss ich Peter retten«, sagte sie und drehte sich abrupt zu Steffen um. »Graf Wilhelms Männer haben ihn mitgenommen. Sie dachten, dass er ich sei, und Peter hat sie in dem Glauben gelassen, um mich zu schützen.«

Steffen presste seine Lippen aneinander und nickte. »Das war sehr mutig von ihm«, sagte er.

»Es war dumm«, platzte Ursel heraus. »Wie soll ich ihn denn nun befreien? Ich weiß ja nicht einmal, wo sie ihn hingebracht haben. Und er gefährdet Nikolaus. Mein Bruder ist ein ganz besonderer Mensch, er kann nicht lügen. Graf Wilhelm und Ata werden ihn so lange bearbeiten, bis er ihnen das sagt, was sie hören wollen.« Tränen traten in ihre Augen, und Steffen wirkte betroffen.

»Es liegt dir sehr viel am Wohl deines Bruders.« Seine Stimme klang belegt, als er hinzufügte: »... und an Peters.«

»Ich liebe meinen Bruder über alles«, sagte Ursel.

»Und Peter?« Er beobachtete sie eindringlich.

»Was soll mit ihm sein?«, fragte Ursel irritiert.

»Ist er dir genauso wichtig wie dein Bruder?«

»Das ist eine unsinnige Frage«, sagte Ursel. »Peter ist mein ...« Sie machte ein Pause und überlegte. Was war Peter für sie? »Ich denke, er ist mein Freund geworden«, sagte sie schließlich.

Steffen nickte langsam.

»Sie haben ihn auf die Burg gebracht, und er sieht nicht besonders gut aus. Wenn du ihm helfen willst, solltest du dich beeilen.«

»Werdet Ihr mir dabei helfen?«

Eine Pause entstand. Steffen verzog seinen Mund zu einer traurigen Grimasse.

»Ich habe zwar keine Ahnung, wie wir den Burschen

wieder aus dem Gefängnis bekommen, aber wenn es dein ausdrücklicher Wunsch ist, werde ich dir dabei helfen.«

»Vielen Dank«, sagte Ursel. Einem Impuls folgend, neigte sie sich zu ihm, wollte ihn umarmen, aber nicht wie einen Freund, sondern inniger, zärtlicher. Beschämt wich sie wieder zurück. Es war nicht das erste Mal, seit sie ihn kennengelernt hatte, dass sie sich auf magische Weise zu ihm hingezogen fühlte. Ob er ähnlich empfand? Sie suchte in seinen Augen nach einer möglichen Antwort. Was sie fand, war eine sanfte Neugier, vielleicht auch Hoffnung. Bevor sie weiter darüber nachdenken konnte, was genau es war, machte er einen Schritt auf sie zu, beugte sich zu ihr und legte seine unverletzte Hand zärtlich auf ihre Wange. Sie schmiegte sich hinein. Die Berührung war angenehm. Nun hob er ihr Gesicht an, und sie wehrte sich nicht. Als seine Lippen die ihren berührten, fühlte es sich völlig richtig an. Nero kommentierte den Kuss mit einem kurzen Bellen, dann legte er sich neben sie ins Gras, legte die Ohren an und wirkte beleidigt.

Kapitel 37

Benediktinerkloster, 952

In der Klosterküche roch es nach köstlichem Weichselkompott. Berta rührte einen großen Löffel Honig in den Topf und summte eine einfache Melodie. Ein Bauernlied, das ihr Vater gesungen hatte, als sie ein Kind gewesen war. Sie überlegte, ob sie einen zweiten Löffel hinzufügen sollte, als Regina den niedrigen Raum betrat. Das Gesicht der Schwester war gerötet. Ihre Hände waren zu Fäusten geballt. Das kleine, einfache Holzkreuz an der Kette wippte auf ihrem üppigen Busen, mit dem sie fünf Kinder genährt hatte, auf und ab.

»Ata will Nikolaus zu Graf Wilhelm schicken«, platzte die Schwester aufgeregt heraus. »Weißt du, was das bedeutet? Sie werden ihn so lange mit Fragen quälen, bis er seinen eigenen Namen nicht mehr aussprechen kann.«

Berta hob den Kopf und stellte den Honig zur Seite.

»Setz dich, liebe Schwester«, sagte sie. Griff nach einem Putzlappen, wischte über die Arbeitsfläche und bot Regina den Platz am Tisch an.

»Woher hast du dein Wissen?«

»Die Äbtissin hat mich gerade zu sich gerufen. Sie hat gesagt, dass Graf Wilhelms Männer Nikolaus noch heute holen werden, um ihn mit dem Gefangenen zusammenzubringen. Sie wollen von Nikolaus die Bestätigung, dass der Mann sein Bruder ist.«

»Oh nein«, stöhnte Berta. »Wissen sie das denn nicht schon längst?«

»Unser Nikolaus ist der ehrlichste Mensch, den Gott je geschaffen hat. Wir müssen verhindern, dass er geht. Stell dir vor, wie er sich fühlen wird, wenn er seinen eigenen Bruder oder, wie wir wissen, seine Schwester verrät. Das Ganze kann nur böse für beide ausgehen. Es reicht, wenn ein Mensch leiden muss.«

Berta pflichtete ihr bei: »Leider können wir nicht verhindern, dass Graf Wilhelm Nikolaus' Schwester auf grausame Weise töten wird, aber wir müssen versuchen Nikolaus zu schützen. Es ist die christliche Nächstenliebe, die uns dazu verpflichtet.«

Schwester Regina ließ ihren Körper auf einen Holzschemel plumpsen, der bedrohlich knarrte.

»Solange Nikolaus bei uns ist, kann Graf Wilhelm ihm nichts anhaben«, sagte sie.

Berta stimmte ihr zu.

Regina griff unter ihren Schleier, holte eine ihrer grauen Locken hervor und drehte sie um ihren rechten Zeigefinger. »Wie können wir verhindern, dass Nikolaus zu Graf Wilhelm gebracht wird? Mit unseren Kochlöffeln werden wir nicht viel gegen die Bewaffneten des Grafen ausrichten.«

»Der Junge ist so ehrlich, dass er nicht einmal imstande wäre, eine Krankheit vorzutäuschen, um sich den Besuch zu ersparen.«

Ihre Worte lösten ein Leuchten in Reginas Augen aus. Die Frau stand auf und trat an das hohe, schmale Regal an der Wand. Unterschiedlich geformte Behälter aus brauner Keramik standen fein säuberlich aufgereiht auf den glattgehobelten Brettern. Mit weißer Kreide hatte Berta jeden der Töpfe beschriftet. Zielstrebig griff sie nach einem und stellte ihn vor Regina auf den Tisch.

»Hier ist die Lösung unseres Problems«, sagte sie zufrieden und fügte hinzu: »Zumindest vorläufig.«

»Was ist in dem Topf?«

»Mach ihn auf«, forderte Regina.

Neugierig hob die Schwester den Deckel. Ein faulig-bitterer Geruch stieg ihr entgegen. Er mischte sich mit dem süßen des Weichselkompotts.

»Das ist Faulbaumrinde«, sagte Berta angewidert.

Regina nickte. »Sie hilft gegen Verstopfung. Aber wenn man zu viel davon erwischt, hängt man den ganzen Tag über dem Abort. Zu hoch dosiert kann sie auch den Herzrhythmus durcheinanderbringen und im schlimmsten Fall zum Tod führen, was wir auf keinen Fall wollen.«

Berta hielt erneut den Behälter an ihre Nase. »Himmel, die Rinde stinkt.«

»Was denkst du, wie viel davon werden wir brauchen, um Nikolaus den Weg in die Burg zu ersparen?«, fragte Regina.

»Du willst ihm Faulbaumrinde geben? Er wird das Zeug niemals freiwillig zu sich nehmen.«

Regina schob den Honigtopf, der immer noch am Tisch stand, zu Berta.

»Mit genügend Honig im Kompott wird er es gar nicht bemerken.«

»Gibt es keine andere Lösung? Eigentlich sollten wir Ata und Graf Wilhelm die Rinde in den Tee mischen. Nikolaus wird furchtbare Bauchschmerzen haben.«

»Aber er wird mit Sicherheit nicht zu Graf Wilhelm

gehen können, und er muss nicht lügen, er wird tatsächlich im Bett liegen. Wie wir wissen, verabscheut unsere Äbtissin Krankheiten. Sie wird darauf bestehen, dass er in seiner Hütte bleibt und mit niemandem in Berührung kommt. Vor allem nicht mir ihr oder ihrem Cousin.«

Regina nahm erneut Platz. »Wir werden Nikolaus nicht ewig mit Bauchkrämpfen beschützen können.«

»Das stimmt«, gab Berta zu. »Aber fürs Erste gewinnen wir ein paar Tage Zeit. Vielleicht schickt Gott uns bis dahin eine bessere Eingebung.«

Regina bekreuzigte sich und faltete die Hände. »Die Wege unseres Herrn sind voller Überraschungen.«

»Vor allem dann, wenn seine Bräute unterstützend eingreifen«, fügte Berta hinzu.

Kapitel 38

Wälder rund um das
Benediktinerkloster, 952

Ursel hätte nie gedacht, dass sie jemals aus eigenem freien Willen einen Mann küssen würde. Solange sie am Hof ihres Vaters gelebt hatte, war die Vorstellung, eines Tages mit einem der Burschen zusammen sein zu müssen, eine unvermeidbare Tatsache gewesen. Dass sie sich freiwillig in die Arme eines Mannes begab und sich nach seiner Nähe sehnte, war ihr damals völlig absurd erschienen. Im Lager der Piraten hatte sie den Kontakt zwischen Männern und Frauen abstoßend gefunden, und als Peter sich auf sie gestürzt hatte, war das auch alles andere als erfreulich gewesen. Jetzt aber lag sie so dicht neben Steffen im weichen Gras, dass sie seinen Herzschlag spüren konnte, und sie wünschte sich, der Moment würde ewig andauern.

Sie hörte seinen leisen Atem. Seine Haut war warm und roch nach Erde und Wald. Er hatte seine Augen geschlossen. Die langen, dunklen Wimpern zuckten leicht über der weichen, leicht gebräunten Haut.

»Schläfst du?«, wollte sie wissen.

»Jetzt nicht mehr.«

»Habe ich dich geweckt?«, fragte sie mit schlechtem Gewissen.

Er richtete sich auf, stützte sich auf einen Ellbogen und sah sie mit seinen unglaublich blauen Augen an. Wie konnte es so eine Farbe geben? Sie war wie der strahlende Himmel eines perfekten Sommertages. Ursel verlor sich darin.

Steffen lächelte. Jetzt bildeten sich all die kleinen Fältchen, die sie so mochte. Ursel schmolz dahin, sie wollte ihn erneut küssen, immer und immer wieder.

Aber schon nach einem viel zu kurzen Kuss zog sich Steffen zurück. »Wir müssen über unsere nächsten Schritte nachdenken«, sagte er und holte sie in die Wirklichkeit zurück. Warum wollte er jetzt reden? Die Nacht war lau, der Himmel wolkenlos, und sie lagen nebeneinander. Die Probleme würden ihnen nicht davonlaufen, sie konnten sie morgen besprechen. Aber sein ernster Blick verriet ihr, dass er fest entschlossen war, die wundervolle Stimmung zu zerstören.

»So schön es ist, mit dir hier zu liegen …«, begann er.

Sie legte ihm den Zeigefinger auf den Mund. »Psst!«

Aber er zog ihre Hand weg.

»Wenn du Peter retten willst, müssen wir rasch handeln. Gerolds Pferd wird Graf Wilhelm zum Lager der Piraten führen, und falls Peter die Männer zuvor noch warnen möchte, sollten wir keine Zeit verlieren.«

Mit einem Schlag war Ursel wieder in der Wirklichkeit. Er hatte gerade die wunderschöne Traumwelt, in der es nur sie beide gab, zerstört.

»Du bist mit Gerolds Pferd geflüchtet und hast Graf Wilhelm verraten, dass das Tier von jedem Ort der Welt zurück zu Gerold findet?«

Steffen verzog den Mund zu einem schiefen, aber charmanten Grinsen. »Ich bezweifle, dass es von jedem Ort der Welt zurückfindet, aber ganz sicher von der Burg des Grafen, wo es im Moment ist.«

»Warum hast du das dem Grafen verraten?« Ursel setzte sich ebenfalls auf und rückte ihr Hemd zurecht, das einen unzüchtigen Blick auf ihren Busen gewährte, was Steffen nicht gestört hatte. Ganz im Gegenteil, er schien es zu bedauern, dass nun alles wieder am rechten Fleck war.

»Hätte ich es nicht verraten, hätte der Graf Peter foltern lassen. Jeder, der auch nur einen Blick in die Folterkammer der Burg geworfen hat, weiß, dass Peter diese Tortur bestenfalls als Krüppel überlebt hätte.«

»Nikolaus«, fiel es Ursel siedend heiß ein. »Wird der Graf ihn gefangen nehmen?«

»Warum sollte er das tun? Er hat sich in den letzten zwei Jahren nicht um ihn gekümmert. Weshalb sollte er jetzt Interesse an ihm haben?«

»Ata glaubt, dass Peter Hans ist. Sie werden von Nikolaus hören wollen, dass Peter ich bin, aber er wird es nicht sagen, weil es ja nicht stimmt. Hans ist längst tot, und weder Ata noch Graf Wilhelm wissen, dass in Wirklichkeit Ursel am Leben ist, und Nikolaus lügt nie, also wird …«

Jetzt war es Steffen, der »Psst« sagte und ihr zärtlich seinen Finger auf ihren Mund legte. »Das ist alles viel zu kompliziert.« Er beugte sich zu ihr und küsste sie. Warum hatte er das nicht gleich getan? Ursel fühlte sich mit einem Mal besser.

»Ich schlage vor, ich gehe morgen früh vor Sonnenaufgang ins Kloster und besuche deinen Bruder und die Nonnen, von denen du glaubst, dass sie ihm wohlgesonnen sind. Dann sehen wir weiter. Alles, was wir uns jetzt ausdenken, sind reine Spekulation, Hypothesen, Fantasien. Vielleicht ist Nikolaus gar nicht in Gefahr.«

»Was immer die Worte Spekulation und Hypothese bedeuten, sie klingen wunderbar klug«, sagte Ursel. Jetzt beugte sie sich zu ihm und küsste ihn. Zuerst auf die Stirn, dann auf die Nase und schließlich auf den Mund.

Nero lag neben ihnen im Gras. So als hätte er sich selbst zum Sittenwächter erhoben, schnaufte er, bevor er einmal kurz bellte.

Ursel gab Steffen wieder frei.

»Wir müssen auch über eine andere Sache reden.« Steffens Stimme klang plötzlich sehr ernst, und Ursels wunderschönes, warmes Gefühl im Bauch verflüchtigte sich.

»Nämlich?«, fragte sie vorsichtig.

»Über deine Pläne für deine Zukunft.«

»Meine Zukunft?« Sie setzte sich auf und schalt sich selbst eine Närrin. Warum hatte er nicht »unsere Zukunft« gesagt. Hatte sie tatsächlich kurz gedacht, ihre Wege würden gemeinsam weiterführen? Als Ehefrau kam sie für Steffen nicht in Frage, da sie über keine Mitgift verfügte. Sie hatte nicht einmal einen Namen, und er war ein gebildeter Mann, der eines Tages die Tochter eines Kaufmanns oder eines reichen Handwerkers heiraten würde. Und dennoch hatte sie gehofft, dass er sie zumindest ein Stück des Weges begleiten würde.

»Ja, wir müssen über deine Zukunft reden«, wiederholte er. »Du hast über einen Eintritt ins Kloster gesprochen und von der Suche nach einer Stelle als Küchenmagd.«

Ursel rückte von ihm ab. Sie wollte dieses Thema nicht jetzt mit ihm besprechen. Der Abend war perfekt, und genauso wollte sie ihn in Erinnerung behalten. Doch Steffen ignorierte ihre Körperhaltung und fuhr fort.

»Beides ist absurd.«

»Es sind meine einzigen Möglichkeiten«, sagte Ursel abweisend.

»Es gäbe noch eine weitere.« Er war zu ihr aufgerückt und hatte die körperliche Distanz verringert. »Aber ich fürchte, sie wird dir ebenso wenig gefallen wie die beiden anderen.«

Abwartend musterte sie ihn.

»Sie würde dich – zumindest vorübergehend – in eine Abhängigkeit führen, die du hasst, das weiß ich.«

Ursels Augen wurden schmal.

»Sprich weiter«, forderte sie.

Die nächsten Worte kosteten ihn Überwindung, Ursel konnte seine Anspannung spüren.

»Wir könnten gemeinsam nach Regensburg ziehen und schauen, ob es deine Tante noch gibt. Wenn sie lebt, bleibst du bei ihr, und wenn nicht, dann bleibst du vielleicht bei ...«, er machte eine Pause.

»Bei wem?«, fragte Ursel scharf.

Steffens Antwort klang vorsichtig: »Bei mir.«

»Als was soll ich bei dir bleiben?«, wollte sie wissen. »Als dein männlicher Diener, deine Magd, deine Geliebte ...«

Auf Steffens Gesicht breitete sich wieder das Lächeln aus, das sie so anziehend fand. »Ersteres stelle ich mir schwierig vor«, sagte er. »Letzteres hingegen sehr reizvoll.«

Ursel verschlug es die Sprache. Steffen legte seinen Arm um ihre Taille und zog sie zu sich. Obwohl sie verärgert war, ließ sie ihn gewähren. Sie sehnte sich regelrecht nach seiner Nähe.

»Natürlich würde ich dich bitten, als meine Frau bei mir zu bleiben. Aber zum einen weiß ich, wie sehr du darauf bedacht bist, selbst über dein Leben zu bestimmen. Als Ehefrau könnest du das nur noch bedingt. Wir würden unsere Entscheidungen gemeinsam treffen. Zum anderen kennen wir einander ja kaum. Keine Ahnung, ob das für den Bund fürs Leben reicht. Ich war noch nie verheiratet, und auch meine Eltern waren es nicht. Ich habe also keine Erfahrung auf diesem Gebiet.«

Er küsste sie auf die Nasenspitze.

»Nur wenige Ehepaare kennen einander vor der Ehe«, sagte Ursel. In Gedanken fügte sie hinzu, dass wohl auch nur die wenigsten etwas füreinander empfanden.

»Na, dann kann das ja kein Problem sein«, sagte er. »Ich muss dir aber gestehen, dass ich mehr oder weniger mittellos bin. Bis jetzt habe ich immer und überall eine Anstellung gefunden, aber das muss nicht immer so sein.«

Ursel war klar, dass er gerade deshalb eine wohlhabende Frau heiraten sollte. Aber er hielt sie fest, und sein Körper sagte etwas ganz anderes.

»Ich könnte Bogen bauen und sie verkaufen«, schlug sie vor.

»Eine wunderbare Idee!« Er zog sie näher zu sich, und Ursel ließ sich bereitwillig in seine Arme gleiten. Obwohl zahlreiche Schwierigkeiten auf sie warteten, in dieser Nacht fühlte sie sich geborgen wie nie zuvor.

Kapitel 39

Benediktinerkloster, 952

Die Sonne ging gerade über dem Traunstein auf, als Steffen an die Klostertür klopfte, doch die Schwestern hatten das erste Morgengebet bereits hinter sich.

Mit neugierigem Blick ließ Schwester Regina Steffen ein und führte ihn um das Wohngebäude herum zum Eingang der Küche. Hier saßen drei Frauen in Nonnentracht, schwatzten und löffelten lachend Dinkelbrei aus hölzernen Schüsseln. Als sie den Fremden erblickten, verstummten sie. Die jüngste der drei blickte beschämt auf die Tischplatte, die beiden anderen musterten ihn ungeniert. Steffen war in einem Kloster groß geworden. Leidvoll erinnerte er sich an die langweiligen Essenssituationen, in denen allen das Sprechen versagt gewesen war, während einer der Brüder aus der Bibel vorlas. Er hatte gedacht, dass die Ordensregeln es auch den Frauen verboten, sich während der Mahlzeiten zu unterhalten. Offenbar nahm man es in diesem neugegründeten Kloster mit den Regeln noch nicht ganz so genau. Oder es lag an der Äbtissin, der es völlig egal war, wie ihre Mitschwestern ihr Frühstück aßen. Sie war nicht bei ihnen, was Steffen entgegenkam. Er fand es in der Küche sehr gemütlich. Eine kleine Öllampe am Tisch schenkte Licht in dem niedrigen Raum. Steffen musste seinen Kopf einziehen, um nicht gegen die Decke zu stoßen.

»Was führt Euch zu uns?«, fragte eine der Frauen. Sie war etwas älter als die anderen, hatte ein rundes, pausbackiges Gesicht und knopfförmige Augen. »Wenn ich mich recht entsinne, seid Ihr der Sekretär des Grafen.«

»Ja, mein Name ist Steffen.« Er erinnerte sich, die Frau schon einmal in der Burg gesehen zu haben. Sie besuchte die Gräfin in regelmäßigen Abständen.

»Ich suche Nikolaus«, erklärte Steffen.

Augenblicklich veränderten sich die Blicke der Frauen. Waren sie gerade noch freundlich und offen, funkelten sie ihn nun feindselig an.

»Was wollt Ihr von ihm?« Die Frau, die ihm die Tür geöffnet hatte, sprach mit abweisender, kalter Stimme. Steffen hätte schwören können, dass sie ihn am liebsten auf der Stelle aus der Küche geworfen hätte.

»Wir haben es den Männern des Grafen bereits gestern gesagt. Nikolaus ist krank. Er leidet an einer schrecklichen Durchfallerkrankung. Wenn Ihr wollt, könnt Ihr Euch selbst davon überzeugen. Ich muss Euch jedoch warnen. In seiner Hütte riecht es im Moment nicht sehr fein. Vielleicht sind die Dämpfe ansteckend.«

Ihr Gesichtsausdruck passte so ganz und gar nicht zu den Worten. Es schien, als wären die Frauen froh, dass Nikolaus krank war, was nur bedeuten konnte, dass sie ihn vor dem Besuch in der Burg schützen wollten.

»Aus verlässlicher Quelle weiß ich, dass Euch das Wohl Eures Gärtners sehr am Herzen liegt«, begann er vorsichtig. Er wählte seine Worte mit Bedacht.

Dennoch schlugen ihm Argwohn und Skepsis entgegen. »Welche verlässliche Quelle?«

»Darf ich mich setzen?« Steffen fühlte sich mit eingezogenem Kopf nicht wirklich wohl. Die Küche war so niedrig, als hätte man sie ausschließlich für kleine Frauen konzipiert.

»Bitte«, sagte die Frau mit den Apfelbäckchen. Sie wies ihm einen Stuhl zu und bat eine der Frauen, ihm eine Schüssel mit Dinkelbrei zu füllen. Steffens Magen war noch leer. Dankbar nahm er das Frühstück entgegen.

»Ich weiß nicht, wie viel Euch Nikolaus aus seinem früheren Leben erzählt hat«, begann Steffen vorsichtig.

»Wir wissen, dass er einen ... Bruder hat, der in der Burg gefangen gehalten wird, aber solange wir können, werden wir alles in unserer Macht Stehende tun, damit er nicht auf die Burg geholt werden kann. Nikolaus hat eine sehr sensible Seele. Als Gott ihn erschaffen hat, muss er vergessen haben, dass die Welt für Menschen wie Nikolaus noch nicht reif ist. Er ist zu ehrlich, zu rein und zu gut. Er würde es nicht überleben, wenn er seinen Bruder verrät.« Während die Nonne sprach, nickten die anderen zustimmend. Leises Gemurmel entstand. Ursels Bruder hatte hier eine wunderbare Heimat gefunden. Die Frauen würde für ihn sorgen, ganz egal, wer ihre Äbtissin war.

»Hat Nikolaus Euch von dem großen Verbrechen erzählt, das Eure Äbtissin und Graf Wilhelm an seiner Familie begangen haben?«, fragte Steffen. Er wollte den Wissensstand der Schwestern abklären.

Hilfesuchend richteten die Frauen am Tisch ihre Blicke an die pausbäckige Nonne.

Die nickte. Und eine ältere Nonne mit riesigem Busen ergriff das Wort: »Wir kennen die grausame Geschichte, Nikolaus hat uns alles berichtet.«

»Oh!« Steffen war überrascht. Er rührte in seinem

Dinkelbrei und nahm einen Löffel. Der Brei schmeckte überraschend gut, die Schwestern hatten ihn mit Galant und anderen Gewürzen verfeinert. Während er kaute, überlegte er, wie ihm die Schwestern nun weiterhelfen konnten. Sie würden ihn schützen, aber wie lange würde ihnen das gelingen?

»Warum haben die Salzpiraten Euch in die Hände bekommen?« Die kleine Nonne, die anderen hatten sie Berta genannt, wechselte das Thema.

»Graf Wilhelm hat mich nach Hallstatt geschickt, damit ich den Verlust mehrerer Salzsäcke aufkläre«, sagte Steffen. »Leider ist es mir nicht gelungen. Auf dem Rückweg überfiel Gerold unser Schiff und nahm mich gefangen.«

Die Nonne nickte wissend. »Ich habe davon gehört, dass Graf Wilhelm nicht nur an die Piraten Salz verliert, sondern auch im Salzbergwerk bestohlen wird.«

Offenbar war die Frau bestens informiert. Steffen fragte sich, was sie regelmäßig in der Burg machte.

Ihre nächste Aussage überraschte ihn.

»Ich glaube, ich weiß, wer für die fehlenden Salzsäcke in Hallstatt verantwortlich ist«, sagte sie.

»Wer?«, wollte Steffen wissen. Er glaubte sich eben verhört zu haben. Aber die kleine Nonne stand mit verschränkten Armen vor ihm und reckte selbstbewusst ihr Kinn nach vorn. Sie sah nicht aus, als würde sie lügen.

»Werdet Ihr uns helfen, Nikolaus zu beschützen, wenn ich Euch verrate, wer dahintersteckt?«

Alle Augen waren auf ihn gerichtet. Der köstliche Brei blieb Steffen im Hals stecken. Er hustete.

»Ihr habt mich völlig missverstanden«, sagte er traurig. »Ich bin hier, um Eure Hilfe zu erbitten. Nikolaus' Schwester macht sich große Sorgen um ihren Bruder.«

»Aber die ist doch im Gefängnis in Graf Wilhelms Burg.«

Verwirrung breitete sich aus. Und Steffen sah sich gezwungen, die Frauen über Ursel, Peter und die Verwechslung aufzuklären.

»Dann ist ein Pirat gefangen, und Nikolaus' Schwester will ihn befreien?«, fasste die junge Nonne zusammen. Ihre Stimme war leise, und sie schaffte es immer noch nicht, ihn, während sie sprach, anzusehen. Schüchtern hielt sie ihren Kopf weiter gesenkt.

Steffen nickte, was die Frau nicht sehen konnte.

»Wenn der Pirat aus dem Gefängnis entkommt und auch Nikolaus' Schwester das Land verlässt, dann können weder Ata noch Graf Wilhelm von unserem Nikolaus verlangen, dass er jemanden verrät«, sagte die ältere Nonne mit dem ausladenden Busen. Sie klatschte in die Hände. Die Frauen schienen es sich zur obersten Aufgabe gemacht zu haben, ihren Gärtner zu beschützen.

Berta nickte. »Und wenn Nikolaus' Schwester den Mann im Gefängnis retten will, muss es ein guter Mensch sein, der es verdient, freizukommen.«

Es fiel Steffen schwer, diese Aussage unkommentiert zu lassen. Er nahm sicherheitshalber einen Löffel des köstlichen Breis und noch einen weiteren, um nicht in Versuchung zu geraten, schlecht über Peter zu reden. Als er geschluckt hatte, stellte er die Frage, die ihn brennend interessierte: »Wer, glaubt Ihr, steckt hinter den gestohlenen Salzsäcken?«

»Gräfin Rotraut«, sagte die Nonne unbekümmert.

»Die Gräfin?« Diese Antwort erschien Steffen völlig absurd.

»Warum sollte die Gräfin ihren eigenen Mann bestehlen? Damit schadet sie sich doch selbst«, wandte er ein. Steffen dachte an die träge Frau mit dem teigigen Gesicht. Es fiel ihm schwer, sich vorzustellen, dass sie zu einer von langer Hand geplanten Tat fähig war, und er konnte keinerlei Sinn darin erkennen.

Aber Berta wusste es besser, sie holte mit ihrer Erklärung weit aus: »Sie war die Cousine von Gerolds Mutter. Die beiden stammten aus einer sehr reichen Salzhändlerfamilie. Genau wie Gerolds Vater hat auch der Graf des Geldes wegen geheiratet. Rotraut lieferte das Vermögen, der Graf den Titel. Das ist eine gängige Vorgehensweise beim Abschluss eines Ehevertrages.«

Bis hierher leuchtete Steffen alles ein.

»Noch in der Hochzeitsnacht hat Graf Wilhelm damit begonnen, seine Frau zu betrügen und sich mit anderen Frauen zu vergnügen, auch das ist nicht ungewöhnlich. Rotraut hat darüber hinweggesehen.«

Eine der Nonnen schnaufte verächtlich. »Mannsbilder!«, sagte sie. »Die sind alle gleich.«

Steffen räusperte sich indigniert.

»Aber irgendwann hat der Graf angefangen, den Bogen zu überspannen. Er zeigte sich auch öffentlich mit seinen Geliebten und machte sich lustig über Rotraut. Er schlug sie nicht mit der Faust, dafür mit Worten, und ließ keine Gelegenheit aus, sich darüber zu beschweren, wie hässlich und fett sie war. Er drohte sie zu verstoßen, weil sie ihm kein Kind gebar, dabei hätte sie die Heilige Jungfrau sein müssen, um schwanger zu werden. Der Graf hatte bloß zweimal mit ihr das Bett geteilt und da war er so betrunken gewesen, dass …« Die Nonne machte eine verlegene Pause, bevor sie fortfuhr. »Nun, wie auch immer. Rotraut hat sich während der Ehe nicht verändert. Das Gejammer des Grafen war lächerlich, er hatte vor der Hochzeit genau gewusst, wen er sich ins Ehebett holte.«

Wieder kam eine abfällige Bemerkung von einer der Nonnen am Tisch. Steffen konnte sie nicht wörtlich verstehen, aber er war sicher, ein Schimpfwort war dabei.

»Schließlich hat Rotraut einen Weg gefunden, sich auf ihre Art zu rächen und ihrem Mann Schaden zuzufügen. Gerold half ihr dabei. Sie hat den Kontakt zu ihrem Vetter nie verloren und ihn anfangs mit Geld und Nahrungsmitteln unterstützt. Später revanchierte er sich. Ein Mittelsmann in Hallstatt hat die Säcke zur Seite geschafft und an Gerold weitergegeben, der mit seinen Kontakten das Salz verkaufen konnte. Die Gräfin, der Mittelsmann und der Pirat haben sich den Gewinn geteilt. Ich weiß nicht, was Gerold und der Mann in Hallstatt mit dem Geld machen, die Gräfin steckt ihres in Schmuck und Süßigkeiten.«

»Woher wisst Ihr das?«, fragte Steffen verblüfft. Er fragte sich, ob Karl, der Bergmann in Hallstatt, der Mittelsmann war. Sein Haus war eine Spur zu prächtig für einen Bergmann gewesen. Aber auch die anderen Häuser hatten ähnlich ausgesehen. Vielleicht gab es mehr als nur einen Mittelsmann, und die Hallstätter teilten sich den Gewinn. Das würde erklären, warum Gerold in dem Ort ein und aus reiten konnte, ohne an Graf Wilhelm verraten zu werden. Während seines Besuchs hatte Steffen die ganze Zeit das Gefühl gehabt, Karl verberge etwas.

»Ich bin Gräfin Rotrauts geistiger Beistand.« Berta unterbrach seine Gedanken und beantwortete seine Frage. »Seit sie ihren Beichtvater weggeschickt hat, der sie wegen ihres maßlosen Konsums von Backwerk auch während der Fastenzeit kritisiert hat, bin ich für ihr Seelenheil zuständig.«

Eine der Nonnen kicherte hinter vorgehaltener Hand.

»Hat die Gräfin sich in letzter Zeit mit Gerold zerstritten?«, wollte Steffen wissen.

»Es hat Probleme mit der Aufteilung des Gewinns gegeben«, sagte Berta. »Gerold forderte mehr Geld für sich, worüber Rotraut erzürnt war. Ich glaube nicht, dass sie die Abmachung beenden wollte, aber der Mittelsmann überbrachte Gerold irgendeine Nachricht, die ihm große Schwierigkeiten bereiten sollte. Rotraut hoffte, dass er dann wieder einlenken und sich mit seinem Teil zufriedengeben würde.« Das erklärte die Fehlinformation über die Lösegeldforderung, nie und nimmer hätte Graf Wilhelm bezahlt. Die Gräfin wollte Gerold eine Lektion erteilen. Vielleicht hatte sie vor, ihn rechtzeitig zu warnen, damit er sein Lager abbrechen und woanders wieder aufbauen konnte. Trotz ihres trägen Auftretens war die Gräfin Rotraut alles andere als eine teilnahmslose Frau, die ihr Schicksal den anderen überließ. Ganz im Gegenteil, es schien, als hielte sie in diesem Spiel alle Fäden fest in der Hand.

Die junge Nonne am Tisch lenkte das Gespräch zurück auf Peter. »Wir müssen den armen Burschen aus dem Gefängnis des Grafen befreien«, sagte sie. Sie hatte mittlerweile völlig vergessen, dass Peter ein Pirat und Verbrecher war.

Berta zog einen der Stühle zu sich und setzte sich. Sie stützte die Ellbogen auf der Tischplatte ab.

»Ich wüsste eine Möglichkeit«, sagte sie. »Aber die ist nicht ganz ungefährlich.« Sie senkte ihre Stimme und blickte sich um, um sicherzugehen, dass niemand im Raum war, der ihre Worte nicht hören durfte. Aber Ata war wie immer in ihren eigenen Gemächern.

»Ich werde morgen wieder zu Gräfin Rotraut gehen«,

begann sie. »Als Burgherrin trägt sie einen Schlüsselbund mit allen Schlüsseln der Burg an ihrem Gürtel. Die vom Gefängnis sind ebenfalls dabei.«

Die junge Nonne sog lautstark die Luft ein. »Aber Berta, du kannst ihr doch unmöglich den Schlüssel stehlen, die Gräfin wird es bemerken!«

Berta zuckte ihre runden Schultern. »Ich habe ja gesagt, dass es nicht einfach wird. Aber nach dem Mittagessen ist die Gräfin meist so müde, dass sie ein kleines Nickerchen einlegt. Sie kann dem guten Essen nicht widerstehen und nimmt immer zu viel von allem zu sich. Wenn ich geschickt vorgehe, kann ich den Schlüssel in dieser Zeit nehmen. Sobald sie erwacht, muss der Schlüsselbund aber wieder an ihrem Gürtel sein.«

»Wie lange schläft die Gute denn?«, fragte Steffen vorsichtig. Er ahnte, dass die Antwort ihm nicht gefallen würde.

»Das Stundenglas ist stets noch halb voll, wenn sie wieder erwacht«, gab Berta zu.

»Eine halbe Stunde, das ist nicht lang.«

»Könnten wir der Gräfin nicht ein paar Kräuter in ihr Getränk mischen, auf dass sie ein bisschen länger schläft?«, schlug die ältere Nonne mit dem großen Busen vor.

»Daran habe ich auch schon gedacht, aber die Gräfin trinkt nur klares Wasser, und die Speisen kommen direkt aus der Küche. Ich kann nichts daruntermischen.«

»So ein verdammter Mist«, sagte die junge Nonne. Ihre Sprache verriet, dass sie aus sehr einfachen Verhältnissen stammte.

Berta drehte ihre Handflächen entschuldigend nach oben und verzog den Mund. »Das ist alles, was mir einfällt.«

»Und es ist ein guter Plan«, sagte Steffen. Er wusste, wie viel Ursel an Peters Rettung lag, auch wenn er es nicht ganz verstehen konnte.

»Ich werde die Köchin bitten, morgen ein besonders üppiges Mittagessen zuzubereiten«, sagte Steffen. »Ich habe ihr vor meiner Gefangenschaft bei der Ernte der Kirschen geholfen. Sie hat Höhenangst und wagte es nicht, auf die Leiter zu steigen. Seither habe ich etwas gut bei ihr.«

»Nach Entenbraten schläft die Gräfin besonders lange.«

Ursel würde den Nachmittag damit verbringen müssen, mit ihrem Bogen auf die Jagd zu gehen.

Kapitel 40

Burg von Graf Wilhelm, 952

Bevor Steffen die Enten bei der Köchin abgab, machte er einen Rundgang durch die Burg. Er war zwar seit letztem Dezember hier, hatte sich aber nie wirklich für die Räumlichkeiten interessiert. Für ihn war immer klar gewesen, dass er diesen Ort rasch wieder verlassen würde. Warum sich also Gedanken über den Vorratskeller, die Waffenkammer, das Verlies oder eventuelle Geheimgänge machen? Letztere gab es nicht, so viel hatte er vom Stallknecht in Erfahrung bringen können.

Die Zelle, in der man Peter untergebracht hatte, lag direkt unter der Küche, was die Köchin schaurig fand.

»Jedes Mal, wenn ich einen Eintopf koche, frage ich mich, wie viele Männer wohl schon unter mir ihren Tod gefunden haben«, sagte sie mit einem Gesichtsausdruck, der verriet, dass sie sich gerne gruselte. »Der Bursche, der jetzt dort unten sitzt, wird auch nicht mehr lange leben.«

Die Enten nahm sie mit großer Freude entgegen.

»Das ist ja ein Festmahl«, strahlte sie. »Wie gut, dass grad keine Fastenzeit ist. Wobei Enten ja irgendwie auch als Fische durchgehen. Schließlich leben sie im Wasser.« Sie gluckste vor Vergnügen und hängte die toten Tiere an einem Haken in der Vorratskammer auf.

»Die Küchenmagd soll die Viecher rupfen, wenn sie zurück ist«, erklärte sie.

»Wo ist sie denn jetzt?«, wollte Steffen wissen.

Die Köchin verdrehte die Augen Richtung Decke, die vom Rauch geschwärzt war, und zeigte mit dem Daumen nach oben. Steffen stellte sich unwissend.

»Bei Graf Wilhelm. Der hat was zu feiern.«

»Was denn?« Von einem Grund zu feiern wusste Steffen nichts.

»Habt Ihr denn noch nicht davon gehört?«

»Würde ich fragen, wenn es anders wäre?« Er bemühte sich, freundlich zu bleiben.

»Das Pferd, mit dem Ihr gekommen seid, ist zurück zum Lager der Piraten geritten. Einer von Graf Wilhelms Männern ist dem Vieh hinterher. Jetzt weiß der Graf, wo die Räuberbande ihr Lager hat. Sobald ihm sein Onkel Ottokar die notwendige Verstärkung schickt, reitet er los und räuchert das ganze Nest aus. Dann ist ein für alle Mal Schluss mit den Überfällen.«

Die Vorstellung brennender Körper und sich gegenseitig abschlachtender Männer schien der Köchin zu gefallen. Ihre stumpfen Augen strahlten förmlich. Sie rieb ihre drallen Hände gegeneinander.

»Warst du schon einmal im Verlies?«, wechselte Steffen abrupt das Thema.

Sie sah ihn empört an. »Nein, natürlich nicht. Ich hab ja noch nie was ausgefressen.«

»Und du hast auch noch nie einem Gefangenen Essen gebracht?«

»Doch, das schon.«

Steffens Geduld wurde auf eine harte Probe gestellt ob der Dummheit der Frau.

»Also warst du doch schon mal unten.«

»Ja, aber nicht im Gefängnis, sondern nur davor. Der Wärter hat das Essen dem Gefangenen gegeben. War ein lausiger Dieb, den sie damals eingesperrt haben. Hat das Essen ohnehin nicht mehr halten können. Graf Wilhelm hat ihm beide Hände abhacken lassen. Der Bursche ist kurz darauf gestorben.«

Wieder lag ein Glitzern in ihren Augen.

»Sitzt immer ein Wärter vor der Zelle?«, fragte Steffen. Sein Mut sank.

»Ja, freilich. Der Graf muss ja sicher sein, dass der Bösewicht nicht entkommen kann.« Sie sah Steffen an, als wäre er nicht ganz klar bei Verstand.

»Kennst du den Mann, der dort unten sitzt? Die Aufgabe muss ja furchtbar langweilig sein.«

»Ja, ein armer Bursche, der alte Adam. Er ist zu nicht viel anderem mehr zu gebrauchen. Trinkt gerne mal ein bisschen über den Durst.« Sie machte mit Zeigefinger und Daumen eine Bewegung zum Mund. »Aber er kann Alarm schlagen, wenn es notwendig ist. Der hat nach wie vor die lauteste Stimme von allen.«

»Wenn er nicht betrunken ist«, fügte Steffen in Gedanken hinzu. Er dankte der Köchin für das Gespräch und wünschte ihr noch einen schönen Tag. Dann machte er sich über die Vorratskammer her und suchte nach dem größten und dicksten Weinschlauch, den er finden konnte.

Kapitel 41

Wälder rund um das Benediktinerkloster, 952

Ursel, dir ist bewusst, dass wir unser Leben für Peter riskieren?«, fragte Steffen, als er wieder bei ihr vor der Bärenhöhle war. Sie lagen nebeneinander im Gras und sahen in den wolkenlosen Nachthimmel, der voller Sterne war.

»Er hat seines aufs Spiel gesetzt, um mich zu retten«, erwiderte Ursel.

»Graf Ottokars Männer werden morgen im Laufe des Tages eintreffen. Sobald sie hier sind, werden sie losziehen, um das Lager zu vernichten.«

»Peter wird ein Pferd brauchen«, sagte Ursel.

»Warum ist es dir so wichtig, dass er die anderen warnt? Weder Maria noch Gerold oder sonst irgendwer ist wirklich nett zu dir gewesen.«

»Ich will, dass er Michel und Erwin warnt. Die beiden haben ein neues Leben verdient«, sagte Ursel ernst.

»Wie sollen sie sich das aufbauen? Alle drei sind bei Gerold gelandet, weil sie keine andere Möglichkeit hatten.«

Ursel setzte sich auf. Ihr blondes Haar glänzte im Mondlicht. Es war dicht und voll. Steffen fragte sich, wie es wohl aussehen würde, wenn es länger war. Zärtlich nahm er eine Strähne in die Hand und wickelte sie um seinen Zeigefinger.

»Ich weiß, wo Gerold einen Teil seines Geldes und Salz vor den anderen versteckt«, sagte Ursel.

Steffen ließ die Strähne los, er setzte sich ebenfalls auf.

»Und das sagst du erst jetzt?«, fragte er. »Warum sind wir nicht längst losgeritten und haben es geholt?«

»Ich will sein Geld nicht«, protestierte Ursel. »Ich habe das Leben als Piratin hinter mir gelassen. Es ist gestohlenes Geld, an dem das Blut unschuldiger Menschen klebt.«

»Aber du willst, dass Peter, Michel und Erwin es nehmen?«

Ursel nickte. »In dem Fall würde das Geld einem guten Zweck dienen. Die drei haben keine andere Möglichkeit für eine neue Existenz.«

Steffen fiel es schwer, Ursels Logik zu folgen. Ihm lag auf der Zunge, dass es auch ein guter Zweck wäre, wenn sie beide sich mit dem Geld in einer Stadt ein nettes Häuschen kauften. Aber er erkannte an ihrem entschlossenen Gesichtsausdruck, dass sie Gerolds Geld niemals anrühren würde. Es war sinnlos, mit ihr zu diskutieren. Er sah sie von der Seite an, ihr ausdrucksstarkes Kinn, das sie frech nach vorn gereckt hielt, ihre kleine Nase, die eine Spur zu steil nach oben zeigte, und ihren wunderschön geschwungenen Mund, der ihn an ein Herz erinnerte und den er nicht oft genug küssen konnte. Sie drehte sich zu ihm, lächelte und fuhr mit der Spitze ihres Daumens über die steile Falte, die sich auf seiner Stirn gebildet hatte.

»Wenn wir mal kein Geld haben, dann schieß ich uns ein paar Rebhühner.« Sie küsste ihn und hinderte ihn daran, auszusprechen, was er dachte. Er fürchtete nicht, dass sie je verhungern würden. Er hatte Angst, dass einer von ihnen den morgigen Tag nicht überlebte, und das, weil sie einem Mann das Leben retten wollten, den er nicht ausstehen konnte.

Kapitel 42

Burg von Graf Wilhelm, 952

Steffen hatte sich in den frühen Morgenstunden in die Burg geschlichen. Niemandem war seine Abwesenheit aufgefallen. Noch bevor er sich zu den anderen in die Halle zum Frühstück gesetzt hatte, war er hinunter ins Verlies gestiegen und hatte dem braven Adam einen Korb Lebensmittel und einen extra großen Weinschlauch gebracht. »Ein Gruß von der Köchin«, hatte er gesagt. Adam hatte nicht nachgefragt, warum er zu dieser Ehre kam, sondern den Korb freudestrahlend entgegengenommen. Erst danach war Steffen zum Frühstück gegangen und hatte immer und immer wieder ihren Plan in Gedanken durchgespielt. Je öfter er darüber nachdachte, umso irrwitziger und verrückter fand er ihn. Gegen Mittag war Berta gekommen und hatte sich, wie jeden Dienstag, mit Rotraut in die Gemächer der Gräfin zurückgezogen. Jetzt stand Steffen seit einer gefühlten Ewigkeit davor auf dem zugigen Gang und wartete. Wo blieb Berta mit dem Schlüssel?

»Steffen, was macht Ihr da auf dem Gang?«

Mit einem Ruck fuhr Steffen herum. Graf Wilhelm stand vor ihm, er hatte ein weiches, schlichtes Hemd, ohne Verzierungen und Schmuck, an. Es war das Unterhemd, das Männer für gewöhnlich unter einem Kettenhemd trugen. Der Graf war bereit für die Schlacht gegen Gerold.

»Warum seid Ihr nicht in der Rüstkammer, um Euch nach geeigneten Waffen umzusehen? Sobald mein Oheim Ottokar seine Männer schickt, reiten wir los. Dann ist es zu spät, das passende Schwert zu finden, und Ihr müsst Euch mit dem begnügen, was übrig geblieben ist.«

In Graf Wilhelms Augen glänzte die Vorfreude. Die Vorstellung, Gerold endlich das Handwerk zu legen, stimmte ihn euphorisch. So viele Jahre hatte er darauf gewartet, seinem Feind den Garaus zu machen.

»Dieser Tag wird in die Geschichte eingehen«, sagte er und streckte seinen mächtigen Bauch noch weiter nach vorn. »Ich werde Traunkirchen vom räuberischen Pack befreien.« Seine Stirn glänzte vom Schweiß, seine Wangen waren gerötet. Vielleicht hatte der Graf bereits ein paar Becher Wein zu sich genommen, als Einstimmung auf das große Fest, das für heute Abend geplant war.

»Das werdet Ihr gewiss«, pflichtete ihm Steffen bei. »Ich fürchte jedoch, dass ich Euch keine allzu große Unterstützung sein werde. Meine Hand erlaubt es mir immer noch nicht, ein Schwert zu halten.«

»Unsinn!« Der Graf wischte Steffens Bedenken mit einer ungeduldigen Bewegung seiner unverletzten Hand zur Seite. Dann hob er den verkrüppelten Rest der anderen Hand hoch und hielt sie Steffen entgegen. »Seht her, ich werde mit dieser Hand kämpfen, denn es gilt, dem Teufel höchstpersönlich gegenüberzutreten. Es ist unsere Christenpflicht, die Welt vor Kreaturen wie Gerold zu befreien.«

Steffen wartete darauf, dass der Graf auf sich selbst eine

Lobeshymne anstimmen würde, aber diese Aufgabe schien er dem fahrenden Sänger zu überlassen, der sich seit gestern in der Burg aufhielt und bereits fleißig an einem passenden Text bastelte. Steffen hatte den kleinen Mann mit den grellbunten Kleidern und den Schellen an der Mütze zuvor im Burghof sitzen sehen und seine Laute stimmen hören.

»Also, macht Euch auf den Weg und lasst Euch vom Waffenmeister ein besonders scharfes Schwert geben. Damit Ihr Euch gebührend für die Gefangenschaft rächen könnt.« Der Graf bedachte Steffen mit dem nachsichtigen Blick eines Vaters, der seinem Sohn vergab, dass er einen Becher aus Versehen zerschlagen hatte, und ihn jetzt nicht prügelte, sondern ihm die Möglichkeit bot, den Becher zu kitten.

»Ich werde mich sogleich auf den Weg machen«, log Steffen, ging bis zur Treppe und versteckte sich hinter einem Mauervorsprung, sobald er außer Sichtweite des Grafen war. Er wartete und lauschte. Erst als er die schweren Schritte des Grafen vernahm, der zu seinen eigenen Gemächern ging, wagte er sich wieder zurück. Sollte er an die Tür der Gräfin klopfen? Vielleicht war auch Berta eingeschlafen. Sicher hatte die Nonne dem üppigen Entenbraten nicht widerstehen können und war dann beim Vorlesen aus dem erbaulichen Stundenbuch eingenickt. Er schlich zur Tür und hielt sein Ohr gegen die dicke Holztür. Er hörte nichts. Schon hob er die Hand, um leise anzuklopfen, als sich die Tür vorsichtig einen Spalt öffnete. Steffen stolperte der Nonne entgegen.

»Was zum Henker macht Ihr da?«, zischte ihn Berta an. Die kleine, rundliche Frau fing Steffen auf, der mit der

Wange auf ihrem üppigen Busen gelandet war. Er rappelte sich rasch wieder auf.

»Etwas Ähnliches könnte ich Euch fragen«, sagte er. »Warum hat es so lange gedauert? Habt Ihr der Gräfin eine schaurige Gruselgeschichte erzählt, die sie vom Schlaf abgehalten hat?«

Berta presste beleidigt die Lippen aufeinander. »Sehr lustig«, sagte sie. »Rotraut hat ein schlechtes Gewissen. Sie wollte Gerold einen Schreck einjagen und ihn in die Schranken weisen. Jetzt entgleitet ihr die Angelegenheit. Sie hat nicht damit gerechnet, dass ihr Mann sich Hilfe von seinem Onkel holt. Graf Wilhelm wird den Sohn ihrer Cousine umbringen.«

»Der Mann ist ein Mörder und Verbrecher«, erinnerte Steffen die Nonne.

Sie bekreuzigte sich, faltete die Hände und murmelte den Vers eines Gebetes. Dann hellte sich ihr Gesicht wieder auf. Sie zog die Tür hinter sich zu, griff unter die Schürze ihrer Nonnentracht und reichte Steffen den schweren Schlüsselbund. Mindestens zwölf riesige Schlüssel hingen daran, einer sah schwerer aus als der andere.

»Und welcher ist der fürs Verlies?«, wollte Steffen wissen.

»Keine Ahnung. Ihr müsst alle durchprobieren.« Berta zuckte ratlos mit den Schultern.

Steffen seufzte. Er fragte sich, wie er das alles in so kurzer Zeit schaffen sollte. »Aber beeilt Euch«, mahnte Berta. Als würde er das nicht selbst wissen.

»Die Treppe zum Verlies befindet sich direkt unter der Küche. Sie läuft an der Vorratskammer vorbei immer abwärts, Ihr könnt sie nicht verfehlen.«

»Berta, ich war heute Morgen bereits dort. Wie sonst hätte der Wärter den Wein bekommen?«

»Ja, richtig«, sagte Berta schnell, schlug sich mit der flachen Hand gegen die Stirn und kicherte verlegen. »Ich bin ein bisschen nervös. Bitte beeilt Euch.«

»Seid Ihr sicher, dass der Wachmann vom Mohnsaft, den Ihr in den Weinschlauch gemischt habt, schlafen wird?«, fragte Steffen.

»Der Mohnsaft hat noch nie seine Wirkung verfehlt«, versicherte Berta.

Steffen nahm den Schlüsselbund entgegen, er wog schwer in seiner Hand. Die Vorstellung, das Ding immer am Gürtel zu tragen, fand er schrecklich.

Berta grinste, ihre Wangen färbten sich dunkelrot. »Wenn er den Wein getrunken hat, wovon ich ausgehe, wird er schlafen wie ein Säugling im Schoß der Mutter.«

»Na dann.« Steffen schob den Schlüsselbund unter sein Hemd.

»Sobald Ihr wieder da seid, klopft dreimal leise, ich werde an der Tür stehen und auf Euch warten, und bitte …«

»Ja, ich weiß«, fiel ihr Steffen ins Wort. »Ich soll mich beeilen«

Er wusste, dass auch Berta ein großes Risiko einging. Wenn die Gräfin vorzeitig aufwachte, würde sie die Nonne verdächtigen, den Schlüsselbund weggenommen zu haben.

Steffen nickte der Nonne zu und machte sich auf den Weg. Unbemerkt gelangte er zur Treppe, die zuerst ins Erdgeschoss führte, wo sich die Küche befand, und dann am Ende eines schmalen Gangs weiter in den Keller. Mit jedem Schritt, den er abwärts ging, wurden die Stufen enger. Es war stockfinster, bereits heute Morgen hatte er sich vorgenommen, an eine Laterne zu denken. Er hatte sie in der Küche zur Seite gestellt und dennoch vergessen. In den Zwischenräumen der Wände wuchs Moos. Steffen setzte jeden Schritt vorsichtig auf, um nicht auszurutschen. Mit der unverletzten Hand suchte er Halt an der Wand. Die Steine waren eisig kalt und feucht. Es roch modrig, nach Pilzen und Erde. Noch vor ein paar Tagen hatte sein Gefängnis ähnlich gestunken.

Als er das Ende der Treppe erreicht hatte, nahm er am Ende eines schmalen Gangs flackerndes Licht wahr. Er stand auf festgetretenem Sandboden. Ruß lag in der Luft. Dort, wo das Licht herkam, befand sich das Verlies. Steffen drückte sich an die Wand und ging langsam weiter. Der Geruch der Fackel wurde intensiver und verdrängte den feuchtkalter Erde.

Nun machte der Gang eine leichte Biegung, Steffens Herz schlug schneller. So leise er konnte, schlich er sich näher, versuchte eins mit der Wand zu werden und spähte zur Lichtquelle.

In einem Metallring steckte eine rußende Fackel. Daneben hockte auf einem einfachen Schemel der Wärter, Adam. Sein Kopf war ihm auf die breite Brust gesunken, und er schnarchte so laut, dass man meinen könnte, er wollte mit den Lauten einen ganzen Wald umsägen. Erleichtert ging Steffen weiter, darauf bedacht, keinen Lärm zu machen.

Neben dem Mann lagen der leere Weinschlauch und Reste von Brot und getrocknetem Fleisch, die Steffen heute Morgen in den Korb gelegt hatte. Vorsichtig stieg er darüber, dann holte er den Schlüsselbund unter seinem Hemd hervor.

Aufs Geratewohl probierte er den ersten Schlüssel aus, er passte nicht, dann den nächsten, auch der war nicht der richtige. Der Mann neben ihm schmatzte laut, hob den Kopf ein Stück und kratzte sich das Kinn. Steffen erstarrte in seiner Bewegung. Er wagte es nicht, zu amten. Die verletzte, immer noch eingebundene Hand wanderte zu dem Messer, das in seinem Gürtel steckte. Es war eine unüberlegte Bewegung, die ihm nichts als Schmerzen bereitete. Nie im Leben konnte er zugreifen oder gar zustechen. Ihm fehlte noch die Kraft. Hilflos starrte er auf den Mann vor sich, der mit der Zunge über die Lippen fuhr und gähnte. Eine Welle sauren Weingeruchs und fauligen Mundgeruchs wehte zu Steffen. Dann sackte der Kopf des Betrunkenen wieder auf seine Brust, und er schnarchte weiter. Erleichtert atmete Steffen auf. Er versuchte den nächsten Schlüssel und den nächsten, aber ohne Erfolg. Schon befürchtete er, dass die Gräfin keinen passenden Schlüssel zum Verlies besaß. Warum auch? Sie war die Hausherrin, die über die Vorrats- und die Wäschekammer herrschte, nicht aber über die Gefangenen der Burg. Das war die Aufgabe des Grafen. Gerade als er sich ausmalte, erwischt zu werden, ohne Peter auch nur zu Gesicht bekommen zu haben, rastete ein Schlüssel ins Schloss ein. Er passte.

Steffen stieß erleichtert die Luft aus. Viel zu laut drehte er den Schlüssel herum. Einmal, zweimal. Dann griff er nach der Türschnalle und öffnete langsam die dicke, mit Eisen beschlagene Tür. Die Scharniere quietschten. Augenblicklich drang ihm der scharfe Gestank nach Urin und menschlichen Exkrementen entgegen. Leidvoll erinnerte er sich an seine eigene Gefangenschaft, die noch nicht lange zurücklag. Im eigenen Dreck zu hocken, war nicht nur unappetitlich, es war vor allem erniedrigend.

»Peter?«, fragte er leise.

Es war finster in dem schmalen Loch, in dem er seinen Kopf einziehen musste, um nicht an die Decke zu stoßen. Nur langsam gewöhnten seine Augen sich an die Dunkelheit. Es raschelte im fauligen Stroh. Eine riesige Ratte sauste an der Gefängniswand entlang. In einer der Ecken nahm Steffen einen hellen Haarschopf wahr. Der Kopf bewegte sich.

»Schreiberling?« Überraschung lag in seiner Stimme. »Was suchst du hier? Willst du dich persönlich an mir rächen? Es ist nicht mehr viel übrig. Aber bitte bedien dich.«

Steffen trat näher. Jetzt konnte er Peters grüne Augen sehen, sein Gesicht war schmutzig und blutverkrustet. Die Männer des Grafen hatten volle Arbeit geleistet.

»Wenn es nach mir ginge, würden wir dich hier deinem Schicksal überlassen. Aber Ursel ist der Meinung, dass wir unbedingt unser eigenes Leben aufs Spiel setzen müssten, um dich zu retten.«

Steffen ging in die Hocke, um Peters Fesseln zu lösen.

»Verdammt«, sagte er. »Die haben dich in Ketten gelegt.«

»Die Männer verstehen ihr Handwerk und sind nicht so nachlässig wie wir Piraten.« Peter verzog den Mund, was ihm aber offenbar Schmerzen bereitete. »Ich hab mich immer gefragt, warum du die Fesseln nicht einfach mit irgendeinem Gegenstand durchtrennt hast? Oder lernt man solche Fertigkeiten als Schreiberling nicht?«

»Behalte deinen Spott für dich, sonst überleg ich es mir wieder und lass dich hier verrotten.«

»Schon gut, hab's nicht so gemeint«, sagte Peter. »Der kleine Dicke vor meiner Zelle hat den Schlüssel zu meinen Fesseln an seinem Gürtel hängen.«

»Na großartig«, stöhnte Steffen.

Er ging in gebückter Haltung wieder aus der Zelle und zu dem schnarchenden Mann. Der hatte seinen Oberkörper nach vorn gebeugt, so dass sein Gürtel nicht zugänglich war. Vorsichtig trat Steffen näher, fasste den Mann mit seiner linken Hand möglichst sanft an der Schulter und richtete ihn auf. Der Dicke schmatzte. Sein faltiges Gesicht war trotz des Alkohols blass. Wahrscheinlich hatte er seit Jahren das Sonnenlicht nicht gesehen. Der Gefängniswärter war selbst eine Art Gefangener. Aus geringer Entfernung war der Gestank, der von ihm ausging, schier unerträglich. Steffen unterdrückte ein Würgen.

Er schob den Ellbogen seiner verletzten Hand gegen die Brust des Wachmanns, um ihn am erneuten Vorsacken zu hindern. Mit der linken suchte er nach dem Schlüssel am Gürtel. Er hing direkt neben der Gürtelschnalle. Umständlich versuchte er ihn zu lösen. Aber es ging nicht. Er musste den Gürtel zuerst öffnen. Zum Glück spendete die Fackel genug Licht. Geschickt fädelte er den Schlüssel vom Lederriemen und ließ den Gürtel offen. Er lehnte den Oberkörper des Wachmanns wieder nach vorn. Der rülpste laut und schmatzte dann zufrieden wie ein Säugling.

Rasch ging Steffen zurück in die Zelle und hockte sich erneut zu Peter. Er fand das Schloss an den Handfesseln und öffnete es. Auch die Kette an den Füßen konnte er mit dem Schlüssel öffnen. Die Haut darunter war wundgescheuert und blutig.

Peter versuchte seine Gelenke zu bewegen, er stöhnte vor Schmerzen.

»Es dauert eine Weile, bis du dich wieder bewegen kannst. Stütz dich auf mich. Wir müssen schnell hier raus.« Steffen bot ihm seinen rechten Arm an. Aber Peter fasste nach dem linken.

»Aua«, stieß Steffen aus. »Ist das der Dank, dass ich dich hier raushole?«

Sofort entschuldigte sich Peter. »Tut mir leid, das wollte ich nicht«, sagte er betroffen. »Ich kann kaum was sehen. Das Licht von der Fackel blendet mich, und ein Auge ist immer noch zugeschwollen.«

»Schon gut. Komm!« Steffen half Peter auf und zog ihn aus der Zelle. Aber der blieb stehen. Klammerte sich an ihm fest und zwang ihn, ihm ins Gesicht zu sehen. Peters Augen waren nur eine Handbreit von Steffens entfernt.

»Warum machst du das?«

»Dir das Leben retten?«

Peter nickte.

»Weil ich Ursel liebe.«

»Aber das ergibt ja keinen Sinn. Wenn du sie liebst, musst du mich hier verrecken lassen.« Steffen spürte, wie sich Peters Finger in seinem Oberarm festkrallten. Wollte er ihn verletzen, oder fühlte er sich schwach?

»Hör zu, Peter, wir haben wirklich nicht viel Zeit. Ich hole dich hier raus, weil Ursel das unbedingt will. Falls wir alle diese Sache überleben sollten, werde ich mit Ursel fortgehen und irgendwo von vorne anfangen. Ich will nicht, dass dieser Neuanfang von deinem Tod überschattet wird.«

Peter starrte Steffen verständnislos an.

»Es ist mir egal, ob du das verstehst oder nicht. Komm jetzt.«

Ohne weitere Fragen zu stellen, folgte Peter ihm. Er war wackelig auf den Beinen, knickte immer wieder weg, und Steffen musste seine ganze Kraft aufbringen, um

Peters schweren Körper die engen Stufen nach oben zu schleppen. Nach der ersten Biegung, als der Schein der Fackel nicht mehr zu sehen war und sie durch völlige Dunkelheit tasteten, rutschte Peter auf den glitschigen Stufen aus. Er zog Steffen mit sich, und die beiden stürzten. Zum Glück landete Steffen auf seiner unverletzten Hand. Peter schlitterte weiter. Er stöhnte laut auf.

»Bist du in Ordnung?«, fragte Steffen in die Dunkelheit.

Er hörte nichts.

»Peter?«

Es war so finster, dass Steffen die eigene Hand vor seinem Gesicht nicht sehen konnte. Er hörte eine Bewegung. Konnte aber nicht sagen, aus welcher Richtung sie genau kam. Gab es in dem Gang eine Abzweigung? Eine Nische, in der man sich verstecken konnte?

»Peter, bist du verletzt?«, fragte Steffen.

Ihm wurde zunehmend unwohl. Würde Peter gleich über ihn herfallen und ihn zusammenschlagen? Angespannt lauschte Steffen. Alles, was er wahrnehmen konnte, war sein eigener Atem und sein Herz, das bis zum Hals schlug.

»Peter?«, versuchte er es erneut.

»Ich bin … auf meinen verletzten Arm gefallen, verdammt«, stammelte Peter.

Erleichtert stieß Steffen die Luft aus und tastete sich die Wand entlang ein paar Stufen abwärts.

»Aua«, knurrte Peter. »Du stehst gleich in meinem Gesicht.«

»Entschuldige, ich kann nichts sehen.«

Steffen kniete sich nieder und versuchte herauszufinden, wie er Peter aufhelfen konnte.

»Stütz dich auf meiner Schulter ab«, forderte er ihn auf.

»Sehr witzig. Wenn ich wüsste, wo die ist.« Aber irgendwie gelang es Peter, sich hochzuziehen. Steffen spürte eine warme Flüssigkeit auf seine Hand tropfen. Es war Peters Blut. Die Wunde an seinem Arm war tiefer, als Steffen angenommen hatte.

»Geht es?«

»Ja«, knurrte Peter mit zusammengebissenen Zähnen. Er folgte Steffen auf dem Fuß. Mit jedem Schritt, mit dem sie sich dem Ausgang näherten, wurde es heller. Wackelig erreichten sie den Treppenabsatz.

Schon von weitem hörten sie aufgeregtes Stimmengewirr und wildes Fußgetrampel.

»Was ist das?«, fragte Peter.

»Ich fürchte, dass Graf Ottokars Männer soeben eingetroffen sind. Wir müssen uns beeilen.«

Peter schüttelte verständnislos den Kopf.

»Graf Wilhelm weiß, wo sich Gerolds Lager befindet. Sein Pferd, mit dem ich geflohen bin, hat ihm den Weg gezeigt, und jetzt will er gemeinsam mit Ottokars Männern ausziehen, um die Piraten ein für alle Mal zu schlagen«, half Steffen nach.

Peter öffnete den Mund, um weitere Fragen zu stellen, aber Steffen würgte sie ab.

»Ich muss zurück zu den Gemächern der Gräfin. Berta wartet dort. Da die Zeit so knapp ist, musst du allein zu Ursel. Sie wartet mit den Pferden an der Weggabelung bei der hundertjährigen Eiche. Schaffst du es allein dorthin?«

»Du lässt mich einfach gehen?«, fragte Peter fassungslos. Sein bisheriges Weltbild schien gerade völlig durcheinanderzugeraten.

»Was bleibt mir anderes übrig? Ich muss zu Berta. Sie hat viel riskiert, um dich zu retten.«

»Keine Ahnung, wer Berta ist«, sagte Peter. »Aber warum bist du so sicher, dass Ursel nicht mit mir geht, sondern auf dich wartet? Oder ich sie nicht dazu zwinge, mit mir zu kommen?«

Steffen presste seine Lippen fest zusammen, bevor er sich zu einer Antwort durchringen konnte. »Glaube mir, das alles fällt mir nicht leicht. Aber Ursel ist überzeugt, du seist ein guter Mensch. Keine Ahnung, warum sie das behauptet. Was ich jedoch mit Sicherheit weiß: Wenn Ursel nicht mit dir gehen will, wird sie das auch nicht tun. Sie lässt sich von dir nicht zwingen.«

»Ich mag dich nicht, Schreiberling«, sagte Peter.

»Das beruht auf Gegenseitigkeit.« Steffen löste sich aus Peters Griff. Der verletzte Mann hielt sich immer noch an ihm fest. »Der einzige unbewachte Weg aus der Burg führt im Moment über die niedrige Mauer hinter der Küche. Du musst einen Moment abwarten, in dem dich niemand sieht. Wirst du das schaffen?«

Peter nickte, und Steffen ließ ihn ohne weiteren Gruß hinter sich. Er hatte seinen Teil der Aufgabe erledigt.

Während er zu den Gemächern der Gräfin eilte, liefen alle anderen Männer der Burg in den kleinen Innenhof. Einer rempelte ihn an. »He, falsche Richtung«, knurrte er und wollte ihn am Ärmel packen und mit sich ziehen. Aber Steffen wich geschickt aus, stammelte etwas von vergessenem Messer und rannte weiter. Außer Atem erreichte er den Gang. Noch bevor er an die Tür klopfen konnte, öffnete Berta. Die Erleichterung stand ihr ins Gesicht geschrieben.

»Endlich«, flüsterte sie erlöst. »Ich hatte schon zweimal Angst, die Gräfin würde aufwachen, sie spricht im Schlaf und gibt merkwürdige Geräusche von sich. Es scheint, als wären die Enten selbst für den Magen der Gräfin zu schwer gewesen.«

Besorgt schaute Berta über ihre Schulter in den Raum. Was sie sah, beruhigte sie. »Aber sie schläft noch.«

»Hier ist der Schlüssel.« Steffen überreichte ihr den schweren Bund.

»Ottokar und seine Männer sind gerade eingetroffen. Ich glaube, dass sie loswollen«, sagte Berta. »Sicher erwartet der Graf, dass auch Ihr Euch fertigmacht. Ich habe ihn schon nach Euch rufen hören.«

»Dann werde ich mich beeilen und schnell über die niedrige Mauer hinter der Küche das Weite suchen«, sagte Steffen.

»Ich wünsche Euch und Frau Ursula alles Gute. Gott möge Euch beschützen«, sagte Berta, faltete ihre Hände, küsste sie und drückte sie dann Steffen an die Stirn.

»Ich habe hier noch etwas«, sagte Steffen. Fast hätte er es vergessen. »Ursel hat mich gebeten, Euch diesen Brief an ihren Bruder zu geben mit der Bitte, dass Ihr ihn ihm vorlest. Sie erklärt ihm darin, warum sie sich nicht mehr von ihm verabschieden konnte, und bittet Euch, auch weiterhin Eure schützende Hand über ihn zu halten.«

Berta lächelte. »Solange ich, Bärbel, Regina oder eine der anderen Schwestern im Kloster wohnen, wird Nikolaus nichts passieren, und da wir ein deutlich gesünderes und gottgefälligeres Leben führen als unsere Äbtissin, wird der Herr sie mit Sicherheit vor uns zu sich holen.«

Steffen war sich sicher, dass die Nonnen sich gut um Nikolaus kümmern würden.

Er verabschiedete sich von Berta und eilte über den Gang zurück ins Erdgeschoss. Graf Wilhelm stand mit seinem Onkel, der nur ein paar Jahre älter war als er am

Ende der Halle. Ottokar trug eine strahlende Rüstung. Den Helm hatte er unter seinen rechten Arm geklemmt. Sein Haar war schütter, ansonsten sah er seinem Neffen sehr ähnlich. Trotz seines Alters wirkte er noch kräftig. Es hatte den Anschein, als freue er sich auf den bevorstehenden Kampf. Steffen drückte sich erneut an die Wand und wünschte, die Steine würden ihn unsichtbar machen.

»Gunter, komm her und sieh dir den Schlachtplan an!« Der Graf winkte einen blonden Hünen zu sich, der einen Kopf größer war als alle anderen Männer in der Halle. Seine Schultern waren so breit, dass er darauf ein ganzes Wildschwein allein hätte tragen können.

»Wir umzingeln das Lager von allen Seiten, stecken die Hütten in Brand und stellen Bogenschützen auf, die alle abschießen, die versuchen zu flüchten«, erklärte Graf Wilhelm.

Steffen hörte nicht mehr, was der blonde Riese darauf antwortete. Er wollte auf keinen Fall von Graf Wilhelm entdeckt werden. Statt den Weg durch die Halle zu nehmen, drehte er um und lief zurück. Durch eines der niedrigen Fenster im Gang kletterte er aus dem Gebäude. Er umrundete die Burg. Ein schmaler Weg führte durch dichte Brombeerhecken und Weißdornbüsche. Spitze, lange Stacheln mit kleinen Widerhaken rissen seine Haut auf und verfingen sich in seiner Kleidung. Steffen versuchte beides zu ignorieren. Zu seiner Rechten lagen die Stallungen. Aufgeregte Stallburschen sattelten die Pferde. Unbemerkt schlich sich Steffen an ihnen vorbei. Endlich hatte er die niedrige Mauer erreicht. Ob Peter sie schon überwunden hatte?

Mit der unverletzten Hand hielt er sich fest und zog sich hoch. Für das letzte Stückchen musste er auch die verbundene Hand verwenden. Ein stechender Schmerz zog sich durch sein Handgelenk. Für einen Moment wurde ihm schwarz vor Augen, er hielt inne, atmete tief durch und zog sich schließlich hoch. Er blickte auf der anderen Seite hinunter. Hier war der Abstand zum Boden deutlich höher. Hinter ihm wurden Schwerter spielerisch gegeneinander geschlagen. Er hörte das Rasseln von Kettenhemden. Steffen holte tief Luft, so als würde er in einen See tauchen, und sprang. Er landete auf den Beinen und rollte sich über seine rechte Schulter ab. Es war nicht der eleganteste Sprung, aber er blieb unverletzt. Das allein zählte.

Ein letztes Mal blickte er zurück auf die Mauer, niemand schien seine Flucht bemerkt zu haben. Dann lief er beherzt los, so schnell er konnte.

Wenig später erreichte er die Wegkreuzung mit der alten, mächtigen Eiche, an der seit Jahrhunderten Verbrecher gehenkt wurden, die dann tagelang an den knorrigen Ästen baumelten, zur Abschreckung für alle Reisenden und Vorbeikommenden. Es sollte die Menschen davor abhalten, ähnliche Verbrechen zu begehen wie die unglücklich Verurteilten. Vielleicht hätte man auch Peter hier zur Schau gestellt. Heute hing niemand am Baum, leider stand auch niemand unter, neben oder hinter der Eiche. Der Platz war völlig leer.

Wo waren Ursel, Peter und die Pferde?

Steffen verlangsamte seine Schritte. Vom Laufen schlug sein Herz schnell, sein Atem war flach. Hatte Peter Ursel zum Mitkommen überredet? Oder war das gar nicht notwendig gewesen, weil sie sich freiwillig mit ihm auf den Weg gemacht hatte?

Steffen kam sich wie ein Idiot vor. Er hätte der ganzen

Geschichte mit Peters Befreiung nie zustimmen dürfen. Nur ein Verrückter half seinem ehemaligen Gefängniswärter aus der Zelle.

Er schwankte zwischen Selbstmitleid und Wut über seine eigene Dummheit, als er ein Rascheln vernahm. Im selben Moment stürzte ein wedelndes, kratzhaariges Knäuel auf ihn zu, sprang ihm auf den Oberschenkel und brachte ihn ins Wanken. Nur mühsam hielt sich Steffen auf den Beinen.

»Nero«, rief Steffen und blickte sich um. Wo Nero war, konnte Ursel nicht weit sein. Oder hatte sie ihn wieder zurückgelassen, so wie an dem Morgen, an dem sie mit Peter losgeritten war?

Aber schon sah er sie hinter dem riesigen Hollerbusch hervortreten, der sich abseits des Weges befand. Die ersten Beeren färbten sich bereits dunkelblau.

»Ich habe mir Sorgen gemacht«, sagte Ursel vorwurfsvoll. »Peter ist schon vor einer Ewigkeit da gewesen und hat sich das Pferd geholt.« Sie kam auf Steffen zu und umarmte ihn beinahe genauso stürmisch wie Nero. Er küsste sie erleichtert.

»Wo ist Peter jetzt?«

»Auf dem Weg ins Piratenlager. Er hat mir versprochen, zuerst Michel und Erwin und dann mit ihnen gemeinsam Gerolds Schatz zu holen.«

»Und er hat nicht versucht, dich dazu zu überreden, mit ihm zu kommen?« Steffen schob Ursel auf Armeslänge von sich weg und musterte sie neugierig.

»Würde es denn einen Unterschied machen?«, fragte sie.

Steffen überlegte kurz. »Nein«, sagte er entschieden. »Wichtig ist, dass du mit mir kommst.«

Ursel küsste ihn. Dann zeigte sie auf das Pferd, das noch hinter dem Hollerbusch stand und dort auf sie wartete. »Jetzt reiten wir nach Regensburg. Welchen Weg müssen wir nehmen?«

Steffen sah sich um, drehte sich einmal im Kreis und hatte wie immer keine Idee, welchen der Wege sie einschlagen sollten.

»Wir müssen in den Norden«, sagte er. »Immer nur in den Norden!«

»Na dann, das ist ja keine Schwierigkeit«, meinte Ursel. Sie hielt sich die Hand schützend über die Augen und blickte in den Himmel. Die Sonne hatte den Zenit bereits überschritten.

»Hier lang«, sagte sie und sprang mit einem geschickten Satz auf den Rücken des Pferdes. »Ich habe schon einen Bärenhunger. Wir sollten uns ein saftiges Rebhuhn zum Abendessen erlegen.«

Steffen folgte ihr deutlich umständlicher. »Ich kann noch nicht so rasch aufspringen«, murmelte er und hielt ihr die eingebundene Hand entgegen.

»Gewiss, mein Schatz«, sagte Ursel, drehte sich zu ihm und lächelte.

»Und was das Jagen betrifft, dazu braucht man auch zwei Hände …«

»Keine Sorge«, sagte Ursel, sie hielt ihren Bogen fest. »Wir werden nicht verhungern.«

»Wer braucht eine Mitgift, wenn er eine Frau kriegt, die jagen kann?« Steffen küsste sie ein letztes Mal, bevor Ursel die Zügel übernahm und den Weg Richtung Norden einschlug.

Kapitel 43

Regensburg, 960

»Tante Burgi, gehst du mit mir zu dem Stand mit den frischen Semmeln?« Anna zog die ältere Frau ungeduldig an der Hand, sie war ein Mädchen mit auffallend blauen Augen und einem wilden blonden Lockenkopf.

Auf dem Marktplatz vor der Stiftskirche zu Unserer Lieben Frau hatten Händler aus aller Herren Länder ihre Stände aufgestellt und boten ihre Ware feil. Der Frühlingsmarkt nach dem Osterfest zog in diesem Jahr besonders viele Besucher an, denn die Häuser waren nach dem schrecklichen Brand wiedererrichtet worden, und die Residenz- und Bischofsstadt präsentierte sich in neuem Glanz.

»Immer mit der Ruhe, Anna«, sagte die alte Frau und hielt ihre Großnichte zurück. Das Mädchen war ein wahrer Wildfang, ganz anders als ihr ruhiger Bruder, Rainer, der geduldig neben ihr stand und die Eindrücke des Marktes mit seinen aufmerksamen Augen in sich aufnahm.

»Vielleicht will eure Mutter mitkommen«, sagte Notburga.

»Ach, die steht schon seit hundert Stunden bei ein und demselben Stand«, jammerte Anna.

»Das ist zwar reichlich übertrieben, aber wahrscheinlich sollten wir wirklich nicht auf sie warten. Sie scheint sich immer noch nicht entschieden zu haben. Ich sage ihr nur rasch Bescheid. Wartet hier.«

Notburga ließ die Kinder zurück und ging zu ihrer Nichte. Ursel und Steffen waren kurz nach dem Tod ihres geliebten Ehemanns nach Regensburg gekommen. Die Überraschung war groß gewesen und ebenso die Freude, denn Ursel hatte ihr im Alter das Kinderlachen im leeren Haus beschert, auf das sie jahrelang vergebens gewartete hatte. Außerdem hatte Steffen, mit viel Geschick die Geschäfte ihres verstorbenen Mannes übernommen.

»Ursel, ich gehe mit den Kindern zum Stand mit den Semmeln«, sagte Notburga zu ihrer Nichte, die über einen Korb voll Pfeilspitzen gebeugt stand.

»Ich bin gleich fertig«, entschuldigte sich Ursel.

»Lass dir ruhig Zeit. Ich habe den Kindern versprochen, wir kosten auch die Lebkuchen, die der Nürnberger Bäcker so laut anpreist.«

»Oh, hebt mir bitte auch ein Stück auf«, sagte Ursel. Dann widmete sie sich wieder dem Korb. Als ihre Tante weg war, richtete sie ihre Worte an den Verkäufer, einen riesigen Mann mit sehr großen Händen.

»Mein Mann hat nächste Woche Namenstag, und da will ich ihm einen ganz besonders guten Braten zubereiten«, erklärte sie.

»Andere Frauen gehen deshalb zum Metzger.« Er grinste wissend. Der Mann kannte Ursel. Sie war nicht nur die Ehefrau des reichsten Kaufmanns der Stadt, sondern auch die geschickteste Schnitzerin von handlichen Kompositbögen. Ihr Talent hatte sich mittlerweile herumgesprochen, und es kamen Kunden von weither, um sich von ihr einen Bogen anfertigen zu lassen.

»Ich nehme an, dass Ihr den Braten selbst schießen werdet«, er zwinkerte ihr verschwörerisch zu.

»Ihr verratet mich doch nicht, oder?«

Er schüttelte den Kopf. Das Schießen von Kaninchen und Rebhühnern wurde toleriert, bloß das Wild war dem Kaiser vorbehalten.

»Was ich suche, sind besonders lange, schmale Spitzen, die den Pfeil nicht zu schwer machen und ihm dennoch das nötige Gewicht verleihen, um stark genug zuzustoßen. Das Tier soll rasch getötet werden und möglichst kurz leiden«, erklärte sie.

Der Mann kramte hinter seinem Verkaufsstand in einer kleinen Kiste und holte drei Pfeilspitzen hervor. »Die habe ich letzte Woche von einem Händler aus dem Süden übernommen«, sagte er und hielt sie ihr entgegen. Die Spitzen waren schmal, sauber verarbeitet und von besonders hoher Qualität. Genauso, wie Ursel sie gewünscht hatte. Sie war in ihrem Leben nur einem Mann begegnet, der in der Lage war, solche Spitzen zu schmieden.

»Woher habt Ihr sie?«, fragte Ursel.

»Sie stammen von einem Schmied, der südlich der Alpen lebt. Er führt dort mit seinen beiden Söhnen eine Werkstatt, die eine wahre Goldgrube ist. Die Leute laufen ihm regelrecht die Tür ein.«

»Zwei Söhne?« Ursels Neugier war geweckt.

»Ja, der jüngere hat feuerrote Haare, der ältere ist blond.«

»Kennt Ihr sie persönlich?«

»Leider nein, aber es sollen sehr angesehene Leute sein. Der ältere Sohn ist bereits verheiratet und hat Kinder. Angeblich werden sie von einem Lehrer unterrichtet. Die Frau des Schmieds stammt aus einer vornehmen Familie.«

Auf Ursels Gesicht breitete sich ein Lächeln aus. Das war die schönste Nachricht, die sie seit langem gehört hatte.

»Ich nehme alle Pfeilspitzen«, sagte sie und holte ihre Geldbörse hervor.

»Sie sind aber nicht billig«, gab der Händler zu und stellte sich bereits auf harte Verhandlungen ein.

Aber Ursel, die sonst immer um den Preis feilschte, zahlte, ohne mit der Wimper zu zucken. Sie nahm alle Spitzen, die der Händler von dem Schmied aus dem Süden hatte.

»Ich bin sicher, damit werdet Ihr einen köstlichen Braten für Euren Mann schießen«, sagte der Händler, während er zufrieden die Münzen in seiner Hand zählte.

»Oh, diese Spitzen werde ich nicht verschießen, die hebe ich auf«, erklärte Ursel und legte die Ware vorsichtig in ihren Korb, so als handle es sich um kleine Kunstwerke. Den verständnislosen Blick des Händlers ignorierte sie. Er konnte ja nicht ahnen, wie glücklich er sie eben gemacht hatte.

Nachwort

Mit dieser Geschichte habe ich mich erstmals in ein Gebiet und eine Zeit vorgewagt, über die wenig schriftliche Dokumente erhalten sind.

Die Idee für das Buch lieferte die im November 2015 ausgestrahlte Servus TV-Dokumentation »Die Salzpiraten«. Darin versuchen Historiker der Inschrift »Dieser Berg, einst Schlupfwinkel heidnischer Seeräuber, ist jetzt dem heiligen Johannes dem Täufer geweiht« nachzugehen. Die Inschrift befindet sich auf der Johanniskapelle, die auf einer in den See ragenden Halbinsel steht. Leider sind fast alle Hinweise auf damals lebende Personen vernichtet worden, da die Bibliothek des Klosters Traunkirchen im Laufe der Geschichte zweimal völlig abgebrannt ist. Historisch belegte Figuren in diesem Buch sind die Äbtissin Ata, ihr Cousin Graf Wilhelm von Chiemgau und sein Onkel Ottokar.

Um den Traunsee und das Salzkammergut besser kennenzulernen, verbrachte ich meine diesjährigen Sommerferien in der Gegend. Leider können Worte nicht annähernd wiedergeben, wie herrlich klar das Wasser, wie beeindruckend die Bergwelt und wie freundlich die Menschen sind, die dort wohnen. Ich werde im nächsten Jahr wiederkommen. Ganz bestimmt.

Abschließend möchte ich mich wie immer bei all den Menschen bedanken, die mithalfen, dass dieses Buch entstehen konnte.

Bei meiner Agentin Franka Zastrow, bei Aylin Salzmann vom Ullstein Verlag und bei meiner Lektorin Ingola Lammers, die es geschafft hat, mich zu beruhigen, als ich fürchtete, den Text nicht rechtzeitig fertigzubekommen. Des Weiteren geht ein Dankeschön an meine Freundin Elisabeth Hahnenkamp, die sich erneut bereiterklärte, die Druckfahnen zu übernehmen. Der dicke Kuss zum Schluss geht an meinen Mann, der wieder einmal eine Engelsgeduld an den Tag gelegt hat und mich aufmunterte, weiterzuarbeiten, wenn ich felsenfest davon überzeugt war, dass das alles nichts wird. Danke, lieber Martin.